Rafael Seligmann

Deutsch MESCHUGGE

ROMAN : TRANSIT

PROLOG

Paul Levite ist ein Mensch aus Fleisch und Blut. Wenn man ihn sticht, blutet er, und wenn man ihn beleidigt, will er sich rächen. Wie jeder Politiker giert Levite nach Macht. Um ihretwillen ist er bereit, seine Seele zu verkaufen. Paul Levite setzt sein Judentum als Alibi der eigenen moralischen Unfehlbarkeit ein. Die Deutschen wollen ihm glauben und folgen ihm. Denn trotz der zunächst verordneten und später freiwilligen Läuterungsbemühungen in Folge des Krieges und der Schoah bleiben die Deutschen fehlbar – wie alle Völker.

Der politische Werdegang Paul Levites erzählt von der Versuchung der Macht und der Verführbarkeit der Menschen.

»DEUTSCHLAND WIRD WEITERHIN eine stabile Demokratie bleiben. Soviel vorweg. Willkommen im Ersten bei der Sondersendung zu den vorgezogenen Wahlen, liebe Zuschauerinnen und Zuschauer. Am heutigen 15. September 2019 haben die Bundesbürger über die Zusammensetzung des 20. Bundestages abgestimmt. Eine Prognose liegt bereits vor. Die Deutschen haben sich mit eindeutiger Mehrheit entschieden: Hedwig Kleinert soll wie seit nunmehr 14 Jahren weiterhin die Geschicke unseres Landes lenken. Die Bundeskanzlerin und ihre konservative Partei sowie ihre bayerische Schwesterpartei haben knapp dreißig Prozent der Wählerstimmen erhalten. Also lediglich geringe Verluste im Vergleich zur letzten Bundestagswahl vor zwei Jahren.

Gleichzeitig aber bestätigt der Urnengang den internationalen Trend zum National-Populismus. Ähnlich wie in den Vereinigten Staaten, in Frankreich, Holland, Österreich, Ungarn, Polen und vielen anderen Ländern hat sich diese politische Bewegung auch bei uns durchgesetzt. Die Deutsch-Nationale Mehrheits-Partei konnte ihren Stimmenanteil gegenüber der letzten Bundestagswahl von 9,1 auf annähernd 27 Prozent verdreifachen. Damit ist die DNMP die eigentliche Gewinnerin dieser Wahl. Die Deutschnationalen werden fortan die Opposition dominieren und die Bundesregierung von Hedwig Kleinert und ihres Freien Sozialistischen Koalitionspartners, der eine gravierende Niederlage erlitten hat, schonungslos ins Visier nehmen.

Die kommunistischen Deutschen Demokratischen Real-Sozialisten, DDR, legen deutlich auf über 15 Prozent zu. Zu den Wahlverlierern hingegen gehören die Bunten und die Liberalen… Ich höre gerade, wir schalten in die Parteizentrale der Deutschnationalen in Berlin-Hohenschönhausen.«

Auf dem Monitor im Studio erschien eine Live-Aufnahme aus dem Versammlungssaal im Ernst-Jünger-Haus. Die Kamera blieb zunächst in der Totalen. Die Anhänger schwenkten rote Fahnen, in deren Mitte auf weißem Feld ein schwarzer Reichsadler prangte. Die Bühne an der Stirnseite war vollständig mit rotem Tuch ausgekleidet. Aus dem Pulk seiner Parteigenossen löste sich ein zierlicher Mann und eilte wie ein Box-Star, umringt von vierschrötigen Ordnern, die ihm einen Weg durch die euphorische Menge bahnten, nach vorne. An der seitlichen Treppe angelangt, federte Urban Hansen die wenigen Stufen hoch, schritt rasch zum weiß drapierten Rednerpult, wo er abrupt Halt machte und mit erhobenen Armen den anschwellenden Jubel weiter anfachte. Mit einem Mal bewegte der von mehreren Scheinwerfern angestrahlte Politiker seine Hände nach unten. Die Menge verstand die herrische Geste und hielt inne. Augenblicklich wurde es still. Der Parteichef nestelte an den Mikrofonen. Dann schloss er seine Augen und atmete mehrmals durch.

»Parteigenossen und Freunde…«, Hansens Stimme war rau. Er musste sich räuspern, ehe er den Kopf reckte und »den Millionen deutschen Männern und Frauen, die sich nicht haben beirren lassen und die nicht auf die Lügen und dummdreisten Verleumdungen gehört haben, sondern mit fester Hand ihre Stimme unserer Bewegung gegeben und sie zur stärksten politischen Kraft in Deutschland gemacht haben«, dankte. Mit klarer Stimme fuhr Hansen fort: »In dieser Stunde beginnt für Deutschland eine neue Zeitrechnung. Wir werden unser Vaterland wieder deutsch machen! Deutschland gehört den Deutschen – nicht den Ausländern und schon gar nicht religiösen Radikalen, die uns die grausamen Gesetze der Scharia aufzwingen wollen. Wir werden verhindern, dass deutsche Männer und Frauen in unserer Heimat von Ausländern gesteinigt werden! Ab jetzt wird in Deutschland wieder Deutsch gesprochen und mit deutschem Anstand und deutscher Disziplin gelebt und gearbeitet. Wem das nicht passt, der soll wieder gehen, sonst entfernen wir ihn aus unserem Heimatland. Deutschland hat gesiegt! Seine Feinde haben ausgespielt! Sie sollen endlich verschwinden. Gott mit uns!«

Die Rede rief Brechreiz bei Paul Levite hervor. Ihm kamen die Worte Max Liebermanns beim Anblick der SA in den Sinn. Als der Berliner Maler die braunen Kolonnen 1933 nach der Machtübernahme der Nazis durch das Brandenburger Tor marschieren sah, rief Liebermann aus: »Ick kann gar nicht so viel fressen, wie ick kotzen möchte.«

In seinem Frankfurter Büro in der hessischen Landeszentrale der DNMP wandte sich Levite vom Fernsehschirm ab. Warum hatte er sein Schicksal mit diesem Kerl verbunden? Urban Hansen, der Möchtegern-Führer der Deutschnationalen, war ein Homunkulus, der in Nazi-Nostalgie schwelgte und auf diese Weise sein schwaches Selbstwertgefühl zu stählen trachtete. Hansens Äußeres ähnelte dem von Joseph Goebbels. Er war kleingewachsen, hatte dunkle Haare sowie ein fliehendes Kinn. Allein das Hinkebein ging ihm ab. Paul Levite überragte Hansen um Haupteslänge und wog wohl einen Zentner mehr. Soviel zu nordischer Anmutung und körperlicher Überlegenheit der Arier... Levite und Hansen hatten sich vor Jahren als Drücker für Zeitschriften in einer Werbekolonne kennengelernt. Sie verstanden sich auf Anhieb. Das Bindemittel ihres Einvernehmens war der gemeinsame Hass auf die bürgerliche Leistungsgesellschaft. Levite war Studienabbrecher, Hansen musste das Gymnasium bereits in der elften Klasse verlassen. Seither hatte er jedes Buch gelesen, dessen er habhaft werden konnte. Auf diese Weise hatte er sich ein gediegenes Halbwissen angeeignet. Da das Zeitschriftengeschäft im Internetzeitalter stetig weniger abwarf, versuchte sich Hansen als Verkäufer von Mobilfunkgeräten. Doch der »Technikkram« interessierte ihn wenig. Zudem gab er seinen Kollegen zu verstehen, dass er sie für Idioten hielt. Diese zahlten es Hansen heim, indem sie ihn körperlich bedrohten oder als »deutschen Zwerg« verhöhnten. Diese Beleidigungen der meist türkischen oder arabischen Mitarbeiter verbitterten Hansen. Statt dankbar zu sein, dass sie in Deutschland geduldet waren, dass es ihnen sogar erlaubt war, hier zu arbeiten und Sozialleistungen einzuheimsen, maßten sie sich an, ihn als Deutschen zu erniedrigen.

In der Folge suchte Hansen Schutz und Halt bei der NPD. Doch die Neonazis verlachten ihn wechselweise als »Zigeunerjungen« oder »Schrumpfgermanen«. Diese Beleidigungen gebaren bei ihm unversöhnlichen Hass. Adolf Hitler blieb Hansens Idol, doch dessen heutige Epigonen waren Schwachköpfe, die im Dritten Reich ausgemerzt worden wären – suggerierte er sich. Fortan gab sich der ungediente Hansen als Bewunderer des Weltkrieg-I-Helden Ernst Jünger. Er schloss sich einer Reihe rechtslastiger Parteien und Bewegungen an. Doch nirgends fand er eine politische Hei mat oder gar Anerkennung. Die Kontakte mit rechtsextremen Gruppen, vor allem aber die Lektüre von Hitlers »Mein Kampf«, Houston Stewart Chamberlains »Grundlagen des 19. Jahrhunderts« und Alfred Rosenbergs »Der Mythus des 20. Jahrhunderts« machten Hansen zum Antisemiten. Allerdings richtete sich sein Hass gegen Moslems und Zuwanderer aus dem Orient. Also Semiten! Die ideologische Schulung durch seine Lektüre, besonders aber das Lesen mehrerer Hitler-Biografien, allen voran Joachim Fests »Hitler. Eine Karriere«, bestätigten Hansens Überzeugung, dass die heutigen Häuptlinge der Rechtsextremen nichts taugten. Die Männer waren allesamt unfähig. Sie versäumten es, blitzschnell und eiskalt eine schlagkräftige Parteiorganisation aus dem Boden zu stampfen, die die Massen im Sinne der Führung organisierte. Fatal war ihre Missachtung der Medien. Statt die Journaille für ihre Zwecke zu benutzen, beschimpften sie die schreibende Zunft pauschal als Lügenpresse. Damit mobilisierten sie alle Journalisten von »Focus« bis »taz« gegen sich.

Deutschland fehlte ein Mann, der die Geschicke der Nation in seine feste Hand nahm. Also beschloss Urban Hansen, Politiker zu werden. Er ersann den Parteinamen: »Deutsch-Nationale Mehrheits-Partei«. Das Wort »Mehrheit« hatte die Aufgabe, jedem Schwachkopf aufzuzeigen, dass Ausländer, Asylanten und Flüchtlinge hier unerwünscht waren. Dazu kam ein entsprechendes 18-Punkte-Parteiprogramm, das den Schutz der deutschen Bevölkerung vor ausländischer Überflutung, Ausbeutung und Kriminalität verhieß.

Bald entwickelte sich eine Verbindung zu der Rechtsrockband »A-Z weg!«. Hansen hatte zunächst Angst vor den kreischenden Schlägern. Doch das Selbstwertgefühl des Neopolitikers nahm durch sein Amt als Parteichef stetig zu. Als Führer zwang er sich, jedwede undeutsche Furcht zu überwinden. Hansens Schneidigkeit und seine Zielstrebigkeit wiederum imponierten der Band. Deren Songs hetzten unverhohlen gegen »Araber und Zigeuner«, A-Z. Die Symbiose zwischen Deutschnationaler Parteipropaganda und Hassrock erwies sich als Erfolgsformel. Die Masse der Frustrierten strömte in die Parteiversammlungen, dort wurde die Stimmung von »A-Z weg!« aufgepeitscht, ehe Hansen seine wohlkalkulierten Tiraden und Provokationen platzierte. Gegendemonstrationen von Bürgerrechtlern und Antifaschisten dienten den gewaltwilligen Rockern und nicht wenigen Parteigenossen als Alibi, die »Volksverräter«, »Maurenfreunde« und »Zigeunerbüttel« zu misshandeln. Die Polizei musste eingreifen. Das verschaffte den Deutschnationalen willkommene Publicity, die Hansen über Pressegespräche noch verstärkte. Die breite Medienberichterstattung, einschließlich der Nutzung sozialer Netzwerke – auch wenn diese in den Händen der jüdischen Plutokratie waren –, verstärkte den Zulauf zur neuen Bewegung.

Bei Lokalwahlen erreichten die Deutschnationalen auf Anhieb zweistellige Ergebnisse, was ihre Bekanntheit steigerte. Die Wahlerfolge beschränkten sich jedoch zunächst auf ostdeutsche Ortschaften und Kleinstädte. Um einen landesweiten Durchbruch zu erzielen, mussten die Deutschnationalen in westdeutschen Großstädten nachhaltige Erfolge erringen. Dafür waren Charismatiker nötig. Neonazi-Schläger und Heavy Metaller stießen Spießer ab. Denn die Kleinbürger in den Städten gaben sich weltoffen. Um sie für sich zu gewinnen, suchte Hansen nach einer Alibifigur. Der Parteichef spielte zunächst mit dem Gedanken an einen assimilierten Moslem – oder zumindest jemand mit einem islamischen Namen. Mehmet Scholl? Der Ex-Fußballer war deutschlandweit beliebt – außer bei Rassisten, den potenziellen Wählern der Deutschnationalen. Für sie war jeder Hinweis auf den Islam ein grünes Tuch, das sie augenblicklich zerreißen wollten. Also kein Türke! Mit Schwulen, Lesben und Behinderten war es ähnlich – selbst wenn sie Deutsche waren.

Blieb nur noch ein Jude. Hansen brauchte einen Itzig! Die überkommenen Bewertungen blieben gültig: Ausbeuter, Geizhälse, Geldsäcke, Betrüger, und nicht zuletzt Gottesmörder. Dem Antisemitismus hatte Hitler seine anfängliche Popularität zu verdanken. Nur aufgrund der Arisierungen konnten die deutschen Handwerker, Unternehmer und Kaufleute zurückbekommen, was ihnen die Juden zuvor abgegaunert hatten. Danach hatten es Himmler und Heydrich, von dem es hieß, er sei selbst ein halber Jude gewesen, allerdings übertrieben. Auch wenn es nicht sechs Millionen Juden waren, sondern erheblich weniger. Dennoch wollte kein deutscher Spießer heutzutage etwas mit dem Holocaust zu tun haben. Selbst die Nazis nicht. Da nicht nur die Rechten, sondern auch viele Bürger Angst vor den Mauren hatten, wäre ein Jude für die Deutschnationalen ein ideales Signal.

Nur wer? Welcher Jude mochte sich dafür hergeben? Der einzige Jude, den er kannte, war Paul Levite. Doch der war nicht berühmt. Er war ein Versager. Levite hatte alles probiert. Er hatte sich als Rugbyspieler, Tennislehrer, Callcenter-Verticker und was der Teufel noch versucht. Allenthalben war er gescheitert. Selbst als Drücker für Finanzmodelle. Und das als Jude!

Levite verachtete Geld, ebenso wie Urban Hansen. Jedenfalls gab er dies vor: »Der ganze Mammon kann mir gestohlen bleiben. Diese Gier ist widerwärtig. Kein Wunder, dass man allenthalben die Jidn hasst ... Aber ihr Gojim seid auch nicht besser, Ihr habt den vergasten Juden die Goldzähne aus dem Kiefer gebrochen...«, hatte der Angetrunkene einst in einer Hotelbar in Winsen an der Luhe gebrüllt. Kurz darauf hatten sich ihre Wege getrennt. Levite hatte seinen Job als Zeitschriftenwerber hingeschmissen und sein Glück in Israel versucht. Auch dort war er gescheitert. »Die sind knallharte Militaristen. Machen die Arabs fertig wie eure Väter uns Juden«, tönte Levite, als er Urban Hansen zufällig in der Münchner Maximilianstraße über den Weg lief. Der Jude war noch fetter als vor einigen Jahren. Bei einem Cappuccino in der »Kulisse« vor den Kammerspielen bramarbasierte Levite von seinen neuen Plänen, eine Zeitschrift für »Soziale Vernunft« ins Leben zu rufen. Hansen ahnte, dass auch diese Gedankenblase Levites platzen würde. Der Jude konnte nicht flüssig schreiben, wie er einst aus Levites mangelhaften Arbeitsberichten ersehen hatte. Doch labern konnte der Paul wie ein Radiomoderator. Wenn er wollte, drehte er einer Oma ein Kindermagazin an und einem Halbstarken ein Seniorenjournal. Also genau das, was ein Politiker können musste – doch mehr nicht. Zudem wäre er als Jude bei den Parteigenossen verhasst und würde daher auf die Protektion seines Patrons angewiesen bleiben. Dass Paul Levite konsequent denken konnte und einen Sinn für Politik und Geschichte besaß, war Hansen nie aufgefallen.

Urban Hansen ließ also einen Termin mit Levite in Berlin vereinbaren. Er wollte ihn im »Einstein Unter den Linden« treffen. Sollten alle sehen, dass er als Führer der Deutschnationalen keine Scheu besaß, sich mit einem Juden in aller Öffentlichkeit zu zeigen. Das würde den Politisch-Korrekten, die Hansen als Neonazi verleumdeten, den Wind aus den Segeln nehmen. Doch Levite ahnte sogleich, dass Hansen ihn benutzen wollte. Er bestand auf einen diskreteren Ort. So traf man sich in der Bar des Luxushotels »Adlon« am Brandenburger Tor.

Hansen lud seinen Gast zu einem Glas Champagner ein und erkundigte sich nach dessen Situation. Levite plante, einen Clip über Arbeitslose zu drehen und das Video auf YouTube zu präsentieren. Eine neue Schnapsidee! Der Parteiführer dagegen erklärte sich bereit, dem Hebräer eine »realistische Lebensperspektive« zu vermitteln. Er bot Levite die Position als Beisitzer im Vorstand der DNMP-Berlin an. Doch statt Dankbarkeit für Urbans Vertrauen zu zeigen und dessen Angebot anzunehmen, stellte Levite sogleich maßlose Forderungen. »Du brauchst mich als deinen Musterjuden, Urbanchen. Ich soll deine Bewegung vom Modergeruch des Nazismus befreien. Für dieses Koschermachen verlange ich mindestens ein Bundestagsmandat, mein Freund.«

Diese Respektlosigkeit empörte Hansen. Doch da Levite für ihn momentan unersetzbar war, schien es Hansen taktisch vernünftig, sich mit dem Juden zum Wohl der Bewegung zu einigen. Als dieser allerdings die größenwahnsinnige Forderung nach dem stellvertretenden Bundesvorsitz erhob, wurde es dem Parteiführer zu bunt: Ein Jud durfte nicht seinen Rudolf Hess geben! Auch die verbesserte Offerte des Chefs, ihn zum Kassenwart der Berliner zu machen, wo er am besten sichtbar wäre, schlug Levite aus: »Ich hasse Zahlen! Einerlei, ob eine Rune darübersteht oder ein Davidstern. Und wenn etwas nicht stimmt, habt Ihr einen jüdischen Sündenbock! Nein, mein Lieber! Such dir einen Anderen. Du wirst schon deinen Hjalmar Schacht finden, der dich mit seinen Mefo-Wechseln zur Machtübernahme aufrüstet. Heute sind's wohl Hedgefonds oder ähnliche Gaunereien!«

Hansen wollte den Schacherer unter keinen Umständen in der Führung des Reichsvorstands dulden. Levite aber war von seiner Forderung nicht abzubringen. Am liebsten hätte ihn Hansen vernichten lassen wie der Führer es 1934 mit Ernst Röhm gemacht hatte. Doch momentan benötigte er den Juden ebenso wie Hitler 1932 den schwulen SA-Kommandeur. Durch diese Reminiszenz mental gestählt, kam Hansen Levite entgegen. Dessen ursprüngliche Forderung, ihm ein Bundestagsmandat zu überlassen, war bei genauerer Überlegung im Interesse der Deutschnationalen. Auf diese Weise würde das jüdische Feigenblatt der Bewegung allenthalben sichtbar. Genial! Das Bewusstsein seiner geistigen Überlegenheit erlaubte es Hansen endlich, Levite einen Reichstagssitz zuzusagen. Doch statt sich damit zu bescheiden, fühlte sich der ermuntert, auf der Leitung Nordrhein-Westfalens zu bestehen. Dem Juden den größten Gau der Bewegung zu überlassen, war für Hansen ausgeschlossen. Das hätte die Partei nicht geduldet. Da Hansen das Gefeilsche aber nicht länger aushielt, unterbreitete er Levite ein »letztes Angebot«: Hessen. Levite kam aus der jüdischen Bankenstadt. Mochte sich der Semit mit den ungestümen Kerlen seiner Bewegung inmitten der roten Geldcity Frankfurt herumschlagen.

Levite spürte, dass Hansen lieber auf seine Hilfsdienste verzichten würde, als ihm weiter nachzugeben. Die Offerte verhieß die Aussicht, vier Jahre ein regelmäßiges Einkommen als Bundestagsabgeordneter zu beziehen plus freier Fahrt zu Lande und in der Luft – falls der Auftrieb der Neonazis anhielt. Daher stimmte er dem miesen Angebot des Möchtegern-Führers schließlich mit der Formel »Masl tov!« zu und schlug dabei mit seiner feisten Hand Hansen dermaßen kräftig auf dessen schmächtigen Rücken, dass dieser husten musste.

ANDERS ALS HANSEN erwartet hatte, kam Levite in der hessischen Schlangengrube nach einer kurzen Anlaufphase immer besser zurecht. Er erteilte den Parteigenossen klare Befehle, ohne sich auf Diskussionen einzulassen. Levites bestimmtes Auftreten imponierte den autoritären Männern ebenso wie dessen betonte Körperlichkeit. Dass der Politnovize sich zu herrenmenschlichen Allüren zwingen musste, ihn die widerspruchslose Gefolgschaft abstieß, aber zugleich seine Arbeit erleichterte, ahnte niemand. Die Parteigenossen vergaßen im Alltag bald, dass Levite Jude war – obgleich der Name sie ständig hätte warnen müssen – und parierten ihrem Gauleiter widerspruchslos. Hansen zeigte sich gegenüber seinem Untergebenen – er zögerte, das Wort »Führer« bei einem Juden zu gebrauchen – äußerlich zuvorkommend. Das war nötig, denn bei innerparteilichen Treffen nannten die ungeschliffenen Parteigenossen aus dem Osten Levite gelegentlich Itzig oder beschimpften ihn gar als Saujuden. Einmal wurde es Levite zu dumm. Er schlug dem Maulhelden mit der Faust mitten ins Gesicht. Das verschaffte ihm Respekt. In der Öffentlichkeit dagegen gab sich Levite konziliant und förderte das Interesse der Presse nach dem Muster seines Chefs bei jeder Gelegenheit. Er ließ sich selbst durch Anwürfe wie »Kapo« oder »Nazi-Jude« nicht provozieren, sondern benutzte die Beschimpfungen als Gelegenheit zur eigenen Attacke und bezeichnete sich selbst als »unerschrockenen deutsch-jüdischen Patrioten«, dem »das Wohl des Vaterlandes über allem steht«, selbst über die »Verleumdungen von Kommunisten, deutschen Masochisten und Kollaborateuren der Islamisten«. Levites Propaganda verfing bei den potenziellen DNMP-Wählern. Ein Deutschnationaler brachte dessen Wirkung auf folgende Erfolgsformel: »Wenn selbst ein Jude uns Vaterlandsliebe predigt, dann haben wir sie bitter nötig.«

Anders als im von Levite befriedeten Hessen stritten sich die Parteigenossen in Nordrhein-Westfalen fortwährend. Neonazis, Antikapitalisten und Anarchisten bekämpften sich unversöhnlich. Manche nutzten gar Stichwaffen in internen Auseinandersetzungen. Hansen versuchte als Führer der Bewegung zumindest in der Öffentlichkeit das Bild von Geschlossenheit aufrecht zu erhalten. Er drohte, er belobigte, er kehrte den Streit unter den Teppich. Als der Zank die Glaubwürdigkeit und damit die Existenz seines rheinisch-westfälischen Partei-Gaus massiv gefährdete, wollte Hansen den Landesverband auflösen und eine neue Führung installieren. Hätte er doch damals Levite mit der Leitung dieses Chaotenhaufens betraut! Doch schließlich wurden die Parteigenossen vom Zwang des Faktischen zur scheinbaren Einigkeit gezwungen. Es galt, den Wahlkampf zu organisieren.

ZUNÄCHST HERRSCHTE BEI den etablierten Parteien Erleichterung, dass man die Populisten auf den zweiten Platz verwiesen hatte. Bei den Konservativen kam sogar gedämpfte Jubelstimmung über ihren knappen Sieg auf. Doch diese Freude wich rasch, als das Ausmaß der Verluste der Freien Sozialisten deutlich wurde. Das bedeutete das unweigerliche Ende der Großen Koalition. Verzweiflung kam auf, als die Wahlanalysten nachwiesen, dass die Deutschnationalen mit Ausnahme Nordrhein-Westfalens und Bayerns im übrigen Deutschland die dominierende politische Kraft geworden waren.

Urban Hansen dagegen sah sich dadurch in seinem Anspruch bestätigt. Er klammerte sich an das weiße Rednerpult. Hansen labte sich am Beifall, ehe er in die Mikrofone rief: »Deutsche! Männer und Frauen, seit einem Jahr habe ich unentwegt gepredigt, dass unsere Deutsch-Nationale Mehrheits-Partei die Wahlen gewinnen wird. Ich sagte: ›Wir werden die stärkste politische Bewegung Deutschlands‹. Ich bin dafür verlacht worden. Noch heute, als ich nach Wahlschluss, als alles bereits entschieden war, wieder festgestellt habe: Die DNMP hat gesiegt! Wir haben die Wahlen gewonnen! – da hat man mich nicht ernst genommen. Erst jetzt, nachdem hundertprozentig und unerschütterlich feststeht, dass wir die Sieger sind, beginnen die Systemparteien zu begreifen: Ja, es könnte so sein, dass die DNMP ein wenig zugelegt hat.« Hansen zwang sich zu einer Kunstpause, ehe er brüllend fortfuhr: »Nein, Frau Kleinert! Nein, meine Herrschaften! Wir Deutschnationalen haben…«, er senkte seine Tonlage, »… nicht ein wenig zugelegt…«, Hansen schrie auf, »Nein! Wir haben die Wahl klar gewonnen! Und daher erhebe ich als Vorsitzender der Partei, als Führer unserer politischen Bewegung, den Anspruch, unverzüglich mit der Führung der Staatsgeschäfte betraut zu werden!«

Der frenetische Beifall stachelte den Redner an. Er wippte auf und ab, als er seine Ansprache laut, doch klar artikulierend fortsetzte: »Die Zeit des Hinhaltens ist vorbei! Jetzt bleibt den sogenannten Demokraten nur noch übrig, uns die Macht zu übertragen und nach Hause zu gehen. Wehe ihnen, wenn sie versuchen, die Stimme des deutschen Volkes zu missachten und sich uns entgegenzustellen. Wer das probiert, den machen wir unschädlich. Den löschen wir aus. Ein für alle Mal!«

Die Worte des Parteiführers wurden mit donnerndem Applaus belohnt. Viele Feiernde ignorierten die Aufforderung des Parteiordnungsdienstes, nicht »Heil!« zu rufen. Sie brüllten dennoch den altbekannten Gruß, manche wichen auf »Salve!« aus. Danach stimmte das Publikum geschlossen die erste Strophe des Deutschlandlieds an: »Deutschland, Deutschland über alles, über alles in der Welt«. Andere rissen den rechten Arm hoch und kreischten die Parole »Heute gehört uns Deutschland und morgen die ganze Welt!«

Die öffentlich-rechtlichen Rundfunkanstalten beendeten daraufhin die Übertragung aus dem Ernst-Jünger-Haus. Die meisten privaten Stationen dagegen blieben auf Sendung, um die neonazistischen Ausbrüche festzuhalten. »Denn es ist unsere Pflicht als Sender, Sie, liebe Zuschauer, nicht im Unklaren über das Geschehen zu lassen«, betonte der Reporter eines privaten TV-Nachrichtenkanals. Der Chefredakteur einer staatlichen Station hingegen reagierte empört angesichts der »skrupellosen Quotenhörigkeit der privaten Kommerzkanäle, die für ein paar Prozent Zuschaueranteil bereit sind, die Republik an die Nazis zu verschachern.« Die öffentlich-rechtlichen Sender hatten als Gegenwaffe die altbewährten Diskussionsrunden. Hierzu aber ließen sie Hansen wegen der »erneut sichtbar gewordenen rechtsradikalen und menschenverachtenden Tendenzen seiner Partei« nicht zu.

PAUL LEVITES VORAUSSICHT hatte ihn davor bewahrt, zur Siegesfeier der Partei nach Berlin zu reisen. Denn dass die Deutschnationalen ein famoses Ergebnis bei den Wahlen erringen würden, stand für ihn seit Anbeginn seines Engagements fest. Er hatte sich auf die Nazibande nur eingelassen, »um das Schlimmste zu verhindern!« Das gab er zumindest gegenüber seiner Mischpoche vor, was seine deutsche Mutter erst recht aufbrachte. Sein jüdischer Vater Herschl war bereits vor der politischen Karriere seines Sohnes verstorben.

PAUL LEVITE MACHTE sich nichts vor. Er kannte Hansen gut genug, um zu ahnen, dass der labile Goj sich im Moment des Triumphs von seinen Gefühlen und Sehnsüchten überwältigen – und die Gebote der Vernunft unbeachtet lassen würde. Dass der Parteiführer allerdings so meschugge sein würde, die Wahlparty in eine Nazi-Show ausarten zu lassen, war selbst dem Skeptiker Levite nicht in den Sinn gekommen. Auf diese Weise beraubte sich der Idiot aller Chancen, sich an einer Koalitionsregierung zu beteiligen. Denn mit unverstellten Nazis konnte und wollte kein Politiker mit einem Funken Verstand paktieren. Deutschland würde augenblicklich als Wiedergeburt des Dritten Reiches abgestempelt werden und zum internationalen Paria degenerieren. Deutsche Exportgüter würden zur Nazi-Konterbande geraten. Das Qualitätssiegel »Made in Germany« würde mit einer braunen Schlinge und dem Siegel »Zyklon B« versehen werden. Niemand mehr würde deutsche Produkte importieren. Die Moslems wiederum würden durch den Antiislamismus von Hansens DNMP vor den Kopf gestoßen werden. Alle Exportnationen würden sich als Antifaschisten aufspielen, um die Geschäfte zu tätigen, die bis dahin die Deutschen gemacht hatten, und so ihre minderwertigen Maschinen doch noch verhökern. Noch schlimmer wäre es an den Geldmärkten: Die jüdischen Banken an der Wall Street und in der Londoner City von Goldman Sachs bis Rothschild würden deutsche Unternehmensanteile abstoßen wie syrische Aktien…

Levite erschrak über seine Gedanken. *Ich räsoniere wie ein Antisemit!*

Kack auf den Tinnef! Der Politiker verbot sich die Abschweifung und zwang sich zurück in die Wirklichkeit. Die Folgen des Auftritts von Dumm-Hansen und seiner hirnlosen Nazigefolgsleute standen für ihn fest: Die Deutschnationalen schenkten den übrigen Parteien ein Alibi für eine bunte Not-Koalition von den Realsozialisten hin zu den Bayerischen Konservativen. Abgesehen von einigen kosmetischen Kinkerlitzchen würde alles beim Alten bleiben, Kleinert Kanzlerin, Freie Sozialisten, Realsozialisten und eventuell Umweltler als ohnmächtige Juniorpartner. Die Bundesregierung würde sich durchwursteln wie eh und je. Die Kanzlerin wäre weiterhin bereit, jede beliebige Position überzeugend zu vertreten. Hauptsache, sie saß am Steuer und übertrumpfte damit die Kanzlerschaft Helmut Kohls – zumindest an Regierungszeit.

Die meisten Beobachter waren sich einig, dass weitere vier Jahre Kleinert eine Zementierung des gesellschaftlichen, volkswirtschaftlichen und politischen Stillstandes bedeuteten. Paul Levite verstand, dass diese Einschätzung ungenügend war. Eine paralysierende Regierungspolitik würde nicht zum Stillstand, sondern zu zunehmenden sozialen Unruhen führen. Davon aber würden nicht die Deutschnationalen profitieren, wie Hansen und seine Kamarilla glaubten. Der Parteiführer mochte ein geschickter Aufwiegler sein, doch als Oppositionschef wäre der Chaot überfordert. Zudem ermangelte es Hansen an jeglichem organisatorischen Talent – die Voraussetzung zur straffen Führung einer jeden Partei. Da hatte ihm Adolf einiges voraus, gestand sich Levite ein. Auch Hitler war ein unsystematischer Möchtegern-Bohemien, doch er verstand es, Furcht und Schrecken unter den Nazis zu verbreiten. Und er besaß in Martin Bormann einen begabten Administrator, der ihm blind ergeben war.

Vor Hansen dagegen hatte niemand Angst, und er war unfähig, die Führung der Verwaltung einem Profi zu überlassen, weil er niemandem traute. Die Folge war, dass bei den Deutschnationalen jeder tat, was ihm beliebte. Die Kämpfe zwischen Chaoten und Nazis in Nordrhein-Westfalen waren in Levites Augen nur ein Vorspiel für das, was der ganzen Partei in der Opposition bevorstand. Man würde sich gegenseitig zerfleischen, während die Regierung mit sozialen Wohltaten das Kleinbürgertum bestach. In dieser Situation würde es nicht lange dauern, bis die Unzufriedenen innerhalb und außerhalb der DNMP eine andere, noch radikalere

Gestalt als Hansen zu ihrem neuen Führer küren würden. Der Oberbayer Otto Schlögel und der Sachse Maik Nützel versuchten sich bereits als Neu-Adolfs zu profilieren. Dann hätte Levite als Vorzeigejude ausgedient.

Man musste sich jetzt an der Regierung beteiligen oder der ganze Kessel voller Narren würde bersten, war Levite überzeugt. Hansen hatte sich heute Abend disqualifiziert. Der Einzige, dem Levite zutraute, die Bewegung intakt zu halten und zu vermarkten, war er selbst. In Hessen hatte er bewiesen, dass er es verstand, seine Horde zu zähmen und sie zu einer schlagkräftigen Truppe zu formen. Er war der geborene Anführer. Doch noch stand Hansen über ihm. Daher musste er den Versager zum Wohl der Partei und der eigenen Karriere opfern. Aber wie? Ausgerechnet ihm war es unmöglich, als heilandsmeuchelnder Judas aufzutreten.

Die Zusammensetzung der Elefantenrunde und anderer Polit-Talk-Formate ohne Beteiligung der neonazistischen DNMP bestätigte Levites Einschätzung, dass Hansens Zeit abgelaufen war. Der hirnlose Goj musste weg, sonst riss er die ganze Bewegung mit sich in den Abgrund.

RALPH BRÖKER HATTE das Desaster kommen sehen. Der Leiter der Abteilung Wähleranalyse und Wahlkampfstrategie der Konservativen wertete mit seinen Mitarbeitern und einem Meinungsforschungsinstitut seit Jahren systematisch die Entwicklung der politischen Einstellung der Bevölkerung aus. An dem drastischen Vertrauensschwund in die etablierten Parteien bei gleichzeitig steigendem Zuspruch für die Radikalen konnte es spätestens seit der Flüchtlingswelle 2015 keinen Zweifel geben. Bröker hatte alle Entscheidungsträger der Konservativen eindringlich gewarnt: den Bundesgeschäftsführer, den Generalsekretär, den Leiter des Kanzleramts. Endlich durfte Bröker der Kanzlerin persönlich vortragen.

Er riet Frau Kleinert nachdrücklich zu einer Revision ihrer Wahlkampfstrategie: »Die politische Mitte existiert nicht mehr, Frau Bundeskanzlerin. Stattdessen haben wir eine mit 1932 vergleichbare Situation. Damals sind die Parteien der politischen Mitte ebenfalls reihenweise eingegangen…« Daraufhin fragte Kleinert mit ruhiger Stimme, was er sich als Alternative zu ihrem »Kurs der Vernunft« vorstelle.

Die direkte Ansprache durch die allmächtige Partei- und Regierungschefin ängstigte den Soziologen. Dennoch versuchte Bröker, sachlich zu argumentieren. »Wir müssen klar Kante zeigen. Unsere christlich-konservativen Werte hervorheben und die Populisten direkt angreifen.« Die Kanzlerin schüttelte den Kopf: »Wir gehen niemanden an. Damit machen wir nur Propaganda für die Rechten.« Die Konservativen seien eine Partei der Mitte, also der Vernunft. Mit dieser Strategie habe sie vier Bundestagswahlen gewonnen. »Und jetzt hole ich die fünfte.«

Damit war die Debatte beendet. Das Präsidium der Konservativen billigte anderntags einstimmig den Beschluss des Parteivorstandes, die Kampagne mit dem Wahlkampfmotto »Unsere Kanzlerin. Die Gewähr für Wohlstand und Sicherheit« zu starten.

Alle diskret unternommenen Umfragen bestätigten indessen, dass die Parole nicht verfing. Die Bevölkerung hatte angesichts steigender Arbeitslosenzahlen bei gleichzeitig fallenden Aktienkursen und einer stetigen Entwertung des Euro den Glauben an die Befähigung Hedwig Kleinerts eingebüßt. Diesen Wutbürgern mit Appellen zum »Weiter-So mit der Kanzlerin« zu kommen, war aussichtslos. Auf diese Weise überließ man den Deutschnationalen das Monopol auf das wachsende Lager der Verängstigten und Unzufriedenen. Gegen die Hetze Hansens und seiner Spießgesellen war mit einem »Kurs der Vernunft« und der Beschwichtigung nichts zu holen. Eine entschlossene Konfrontation, Strafverfahren wegen Volksverhetzung und ein Verbotsantrag wegen Verfassungsfeindlichkeit, wäre das einzige Mittel, die wahren Intentionen der Weißen aufzudecken.

Aufmerksam beobachtete Bröker, wie die anderen demokratischen Parteien sich verzweifelt abmühten, die Deutschnationale Welle zu brechen. Die Bunten setzten verstärkt auf Wähler mit islamischen Wurzeln. So forderten sie unter anderem, dass die Schulspeisen Halal-Vorschriften genügen sollten, ebenso das Essen in den Zügen der Bahn. Eine Initiative zur Verankerung der islamischen Feiertage wurde von den Gewerkschaften einhellig begrüßt, stieß jedoch bei den Arbeitgebern auf vehemente Ablehnung. Das Ansinnen nach einer Trennung von Mädchen und Buben beim Schwimmunterricht und der Abschaffung von Sportstunden für Mädchen wurde von feministischen Verbänden und Zeitschriften als reaktionäre Macho-Maßnahme harsch bekämpft. Als eine frühere Parteichefin, die für ihre Emotionalität bekannt war, obendrein die Übernahme der Scharia als eine Rechtsquelle in die Diskussion warf, stürzten die Umfragewerte der Bunten. Dieser Trend ließ sich nicht umkehren, selbst als die Politikerin auf innerparteilichen Druck hin erklärte, sie beziehe sich lediglich auf die humanistischen Vorschriften der Scharia, wie die Pflicht zur Sorge für die Armen und das Gebot der Barmherzigkeit.

Die größte Sorge bereitete Bröker die Entwicklung der Freien Sozialisten. Der permanente Niedergang der FS schien sich in sein Gegenteil zu verkehren, als der langjährige Duisburger Bürgermeister Henryk Szymaniak 2017 überraschend an die Spitze der Freien Sozialisten trat. Der national wenig bekannte Politiker küsste die schlafende Partei wach. Seit an Seit schritten die Genossen auf der Beliebtheitsskala rasch nach oben. Szymaniak verkündete, er wolle Kanzler werden. Das beflügelte die Zuversicht der FS. Doch noch vor der Bundestagswahl wurde zunehmend deutlich, dass ein einzelner Mann an der Mammutaufgabe scheitern musste, eine vergreiste Partei im Schnelldurchgang zu verjüngen. Alle Fehler wurden dem biederen Szymaniak in die Schuhe geschoben. Das machte ihn zunehmend unsicher. Er verlor seine Strahlkraft und die Partei blieb unter dem Ergebnis der letzten Bundestagswahlen.

Danach wurde Sozialministerin Petra Kubier Parteivorsitzende. Erstmals stand den FS eine Frau vor. Das, sowie die Führungskraft der Chefin, stabilisierte eine Weile die ehemalige Arbeiterpartei. Doch die Prognosen sowie die Ergebnisse der letzten Landtags- und Kommunalwahlen ließen keinen Zweifel an einem erneuten Fall der Partei. Die Freien Sozialisten rutschten unter 15 Prozent.

Kubier sah sich gezwungen, professionelle Beratung in Anspruch zu nehmen, um rasch die Imagekrise der Freien Sozialisten zu beheben. Sie entschied sich für Professor Neumarck. Der Politologe hatte eine eingängige Erklärung für den Abstieg der Freien Sozialisten. Die FS hätten ein altbackenes Image, weil es ihnen nicht gelungen sei, die Anmutung einer Arbeiterpartei abzulegen, obgleich sich mittlerweile lediglich ein Zehntel der Beschäftigten als Arbeiter begriffen. »Wir sind eine Bildungs-, Verwaltungs- und Rentnergesellschaft. Die diffuse Mitte ist von den Konservativen besetzt, die gebildeten Grauschöpfe wählen bunt. Das größte Potential stellt heute das patriotische Bürgertum dar.« Dies erkläre die Erfolge der Deutschnationalen. »Wenn es uns gelingt, die bewährte soziale Kompetenz der Freien Sozialisten mit der Liebe zu Deutschland zu verbinden, sind wir unschlagbar!«, erläuterte der Professor. Neumarck empfahl nachdrücklich ein Ende der Koalition und Neuwahlen. »Der Rücktritt der FS-Bundesminister von ihren Regierungsämtern ist eine für jedermann sichtbare Demonstration, dass wir es ernst meinen. Denn wer sich im Kabinett der Kanzlerin unterwirft, ist als Konkurrent um die Macht unglaubwürdig.« Die Parteichefin folgte dem Ratschlag.

Hedwig Kleinert akzeptierte den Rücktritt der Freisozialistischen Minister. Die Bundeskanzlerin bat die FS-Kollegen jedoch, bis zu den von ihnen geforderten Neuwahlen im Amt zu bleiben. Die Genossen folgten dem Appell an ihr Pflichtgefühl. Damit tappten sie in eine Falle Kleinerts. Fortan denunzierten die Konservativen den patriotischen Dienst der FS-Minister als Beweis ihrer Unglaubwürdigkeit. Während die Kanzlerin den Wahlkampfslogan der Freien Sozialisten »Deutsch und gerecht« als Anbiederung an die Deutschnationalen verleumdete.

DAS MISERABLE WAHLRESULTAT der Freien Sozialisten empfand Kubier als Ergebnis der rufschädigenden Kampagne des bisherigen Koalitionspartners. Die Forderung des linken Flügels nach ihrem sofortigen Rücktritt traf die Parteichefin hart.

Bei der Elefantenrunde in ARD und ZDF ließ sich Kubier von Generalsekretär Omar Abdali vertreten. Er schloss sich der Feststellung der Bundeskanzlerin an: »In dieser kritischen Situation kommt es darauf an, Ruhe und Stabilität zu bewahren. Alle demokratischen Parteien müssen zusammenstehen. Alle!« Hedwig Kleinert erklärte, sie sei bereit, mit gutem Beispiel voranzugehen und sich erneut in die Pflicht nehmen zu lassen, um Deutschland aus der Krise zu führen.

Dagegen forderte Nadja Hauser, die Vorsitzende der Deutschen Demokratischen Real-Sozialisten, DDR, Konsequenzen. Ein Weiter-so dürfe es nicht geben. Ihre gestärkte Partei war für die Regierungsbildung nunmehr unverzichtbar. Eine Kostprobe ihrer neuen Machtstellung war die Forderung Hausers, die Voraussetzung für eine Mitarbeit ihrer Partei bei der Bewältigung der Staatskrise sei die ausdrückliche Bereitschaft der Bundeskanzlerin zu einer gesellschaftlichen Wende. Das lehnte Kleinert rundweg ab.

Die Kanzlerin warf Hauser vor, den fatalen Fehler der Kommunisten in der Endphase der Weimarer Republik zu wiederholen: Die Demokraten zu unterminieren und auf diese Weise die Nazis zu stärken. Hauser nannte dies »Geschichtsklitterung«. Die DDR-Vorsitzende forderte nun als Bedingung für Gespräche über die Duldung einer Minderheitsregierung der »Kleinen Koalition der Verlierer« eine verpflichtende Erklärung der Kanzlerin, in Zukunft eine Politik zugunsten der gesellschaftlich Schwachen, »also für Frauen, sexuelle Minderheiten und Friedensaktivisten« zu gestalten.

»Wenn Sie glauben, mit Ihren zehn Prozent …« »15, Frau Kleinert. Sie werden den Unterschied zu spüren bekommen!« Die Kanzlerin fuhr ungerührt fort: »… den übrigen 85 Prozent der Wähler und unseren demokratischen Parteien Ihre unrealistische Politik aufzwingen zu können, liegen Sie falsch, Frau Hauser. Entweder Sie koalieren mit uns oder Sie werden erneut mit den Faschisten zusammenarbeiten wie einst Stalin mit Hitler. Mit den gleichen Folgen.«

Hauser verwahrte sich gegen diese Unterstellung: »Die Deutschen Demokratischen Real-Sozialisten treten für Frieden, Freiheit und soziale Gerechtigkeit ein. Wir sind bereit, mit allen zu koalieren, die diese Werte anerkennen.«

Die Kanzlerin begriff, Hauser wollte damit publik machen, dass ihr alle Optionen offen waren. Linken und Populisten fehlten nur eine Handvoll Abgeordnete zur absoluten Mehrheit. Wenn es ihnen gelang, einige Unzufriedene oder Spinner einzufangen, dann konnten sie einen Kanzler nach ihrem Belieben wählen.

DIE SIEGESREDE URBAN Hansens hatte Paul Levite zunächst bewogen, sich an diesem Abend nicht in der Öffentlichkeit zu zeigen. Als sein Zorn abgeklungen war, gewann er seine Denkfähigkeit zurück. Trotz ihres Wahlerfolgs hatte die DNMP nur einen Schuss im Lauf. Sie musste jetzt die Regierung übernehmen, koste es, was es wolle – und sei es die Hälfte der Ministerämter. Hauptsache, man eroberte die Regierungsspitze. Das hatte der Nazi Hitler einst verstanden, als er Papen plus den deutschnationalen Idioten fast alle Ministerien überließ, um Reichskanzler zu werden. Hitler nutzte sein Amt zur Gleichschaltung aller politischen Gruppen und damit zur totalen Machtübernahme. Hansen dagegen gefiel es, alle vor den Kopf zu stoßen. Jetzt oder nie! Die Chuzpe der DDRlerin Hauser im TV bewies Levite, die Kommis hatten verstanden, dass nun der richtige Augenblick war, die Demokraten kaputt zu machen. Nur jetzt!

Paul Levite war versessen aufs Gewinnen, seit er denken konnte. Dennoch hatte er immer verloren. Die Weißen boten Levite eine einzigartige Chance. Und ausgerechnet jetzt blockierte Hansens Dummheit sein Masl.

Wenn Levite im Moment des Siegestaumels der Bewegung einen Putsch inszenierte, würden die Nazis ihn als jüdischen Verräter ans Kreuz schlagen. Den Niedergang seiner Partei durfte er dennoch nicht hinnehmen. Zumindest musste er in der Öffentlichkeit seinen Anteil am Sieg reklamieren. Dazu war er durch das hervorragende Abschneiden der Bewegung in Hessen legitimiert. Doch er fühlte sich auf seinem Weg blockiert. Durch seine Erziehung? Aufgrund der jüdischen Ethik, die Würde der Mitmenschen ebenso wie die eigene zu achten? Unsinn! Er hatte sich auf den Pakt mit dem Teufel eingelassen. Nun musste er die Höllenhitze aushalten! Paul Levite kam ein Vers aus Heinrich Heines Gedicht »Guter Rat« in den Sinn:

Lass dein Grämen und dein Schämen!
Werbe keck und fordre laut,
Und man wird sich dir bequemen,
Und du führest heim die Braut.

Nur wenn er laut forderte, gehörte ihm die deutsche Braut. Er lebte freiwillig in Hitlerland. Heine hatte in jungen Jahren dem Glauben der Väter abgeschworen und sich evangelisch taufen lassen, um das Entréebillet zur europäischen Gesellschaft zu erlangen. Vergeblich: In den Augen der Gojim war er ein Jud geblieben – und er selbst hatte nie aufgehört, sich als Jud zu fühlen. Paul Levite riss sich aus seinen Grübeleien. Jetzt galt es, keck für seine Person zu werben.

DER KLEINE VERSAMMLUNGSSAAL in der Frankfurter Parteizentrale in Bornheim war überfüllt. Die Parteigenossen waren von ihrem Sieg, von Bier und Schnaps berauscht. Levite tankte sich durch die Menge zum Landesgeschäftsführer und wies ihn an, einen Dauertusch erklingen zu lassen. Die Verstärkeranlage produzierte zunächst schrille Rückkopplungstöne, die selbst den Betrunkenen ins Mark fuhren. Levite wuchtete seine hundert Kilo auf die kleine Bühne. Er ergriff das Mikro und befahl, den »Dünnpfiff fix abzudrehen. Wir sind hier im siebten Himmel der Siegesfeier, nicht im Abgrund der totalen Niederlage – wie bei den Konservativen und den Freien Sozialisten.« Die kurze Stille nach Levites Satz wurde durch Jubel abgelöst.

Der Redner dankte den Wählerinnen und Wählern für ihre Zivilcourage, eine Partei gewählt zu haben, die von ihren Konkurrenten als »nazistisch oder faschistisch oder sonst was Teuflisches verunglimpft wird. Nichts ist falscher! Wir haben nur ein Ziel: Die Deutschen sollen in ihrer Heimat sicher sein und sich sicher fühlen. Sie sollen einen sicheren Arbeitsplatz haben und dafür ordentlich bezahlt werden. Wir sind nicht fremdenfeindlich! Wir bedrohen niemanden. Die Deutsch-Nationale Mehrheits-Partei will mit allen Nachbarn in Frieden leben. Dass die Wähler unsere friedlichen Ziele verstanden haben und teilen, ist vor allem euer Verdienst! Ihr als Wahlhelfer habt die Bürger überzeugt, dass an den Vorwürfen des Rassismus, der Fremdenfeindlichkeit und des aggressiven Nationalismus gegen die DNMP nichts, aber auch gar nichts dran ist. Wir sind Demokraten. Deshalb sind wir jederzeit bereit, mit allen anderen demokratischen Parteien und Kräften zum Wohle Deutschlands zusammen zu arbeiten…«

Levite spürte Verzagtheit bei seinen letzten Worten. Er hob die Stimme: »Vor allem eurem ehrlichen, unermüdlichen Einsatz ist es zu verdanken, dass die DNMP von null auf hundert geklettert ist. Dass sie den größten Wahlsieg einer Partei in der deutschen Geschichte hingelegt hat. Dass unsere Partei in Hessen unbestritten an erster Stelle steht, ist allein eurem Tun geschuldet!« Levite steigerte seinen Bariton zum Gebrüll. »Danke, Freunde! Danke! Am liebsten würde ich jeden von euch umarmen…« Seine letzten Worte gingen im Beifall unter. Levite sprang von der Bühne, breitete seine Arme aus und begann zur Begeisterung seiner Anhänger die nahe Stehenden zu umschlingen, wobei er sich vor allem an schöne Frauenzimmer hielt.

BEWUSST STELLTE SICH Levite in Gegensatz zu Hansen. Der Parteichef hatte alle Brücken zu den Systemparteien verbrannt. Levite dagegen betonte den demokratischen Charakter seiner populistischen Gruppierung und ihre Bereitschaft, auf die übrigen demokratischen Kräfte zuzugehen.

Sollte sich der Obernazi die Platze ärgern! Levite wollte die anwesenden Journalisten, vor allem die TV-Fritzen, dazu bewegen, seine Worte zu registrieren und weiter zu geben. Tatsächlich drang ein Fernseh-Team zu ihm durch. Der sichtlich aufgeregte Reporter sprach Levite darauf an, sein Hinweis, die DNMP sei eine demokratische Partei und bereit, mit allen anderen Demokraten zusammen zu arbeiten, widerspreche diametral der Aussage seines Vorsitzenden, der verkündet hatte, alle Gegner der Deutschnationalen zu vernichten. Levite zwang sich zu einem vollen Lachen. Das verschaffte ihm einen Moment Bedenkzeit. *Werbe keck und fordre laut!*

»Wir wollen niemanden auslöschen.«

»Aber Ihr Parteiführer hat dies wortwörtlich gefordert. Und einige Parteigenossen haben Sieg Heil gerufen.«

»Idioten.«

»Meinen Sie damit Ihren Parteiführer Hansen?«

»Hansen hat nicht Heil Hitler gerufen… Ob er ein Idiot ist, muss jeder für sich selbst beantworten.«

Levite konnte seine Worte nicht mehr einfangen. Sich für seine Aussage zu entschuldigen, wäre umsonst. Hansen würde dennoch seinen Parteiausschluss verlangen. Na und?

Der Reporter war von Levites Worten konsterniert. Derweil strömten Kollegen herbei und bildeten einen Kreis um den Politiker und den Journalisten, der nach einer Schrecksekunde seine Sprache wiederfand.

»Herr Levite, habe ich Sie recht verstanden? Behaupten Sie, dass Ihr Parteiführer…«

»Lassen Sie den ›Führer‹ ruhen!«, wies ihn Levite an.

»Einige Ihrer Parteigenossen wollen ihn nicht ruhen lassen.«

»Einige Reporter erzählen auch Unsinn! Urban Hansen ist Parteivorsitzender. Nicht mehr und nicht weniger. Ein Führer ist er nicht. Das kann er nicht.«

»Ist er ein Idiot?«

»Nochmal: Darauf muss jeder selbst eine Antwort finden.«

»Und was denken Sie über Ihren Füh…« Levite hob mahnend seinen Finger, »… über Ihren Parteichef?«

»Urban ist ein Mann mit Talenten… Jetzt muss er Farbe bekennen. Das darf nur Schwarz-Rot-Gold sein – nicht schwarz-weiß-rot und schon gar nicht braun.« Angriff ist die beste Verteidigung, zumal, wenn der Rückzug abgeschnitten ist. »Hansens Bemerkung, die Feinde unschädlich zu machen, war unklug.«

»War sie idiotisch?«

»Sie war nicht zielführend. Denn unser Ziel als DNMP ist, Deutschland gemeinsam mit anderen Demokraten zum Wohl aller Bürger zu regieren.«

»Unter der Führung Urban Hansens?«

»Ich habe Ihnen bereits erklärt, die Zeit des Führers ist unwiederbringlich vorbei!«

»Und wenn Herr Hansen auf seinem Führungsanspruch besteht?« Levite brachte sich erneut zum Lachen. Danach sprach er mit klarer Stimme: »Urban Hansen hat auf gar nichts zu bestehen! Wir haben eine Parteiführung, der auch ich angehöre. Wir werden beraten, was zu tun ist und dann gemeinsam entscheiden.«

»Heißt das, Sie fordern Urban Hansens Führungsanspruch heraus?«

»Das ist unnötig. Die Gremien der Partei werden über unser weiteres Vorgehen souverän entscheiden. Dort – nicht hier bei Ihnen – werde ich meinen Standpunkt kundtun. Nur so viel: Wir müssen im Interesse unseres Landes und unserer Partei handeln. Die DNMP ist keine Bühne für Selbstdarsteller.« Levite lehnte es ab, weitere Fragen zu beantworten.

DIE MASSE DER Menschen, die Levite umdrängten, ihm gratulierten, auf die Schulter klopften, und einzelne, die den Politiker ermahnten, er solle sein »Maul halten!«, wurde nach seinem Empfinden immer größer, ihr körperlicher Druck immer stärker. Levite brach der Schweiß aus. Er fühlte sich zunehmend beklommen. Raus! Nur raus hier! Es würgte ihn. Am liebsten hätte er in die Visagen der Umstehenden gekotzt. Er wollte seinen deutschen Landsleuten jenen Schwall braunen Drecks zurück geben, mit dem sie ihn während seiner Zeit bei den Deutschnationalen, ja im Grunde sein ganzes Leben lang, begossen hatten. Die einen unbewusst, die anderen kühl gezielt, vor allem die Schweine seiner Partei. Dank seiner Chuzpe – und weil sie ihn als Musterjuden brauchten – hatte er in dem Verein eine Blitzkarriere hingelegt. Aufgrund seines famosen Wahlergebnisses war er nun unbestritten zweiter Mann der Partei. Hansen konnte ihn nicht abschütteln. Zumindest nicht bis vor zehn Minuten! Bis sich Levites Zunge selbstständig gemacht hatte.

Er hatte sich ebenso dumm und unbeherrscht benommen wie Hansen. Der Druckabfall nach dem Wahlsieg war zu groß gewesen. Das Adrenalin hatte bei beiden die Kontrolle außer Kraft gesetzt. Aber im Gegensatz zu Levite konnte sich Hansen den Aussetzer leisten. Zwar hatte er mit seinem Nazi-Bekenntnis die Regierungsbeteiligung ausgeschlossen – zumindest vorläufig. Doch ihm blieb noch seine Partei. Um die Treue seiner Gefolgschaft musste er sich keine Sorgen machen. Die Bande war Fleisch aus seinem Fleische – Nazis wie ihr Führer. Levite dagegen war ein Jud und damit ihr Todfeind, den sie jetzt nicht mehr brauchten. Sie würden ihn schlachten. Niemals! Alles in Levite schrie auf: Er würde kämpfen – bis zum letzten Atemzug. Levite bahnte sich einen Weg durch die Menge.

Auf der Dachterrasse atmete er tief durch. Die frische Luft kühlte seinen Kopf. Seine Verzweiflung steigerte sich zur Panik. Es drängte ihn, über das Geländer zu flanken in die unendliche Freiheit. Nein! Sechs Millionen hatten sich abschlachten lassen, unter ihnen fast die ganze Familie seines Vaters Herschl. Das war genug! Auch die Israelis zählten nur sechs Millionen Juden. Doch anders als die europäischen Hebräer ergaben sie sich nicht den Antisemiten. Sie kämpften gegen 300 Millionen Araber. Gegen die brutalsten Terroristen. Sie gewannen alle Kriege und gaben ihren Feinden ständig ordentlich eins auf die Nase. Weil der Tod der europäischen Juden ihnen vor Augen stand. Die Diasporajuden schaufelten sich ihre Gräber, bevor die SS sie niedermähte. Die Israelis dagegen hatten ihren Stolz. Sie waren brutale Hunde. Nur so konnten sie überleben.

Vor dieser Alternative sah sich jetzt auch Paul Levite: Kapitulieren und sich auslöschen lassen oder aufrecht und mit letztem Einsatz zu fechten, bis zur Vernichtung Hansens. Trotz seiner selbst suggerierten Entschlossenheit brachte es Levite nicht fertig, seine Fäuste zu ballen. Er versuchte, zumindest ruhig durchzuatmen. Mit tippelnden Rückwärtsschritten entfernte er sich vom Eisengeländer.

Dabei stieß er gegen einen Mann. Robert Kriener war lautlos hinter ihm auf die Dachterrasse getreten.

»Was machen wir jetzt, Paul?«, fragte er unaufgeregt. Levite mochte die Stimme, ja das ganze Wesen seines rothaarigen Stellvertreters. Er hätte nie vermutet, unter der Nazidrecksbande einen anständigen Menschen anzutreffen. Der ehemalige Kriminalhauptkommissar besaß eine solide Persönlichkeit. Kurz nach seiner Ernennung zum hessischen Gauvorsitzenden hatte Levite getreu Machiavellis Devise, Grausamkeiten sofort zu begehen, den gesamten Landesvorstand geschasst und mit Männern besetzt, von denen er ein Mindestmaß an Loyalität erwarten durfte. Dabei hatte Levite Kriener zu seinem Stellvertreter bestimmt und ihm das Ressort Sicherheit übertragen. Zunächst herrschte Aufregung. Widerstand erhob sich gegen das selbstherrliche Gebaren des Juden, der sich anmaßte, die durch Wahlen zum Landesvorstand bestimmten Kameraden aus ihren Ämtern zu werfen.

Doch bereits nach wenigen Wochen mussten die Burschen anerkennen, dass Juden-Paule, wie man ihn in seiner Abwesenheit nannte, mit bislang ungekannter Dynamik aus ihrer Rasselbande eine kampagnenfähige Truppe geformt hatte, die die anderen Parteien das Fürchten lehrte. Levite selbst hielt Reden in Äppelwoi-Wirtschaften und auf Marktplätzen, die wegen ihres Witzes beim Publikum gut ankamen. Bald ging den Kameraden die Bedeutung des Begriffs Chuzpe auf. Sie verstanden darunter dreistes, zielstrebiges Handeln.

Entscheidend für Levites Erfolg war, dass er eine neue Mediendivision aus dem Boden stampfen und von einem Hightech-Nerd steuern ließ, der Robert Kriener direkt unterstellt war. Mit Hilfe der sozialen Medien erfasste die Truppe jeden Computer- und Smartphone-User, ganz zu schweigen von Facebook, Twitter und Instagram. Die Partei nahm sich aller an: Alte und Junge, Frauen wie Männer, Gebildete und Hohlköpfe. Die User wurden Tag und Nacht mit spezifisch auf ihre Person zugeschnittenen Contents gefüttert – unterbrochen nur von Gewinnspielen, Einkaufs- und Gesundheitstipps. Mit Hilfe dieser Reklame finanzierte die DNMP ihre politischen Botschaften. Ehe sich die anderen Parteien versahen, übernahmen die Deutschnationalen die elektronische Führung und bauten ihren Vorsprung trotz knapper Mittel stetig aus. Derweil kontrollierte Krieners Team unentwegt die Inhalte der Blogs, Websites, YouTube-Clips, Podcasts, Facebook-Einträge und Twitter messages auf ihre politische Unbedenklichkeit. Hassvideos wurden, anders als in NRW und in Meck-Pom, unverzüglich erfasst und gelöscht.

Auf diese Weise erlangte die Partei den Ruf, interaktiv mit den Menschen, vor allem den jüngeren, zu kommunizieren. Zugleich streiften die Deutschnationalen in Hessen ihren Ruf als Neonazis ab. Sie gewannen stattdessen das Image einer bürgernahen Bewegung. Dazu trug nicht zuletzt der Special Monitoring Report SMR bei, der zweimal täglich Levite und den übrigen Landesvorstandsmitglieder vorgelegt wurde. So war die Landesführung ständig über die Stimmung in Hessen up to date und konnte ihre Taktik permanent den Wünschen der Bevölkerung anpassen. Dies machte sich im Wahlkampf bezahlt, in dem Levite ausschließlich für seinen eigenen Gebrauch morgens um 6 Uhr und mittags um 13 Uhr jeweils einen zusätzlichen speziellen Report beanspruchte, der die Gemütslage der Internetuser nach spezifischen sozialen, wirtschaftlichen und kulturellen Kriterien aufschlüsselte. Auf diese Weise war der Landesvorsitzende der am besten informierte Hesse, was Gefühle, Begehren und politische Neigungen seiner Landsleute anging. Levite begnügte sich nicht damit, den SBL, den Sonderbericht Levite, von einer Assistentin entgegen zu nehmen. Stattdessen erbat er sich stets die persönliche Übergabe des Rapports durch Kriener. Nachdem er die Zahlen und Bemerkungen sorgfältig studiert hatte, forderte Levite seinen Sicherheitsbeauftragten auf, seine Einschätzung kundzutun. Kriener verstand, dass dies keine Schikane war. Levite war tatsächlich neugierig auf seine Meinung und unterzog ihn jedes Mal einer gezielten Befragung, deren Gründlichkeit und Sinnesschärfe den einstigen Kriminalbeamten beeindruckte. Levite mochte während seiner Wahlkampfauftritte platte Parolen verbreiten wie jeder Politiker. Bei ihrer gemeinsamen Analyse war er konzentriert, nüchtern und abwägend.

Während ihrer Zwiegespräche entwickelte Levite Gedanken und Parolen, die er kurz darauf den Mitgliedern des Landesvorstandes und den übrigen Parteifunktionären oktroyierte. Kriener bemerkte, dass er auf diese Weise zum wichtigsten Berater und Sparringspartner des Chefs aufgestiegen war und diese Position stetig festigte. In der Parteiführung erntete er den Spitznamen »Levites Schatten«. Die dabei unterstellte blinde Gefolgschaft war unrichtig. Levite schätzte die Geradlinigkeit Krieners, die Zuverlässigkeit seiner Arbeit und die Offenheit seines Urteils, vor allem aber dessen Loyalität. Kriener wiederum imponierte die rastlose Energie Levites und sein innovatives Denken, das sich nie auf dem Erreichten ausruhte, vielmehr stets nach optimierten Wegen suchte. Trotz des damit verbundenen Aufwandes genossen beide Männer ihre fortwährenden Besprechungen, mit denen sie systematisch den Aufstieg der Landespartei vorbereiteten.

»Warum hat du uns im Augenblick unseres größten Erfolges aus dem Rennen geworfen?«, fragte Kriener Levite auf der Dachterrasse in ruhigem Ton.

»Es war stärker als ich. Ich konnte nicht länger zum Dummdreck Hansens den Mund halten, durch den er alles kaputt macht, was wir in zwei Jahren mit letzter Kraft aufgebaut haben...«

Levites vibrierende Aufgeregtheit kippte in Niedergeschlagenheit zurück. Es kostete ihn Kraft, weiter zu sprechen. »Meinst du ... ich habe mit meinem Statement alles kaputt gemacht? Gibt es keinen Weg zurück ... selbst wenn ich meine Worte bedauere?«

»Ich fürchte nein, Paul...« Kriener hielt kurz inne, ehe er fortfuhr. »Das Spiel ist aus. Hansen hasst dich. Auch, weil du Jude bist. Alle anderen im Vorstand hassen dich nicht minder. Jetzt, nach dem Wahlsieg, hast du deine Schuldigkeit getan. Sie brauchen dich nicht mehr. Und durch dein TV-Statement hast du ihnen im richtigen Moment das Alibi geliefert, dich zu entsorgen. Das ist für die perfekt gelaufen.«

»Was wird Klein-Adolf jetzt tun?«

»Er wird dich vom Reichsvorstand einstimmig rauskegeln lassen.« »Was soll ich deiner Meinung nach machen?« »Augenblicklich aus dem Reichsvorstand zurücktreten und versuchen, den Vorsitz in Hessen zu halten. Das dürfte nicht leicht sein – eher: fast unmöglich!« Kriener sah Levite gewollt aufmunternd an. »Aber dir fällt immer etwas ein. Vielleicht schaffst du's. Ich werde jedenfalls mein Möglichstes dafür tun und du hast bei uns die Männer handverlesen bestimmt. Was wenig bedeutet ... aber immerhin, vielleicht kriegst du den einen oder anderen noch rum. Rainer beispielsweise gilt hundertprozentig als dein Mann...«

»Und aus dem Reichsvorstand soll ich, deiner Meinung nach, sang- und klanglos aussteigen?«

»Ja, Paul. Ich habe bis soeben die Einträge auf Facebook und die Tweets verfolgt.« Kriener schüttelte den Kopf. »Da kommt blanker Hass zum Ausdruck! Das ist tödlicher Antisemitismus, als ob es nach '45 nie eine Aufklärung gegeben hätte.« Kriener zögerte, ehe er sich entschloss, fortzufahren. »Der Tenor besagt, sie würden dich am liebsten unschädlich machen, vergasen. Und das sind nicht alles Deutschnationale. Da kannst du dir in etwa ausmalen, wie es im Reichsvorstand aussieht.« Kriener legte seine Hand auf Levites breiten Rücken. »Trete per FB zurück, spar dir die persönliche Begegnung mit diesem Pack.«

»Kommt nicht in Frage!«

Der scharfe Ton Levites überraschte Robert Kriener. Er sah ihn fragend an. »Die Zeiten, in denen wir Juden aus Angst vor einer Drohung in die Hosen gemacht haben, ist vorbei! Endgültig!«

»Paul, du vermeidest schlicht die Begegnung mit dem Nazi-Haufen.«

»Nenne es, wie du willst. Es bleibt ein Kneifen.«

»Man muss doch nicht in jeden Strudel springen, nur um sich zu beweisen, dass man keine Angst vor dem Ertrinken hat…«

Levites Züge verzogen sich zu einem schiefen Grinsen. »Wir Juden scheinbar doch. Zumindest nach Auschwitz. Wenn die Israelis den Mumm haben, den Terroristen zu trotzen, dann muss ich das hier auch fertig bringen.«

»Du bist doch kein Zionist, Paul?«

»Nein! Aber auch kein Feigling!« Levite stierte in die Dunkelheit. Das Bedürfnis, sich in den Tod zu stürzen, war gewichen. Er fühlte die Kraft in seinen Körper zurückkehren. Paul Levite war entschlossen, seinen Parteifeinden entgegen zu treten und sie das Fürchten zu lehren. Er ballte seine Fäuste.

PAUL LEVITE UND Robert Kriener flogen mit der Frühmaschine um 6 Uhr von Frankfurt am Main nach Berlin-Tegel – der Hauptstadtflughafen Berlin-Brandenburg International in Schönefeld hatte noch immer keine Betriebsgenehmigung erhalten. Sie nahmen ein Taxi ins Ernst-Jünger-Haus in der Indira-Gandhi-Straße in Hohenschönhausen. Kriener begleitete Levite trotz seiner Bedenken, an der Sitzung des Reichsvorstandes überhaupt teilzunehmen. Er wollte seinen Freund nicht allein seinen Feinden überlassen. Entgegen Krieners Drängen bestand Levite darauf, das Gebäude nicht durch den Hintereingang zu betreten. Dort hatte die Parteileitung einige Dutzend Aktivisten mit Schildern postiert. Auch Fernsehteams waren unterrichtet worden, sie sollten den sich ins Haus Schleichenden filmen. Doch Levite fuhr vor dem Hauptportal vor. Sobald seine bullige Gestalt von den vorne Stehenden erkannt wurde, brachen diese in Geschrei aus, das sich in die Reihen der etwa tausend Schlachtenbummler ausbreitete. Die Wartenden riefen »Verräter«, »Schweine«, »Haut ab!«, »Raus!« Manche brüllten trotz Verbots durch den Ordnungsdienst »Nieder mit den Juden!« oder schlicht »Judensau!« In der Menge wurden Papp-Plakate mit den Aufschriften »Judas!«, »Weg mit Levite!«, geschwenkt.

Levite machte Anstalten, sich auf die Schreihälse zu stürzen, doch Robert Kriener zog seinen jähzornigen Weggefährten rasch zur Treppe ins Gebäude hinauf. Auch im Haus setzte sich das »Verräter!«-Geschrei fort. Kriener bugsierte Levite in ihr kleines »Vorstandsbüro Gau Hessen« im ersten Stock. Selbst durch die geschlossene Tür hörte man das Toben der aufgebrachten Parteigenossen.

»Paul, lass uns vernünftig sein! Hier haben wir nichts zu gewinnen. Es hat nichts mit Mut zu tun, sich dieser aufgehetzten Meute auszuliefern«, sprach Kriener so ruhig wie möglich.

»Was sollen wir deiner Ansicht nach machen?«

»Sofort abhauen!« In diesem Moment begann es an ihrer Tür zu trommeln, die Klinke wurde nach unten gehämmert, »Verräter!«, »Schweinejude!«-Rufe schwollen an. Ehe Kriener reagieren konnte, sprang Levite auf, entriegelte die Tür und riss sie auf. Er sah sich einer keifenden Gruppe gegenüber.

Reflexartig stürzte sich Levite auf den am nächsten stehenden Mann und drosch diesem mit den Fäusten ins Gesicht. Der riss die Hände hoch und wankte. »Wenn noch jemand eins in die Fresse will, soll er's sagen!«, brüllte Levite. Die Männer wichen zurück. »Kommt her, feige Bande!«, schrie er und ballte erneut seine Fäuste. Da war Kriener bei ihm, packte Levite an den Schultern und stieß ihn zurück ins Büro, dessen Tür er verschloss.

Levite stand unschlüssig im Raum. »Diese feigen Nazischweine«, rief er heiser. Er ließ sich auf einen Bürosessel fallen. Levite sank in sich zusammen, dann schlug sein Kopf auf die Schreibtischplatte. Der schwere Mann schluchzte, es schüttelte seinen Oberkörper. Kriener trat neben ihn. Allmählich beruhigte sich Levite. Er zwang sich, aufrecht zu sitzen, wischte sich die Augen und sprach mit um Festigkeit bemühter Stimme zu Kriener: »Warum lebe ich ehrloser Jud in diesem Scheißland? Warum hab ich mich ausgerechnet bei dem Nazipack eingeschleimt?« Kriener zögerte: »Dich hat wohl das Risiko gereizt…«

»Nein. Die Macht. Und deshalb habe ich alles, was mir heilig ist und was anständig ist, rechts liegen gelassen. Ich hab mich dem Satan verschrieben.«

Levites gnadenlose Ehrlichkeit gegen sich selbst imponierte Kriener. Er wusste dank seiner Recherchetätigkeit, dass bei weitem nicht alle DNMP-Aktivisten, ja nicht einmal die höheren Parteifunktionäre, überzeugte Nazis waren. Kriener schätzte, dass ein Drittel, wohl gar die Hälfte, Opportunisten waren, die alles getan und gesagt hätten, um nach oben zu kommen. Doch keiner von ihnen besaß den Mut, dies zuzugeben, wie Levite soeben.

»Das haben außer dir noch andere gemacht – zum Beispiel ich.« Levite sah Kriener verblüfft an. »Du? Ich habe dich für einen gradlinigen Menschen gehalten…« Kriener lachte auf. »Ich glaube, ich bin nicht unanständig gewesen. Jedenfalls kein Nazi. Ich war zwanzig Jahre Polizist. Dabei verlierst du alle Illusionen. Man hat nur mit menschlichem Abschaum zu tun. Aus bekannten sozialen Gründen sind die Straftäter allzu oft Ausländer, Moslems. So wirst du empfänglich für Vorurteile. Da taucht plötzlich eine Partei auf, die diese Klischees bestätigt und vertieft – ohne Nazis zu sein wie die NPD. Sie werben um dich. Sie eröffnen dir die Aussicht, Karriere zu machen, Abgeordneter zu werden … politisch etwas zu bewirken, statt die nächsten zwanzig Jahre als Lumpensammler an deinem Schreibtisch im Präsidium oder auf Streife zu verschimmeln. Klar machst du mit. Ich hab's jedenfalls getan. Erst bei der Parteiarbeit habe ich gemerkt, wie viel Nazimist damit verbunden ist. Ich wollte aussteigen. Doch der Weg zurück zur Polizei war versperrt. Dann bist du zu uns nach Frankfurt gekommen. Ein Jude, kein Nazi. Du warst…« Kriener lächelte verschämt, »… du bist intelligent, innovativ, mitreißend. Ich hab mich an dich gehalten…«

»Ich war also dein Nazi-Fleckenreiniger bei der DNMP?« Kriener verzog seinen Mund. »Irgendwie schon…« »Dann habe ich exakt die Aufgabe als Musterjude erfüllt, die mir Hansen zugedacht hatte…«

Robert Kriener hätte gerne das Gespräch weitergeführt, doch er wusste, dass ihnen keine Zeit blieb. Durch die Hiebe Levites war die Spannung in Gewalt umgeschlagen. Das bedeutete Lebensgefahr für seinen im Büro isolierten Chef und für ihn selbst. Er musste handeln. Kriener informierte telefonisch die Einsatzzentrale der Polizei und danach den Ordnungsdienst des Ernst-Jünger-Hauses.

Als Ordnungsdienst und Polizei erschienen, versuchte Kriener Levite zum Verlassen der Reichsleitung zu bewegen. Seine Ratio drängte Levite, dem Rat Krieners zu folgen, doch das ihm eingebrannte Trauma, sich nicht wehrlos zu ergeben, verbot die Flucht. Daher schlug Paul Levite die Weisung der Polizei aus, umgehend das Büro zu räumen. Stattdessen forderte er die Männer des Parteiordnungsdienstes auf, ihn zum Großen Sitzungssaal zu eskortieren. Robert Kriener sah sich gezwungen, Paul Levite zu folgen.

Die Mitglieder des Reichsvorstandes hatten sich pünktlich im Blücher-Saal des Ernst-Jünger-Hauses eingefunden. Sobald alle 18 Männer versammelt waren, ließ Carsten Glogowski die Türen schließen. Der Reichsorganisationsleiter überreichte Urban Hansen mit strahlender Miene einen in Eichenblättern eingefassten überdimensionalen Strauß roter und weißer Rosen. Das Gebinde verdeckte das Gesicht des Parteichefs fast vollständig und Hansen hatte Mühe, es mit ausgestreckten Armen zu halten. Sein Adjutant sprang hinzu und übernahm das Bukett. »Danke, Kameraden«, rief Hansen. Danach wies er die Anwesenden an, Platz zu nehmen.

Glogowski stand zunächst unschlüssig herum, doch als ihm sein Parteiführer mit einer energischen Geste bedeutete, sich ebenfalls zu setzen, folgte er dem Befehl. Dennoch ließ er es sich nicht nehmen, das vor ihm stehende Tischmikrofon einzuschalten: »Ehe wir mit der Sitzung beginnen, werte Parteigenossen, erlauben Sie mir als Hausherrn …« – die sich kräuselnden Mundwinkel Hansens verrieten, dass der Führer sich selbst als Herr des Ernst-Jünger-Hauses verstand, daher vollführte Glogowski eine verbale Volte: »… vielmehr als Hausmeier – der Chef des Hauses ist unbestritten unser Führer Urban Hansen –, ihm zu dem triumphalen Sieg unserer Bewegung zu gratulieren.« Abgesehen von Levite und Kriener klatschten alle Anwesenden heftig Beifall. Wobei sie das demonstrative Abseitsstehen des Juden und seines hessischen Adlatus verfolgten. Glogowski geriet darüber dermaßen in Zorn, dass er ins Mikrofon brüllte: »Und das, obgleich der Jude Levite und seinesgleichen uns im entscheidenden Moment in den Rücken gefallen sind. Und es gewagt haben, unseren Führer auf das Niederträchtigste zu beschimpfen und zu bedrecken!«

Hansen federte von seinem Stuhl hoch und bedeutete Glogowski mit ausgestreckter Hand zu schweigen. Allmählich verstummte das Grollen der Anwesenden.

»Danke, Glogo!«, Hansens Tonlage zitterte hochkrächzend. Erst im Weiterreden normalisierte sich seine Stimme. »Kameraden! Lasst uns im Augenblick unseres titanischen Sieges nicht im Zorn zurückblicken. Wir Deutschen, insbesondere wir Deutschnationalen, schauen mit Zuversicht in die Zukunft. Rachsucht und Verrat sind unsere Sache nicht.«

Der fast einhellige Beifall zeigte Hansen, dass seine Männer fest hinter ihm standen. Ihre Treue verlieh ihm neue Kraft. »Im Gegenteil, Kameraden! Gerade jetzt strecke ich in guter, alter deutscher und christlicher Tradition meine Hand aus ...«, seine Rechte schnellte vor, »... zu allen Kameraden und Freunden, die guten Willens sind, weiterhin an unserer Seite zu marschieren und zu kämpfen, bis wir endgültig den Sieg errungen haben. Dann schaffen wir in Deutschland wieder Ordnung. Und wie!«

Hansen schwieg. Er genoss die Macht seiner Rednergabe, die seine Kameraden zu gespannter Ruhe zwang. Dabei ließ er den Blick in der Runde kreisen, fixierte einen Mann und rief: »Ich wende mich speziell an dich, Kamerad Kriener. Ich schätze deine Treue zu unserer Bewegung und zu mir. Diese Loyalität muss jedoch ihre Grenzen dort haben, wo Verrat und Käuflichkeit herrschen!« Hansen wartete, bis erneut Klatschen aufkam. Er behielt den Angesprochenen im Blick. »Robert Kriener! Jetzt ist für dich der Moment gekommen, die Führung unserer Bewegung in Hessen zu übernehmen. Du wirst den Sieg, den du dort errungen hast, zum absoluten und endgültigen Gewinn führen, ohne dich von hinterhältigem Verrat beirren zu lassen. Hiermit ernenne ich dich zu unserem neuen Hessenführer!«

Der Polizist durchschaute das Umarmungsmanöver des Parteichefs. Er wusste, dass Hansen ihn nach Levites Abschuss bei der nächsten Gelegenheit ebenfalls vernichten würde. Der Parteiführer zwang Kriener, Farbe zu bekennen. Das würde ihm lediglich eine Atempause verschaffen. Für Levite dagegen war er unentbehrlich. So musste Kriener sich mangels Alternative auf dessen Seite schlagen – auch wenn Levites Chancen im innerparteilichen Machtkampf minimal waren. Doch der Jude war ein gewitzter und verbissener Fighter. Er würde nie aufgeben. Und auch Kriener hatte womöglich noch ein Ass im Ärmel. Robert Kriener gab sich einen Ruck. »Mein Parteivorsitzender Hansen«, hob er langsam an. »Ihr Vertrauen ehrt mich. Doch ich kann Ihr Angebot nicht annehmen…« »Das war kein Angebot, Kriener, das ist ein Befehl! Du bist von nun ab hessischer Landesvorsitzender! Punkt! Setzen!«

Die Order Hansens war suggestiv. Kriener wollte sich reflexartig niederlassen. Da sah er aus den Augenwinkeln, dass Levite sich anschickte, aufzuspringen und loszubrüllen. Wenn der Bursche mit der Wucht seiner zwei Zentner alttestamentarischen Jähzorns hier losplatzte, dann verdarb er alles. Daher beruhigte Kriener Levite mit der vorgestreckten Hand und hob an: »Ich werde unter keinen Umständen hessischer Landesvorsitzender…« »Dann eben ein anderer. Bei uns herrscht kein Mangel…« »… das ist absolut unnötig. Der Sieg in Hessen ist in erster Linie das Verdienst Paul Levites. Er hat dafür gesorgt, dass wir von allen Westländern das beste Ergebnis erzielt haben. Dafür verdient er ein dickes Lob…«

Unbeirrt einzelner »Verräter«-Rufe fuhr Kriener fort. »Paul Levite ist kein Verräter! Er ist das Gehirn der hessischen Partei.«

»Ein heimtückisches Hirn«, rief Urban.

»Nein, Paul ist ein treuer Parteisoldat, dem im Moment des Sieges einige Sicherungen durchbrannten…«

»Ich bleibe dabei. Dieses Individuum ist ein Verräter, ein Judas!«

»Bravo!«-Rufe verliehen Hansen die notwendige Sicherheit, zum finalen Stoß gegen seine Feinde anzusetzen. »Solange ich Parteiführer bin, werde ich keinen Judas dulden, der mich…«, er hob seine Stimme, »… und uns alle für ein paar Silberlinge verhökert. Wir sind hier keine Synagoge, in der sich die vermeintlich Auserwählten ihrer Verbrechen rühmen dürfen«, rief Hansen heiser.

»Bravo!«

»Heil!«

»Von welchen Untaten sprechen Sie?«, forderte ihn Kriener heraus.

»Er hat den Führer einen Idioten genannt! Noch dazu im Fernsehen...«, sprang Maik Nützel Hansen bei.

»Levite hat gesagt, jeder könne sich selbst seine Meinung bilden...«

»Nein, der Jude hat Urban Hansen ausdrücklich einen Idioten genannt...«

»Ja! Das habe ich getan! Ohne Wenn und Aber«, donnerte Paul Levite, während er sich aus seinem Sessel hinter dem Ecktisch emporschwang. »Ich habe Urbans Rede einen Quatsch, eine Idiotie genannt und tue es heute wieder. Denn durch sein siegestrunkenes Gequassel hat er unsere hervorragenden Chancen auf eine Beteiligung an der Regierung mit seiner Blödheit ausgelöscht!«

»Stopft dem Judenbengel sein freches Maul!«, tönte der Bajuwarenführer Otto Schlögel.

»Ich habe in der Tat ein freches Maul. Aber du, Otto, besitzt kein Gehirn!«

»Judensau!«

»Das macht dich auch nicht gescheiter!«

Vereinzelte Lacher wurden hörbar.

»Was einer denkt, ist mir wurscht«, fuhr Levite erregt fort. »Aber was unser Repräsentant in der Öffentlichkeit sagt, das zählt. Wenn wir uns als Nazis aufführen, geben wir den anderen ein Alibi, uns rechts außen liegen zu lassen. Obwohl nicht wenige bereit waren, mit uns gemeinsam zu regieren und das Land aus der Scheiße zu ziehen. Aber das hat der Westentaschenführer Hansen dank seiner Hirnlosigkeit vermasselt.«

»Wir lassen uns nicht vor den Karren der Systemparteien schnallen. Auf keinen Fall sind wir bereit, bei Frau Kleinert die zweite Geige zu spielen.«

»Urban, du Narr begreifst nichts. Aber auch gar nichts. Frau Kleinert wird mit dir keine Koalition machen, selbst wenn du ihr die Fußsohlen küsst. Du bist für sie der Feind. Sie wird alles tun, um uns zu vernichten. Und wenn das Bundesverfassungsgericht uns nicht verbietet, lässt sie die Bundeswehr gegen uns marschieren.«

»Auch in Weimar hat das System vergeblich versucht, uns auszumerzen«, trotzte Urban bemüht.

»Nicht uns, sondern die Nazis.«

Levite ließ sich nicht durch das wieder einsetzende Murren beirren – auch nicht durch den Zwischenruf: »Das ist das Gleiche!« und »Jawoll!«. Mit voller Stimme fuhr er fort. »Der entscheidende Unterschied zu heute ist das Staatsoberhaupt. Feldmarschall Hindenburg wollte endlich die Rechte an die Macht bringen. Auch den Führer. Wenn es sein musste. Aber den echten. Den Adolf, nicht dieses Würstchen, den Urban. Du taugst nicht mal zum Goebbels.«

Wieder wurde gegluckst. Selbst die Nazis können das Lachen nicht unterdrücken, wunderte sich Levite. »Danziger auf Schloss Bellevue ernennt lieber Mutti zur Bundeskanzlerin, der er seine Wahl zu verdanken hat, als dich!«

Levite genoss das ratlose Gemurmel.

»Kameraden! Wir haben jetzt die Chance, an die Macht zu kommen. Nur jetzt! Und wenn wir diese Gelegenheit durch einen Volltrottel wie Urban vermasseln, ist sie für immer weg. Dann verbrennen uns die Systemparteien, dass nicht mal unsere Asche übrig bleibt. Darum und nur darum müssen wir Urban – trotz seiner früheren Verdienste – jetzt aus dem Verkehr ziehen.«

Levite ließ seinen Bariton anschwellen: »Sofort! Blitzschnell und eiskalt!«

Robert Kriener klatschte spontan. Levite konnte logisch denken und verfügte über eine demagogische Naturgewalt. Ihr konnten sich selbst die Antisemiten im Sitzungssaal schwer entziehen. Einer nach dem anderen fiel in den Beifall ein. Nur Otto Schlögel und wenige ostdeutsche Vorstandsmitglieder verschränkten ostentativ ihre Arme, während die Männer aus dem Westen, angeführt von Kriener, umso kräftiger applaudierten. Levite hob die Arme und sprach nüchtern: »Danke, Parteigenossen! Auf euren politischen Verstand ist Verlass!« Er setzte sich.

Urban blickte mit einer Mischung aus Verwunderung und Abscheu in die Runde. Das waren jene Parteigenossen, die er allesamt aus dem Nichts in die Spitzenämter der Partei gehievt und in den zukünftigen Reichstag gezogen hatte. Noch ehe ich sie in ihre gut bezahlten Abgeordnetensessel bringe, werfen sich diese Schmarotzer dem Judas an die Brust und verraten mich. Kanaille Mensch! Wenigstens die Kameraden aus dem Osten besitzen noch Anstand. So wandte sich Urban an sie.

»Parteigenossen! Lasst euch nicht bestechen! Der Jude lügt! Er muss lügen. ›Trau keinem Fuchs auf grüner Heid und keinem Jud bei seinem Eid!‹, warnte bereits Wilhelm Busch. Und ihr Gimpel fallt auf diesen Verräter rein…«

Noch während er sich hochstemmte, übertönte Paul Levite Urban Hansen mit voller Kehle: »Kameraden! Hier geht es nicht um die Märchen von Wilhelm Busch oder die der Bibel. Und schon gar nicht um einen Ethik-Konvent. Hier geht es einzig um den politischen Kampf. Urban Hansen hat seine Aufgabe für unsere Bewegung erfüllt. Jetzt schadet er uns, weil er zu eitel und vor allem, weil er größenwahnsinnig geworden ist. Darum muss er weg! Lasst uns nun tun, was Oswald Spengler uns geboten hat. Nach dem Sieg hast du zu handeln wie ein Herr: ›Hart! Rücksichtslos! Undankbar!‹ Jetzt muss unsere Energie darauf gerichtet sein, die Regierung zu bilden – auf sonst nichts. Da du dich selbst disqualifiziert hast, musst du weichen, Urban! Sonst reißt du uns alle mit in den Abgrund!«

Robert Kriener verschlug es angesichts von Levites Chuzpe die Sprache. Doch er hörte nicht auf, Beifall zu spenden. Die westlichen Vorstandsmitglieder folgten ihm, mit Ausnahme Schlögels.

»Wie willst du den Bundespräsidenten zwingen, dass er einen von uns mit der Regierungsbildung beauftragt?«, warf Hansen ein.

»Sobald du weg bist, benutzen wir die Kommis!«, erwiderte Levite ungerührt.

Die Anwesenden erstarrten. Levite verkündete kaltherzig die Verbrüderung mit dem kommunistischen Erzfeind. Damit entlarvte er sich endgültig als wahrer Judas. Levite spürte den Stimmungswandel: »Es gibt taktische Situationen, da ist man gezwungen, selbst mit dem Teufel zu paktieren. Das hat der Führer 1939 mit Stalin getan, um die Polen zu isolieren und die Franzosen bald darauf fertig zu machen. Genau vor dieser Situation stehen wir jetzt. Deshalb müssen wir genauso eiskalt handeln wie Hitler vor achtzig Jahren. Wer das nicht begreift, ist ein politischer Blindgänger.«

Maik Nützel sprang auf. »Ich werde dir miesem Juden nicht erlauben, den Namen des Führers in dein dreckiges Maul zu nehmen. Und schon gar nicht, um uns an deine kommunistischen Artgenossen zu versilbern«, brüllte der sächsische Landesvorsitzende.

»Kameraden, hüten wir uns vor unnötigem Zank. Es geht hier alleine um die Entscheidung, was am besten für unsere Bewegung ist…«

»In deinem Judenkopf kann das nur Kommunismus heißen!«

»Ich bin ebenso wenig Jude wie Adolf Hitler oder du, Nützel!«

Mit dieser Aussage verblüffte Levite die Anwesenden. Er fuhr fort: »Hitler lehrt uns, sich notfalls taktisch für begrenzte Zeit mit den Kommunisten zu verbünden, wenn es nicht anders geht!«

Levites Bemerkung löste wilden Zank aus. Das durfte er nicht zulassen. Er musste Herr des suggestiven Prozesses bleiben. Levite zwang seine Stimme zum ruhigen Ton: »Kameraden, lasst uns nicht versuchen, schlauer zu sein als der Führer. Wir alle sind in der Partei, um Deutschland zu retten. Das können wir nur tun, wenn wir die Macht haben. Doch die Macht erringen wir nur, wenn wir Urban von seinem Amt entbinden. Also tun wir in Gottes Namen das, was uns das Wohl Deutschlands und der Partei gebieten! Heben wir einen Kameraden aufs Schild, mit dem wir die Macht erringen und unser Ziel erreichen!«

»Und dieser Kandidat bist wohl du, Levi, oder?«, schrie Otto Schlögel auf.

Levite erwartete, dass Kriener sogleich reagierte. Doch der brauchte eine Weile, bis er alle Optionen durchgerechnet hatte. Solange durfte er nicht warten.

»Endlich begreifst du, Schlögel! Denn ich habe nicht nur das beste Ergebnis im Westen erzielt…« »In Frankfurt gibt's mehr Itzigs und Türken…« »Ich habe als Erster kapiert, welchen Bockmist Urban mit seinen voreiligen Naziparolen gebaut hat. Nur deshalb sah ich mich gezwungen, danach öffentlich unsere Regierungsbereitschaft zu erklären…«

»Verrat!«

»… um auf diese Weise unsere Partei im Rennen zu halten!«

»Paul Levite hat in der jetzigen Situation als einziger von uns die Chance, vom Bundespräsidenten mit der Regierungsbildung beauftragt und danach von einer Koalition zum Kanzler gewählt zu werden«, erklärte sich Kriener endlich.

»Niemals werde ich einen Juden zum Reichskanzler wählen…«

»Du wirst, Nützel, du wirst!« Levite legte eine Kunstpause ein. »Zumal, wenn du die Gelegenheit erhältst, Minister zu werden.«

Levite strahlte Maik Nützel an. Der Hesse nutzte die eingetretene Stille, um seine Wahl trotz rechtlicher Bedenken, politischer Uneinsichtigkeit und Judenhass durchzupeitschen.

Levite gewann das Votum mit 9 zu 7 Stimmen bei zwei Enthaltungen. Alle wussten, dass die Abstimmung keine Rechtsgültigkeit besaß. Doch sie schuf politische Fakten.

PAUL LEVITE VERLIESS das Ernst-Jünger-Haus durch den Nebenausgang. Jetzt wollte er sich unter keinen Umständen den Fragen der Journalisten und TV-Reporter aussetzen. Der Politiker war überzeugt, dass die Mitglieder des Parteipräsidiums den Medien ohnehin unverzüglich die Abstimmungsniederlage und den Sturz Urbans durchstechen würden. In dieser Situation könnte jegliche Stellungnahme Levites gegen ihn verwendet werden.

Paul Levite wurde vom Politikersyndrom gequält. Er war überzeugt, fortwährend rasch und entschlossen handeln und seine Meinung zu allem als erster kundtun zu müssen. Zugleich sagte ihm sein Instinkt, dass die Presse und damit die Öffentlichkeit momentan nichts von seinen Aktivitäten erfahren durften. In Frankfurt hatte er Übung darin, lautlos zu wirken. Dort besaß Levite eine Infrastruktur, die er gemäß seinen Vorstellungen zugeschnitten hatte. Darüber hinaus konnte er sich auf seine Mitarbeiter verlassen – zumindest, wenn er ihnen klare Anweisungen erteilte. Doch kaum war ein Goj auf sich alleine gestellt, wie Kriener soeben, bewies sein zaghaftes Verhalten, dass er unfähig war, selbständig zu denken und zu handeln – zumindest war Levite davon überzeugt. Er glaubte, dass auch die hessische Parteiführung auf seinen Verstand angewiesen bleiben würde. Jetzt wäre es am besten, sich von Kriener unverzüglich an den Main chauffieren zu lassen, denn am Bahnhof und am Flughafen Tegel würde er sogleich erkannt werden, ebenso im Flugzeug oder im Zug. Doch seine Anrufsalve blieb unbeantwortet. Kriener hatte konspirativ sein Smartphone abgeschaltet. Simpel! Levite sandte ihm per SMS Weisung, sich sofort bei ihm zu melden. Da keine Reaktion erfolgte, machte er sich zu Fuß auf den Weg in die Mitte der Metropole.

Eine Dreiviertelstunde später schritt Levite über die geteerten Wege des Volksparks Friedrichshain. Der kühle Nieselregen und der verhangene Herbsthimmel Berlins steigerten seine Wut über die erzwungene Tatenlosigkeit. Konnte er wirklich nichts unternehmen? Wenn ja, was? Wenige Monate in der Politik hatten ausgereicht, ihm jegliche andere Aktivität zu verleiden.

EHE PAUL LEVITE seine politische Karriere begann, war er fast vollständig auf Frauen fixiert. Zumindest auf ihre Verführung und die Erotik des Kennenlernens. Doch die Attraktivität der Partnerinnen ließ gleichermaßen nach, sobald die Sexualität mit ihnen zur Vertrautheit geriet und in Routine umschlug. Die Sucht nach der Euphorie des frisch Verliebten trieb ihn dazu, immer neue Frauen kennen zu lernen. Oft ärgerte sich Paul Levite über sein triebgesteuertes Verhaltensmuster. Er verliebte sich in Frauen, fand ihre Erotik berauschend, ihren Körper anziehend, ihren Intellekt und ihre Persönlichkeit anregend. Begeistert schmiedete er mit seiner jeweiligen Angehimmelten Zukunftspläne – bis ihn eine neue Frau in ihren Bann zog. Irgendetwas an ihr faszinierte ihn, ihr Lachen oder ihre Melancholie, ihre Augen, ihre Hände… Vor Jahren hatte er sich unsterblich in die Hände einer Frau verliebt. Alles andere wurde für ihn bedeutungslos: die Beziehung zu seiner damaligen Gefährtin, seine Arbeit. Levites Sinne waren dermaßen von der Begehrten gefangen, dass er nicht länger in der Lage war, sich auf andere Dinge zu konzentrieren, nicht einmal auf eine Zeitungsmeldung oder TV-Nachrichten. Paul Levite kannte in diesen Tagen nur die Hand-Frau – so lange, bis sie, an ihren Namen erinnerte er sich längst nicht mehr, seinem Werben nachgab. Doch nach ihrem ersten Beisammensein stellte der Liebhaber fest, dass seine Gespielin dabei ihre Strümpfe anbehalten hatte. Der Anblick der grauen, grob gestrickten Wollsocken wirkte auf Paul Levites Sinne wie eine Ausnüchterungszelle. Augenblicklich verflog sein Verlangen. Was tue ich bei dem Kratzstrumpf? Da er keine Antwort wusste, schlich er an der Schlafenden vorbei ins Bad, kleidete sich an und zog anschließend lautlos die Wohnungstür hinter sich zu. Paul Levite war enttäuscht.

Stets war er bereit gewesen, alles für die Liebe hinzugeben. Das ermöglichte ihm, ja zwang ihn geradezu zu stets neuen Liebesgeschichten – denen unweigerlich oft schmerzhafte Trennungen folgten. Als Levite seinen vierzigsten Geburtstag durch eigene »Schuld« einsam begehen musste, nahm er sich vor, fortan sein Liebesleben dem Verstand zu unterwerfen, sonst würde er als Hagestolz enden. Doch Levites Sinne setzten sich über diese Vernunftentscheidung mühelos hinweg. Sein Vater Herschl hatte seinen einzigen Sohn vor den Langzeitfolgen gewarnt: »Ein junger Galan wird begehrt, ein alter Schmock ist verjährt.«

Kurz nach seinem runden Geburtstag lernte Levite die Theologieassessorin Theresa Foper kennen. Eine ernsthafte, gesetzte Persönlichkeit. Sie beschäftigte sich intensiv mit dem Judentum, von dem sie theoretisch weit mehr Ahnung besaß als Levite, sowie dem christlich-jüdischen Dialog, für den sie ihren Geliebten zu gewinnen suchte. Doch die Betroffenheitsgymnastik Theresas ermüdete Paul allmählich. Aus dieser Gewissensübung wurde er durch die Polit-Offerte Urban Hansens erlöst.

LEVITE HATTE TROTZ seines abgebrochenen Studiums der Geschichte und der Politischen Wissenschaften gelernt, in solchen Dimensionen zu denken. Er verstand, dass nach dem demokratischen Aufbruch in Folge des Kollapses der Sowjetunion Anfang der neunziger Jahre nunmehr, dreißig Jahre später, in den wirtschaftlichen und sozialen Krisen der liberalen Demokratien allenthalben die Zeit der Nationalisten, Populisten und Faschisten angebrochen war. Von den USA bis Russland, von Griechenland bis Skandinavien, von Frankreich bis nach Ungarn suchten die Bürger Halt in unterschiedlichen Formen eines sich stetig radikalisierenden Nationalismus. Gegenwärtig besaßen nach Levites Auffassung Kreaturen wie Hansen die Oberhand. Wenn er selbst politischen Einfluss gewinnen wollte, musste er sich zumindest zeitweilig auf seine Seite schlagen, um zu gegebener Zeit seine Macht auszuspielen. Ähnlich wie es Bruno Kreisky getan hatte, dessen Familie wie die Levites Opfer der Nazis wurde. Dennoch war Bruno Kreisky später eine Koalition mit den »Freiheitlichen«, einem Bund einstiger österreichischer Nazis, eingegangen. Deren Vorsitzender Peter war ein ehemaliger SS-Mann. Kreisky machte ihn dennoch zum Minister, um als Bundeskanzler die Geschicke seines Landes lenken zu können.

Im Volkspark begriff Levite, dass er seine Inaktivität so schnell wie möglich beenden musste. Und bis dahin? Die angenehmste Möglichkeit wäre, bei einer Frau unterzuschlüpfen. Er hatte in Berlin eine Geliebte gehabt, Ella Feicht. Die Soziologin legte wenig Wert auf modische Kleidung und Kosmetika. Ihr Geld investierte Ella lieber in Bücher oder diverse Vereine, deren Zweck die Hilfe zugunsten von Asylflüchtlingen war. Die Mittdreißigerin war ein idealistischer Blaustrumpf. Doch Ella war überaus anziehend und sie liebte Paul, obgleich er sie für eine andere sitzen gelassen hatte. Der Gedanke an sie ließ seinen Schmock anschwellen. Paul musste Ella haben. Sofort! Er wählte ihre Telefonnummer. Sie meldete sich von Zuhause. Also war ihr befristeter Arbeitsvertrag bei der »Gesellschaft für humane Integration von Menschen in Not« ausgelaufen.

Vom Volkspark Friedrichshain zu Ellas Neuköllner Bleibe war es ein gut eineinhalbstündiger Fußmarsch. So lange konnte er nicht warten. Paul Levite hielt ein Taxi an. Mit dem Mantelkragen versuchte er sein Gesicht so weit wie möglich zu verdecken. Bin ich vorsichtig oder paranoid, fragte er sich. Die Tarnung erwies sich als unnötig. Der Chauffeur interessierte sich nicht für seinen Fahrgast.

Ella nahm Paul zärtlich in ihre Arme. Sie tadelte ihn nicht für sein langes Nicht-von-sich-hören-lassen. Doch sein politisches Engagement bei den Neonazis bedrückte sie. »Nazis!«, verbesserte Levite, womit er den dünnen Schleier der Reserve von Ellas Zügen verscheuchte. Dahinter kamen ungetrübte Liebe und Besorgnis zum Vorschein. »Wirst du bedroht?« Ella ahnte die Wahrheit, ohne sie zu kennen. Doch er durfte sich jetzt auf keine Gefühlsduselei einlassen, sonst zerstörte er im Nu seine politische Karriere. Dennoch erlaubte sich Paul Levite erstmals seit Beginn seines politischen Wirkens, seinen sinnlichen Sehnsüchten zu folgen.

Als er Ellas makellosen nackten Turnerinnen-Körper erfühlte, um behutsam in sie einzudringen und ihre Augen aufstrahlten, rief Paul unwillkürlich: »Ich liebe dich!« »Ich dich auch, Paul!«, hauchte die Gespielin. *Um Gottes Willen!*, schalt sich Levite. *Kaum vögele ich, verkünde ich Liebesschwüre und sie nimmt sie für bare Münze.*

In Paul Levite keimte Wut auf seine erotische Besessenheit auf. Er gab seinem Verlangen die Schuld an seinem akademischen und beruflichen Scheitern. Bereits im sechsten Studiensemester hatte er alle notwendigen Scheine für seine Magisterarbeit mit sehr guten Zensuren eingesammelt. Sein Hochschullehrer hatte dem engagierten Studenten das Thema einer

Magisterarbeit offeriert: »Die soziale Interaktion als Basis gewerkschaftlicher Demokratie«. Professor Ernest Töcker war überzeugt, dass Levite »Dank Ihres Intellekts den Magister en passant erringen und das Skript als Basis eines exzellenten Doktorats« nutzen werde.

Die Tore zu einer akademischen Karriere standen Paul Levite weit offen. Er sah sich bereits als Professor der Politischen Wissenschaften. Ein Begehr, das vom Lehrstuhlinhaber geteilt wurde. Denn Ernest Töcker hatte die Übergabe seines Lehrstuhls an seinen jüdischen Schüler als eine Art Wiedergutmachung für die SS-Laufbahn des eigenen Vaters angesehen. Da übernahm an Stelle von Levites »jüdischem Intellekt« sein unersättlicher Eros das Ruder. Als sich der Studiosus in die brasilianische Putzkraft der Bibliothek verliebte, erlosch sein Interesse für die Wissenschaft schlagartig. Paul überredete Victoria, sich gemeinsam mit ihm in ihre »zauberhafte Heimat auf einen lebenslangen Urlaub« zu begeben. Die Illusion währte weniger als drei Monate. Vici war herrlich unkompliziert und von einer andauernden erotischen Leichtigkeit. Doch nach wenigen Wochen in Lateinamerika musste Paul feststellen, dass sie intellektuell vollständig anspruchslos war. Sie hatte an Bildung und Kultur keinerlei Interesse. »Das Mädchen ist strohdumm«, klagte Levite einer deutschen Touristin. Die Sekretärin schien ihm im Vergleich zu Vici klug und gebildet wie eine Philosophieprofessorin. Das Verliebtsein in Kerstin erfüllte seinen Zweck. Paul Levite hatte einen plausiblen Grund, nach Deutschland zurückzukehren. Doch dort wurde ihm der Zugang zu den Brüsten der Alma mater nunmehr verwehrt. Denn Professor Töcker war durch Pauls »unbegründete und unentschuldigte Absenz« gekränkt und verweigerte jegliche weitere wissenschaftliche Zusammenarbeit. Levite wiederum war ob dieser, wie er meinte antisemitischen Haltung dermaßen verärgert, dass er Knall auf Fall sein Studium hinwarf.

Stattdessen nahm er Gelegenheitsarbeiten an. Seine Bestätigung holte er sich in erotischen Beziehungen. Doch mit zunehmendem Alter und der Gewissheit, allenthalben außer im Bett versagt zu haben, verlor Paul Levite die genuine Lust, bei immer neuen Frauen Erfüllung zu suchen. Die Erotik gerann ihm zur Routine. Sein Verlangen nahm ab. Als schmerzhafter aber empfand Levite, dass seine Anziehung auf Frauen nachließ. Junge, attraktive Studentinnen zeigten kein Interesse mehr an ihm. Sein brauner Haarschopf war noch immer voll, jedenfalls kämmte er ihn, dass es so aussah, doch sein Bauch ließ sich nicht mehr verbergen. Statt der jungen interessierten sich zunehmend alleinstehende Frauen ab vierzig für den Unverheirateten. Für die bin ich Endstation Sehnsucht, verstand er. Doch Levite wollte unter allen Umständen vermeiden, vom routinierten Lover zum Mitleid erregenden Sozialfall zu degenerieren. Sein Entschluss, sich aufs politische Gleis zu begeben, war auch eine Flucht vor der Rolle des alternden Liebhabers.

Die aufscheinende Liebe zu Ella durfte seinen neuen Lebensentwurf unter keinen Umständen gefährden. Der selbst auferlegte Zwang wirkte auf ungewollte Weise. Ella gab sich Mühe, sein Versagen zu überspielen. Gewollt ruhig meinte sie, die Aufregung des Wiedersehens werde sich legen – das habe sie bereits getan, erwiderte Paul. Da sein Schwanz sich nicht manuell aufrichten lassen wollte, half ihm Ella anderweitig. Der Schmock zeigte ein Einsehen und ergoss sich in ihren warmen Mund. Paul Levite, der sich zunächst als ohnmächtiger Zuschauer gefühlt hatte, stöhnte auf. Er entspannte unwillkürlich und dämmerte weg.

LEVITE ERWACHTE UNVERMITTELT. Er erblickte Ellas gelöstes Antlitz, ihre nackten Schultern, die kleinen straffen Brüste, die sich regelmäßig im Schlaf hoben und senkten. Da hörte er den penetranten Vibrierton seines Mobiltelefons zu Füßen des Bettes. Reflexhaft griff er danach, um den Ton verstummen zu lassen, als er auf dem Display die Lettern RK sah. Robert Kriener! Sein Herz pochte. Er drückte die Empfangstaste. »Robert! Komm sofort her!« Levite sprang aus dem Bett, schob sich aus dem Zimmer. Im Bad beendete er rasch das Gespräch. Krieners Einspruch, er sei gerade dabei, in die Maschine nach Frankfurt einzuchecken, ließ er nicht gelten. »Mach kehrt! Besorg schleunigst einen Leihwagen und hol mich ab!« Während er Ellas Adresse durchgab, trat diese benommen ins Badezimmer. Levite raunzte einen Gruß ins Telefon, um die schlafwarme Ella mit zärtlichen Küssen zu bedecken. In möglichst ruhigem Ton erklärte er ihr, dass er Abschied nehmen müsse. »Wirst du verfolgt?« »Ja! Von meinem verfluchten Ehrgeiz!« Ella verstand, dass es sinnlos war, ihn aufzuhalten. Als sie sich zum Abschied umschlungen hielten, machte sich Ella los. »Paul, mach, was du tun musst. Doch versprich mir, wann immer du in Not bist, dich zu melden. Ich werde für dich da sein.« Levite zögerte, ehe er sein Wort gab.

ES HATTE KEINEN Zweck, Kriener dessen Schlafmützigkeit vorzuwerfen. Jetzt kam es auf Geschwindigkeit an. Während Robert Kriener den Mittelklassewagen über die Autobahn an den Main jagte, erläuterte ihm Levite seinen Plan. Er wollte die neun Mitglieder des Reichsvorstandes, die soeben für ihn gestimmt hatten, mit allen Mitteln an sich binden, möglichst noch einen zehnten gewinnen, damit er die absolute Mehrheit besaß, und sodann einen verbindlichen Beschluss herbeiführen, der ihn mit der Führung der Partei betraute.

»Paul, ich fürchte, da machst du dir Illusionen ... ich bin mir dessen sogar sicher.«

»Wie kommst du auf die Idee?«

Kriener drosselte die Geschwindigkeit. »Du hast dank deiner Intelligenz und deiner suggestiven Überzeugungskraft und weil Hansen die Nerven verloren hat, für einen Moment die Mehrheit für dich gewonnen. Tolle Leistung! Doch diese Stimmung wird keine 24 Stunden vorhalten.« Als geübter Verhörer spürte Kriener, wie Unsicherheit von Levite Besitz ergriff. Dessen Körper verlor die Spannung, er sank tiefer in seinen Sitz. Mit rauer Stimme wiederholte er: »Warum?« »Das weißt du im Grunde selbst. Jeder, der in der Partei etwas ist, verdankt seine Position Urban Hansen. Jetzt haben die Vorstandsmitglieder gesehen, dass ihr Führer ein nervenschwacher Dummkopf ist. Zugleich bist du als mutiger Leitwolf aufgetreten. Daher ist dir die Meute instinktiv gefolgt. Dass du Jude bist, haben zumindest die Westdeutschen für einen Moment vergessen. Aber Hansen wird sie wieder daran erinnern.« Er werde ihre Stellvertreter, Geschäftsführer und alle Funktionäre gegen die »Verräter« und »Judensöldlinge« in Stellung bringen. Levite wandte ein, seine Unterstützer müssten aus Selbsterhaltungsgründen bei ihm bleiben. Doch sobald er dies ausgesprochen hatte, sah er ein, dass es Wunschdenken war. Menschen sind wankelmütig, Politiker zumal, und die Parteifunktionäre der DNMP ganz gewiss. Ständig hatte er sie einknicken sehen.

Selbst im Ernst-Jünger-Haus. Wäre er sich seines Erfolges sicher gewesen, hätte Levite einen verbindlichen Beschluss herbeigeführt, der ihn mit der Führung der DNMP bis zum nächsten Parteitag betraut hätte, und umgehend mit Kriener und seinen Unterstützern das Büro des Reichsführers übernommen. Er hätte eine Pressekonferenz einberufen und vor Fernsehen und Journalisten eine offizielle Erklärung als neuer Parteichef abgegeben, statt durch den Seiteneingang zu verschwinden und sich bei Ella zu verstecken. Auf diese Weise gab er Urban Hansen Gelegenheit, erneut seine Kräfte zu sammeln.

Kriener, der aus den Augenwinkeln seinen Beifahrer beobachtete, setzte nach. »Paul, ich bin sicher, dass Urban Hansen von jedem aus der Parteiführung eine Leiche im Keller hat. Er wird die ganze Horde, und jeden Einzelnen separat, mit seinem dunklen Fleck erpressen. Damit wird er sie Mann für Mann auf seine Seite ziehen.«

Kriener hatte Recht. Er musste abhauen. Nach Israel? Die würden den jüdischen Nazi nicht ins Land lassen! Sich bei Ella verkriechen? Nein! Er musste kämpfen. Mit allen Mitteln und gemeinsam mit Kriener. Der war durch seine Unterstützung verbrannt und an ihn gebunden.

Paul Levite wandte sich ihm zu. »Was machen wir jetzt?« »Wir müssen wieder in die Offensive gehen, um Hansen zu vernichten!« Urban Hansen war sein und damit Krieners Feind. Er würde nicht zögern, sie beide auszuschalten. Levite kam das einzige Talmud-Zitat in den Sinn, das er kannte: »Wenn sich einer aufmacht, dich zu töten, komme ihm zuvor.« Das war lebensnah – anders als Jesus' Bergpredigt, in der den Gläubigen geboten wurde, die andere Wange hinzuhalten, wenn man sie schlug. Um zu überleben, musste er sich am Vernichtungskampf Krieners gegen Hansen beteiligen.

Levite beobachtete Kriener. Der wirkte konzentriert, ruhig und gefasst.

»Wie willst du Hansen ... ausschalten?«

»Vollständig.« Offenbar wollte ihm Kriener nicht sagen, auf welche Weise er plante, den Parteichef zu beseitigen. Paul Levite bezwang seine Neugierde. Je weniger er über Krieners Vorhaben Bescheid wusste, desto besser. Er musste den Polizisten in seiner Absicht bestärken, ohne Einzelheiten zu erfahren. Der besonnene Mann wusste, was er tat. Sobald der Obernazi weggeräumt wäre, musste Levite die Initiative ergreifen. Die Zeit bis dahin galt es zu nutzen.

»Wie lange wirst du brauchen, Robert?«

»Bis morgen Abend müssten wir so weit sein!«

»Du musst Erfolg haben! Wir sitzen im gleichen Boot.«

»Ist mir bekannt.«

»Hals- und Beinbruch …« Levite musste unvermittelt grinsen, »… und Masl tov!«

UM 16 UHR 02 DES folgenden Tages jagte die Internetagentur Kappa eine Blitzmeldung durchs Netz: »Auf zwei Facebook-Seiten scheinen Fotos auf, die den Vorsitzenden der populistischen Deutsch-Nationalen Mehrheits-Partei in Frauendessous zeigen. Dazu befragt, verweigert der Politiker jede Stellungnahme.« Darunter waren Links eingegeben. Wenn man sie anklickte, erkannte man fünf Aufnahmen, auf denen Hansen zu sehen war. Er trug einen roten BH sowie einen gleichfarbigen durchbrochenen Slip. Die etablierten Nachrichtenagenturen begnügten sich mit einer Textmeldung, Online-Portale und Boulevardzeitungen dagegen zeigten auch die entsprechenden Bilder. In den 19-Uhr-Nachrichten erfuhr die deutsche Öffentlichkeit davon.

Paul Levite zitierte Robert Kriener in sein Büro, packte ihn wortlos an den Schultern und hielt ihn eine Weile fest, ehe er wieder in der Lage war, zu sprechen. »Das werde ich dir nie vergessen, Robert!« Levite war von seinen eigenen Worten überzeugt. Doch sein nüchternes Gegenüber wusste aus Erfahrung um die geringe Haltbarkeit von Treueschwüren. So mahnte er: »Nutze die Zeit, Paul!«

»Worauf du dich verlassen kannst!«

Levite eilte in den Kleinen Lageraum. 45 Minuten später waren alle DNMP-Landesvorsitzenden via Konferenzschaltung mit dem hessischen Parteichef verbunden. Levite gebot jedem, seinen Namen zu nennen. Danach verkündete er sein Statement: »Kameraden! Unsere Feinde wollen uns vernichten. Jetzt haben sie zugeschlagen. Aber für uns gibt es kein Zurückblicken!« Levite überging die »Richtig!«-Rufe und fuhr fort: »Für unsere Partei gibt es nur eine Richtung: Vorwärts! Angriff ist die beste Verteidigung!«

»Bravo!«

»In der Stunde der Not übernehme ich die alleinige Verantwortung für unsere Partei zum Wohle Deutschlands! Ich führe die Partei! Ich kann diesen Schritt aber nur tun, wenn Ihr mir jetzt unverzüglich das Vertrauen aussprecht. Einmütig! Wer für mich ist, ist für die DNMP und für Deutschland! Er bekenne jetzt sein Ja!«

Paul Levites Ansprache wurde von einem vielstimmigen »Ja«-Geschrei beantwortet. Damit war der hessische Jude Paul Levite, zumindest provisorisch, zum Führer der Deutsch-Nationalen Mehrheits-Partei gekürt.

SECHZIG MINUTEN SPÄTER suchte Kriener erneut Levite in dessen Büro auf. Der neue Parteivorsitzende war vertieft in einen Stapel ausgedruckter Presse- und Internetberichte über die ersten Postwahl-Kontakte der etablierten Parteien, während im Hintergrund auf zwei Monitoren TV-Nachrichten in minimaler Tonstärke abliefen. Als Levite seines Gastes gewahr wurde, forderte er ihn auf, Platz zu nehmen. Während sich Levite zur Sitzbank gegenüber Krieners Stuhl begab, vergewisserte er sich, dass die Zimmertür verschlossen war. Kriener quittierte dies mit einem schiefen Lächeln.

»Du solltest mich gut genug kennen, Paul. Polizist bleibt Polizist. Diskretion ist uns oberstes Gebot.«

»Bei dir kommen Klugheit und Durchsetzungsvermögen zuvorderst«, bekundete Levite. »Das war ein genialer Aufschlag, Roberto.« Kriener registrierte, dass ihn sein Chef erstmals mit einem Kosenamen bedachte. Er hingegen blieb nüchtern.

»Du hast die Situation optimal genutzt, Paul. Du hast die Gauleiter nicht zur Besinnung kommen lassen. Noch ehe sie ihren Frust über den ›Sittenstrolch‹ ablassen konnten, hast du sie stramm stehen lassen und so zu deiner Truppe getrimmt.«

»Das war bei dem autoritären Haufen nicht weiter schwierig. Die können nur parieren oder zuschlagen.« »Zwölf Stunden zuvor wäre dir schlecht geworden, wenn du den ganzen antisemitischen Unrat gesehen hättest, den deine neuen Jünger von sich gegeben haben!« Levite zwang sich zu einem Lächeln. »Dank deiner Magie hassen sie statt meiner jetzt Urban Hansen.« Kriener warnte Levite eindringlich vor allen Andeutungen. Selbst wenn sie alleine waren! Der Kontrollfreak befürchtete, dem extrovertierten Chef könne ein Hinweis auf sein subversives Vorgehen entschlüpfen, was das Ende von Krieners politischer Karriere bedeuten würde, während Levite behaupten könnte, er habe nichts gewusst. Um Levite vorsichtig zu stimmen, warnte er ihn, der antijüdische Druck könnte ohne Vorwarnung jederzeit ausbrechen. Doch der winkte ab.

»Was die Deutsch-Meschuggenen von mir denken oder für mich empfinden, interessiert mich einen Dreck. Entscheidend ist, dass sie mir folgen. Und das werden sie fortan tun. Weil sie keine Wahl haben.«

»Wir sollten dafür sorgen, dass es so bleibt – zumindest bis zum Sonderparteitag, auf dem du als Parteichef fest installiert wirst…«

Levite schüttelte seinen Kopf. »Wir müssen die Prioritäten woanders setzen, Roberto. Meine Position an der Parteispitze hängt nicht von meinem innerparteilichen Verhalten ab – mir ist klar, dass sich die Bande auf Dauer keinem Juden unterwerfen wird. Es sei denn…« Levite genoss kurz Krieners Neugierde, ehe er aufsprang und seinen Gedanken fortspann, »… ich habe Erfolg. Durchschlagenden Erfolg! Nichts kann sich mit Erfolg messen, noch nicht einmal Hass. Deshalb ist mein Wahlergebnis auf dem Parteikongress unwichtig. Mich kann nur eine Machtposition retten…« Levite blieb ruckartig stehen: »Die Kanzlerschaft.« »Darauf hast du aber kaum Einfluss. Kleinert hat ihre Mehrheit in der Tasche. Die Systemparteien sind auf sie angewiesen. Während wir unsere ganze Energie darauf verwenden müssen, unseren Haufen zusammen zu halten…« »Umgekehrt wird ein Schuh draus!«, rief Levite, ehe er seine Wanderung wieder aufnahm. »Der Konservativen Union fehlen bei einer Koalition mit den Freien Sozis und den Bunten ein Dutzend Mandate zur absoluten Mehrheit. Die DDR-ler werden den Preis dafür immer höher schrauben. Die haben den Konserven und ihrer Mutti-Gottes die jahrzehntelangen Demütigungen wie die Überwachung durch den Verfassungsschutz nicht vergessen und vergeben. Sie wollen Rache! So lange, bis Kleinert und die Konservativen die Geduld verlieren werden. Die Verhandlungen werden garantiert platzen – das gehört zum Koalitionsritual. So beweist man den eigenen Anhängern seine Prinzipienfestigkeit und dem politischen Gegner erst recht. Das ist unser Moment! Dann müssen wir bereit stehen und den Kommis alles geben, was sie wollen.«

»Das kriegst du bei unseren Leuten nie durch! Du weißt, wie sehr sie die Kommunisten hassen.« »Ich hab die Bande nicht im Unklaren über meine Strategie gelassen. Sie haben mich dennoch zu ihrem Führer gemacht.« »Paul! Das war eine Ausnahmesituation. Die hassen dich, weil du Jude bist.«

Levite lachte beim Einwand seines Vizes auf. »Sollen sie doch! Die Parteikader benehmen sich wie tolle Hunde. Hunde müssen gehorchen. Höllenhunde erst recht.« Levite blieb erneut stehen. »Schluss mit der Debatte! Ran an die Arbeit!«

Die Metamorphose Levites vom angsterfüllten Flüchtling zum risikobereiten Machtkämpfer verblüffte seinen Vize. Er meinte, die Ursache sei dessen Überheblichkeit und Labilität. Tatsächlich war Levites Bestimmtheit Ergebnis seiner alternativlosen Situation. Er konnte seinen Untergang nur verhindern, wenn er andauernd und gegen alle Wahrscheinlichkeit obsiegte. Hierzu waren verzweifelte Entschlossenheit sowie eine grenzenlose Imagination notwendig. Die Kanzlerin besaß eine größere Willenskraft als Levite. Doch der Naturwissenschaftlerin fehlte dessen blühende Phantasie.

IN DEN FOLGENDEN Wochen konnte Robert Kriener beobachten, dass die innerparteiliche Einschätzung Levites korrekt war. Die Parteigenossen richteten ihre Aggressionen ungebrochen gegen ihren ehemaligen Führer Urban, den sie wechselweise als »perversen Sittenstrolch«, »Homosau«, »Jugendverderber« und ähnliches beschimpften. Ihm wurde auf unterschiedliche Weise grausame Hinrichtung angedroht, die die Neunazis in der Regel Juden und Moslems vorbehielten. Urbans Unschuldsbeteuerungen wurden von niemandem geglaubt, schon gar nicht von seinen ehemaligen Parteileuten. Krieners Ahnung, dass die vergangenen siebzig Jahre Erziehung zu Demokratie und Menschenrechten sowie zur Auseinandersetzung mit der Nazivergangenheit kaum etwas bewirkt hatte, verfestigte sich. Damit traf er sich mit Paul Levites Überzeugung, dass die Menschen privat wie politisch unbelehrbar waren.

Ansonsten waren der Parteivorsitzende und sein Vize mit dem Umzug nach Berlin und ihrer dortigen Etablierung beschäftigt. Levite trieb seinen Stab unentwegt an, auf allen Kanälen möglichst diskrete Kontakte zur Parteispitze der Deutschen Demokratischen Real-Sozialisten zu knüpfen.

»Wir dürfen nicht zuwarten, bis die Koalitionsgespräche zwischen Systemparteien und DDR-lern in die Krise kommen. Stattdessen müssen wir proaktiv deren Scheitern fördern – auf diese Weise vergrößern wir unsere Chancen und verkürzen den Kreuzweg ihrer Diskussionen«, mahnte Levite den engsten Kreis seiner Vertrauten, die sich mit der Vorbereitung der Geheimverhandlungen mit den Realsozialisten befassten. Die Gruppe wurde von Robert Kriener geleitet. Der Hesse war in Levites Augen nicht die ideale Figur zur Anbahnung der Gespräche. Kriener dachte zu sehr in administrativen Strukturen. Für diese komplexe Angelegenheit hingegen wäre eher eine skrupellose und zugleich phantasievolle Persönlichkeit passend. Ein Geheimdiplomat wie Machiavelli, ein Zyniker wie Talleyrand, ein kühl kalkulierender Kleriker wie Mazarin, ein aalglatter Diplomat wie Metternich oder ein eisenharter jüdischer Intellektueller wie Nachum Goldmann, der Adenauer von der Notwendigkeit milliardenschwerer Entschädigungszahlungen an den Staat Israel sowie die überlebenden Juden überzeugt hatte… Doch Levite musste nehmen, was er hatte: Einen deutschen Polizisten.

Robert Kriener setzte die von Paul Levite entwickelte Strategie reibungslos um. Er war dem neuen Parteichef unentbehrlich. Die Meriten Krieners beschränkten sich jedoch weitgehend auf die DNMP. In der eigenen Partei kannte Kriener alle wichtigen Akteure, vor allem aber die Strukturen. Und er verstand es, die zahllosen Ideen seines Chefs aufzunehmen, sie in kürzester Frist auf ihre Machbarkeit zu überprüfen und die realisierbaren Vorschläge rasch und geräuschlos umzusetzen. Die von Levite geforderte Kontaktaufnahme zur Spitze der Deutschen Demokratischen Real-Sozialisten dagegen verlangte vom DNMP-Manager Improvisationstalent, was den Systematiker überforderte. Sein Versuch, sich mit der Bundesgeschäftsführerin der DDR, Birte Findeisen, in Verbindung zu setzen, scheiterte zunächst grandios. Die Antwort erfolgte via Email, in der »Robert Kriener – DNMP« mitgeteilt wurde, dass die DDR »keinerlei Verbindung mit Ihrer rassistischen, ausländerfeindlichen Gruppierung wünscht. Auch keine informellen Kontakte. Unterlassen Sie in Zukunft derartige Ansinnen. Gezeichnet Klaus Tieme, Büro der Bundesgeschäftsführerin.«

Als Kriener seinem Parteichef von der kompromisslosen Verweigerungshaltung der realsozialistischen Parteiführung berichtete, gab sich dieser unbeeindruckt. »Wenn wir dem Verein so vollständig wurscht wären, hätten sie sich nicht die Mühe gemacht, uns zu antworten. Stattdessen senden sie uns ein kategorisches Nein!, was eine Aufforderung bedeutet: Fang mich, wenn du schlau bist. Also müssen wir smart genug sein, auf einem anderen Weg zur linken Herzkammer vorzustoßen.« Levite dachte kurz nach, ehe ein Lächeln über sein Gesicht huschte. »Ins Herz gelangt man entweder über eine große OP – das geht im Moment nicht – oder minimalinvasiv durch einen Katheter. Genau das werde ich jetzt tun.«

Er bat Kriener, ihm die Kommunikationsdaten von Silke Czernetzki zu besorgen. Levite war der Bundestagsabgeordneten vor seiner DNMP-Zeit bei Empfängen der jüdischen Gemeinde in Frankfurt begegnet. Czernetzki betrauerte fortwährend die Opfer der Schoah. Die Schuld daran gab sie dem kriegstreiberischen deutschen Imperialismus. Mit aller Energie versuchte sie die »israelischen Zionisten« daran zu hindern, »einen neuen Völkermord an den Palästinensern zu begehen«. Zugleich trat sie für das »Lebensrecht der Juden in Palästina« ein. Levite hielt die gelernte Erzieherin für eine aufrichtige Meschuggene. Er war entschlossen, Czernetzkis Philosemitismus für seine Zwecke zu nutzen.

SILKE CZERNETZKI WAR bereit, sich mit Levite in ihrer Kreuzberger Wohnung zu einem Tee zu treffen. Die Haare der Realsozialistin waren dunkelgrün gefärbt, doch ihr Nasenring und die übrigen Piercings, die in ihrer Zeit als Frankfurter Kommunalpolitikerin ihr Markenzeichen waren, hatten ausgedient. Stattdessen zierte ihren Hals ein rotes Seidentuch und sie verströmte ein zartes Issey-Miyake-Aroma. Über den hellblauen Augen Silke Czernetzkis lag ein Betroffenheitsflor. Eingangs drückte die Politikerin ihre Abscheu darüber aus, dass Levite als »Nachkomme von Opfern des Faschismus sich einer derart menschenfeindlichen politischen Gruppe angeschlossen« habe. Sie hielt kurz inne, ehe sie mit gewollt fester Stimme fortfuhr: »… aber Sie sind ja auch Zionist.«

Als die deutsche Trauerweide die Frage wagte, ob die nationalistischen Juden nicht »spätestens durch den Holocaust« begriffen hätten, dass »Gewalt der falsche Weg« sei, vergaß Levite seinen Vorsatz, sich nicht provozieren zu lassen – auch wenn dies ohne Absicht geschah.

»Haben Sie sich nie die Mühe gemacht, zu begreifen, dass die Juden spätestens an der Rampe in Auschwitz oder in den Gaskammern von

Majdanek begreifen mussten, dass sie Opfer ihrer Gewaltlosigkeit geworden waren? Dass die SS mit ihnen machen konnte, was sie wollte, weil sie keinen Widerstand zu befürchten hatte? Und jetzt kommen Sie und Ihresgleichen als Kinder eben jener SS-Killer daher und verlangen von uns Juden, dass wir uns erneut abschlachten lassen sollen? Von der Hamas, von der Hizbollah oder sonstigen pathologischen Antisemiten, Terroristen, Banditen!« Er bedauerte, dass Silke Czernetzki kein Kerl war, dem er seine Wut in den Leib hätte prügeln können.

Levite zwang sich zur Ruhe. Er war nicht hergekommen, um sich über deren politische Anmaßung zu empören, sondern um Czernetzkis Kontakte zu nutzen, einen Gesprächskanal zu ihren Parteigenossen zu öffnen. Nur darauf kam es an. Diese Einsicht verlieh Levite die notwendige Festigkeit, um, wie er meinte, überzeugend argumentieren zu können. Über einem Glas Pfefferminztee erläuterte er Czernetzki, dass es sein Lebensziel sei, die DNMP von ihrem faschistischen Kurs abzubringen und in eine sozialistische Partei zu transformieren. Zu diesem Ende sei eine Koalition mit den Realsozialisten unabdingbar. Nur auf diese Weise werde es möglich sein, Forderungen wie Mindestrenten und -gehälter, einen Stopp der Waffenexporte und einen Rückzug Deutschlands aus allen »reaktionären Militärbündnissen« durchzusetzen.

»Wären Sie bereit, aus der NATO auszutreten?«

»Selbstverständlich. Das steht in unserem Wahlprogramm…«

»Papier ist geduldig.«

»Ich bin kein Papier, sondern der Sohn von Holocaustüberlebenden, dem Gewalt und Militär ein Gräuel sind, Frau Czernetzki. Ich werde den sofortigen Rückzug aus dem Nordatlantikpakt in unseren Koalitionsvertrag aufnehmen lassen und alles dafür tun, dass ein entsprechendes Gesetz im ersten Monat unserer Koalition vom Bundestag beschlossen wird.«

»Wird Ihre Partei da mitziehen, Herr Levite?«

»Absolut!«

»Ihnen glaube ich, Ihrer Partei nicht…«

»Frau Czernetzki, wenn ich Ihnen vor einem Monat versichert hätte, dass ich den Erznazi Hansen stürzen würde und mich für ein Bündnis mit den Demokratischen Real-Sozialisten stark machen würde, hätten Sie mir mit Sicherheit nicht geglaubt!«

»Das stimmt schon ... aber...«

»Bitte kein Aber, Frau Czernetzki. Deutschlands Zukunft liegt in Ihren Händen und in denen Ihrer Parteifreunde. Sie müssen sich entscheiden. Wollen Sie als Steigbügelhalter einer kapitalistischen Regierung unter Frau Kleinert die Arbeitnehmer, Beschäftigungslosen und Rentner immer tiefer ins Elend stoßen und Deutschland zur aggressiven Militärmacht gegen Russland aufrüsten? Oder möchten Sie gemeinsam mit uns dieses Land in ein friedliches Land umwandeln, das sich zum demokratischen Sozialismus bekennt?«

»Das sind nichts weiter als Absichtserklärungen...«

»Denen ich Taten folgen lassen werde. Die Ministerien für Arbeit und Soziales sowie das Auswärtige Amt sollen von Ihrer Partei besetzt werden.«

Levite registrierte die Verblüffung seiner Gesprächspartnerin. Sie überlegte angestrengt. Endlich erhob sich Czernetzki und forderte ihr Gegenüber auf, seine Zusagen als Email an ihre Parteivorsitzende Nadja Hauser zu schreiben. Levite wurde wütend. Die Veröffentlichung einer entsprechenden Mail, die er notwendigerweise ohne Einverständnis des Parteivorstands abgeben müsste, würde ihn den Kopf kosten, während die Depesche den Realsozialisten als Erpressungsmittel gegenüber Kleinert dienen könnte. Levite hielt es nicht auf seinem Sessel. Auf und ab marschierend ersann er einen Ausweg. »Ich stehe zu meinem Wort, Frau Czernetzki. Aber ich schreibe das nicht in einer Email, die versehentlich an die Presse gelangen könnte!« Die Politikerin versprach, dies nicht zu tun. »Es werden sich andere finden!«, knurrte Levite. Als Ausweg schlug er vor, eine entsprechende handschriftliche Erklärung bei einem Notar zu hinterlegen. Czernetzki wollte die Offerte mit ihren politischen Freunden beraten. Levite nahm an, dass der Einfluss der Hinterbänklerin auf die Parteiführung gering war. Daher bestand er darauf, dass Czernetzki unverzüglich ihre Vorsitzende anrief und ihr sein Angebot übermittelte – er würde dies Frau Hauser fernmündlich bestätigen. Die Abgeordnete zögerte, doch Levite bestand auf einem Anruf. Die erfahrene Machtpolitikerin würde sich eine derartige Gelegenheit nicht entgehen lassen.

Hauser weigerte sich zwar, persönlich mit Levite zu telefonieren – worauf er sich schwor, es der Schickse heimzuzahlen –, doch sie hatte nichts dagegen, dass dieser seine Offerte bei einem Notar hinterlegte. Levite hielt seine Zusage auf einem Papierbogen fest. Anschließend ließ er via Robert Kriener einen Notartermin in der Fasanenstraße unweit des Kurfürstendamms fixieren, zu dem er Silke Czernetzki mitnahm.

Paul Levite wusste um das Risiko, das er durch seine Absichtserklärung einging. Er begab sich in eine einseitige Abhängigkeit von Nadja Hauser. Trotz dieser Gefahr fühlte sich Paul Levite nach dem Notarbesuch euphorisiert. Je höher das Risiko, desto besser.

Grundlage für die Hochstimmung des DNMP-Chefs war eine kühle politische Kalkulation. Seine Offerte an die Realsozialisten war von keinem Koalitionspartner zu toppen, selbst nicht von der machtbewussten Kanzlerin. Zu Beginn würde Hauser sein Angebot lediglich als Erpressungsmittel nutzen, doch je länger die Gespräche sich hinzogen, und je mehr die dabei auftretende Frustration sich breit machte, desto mehr würde seine Offerte zum Maßstab der DDR-Vorsitzenden werden. Levites Versprechen würde langsam wie ein Gift wirken. Mit der Zeit würde sie die Koalitionsverhandlungen mit den Konservativen lähmen. Die Gier nach den begehrten Schlüsselministerien, vor allem dem Auswärtigen Amt, würde beständig zunehmen und damit die Gespräche mit den Konservativen strangulieren.

NADJA HAUSER DACHTE tatsächlich nicht daran, auf das korrumpierende Angebot Levites einzugehen. Es sollte ihr lediglich als Hebel dienen, um bei den Koalitionsverhandlungen die Interessen der Realsozialisten optimal vertreten zu können. Der Spielraum war zuvor vom Parteipräsidium abgesteckt worden. Die DDR war bereit, sich an einer Regierungskoalition zu beteiligen, wenn gewährleistet wäre, dass ihre sozialistischen Kernforderungen wie Mindestgehalt, Mindestrente und Mindesttransferleistungen berücksichtigt würden. Auch Erleichterungen für Asylsuchende waren unabdingbar. Zudem forderte die Partei klare Regelungen und Bestimmungen zur Zähmung des Raubtierkapitalismus und zum Schutz der Sparer. Außenpolitisch sollte Deutschland endlich uneingeschränkt als Friedensmacht auftreten, die Bundeswehr musste umgehend verkleinert und in absehbarer Zeit vollständig abgeschafft werden. Rüstungsexporte dagegen mussten sofort und endgültig eingestellt werden. Um diese Ziele sicher zu stellen, forderte Hauser die entsprechenden Kabinettposten. Das Angebot der Deutschnationalen bewies der Parteivorsitzenden immerhin, dass dieses Verlangen realisierbar war.

Die Delegation der Konservativen nahm den Forderungskatalog der Linken zur Kenntnis. Sie sagte zu, die Vorschläge zu prüfen und soziale Verbesserungen verwirklichen zu wollen, allerdings müssten die entsprechenden Maßnahmen gegenfinanzierbar sein. »Sie müssen lediglich die Banken nationalisieren, dann haben Sie das nötige Geld!«, erklärte die Parteivorsitzende. »Frau Hauser, Sie sollten wissen, worüber Sie sprechen. Beispielsweise, dass die großen Banken sich faktisch bereits im Besitz des Bundes befinden oder dermaßen notleidend sind, dass eine Verstaatlichung den Bundeshaushalt lediglich belasten würde«, erklärte der amtierende Finanzminister und forderte die realsozialistische Verhandlungsführerin auf, »sich über die Faktenlage zumindest in groben Zügen zu informieren, ehe Sie unrealisierbare Forderungen stellen. Wir sind hier nicht auf dem Marktplatz. Der Wahlkampf ist vorbei.« Der alte Herr wusste, dass er im kommenden Kabinett nicht mehr vertreten sein würde, daher glaubte er, sich endlich erlauben zu können, Hauser bloß zu stellen. Die Kanzlerin dagegen gab sich höflich, doch unverbindlich – selbst, als informell über die künftige Verteilung der Kabinettsposten gesprochen wurde.

Auch als es Hauser gelang, während einer Verhandlungspause mit Kleinert unter vier Augen zu sprechen, blieb die Kanzlerin bei ihrer vagen Taktik. Schließlich sagte sie der DDR-Vorsitzenden zu, alles in ihrer Kraft stehende zu tun, um zu einer Einigung zu gelangen. »Was heißt das konkret?«, begehrte Hauser zu wissen. Als die Regierungschefin sich weiter in Unverbindlichkeiten flüchtete, verlor die Linke die Geduld. Sie reklamierte für ihre Partei das Außenministerium sowie die Ressorts Arbeit und Soziales plus das Ministerium für wirtschaftliche Zusammenarbeit. Ob sie Außenministerin werde wolle, fragte die Kanzlerin mit süffisantem Lächeln. »Die Führung des Auswärtigen Amtes ist eine unverzichtbare Forderung unserer Partei.« Die Bundeskanzlerin sagte nicht ausdrücklich nein, erwähnte jedoch, dass der amtierende Außenminister weltweit Anerkennung genieße. »Außer bei den deutschen Wählern!«, replizierte Hauser. Sie bestand auf einer Zusage für drei Ministerien. Dies könne sie ehrlicherweise nicht tun, ehe die Verhandlungen beendet seien, entgegnete die Kanzlerin.

»Einen Pudding an die Wand zu nageln, ist einfacher, als mit Kleinert zu verhandeln!«, berichtete Hauser ihrem Parteipräsidium. Weit mehr kränkte sie, dass Kleinert ihren persönlichen Ehrgeiz, erste deutsche Außenministerin zu werden, durchschaute und ihr dies zu verstehen gegeben hatte.

Die Verhandlungen wurden mangels Alternative fortgesetzt. Die Kanzlerin vertraute darauf, der Druck des Faktischen werde die sozialistische Verhandlungsdelegation langsam aber sicher zermürben und somit gefügig machen. Nadja Hauser aber besaß Levites Offerte. Das Wissensmonopol um ihre zweite Option festigte Hausers Selbstgewissheit und gab ihre Verhandlungstaktik vor. Sie trat verbindlich auf, hielt jedoch an den Prinzipien des Wahlprogramms ihrer Partei fest. Auf diese Weise machte sie es ihrer Parteidelegation unmöglich, einen Kompromiss einzugehen – die Verhandlungen traten auf der Stelle.

Um die Regierungsbildung voranzubringen, besprach sich die Delegation der Konservativen mit dem Team der Freien Sozialisten über das zukünftige Bündnis. Die Unterredungen gestalteten sich schwierig, denn als Wahlverlierer wollte die FS-Delegation unbedingt den Eindruck vermeiden, sie würden ihre Positionen widerstandslos räumen. Kleinert folgte den Gesprächen mit steinerner Miene. Als die Verhandlungen in der zweiten Sitzung in die gleiche ergebnislose Zeremonie mündeten, wurde es der Kanzlerin zu bunt. Sie bat Petra Kubier zu einem Vieraugengespräch und wurde dabei deutlich: »Ihr verkennt eure Lage«, erklärte Kleinert, ohne ihre Stimme zu erheben. »Wir brauchen euch nicht zur Regierungsbildung. Die DDR-Sozis dagegen sind für uns unverzichtbar.«

»Aber wir Freien Sozialisten waren ein loyaler Koalitionspartner.« Politik sei keine katholische Ehe, sondern eine mathematische Gleichung, entgegnete Kleinert. Die Freien Sozialisten hätten bei den Wahlen ihre kritische Masse eingebüßt. Aus persönlicher Verbundenheit sei sie bereit, Kubier »in deinem Ministerium zu belassen und euch noch einen Juniorkabinettsposten zu geben, damit es nicht so aussieht, als ob du deine Partei für einen Kabinettsplatz verschacherst. Doch mehr ist nicht drin für euch. Das weißt du ebenso gut wie ich.« Kubier erbat sich Bedenkzeit. Die Kanzlerin dagegen war sicher, dass sie das Kapitel FS abhaken konnte. Gestärkt konzentrierte sie sich fortan darauf, das DDR-Teil in ihr Regierungspuzzle einzufügen.

Da sich der Frauendialog mit den Freien Sozialisten bewährt hatte, lud die Kanzlerin Nadja Hauser zu einem privaten Dinner ins Kanzleramt ein. Bei Rebhuhn mit schwarzen Trüffeln und Taitinger-Champagner, an dem die Abstinenzlerin Kleinert demonstrativ nippte und dabei ihr einnehmendes Lächeln anknipste, setzte sie Hauser auseinander, es sei ihr unmöglich, das Auswärtige Amt ihrer Partei zu überlassen: »Das würden die Vereinigten Staaten uns nie erlauben.« »Ich wusste nicht, dass wir eine amerikanische Kolonie sind!«, begehrte die Sozialistin auf. Kleinert blieb kühl. Sie müsse mit den Gegebenheiten leben. Das werde auch Hauser in der Regierung schnell erkennen. Dann wolle sie das Finanzministerium, insistierte die DDR-Chefin. Damit säße sie in der Steuerungszentrale der Regierung. Jedes Ressort wäre auf sie angewiesen – und Revanche am gegenwärtigen Finanzchef könnte sie obendrein nehmen. Dies sei ihr wegen der Unternehmerschaft unmöglich, beschied die Kanzlerin. »Was können Sie uns dann offerieren?«, wollte Hauser wissen. Das Verteidigungsministerium. Hauser lachte die Kanzlerin aus. Auf diese Weise wollte Kleinert ihre Parteirivalin abservieren und der Realsozialistin das Pannenministerium andrehen. »Nur, wenn Sie sich im Koalitionsvertrag verbindlich verpflichten, die Bundeswehr innerhalb von 18 Monaten abzuschaffen … und ich Vizekanzlerin bin.« Die Auflösung der Armee sei nicht machbar. Dann müsste Deutschland aus der NATO austreten… »Umso besser!«, rief Hauser aus, ehe die Kanzlerin fortfahren konnte. Sie sei jedoch bereit, die Linke zu ihrer Stellvertreterin zu machen, allerdings ohne spezifisches Ministerium. »Ach wissen Sie, Frau Kleinert, auf diesen Symbolposten möchte ich verzichten. Behalten Sie Ihr FDJ-Pioniertüchlein für sich!« Nadja Hauser bedankte sich für das Abendessen und ließ sich von der Fahrbereitschaft des Bundestags nach Hause chauffieren.

Hedwig Kleinert blieb grübelnd zurück. Sie ahnte, dass die DDR-Vorsitzende eine bessere Option besitzen musste. Doch wie sollte das möglich sein? Rot-Rot-Bunt hatte deutlich weniger Mandate als die Kanzlermehrheit. Einen Moment erwog Kleinert die Möglichkeit, dass die Bayerischen Konservativen den Irrsinn wagen wollten. Franz Josef Strauß hatte 1976 in Kreuth eine bundesweite Ausdehnung der damaligen CSU beschließen lassen, um kurz darauf einen Rückzieher machen zu müssen. Seither war der Partei das Rückgrat gebrochen. Der Vorsitzende der Bayerischen Konservativen, Manfred Hartbrenner, war gelegentlich sprunghaft und heimtückisch, doch der Möchtegernpopulist war rational und daher für Hedwig Kleinert berechenbar. Ein Regierungsbündnis mit den Realsozialisten würde er nicht eingehen. Wenn Hartbrenner als dolchschwingender Koalitionsmeuchelmörder nicht infrage kam, blieben nur die Deutschnationalen übrig. Zwar gaben sie sich als Todfeind der Kommunisten, doch sie kannten nur ein Ziel: Macht. Macht um jeden Preis. Das war bei den Realsozialisten nicht anders, zumindest solange Nadja Hauser dort das Sagen hatte. Ihr traute die Kanzlerin sogar zu, sich mit den Faschisten gemein zu machen, um an die Regierung zu kommen.

DIE DNMP-PROPAGANDAMASCHINE gegen die Fortsetzung von »Kleinerts Schrumpfkoalition« lief auf Hochtouren. Unterdessen unterstrichen Robert Krieners Analysen, was das Gros der Meinungsforschungsinstitute bestätigte: die Deutschnationalen büßten permanent an Zustimmung ein. Die Partei verlor jede Woche ein bis zwei Prozent. »Wenn diese Tendenz anhält, liegen wir Weihnachten unter der Fünf-Prozent-Hürde«, gab sich Kriener besorgt. Levite winkte ab. »Politik ist keine Chartmathematik…«, er grinste, während er Kaffee aus der Thermoskanne in Krieners und seine Tassen goss, »… so wenig wie die Börse. Sonst würden hier wie dort die Mathematiker regieren. Am Ende entscheiden die Profis. Investoren und Politiker.« Levite trank in kurzen, schnellen Zügen. Während sich sein Stellvertreter Milch in die Tasse tat, dozierte Levite weiter: »Wir müssen die Durststrecke bis zur Regierungsbildung durchstehen. Erst danach haben wir eine Chance, den Trend abzufangen, um durch die Regierungsarbeit unsere Machtposition auszubauen. Dann und erst recht später müssen wir uns um keine Meinungsumfragen mehr scheren…«

Kriener, der seine Kaffeetasse zum Mund führte, erstarrte. »Du willst doch keine Diktatur errichten wie Hansen, Paul!?«

»Quatsch!« Levite ließ sein dröhnendes Lachen ertönen. »Schon gar nicht mit Nadja La Rouge und ihren Kommis!« Er wandte sich Kriener zu. »Diktatur is not my cup of tea, Robert.«

»Aber…«

»Du meinst meine Ignoranz gegenüber Meinungsumfragen?« Levite grinste. »Ich bin felsenfest überzeugt, die Deutschen werden sehr schnell erkennen, dass wir eine hervorragende Politik in ihrem Sinne betreiben.«

»Paul, du gehst davon aus, dass die DDR auf deine Offerte eingeht und mit uns koaliert...«

»Ja!«

»Wir brauchen einen Plan B. Was geschieht, wenn die Kommis uns übergehen und sich mit Hedwig Kleinert...«

»... ›ins Bett legen‹, meinst du«, beendete Levite die Überlegungen seines Helfers und schüttelte seinen Kopf, ehe er mit heller Stimme fortfuhr. »Daran dürfen wir gar nicht denken!«

»Doch! Wir müssen auch den worst case berücksichtigen.«

»Nein, Robert! Es gibt Situationen im Leben und in der Politik, in denen zu viele Überlegungen und Optionen nur schaden. Da muss man blind durch. Montgomery hatte das begriffen...«

Als Levite an Krieners Mimik erkannte, dass ihm der britische Feldherr unbekannt war, fuhr er fort: »...der britische Gegenspieler Rommels in Nordafrika 1942. Nach seiner Ernennung fragte sich der General, weshalb seine Armee trotz materieller Überlegenheit immer von den Deutschen besiegt worden war. Er ließ sich die Planungen für die Schlacht von El Alamein erläutern. Plan A galt für den Vormarsch im Falle eines Sieges, Plan B hingegen sah den Ausbau neuer Verteidigungsstellungen nach einer Niederlage vor. Daraufhin ließ Montgomery sämtliche Kopien des Verlierer-Plans im Beisein der versammelten Kommandeure verbrennen und sorgte dafür, dass jeder Soldat davon erfuhr. ›Gentlemen, wir haben nur einen Plan: Zu gewinnen!‹ Auf diese Weise sorgte Montgomery für Siegesstimmung. Das entschied am nächsten Tag die Schlacht...«

»Ich will ebenso wie du, dass wir die Regierung bilden. Doch falls wir damit scheitern...« »Wir müssen jeden Gedanken an eine Niederlage aus unseren Köpfen verbannen. Jeden! Denn wenn wir in der Opposition landen, fliegt unsere Partei auseinander.«

Robert Kriener begriff, dass sein Parteichef eine Spielernatur war. Für Paul Levite gab es nur Sieg oder Untergang. Es war zwecklos, ihn in ein rationales Korsett samt einer Rückversicherungsoption zwingen zu wollen. Das hätte ihn seiner größten Stärke beraubt, seines manischen Mutes. Kriener erhob sich. Er ergriff Levites Hand und drückte sie fest. »Plan B existiert nicht mehr. Wir müssen gewinnen!«

AM NACHMITTAG DES folgenden Tages trafen sich Nadja Hauser und ihre Geschäftsführerin Birte Findeisen in der Wohnung von Silke Czernetzki mit Paul Levite und Robert Kriener. Nach einer kurzen Vorstellung betonte Hauser den informellen Charakter ihrer Begegnung. Da Levite es nicht für notwendig erachtete, darauf einzugehen, sahen sich die Realsozialistinnen veranlasst, sogleich zur Sache zu kommen. Findeisen erläuterte die »unverhandelbaren Forderungen unserer Partei: Mindesteinkommen, Mindestrente, vollständige Gleichberechtigung der Geschlechter – also eine paritätische Besetzung aller Führungspositionen in Wirtschaft und Verwaltung.« Nach weiteren Erläuterungen erhob die Geschäftsführerin die Forderung nach einem Austritt aus dem Nordatlantischen Militärbündnis. Levite hielt die Zeit für gekommen, seine Verhandlungstaktik umzusetzen. Die Forderungen seien ihm bekannt, erklärte er. Frau Hauser wüsste, dass er eine entsprechende Erklärung schriftlich abgegeben hätte. Darin habe er unter anderem den Austritt aus der NATO festgehalten. Levite genoss die Verblüffung Findeisens, mehr noch die Wut Hausers.

Der DNMP-Vorsitzende war sich sicher, dass Hauser seine Ministerofferte für sich behalten und Czernetzki zur Verschwiegenheit verpflichtet hatte. Nun musste er in die Offensive gehen. »Sie kennen unser Angebot. Programmatisch und personell…«, erneut erfreute sich Levite an Findeisens Aufhorchen, »… wenn wir uns einigen, sind Sie gleichberechtigter Partner, während Sie in Kleinerts Kabinett am Katzentisch sitzen.«

»Das lassen Sie mal unsere Sorge sein, Herr Levi.«

Antisemitische Schlampe. »Wie Sie meinen, Frau Mauser.«

»Ich heiße Hauser.«

»Und ich Levite.«

Hauser zwang sich zu einem Lächeln. Die Spannung ließ nach. Nadja Hauser schlug vor, eine Liste der einzelnen Themenkreise zu erstellen und diese »systematisch abzuarbeiten.« Levite dagegen wollte Nägel mit Köpfen machen und verhindern, von Hauser als Erpressungsmasse in den laufenden Verhandlungen der Real-Sozis mit Kleinert missbraucht zu werden. Daher musste er alles auf eine Karte setzen. Wegen der geringen Größe der Wohnung und weil weder er noch Hauser gemeinsam in der Öffentlichkeit gesehen werden wollten, bat er Czernetzki und die anderen, kurz spazieren zu gehen, um mit »Ihrer Vorsitzenden« einige Worte unter vier Augen wechseln zu können. Als dies geschah, kam Levite ohne Umschweife zu Sache.

»Wir können gerne eine Liste erstellen und ausführlich Punkt für Punkt erörtern. Aber zuvor will ich eine prinzipielle Einigung...«

»Sie wollen eine Einigung vor den Verhandlungen. Das mag in Ihrem autoritären Verein üblich sein. Bei einer demokratischen Partei wie den Deutschen Real-Sozialisten geht derartiges nicht. Wir lassen uns keine Pistole auf die Brust setzen!«

Levite schmunzelte unwillkürlich, um sich sogleich wieder zur Ernsthaftigkeit zu zwingen.

»Ich bin kein Erpresser, Frau Hauser. Ich stehe zu meinem Wort. Wir akzeptieren den NATO-Exit und ich würde mich freuen, wenn Sie die erste deutsche Außenministerin würden...«

»... und das Arbeits- und Sozialministerium?«

Gewonnen! Gewonnen! Gewonnen! Paul Levite wäre am liebsten vor Freude aufgesprungen und hätte wild getanzt wie in seiner Jugend. Doch jetzt musste er kontrollierte Ruhe bewahren.

»Auch dafür stehe ich ein.«

Nadja Hauser sah ihrem Gegenüber schweigend in die Augen. Er erwiderte ihren abwägenden Blick. Jeder wartete, dass der andere die Augen senken würde. Auf diese Weise besiegelten beide Politiker wortlos das künftige Regierungsbündnis. Sie gestanden sich und dem anderen ein, dass der eigene Machtanspruch Vorrang besaß.

Eine halbe Stunde später nahm die erneut vollständige Runde die Gespräche auf. Gemeinsam erstellte man ein Papier, das alle wichtigen Sachthemen umfasste und besprach diese bei Tee und Mineralwasser. Dann verließen Levite und wenig später Hauser die Kreuzberger Etagenwohnung, während ihre Mitarbeiter über die Einzelheiten debattierten.

IN DEN TAGESTHEMEN war die Bekanntgabe des Scheiterns der Koalitionsgespräche zwischen Union und Realsozialisten Spitzenmeldung. Beide Parteien gaben der jeweils anderen die Schuld. Die Kanzlerin ließ durch den Generalsekretär der Partei eine Erklärung verlesen, die besagte, die Unionsparteien seien den Realsozialisten soweit wie irgend möglich entgegen gekommen, das Interesse Deutschlands und die Sicherheit seiner Bürger müsse jedoch höher stehen als das Bestreben, um jeden Preis eine Regierungskoalition zu bilden. Dies veranlasste den Reporter vor Ort, über die Aussichten einer Minderheitsregierung von Konservativen und Freien Sozialisten zu spekulieren. »Diese Koalition hat Deutschland in den vergangenen Jahren recht ordentlich regiert«, betonte der Parteifunktionär.

Im Gegensatz zur Bundeskanzlerin stellte sich Nadja Hauser kurz nach dem Ende der Gespräche den Journalisten. Sie las eine vorbereitete Erklärung ab. »Für die Deutschen Demokratischen Real-Sozialisten gibt es einen klaren Maßstab. Das Wohl der Arbeitnehmer, der Beschäftigungslosen und der Rentner. Die Konservativen Parteien haben es nicht fertig gebracht, für diese Menschen nennenswerte Verbesserungen auch nur zu erörtern. Ihnen sind die Gewinne von Banken und Spekulanten und der Rüstungsindustrie wichtiger als das Schicksal von Millionen Rentnern und Arbeitnehmern.« Hauser hob ihre Stimme, als sie fortfuhr: »Und Deutschlands Sicherheit! Unsere Forderungen nach einem Austritt aus dem Militärbündnis NATO und einem Verbot des Auslandseinsatzes der Bundeswehr fanden kein Gehör. Die deutschen Arbeitnehmer und friedliebenden Bürger verdienen eine Regierung, die ihre berechtigten Anliegen wahrnimmt. Das ist mit den Konservativen Parteien unter keinen Umständen möglich, wie wir in unseren Gesprächen erfahren mussten.«

Der Kommentator sah eine schwierige Phase für die deutsche Politik voraus. Eine schwarz-rot-bunte Minderheitsregierung müsse mit einer »erbarmungslosen Fundamentalopposition« von Realsozialisten und Populisten rechnen – falls überhaupt eine derart gewürfelte Regierungskoalition zustande komme, werde diese vor jeder Abstimmung um eine Stimmenmehrheit feilschen müssen. Ganz zu schweigen von der absoluten Mehrheit, die zur Wahl der Kanzlerin unverzichtbar sei. »Ich habe große Zweifel, dass sich Bundeskanzlerin Hedwig Kleinert nach dreieinhalb erfolgreichen Legislaturperioden an der Spitze der Bundesregierung dem Risiko einer Wahl unter diesen Umständen aussetzen wird. Wenn aber Frau Kleinert sich diesem Vabanque-Spiel verweigert, wird Deutschland unregierbar. Dann haben wir Weimarer Verhältnisse! Mit einer unberechenbaren, in sich zerstrittenen Rechten, der alles zuzutrauen ist. Quo vadis, Germanien?«

»Dieser Idiot kennt nicht einmal das lateinische Wort Germania«, wieherte Levite und fuhr fort. »Der Bursche wird sich wundern, wenn statt einer erbarmungslosen Fundamentalopposition ein stabiles weiß-rot-buntes Bündnis Deutschland regiert.«

Während Robert Kriener den Ton abregelte, wandte er sich an Levite: »Und wie willst du solch ein stabiles Regierungsbündnis zimmern? Selbst wenn es uns gelingen sollte, unsere ostdeutschen Hardliner in einen Sack zu packen...« Levite nickte, »... und Hauser es fertig brächte, ihre Fundis zusammen zu halten.« »Das wird sie. Die Frau ist eine astreine Kommi-Kommissarin!« Levite lächelte. »Die hätte unter Ulbricht Karriere gemacht. Selbst das sowjetische Exil hätte sie überstanden – wie Genosse Mielke.«

»Dennoch fehlen uns vier Stimmen zur Kanzlermehrheit! Wie willst du diese Mandate einsammeln?«, holte Kriener Levite aus seinen historischen Spekulationen zurück. »Ich bin risikofreudig, aber kein politischer Kamikaze wie Heide Simonis, die sich drei Mal öffentlich hinrichten ließ.« Levite dachte kurz nach. Er hatte die rationale Überlegung Krieners bislang verdrängt, da er seine Energie ausschließlich auf das Zustandekommen eines Bündnisses mit den Realsozialisten konzentrierte.

»Nun kommt es darauf an, mindestens eine Handvoll weiterer Parlamentarier einzusammeln!«, hob Levite an.

»Woher willst du die nehmen? Von den Freien Sozis?«

»Nein! Die Sozis sind immer dann am stärksten, wenn sie Gelegenheit zum Martyrium haben. 1933 boten sie als einzige Partei den Nazis Paroli. Ich bin überzeugt, dass wir keinen Abgeordneten der Freien Sozialisten für uns gewinnen können – die halten uns für die neuen Nazis.«

»Wen dann?«

»Wir müssen es bei den Bunten versuchen. Die beginnen alle als kompromisslose Idealisten – doch die Zeit lehrt sie die Wirklichkeit des Lebens. 9000-Euro-Abgeordnetendiät klingt für einen ehemaligen Callcenter-Sklaven wie mich oder einen Hauptkommissar gigantisch. Doch der Appetit nimmt beim Essen zu. Die MdBs brauchen eine Zweitwohnung in Berlin. Hinzu kommen Ausgaben für eine Geliebte, einen Lebenspartner, Alkohol, Clubs, Pubs. Lästige Warterei auf die Fahrbereitschaft, ewige Reisen in den eigenen Wahlkreis, endlose Abende in Ortsvereinen, bei der Freiwilligen Feuerwehr, dem Amateurfußballverein, mäkelnde Ehefrauen, die es satt haben, dauernd allein rumzuhocken…«

»Wenn das Abgeordnetenleben die reine Hölle ist, wie du es schilderst, warum haben wir uns dann wählen lassen?«, wollte Kriener wissen.

»Weil wir gleicher als gleich sein wollen. Minister oder Kanzler.«

»Das wollen doch alle!«

»Sicher. Aber die meisten resignieren schließlich. Nicht nur bei den Bunten.«

»Und womit willst du potenzielle Überläufer überzeugen?« »Durch Bestechung!« Levite erfreute sich an Krieners erschrockenem Gesicht. »Keine Angst, du braver Polizist. Wir gehen vollkommen legal vor. Wir machen es wie alle anderen. Der eine wird Staatssekretär, der nächste wird Botschafter, der dritte Vorstand in einem staatseigenen Betrieb, beim Fernsehen, Lotto, weiß der Teufel was.« Levite schüttelte den Kopf. »Wenn wir ihnen, sagen wir, 10 000 Euro pro Person zahlen würden, wäre das strafbar. Aber wenn du jemanden zum Staatssekretär mit Dienstwagen, Fahrer, Referenten, Reisen und den übrigen Status- und Geldprämien ernennst, was über die Zeit hundertmal so viel kostet, ist es völlig legal.«

Er wandte sich seinem Adlatus zu. »Eines verspreche ich dir, Roberto. Sobald wir das Regelwerk kontrollieren, zertrümmere ich dieses Haus. Diesen Betrug an der Allgemeinheit! Wozu brauchen wir über 600 Bundestagsabgeordnete? Der US-Kongress kommt mit 435 Repräsentanten aus, bei einer vier Mal so großen Bevölkerung. 150 Bundestagsabgeordnete sind genug! Und 16 Bundesländer? Wozu existieren unabhängige Länder wie Bremen, Hamburg, Saarland, Mecklenburg-Pom, Brandenburg? Genug! Machen wir uns an die Arbeit. Sorg dafür, dass unsere Propaganda durchkommt. Motto: ›Das Chaos beenden. Verantwortung übernehmen. DNMP!‹«

ROBERT KRIENER WAR verblüfft, wie leicht es war, in informellen Gesprächen mit sechs Abgeordneten der Bunten im Gegenzug für die unverbindliche Zusage eines Regierungsamtes die potenzielle Unterstützung einer weiß-rot-bunten Koalition zu gewinnen. Als er Levite davon unterrichtete, lächelte dieser. »Herr Kommissar, du solltest wissen, dass in jedem Menschen Habgier und die Lust steckt, Regeln zu brechen.«

Kriener wollte wissen, ob Levite ebenfalls erfolgreich gewesen war. »Sicher. Wir werden die Kanzlermehrheit erreichen.«

Kriener dachte einen Moment konzentriert nach, ehe er laut überlegte: »Wenn es uns als Outcasts so leicht fällt, bei Abgeordneten einer gegnerischen Partei ein Ja für eine neue Koalition einzusammeln...« »... dann könnte Kleinert ebenfalls versuchen, das Gleiche mit unseren MdBs zu tun, meinst du«, ergänzte Levite. »Das ist nicht unwahrscheinlich. Als Kanzlerin kann sie keine Abgeordneten kaufen. Sie müsste sich auf Helfer verlassen. Doch ihre besten Leute haben sich längst in hochdotierte Posten in der Wirtschaft abgesetzt. Hinzu kommt, unsere Abgeordneten sind alle Newcomer, viele Idealisten. Die beginnen ihre Karriere nicht als korrupte Politiker. Und die Realsozialisten sind als Kommis gedrillt und kontrolliert, dass sie es nicht wagen, ihre Mutter-Partei zu verraten.«

Levite klatschte in die Hände. Trotz dieser demonstrativ optimistischen Geste erkannte Kriener die enorme Anspannung, unter der Levite stand. Er hatte mit skrupelloser Intelligenz und Kühnheit die Realsozialisten gekauft. Doch Nadja Hauser hegte eine persönliche Aversion gegen den Dicken. Also war eine Vertrauensbildung unmöglich. Ein Mindestmaß an Vertrauen aber war Voraussetzung für das gewagte politische Bündnis. Hinzu kam, dass Levite die Abgeordneten seiner Partei geschlossen hinter sich versammeln musste, auch die radikalen Judenfeinde aus dem Osten. Der Chef traute sich dies zu, es bereitete ihm sogar Vergnügen. Kriener hingegen blieb skeptisch.

Am folgenden Mittag meldete sich Birte Findeisen telefonisch bei Kriener. Sie verlangte von ihm eine öffentliche Einladung der DNMP an die Realsozialisten zu Konsultationen. Kriener schlug eine gemeinsame Pressemitteilung vor. Dies wurde von der roten Bundesgeschäftsführerin ohne Angabe von Gründen verweigert. Kriener beriet sich mit Levite. Der war unschlüssig. »Wenn ich Hauser anrufe und darauf bestehe, muss sie mitziehen ... oder sie weigert sich und erklärt unsere Übereinkunft für ungültig, weil Kleinert ihr ein neues Angebot gemacht hat...« Er überlegte. »Mag sein, dass die Kanzlerin ihr letztes Aufgebot ins Gefecht führt. Die ist sich für nichts zu schade. Und ihre Partei, der sie längst das Genick gebrochen hat, wird mitziehen. Aber Hausers Manövrierraum ist begrenzt. Nachdem sie vorgestern die Gespräche mit der Union abgebrochen hat, kann sie diese heute nicht wieder aufnehmen, ohne ihre Glaubwürdigkeit vollkommen einzubüßen. Es sei denn ... wir liefern ihr einen Grund. Das dürfen wir unter keinen Umständen tun. Rufe Findeisen an und teile ihr mit, dass ich sie öffentlich zu einem Koalitionsgespräch einladen werde.«

»Und wenn sie uns durch eine Absage desavouiert?«

»Dieses Risiko müssen wir eingehen.« Levite warf seinen Oberkörper zurück. »Auf in den Kampf!«

Eine Stunde später informierte das Büro des amtierenden Parteivorsitzenden der Deutsch-Nationalen Mehrheits-Partei Paul Levite die Nachrichtenagenturen, dass seine Partei nicht länger zusehen könne, wie Deutschland aufgrund der »mutwilligen Tatenlosigkeit der Systemparteien im Chaos versinkt. Im Interesse des deutschen Vaterlandes sieht sich die DNMP gezwungen, Verantwortung zu übernehmen und zu handeln.« Daher werde die DNMP eine Delegation der Deutschen Demokratischen Real-Sozialisten einladen, um Möglichkeiten zu erörtern, die Selbstblockade des Staates zu beenden. »Deutschlands Wohl besitzt für uns die oberste Priorität! Es steht sogar über unseren Parteiinteressen!«

In zahllosen Facebook-, Twitter-, What'sApp sowie SMS-Messages wurden Parteifreundinnen und -freunde beschworen, Vertrauen zu ihrer Führung zu bewahren: »In dieser schweren Stunde muss unsere Partei sich in die Pflicht nehmen lassen, Deutschland vor einem Abgleiten in die Anarchie zu bewahren. Nur wir sind jetzt noch in der Lage, das deutsche Vaterland vor dem Zusammenbruch zu retten. Ich rufe alle Kräfte auf, Deutschland wieder auf die Beine zu helfen. Damit Deutschland seine alte Stärke und Stabilität zurückgewinnt. Wir werden dafür sorgen, dass in unserem Vaterland wieder innerer Friede herrscht und dass Deutschlands Frauen und Männer in Sicherheit und Wohlstand leben können. Wir tun alles für das Wohl der Deutschen in unserem Land. Ihr Paul Levite.«

DIE MEISTEN RUNDFUNK- und Fernsehkommentatoren werteten das Gesprächsangebot der DNMP-Populisten als Versuch, selbst ans Ruder zu gelangen. Sie bezweifelten, dass die Realsozialisten auf die Offerte eingehen würden. »Durch Verhandlungen mit der ausländerfeindlichen DNMP würden die Realsozialisten, die sich in den letzten Jahren systematisch demokratisches Ansehen aufgebaut haben und in einem Bundesland sogar den Ministerpräsidenten stellen, dieses Prestige wieder zunichte machen.«

Dagegen gaben die bürgerlichen Zeitungen und ihre Online-Ausgaben dem Gesprächsangebot der DNMP eine Chance, »denn die zunächst populistisch auftretende Partei hat nach den für sie überraschend positiv verlaufenen Bundestagswahlen in erstaunlich kurzer Zeit einen gründlichen Kurswechsel vollzogen«, wie ein Hamburger Wochenblatt schrieb. »Als sich der Parteigründer zunehmend politisch radikalisierte, wurde er abgelöst und durch einen jüdischen Intellektuellen ersetzt. Paul Levite ist dank seiner Herkunft über jeden rassistischen oder fremdenfeindlichen Verdacht erhaben. Er hat sich als Meister des politischen Taktierens erwiesen. Es ist ihm daher durchaus zuzutrauen, auch mit den Realsozialisten ins Gespräch zu kommen. Wenn die Konservativen sich nicht schleunigst besinnen und den Realsozialisten vor allem in der Außen- und Sicherheitspolitik entgegen kommen, wird Levites Partei, ehe sich's die bürgerliche Rechte versieht, die Realsozialisten in den Sack stecken und mit ihnen eine Regierung bilden.«

DIE ÖFFENTLICHE EINLADUNG der Deutschnationalen setzte Nadja Hauser unter Handlungszwang. Wies sie das Angebot zurück, war sie zur Opposition verurteilt. Denn wenn sie die Verhandlungen mit den Konservativen wieder aufnehmen würde, wäre sie auf Gedeih und Verderb vom Wohlwollen der Kanzlerin abhängig und diese würde Hauser für die ihr zugefügten Demütigungen zahlen lassen. Vor allem aber würde Hauser ihre Glaubwürdigkeit in der eigenen Partei verlieren. Der DDR-Chefin blieb also vorläufig nichts anderes übrig, als die Gespräche mit den Deutschnationalen unter ihrem neuen Häuptling aufzunehmen und die Verhandlungen voller Selbstbewusstsein zu einem für ihre Partei zufriedenstellenden Ergebnis zu führen. Dabei durfte sie sich nicht von Levites Bestechungsversuch, ihr die Leitung des Auswärtigen Amtes zu überlassen, beeinflussen lassen.

Als geschulter Kader war Hauser gegen die Manipulationen des Klassenfeindes gefeit. Dennoch ertappte sie sich gelegentlich bei Vorstellungen, in denen sie sich im Regierungsflugzeug auf dem Weg nach New York zur UN-Generalversammlung sah oder bei der Begrüßung des russischen oder des kubanischen Amtskollegen im großen Konferenzraum des Auswärtigen Amtes. Hauser verscheuchte diese Bilder schnell.

Ehe sie sich zur Sitzung des Parteipräsidiums begab, in der sie die Spitzengenossen auf die bevorstehenden Gespräche mit Levite und seiner DNMP einschwor, beschloss Nadja Hauser einen Behelfssteg zur Kanzlerin zu bauen, der bei einem Scheitern der Gespräche mit den Nationalen zu einer tragfähigen Brücke zu den Konservativen ausgebaut werden konnte. Die Vorsitzende bat Dolores Häfner, eine ihr nahestehende Genossin, sich umgehend zum Kanzleramt zu begeben, um Frau Kleinert mündlich auszurichten, dass ihrer Parteichefin angesichts des Scheiterns der Koalitionsverhandlungen aufgrund der starren Haltung der Konservativen nichts übrig geblieben sei, als auf das Gesprächsangebot mit der DNMP einzugehen. Nach dem wahrscheinlichen Scheitern dieser Offerte sollte man gemeinsam mit den Konservativen erneut mit aller Ernsthaftigkeit die Bildung einer tragfähigen demokratischen Koalitionsregierung angehen.

Als Hedwig Kleinert die Nachricht von der Einladung der Deutschnationalen zu Gesprächen an die DDR vernahm, stürzte die Realität wie ein Granitblock auf ihr Gemüt. Die Kanzlerin war erfahren genug zu wissen, dass ein derartiges Verhandlungsangebot nur bekannt gemacht wurde, wenn die Gegenseite ihm bereits zugestimmt hatte. Das bedeutete, dass Kommunisten und Nazis hinter ihrem Rücken bereits die Modalitäten einer weiß-roten Koalition ausgekocht hatten, während die Realsozialisten offiziell mit ihr und ihrer Fraktion über ein gemeinsames Regierungsprogramm verhandelten und dabei vorgaben, hart, aber konstruktiv nach einer Einigung zu suchen.

Die Nationalen würden den Kommunisten versprechen, was immer sie hören wollten, und die fehlenden Abgeordnetenstimmen zur Kanzlermehrheit noch dazukaufen. Kleinert dachte nicht daran, sich einer Kampfabstimmung gegen die Antidemokraten zu stellen, die für sie von vorneherein verloren war. Sie wollte ihren Exit so rasch wie möglich vollziehen, um nicht von einer Einigung zwischen den Extremisten überrascht zu werden. Die Bundeskanzlerin erteilte ihrem Büroleiter die Anweisung, ihre persönlichen Dokumente auszusortieren und eiligst in ihr Privatarchiv zu Hause schaffen zu lassen. Daten über die laufenden Regierungsgeschäfte sollten unangetastet bleiben, dagegen sollten sämtliche Unterlagen, die Einblicke in Parteiangelegenheiten oder Interventionen für deutsche und europäische Unternehmen enthielten, umgehend vernichtet werden. Dann gönnte sich die Kanzlerin ein Glas lauwarmes Mineralwasser mit Zitrone und dachte, während sie mit kurzen Schlucken trank, über den Text einer Rücktrittsrede nach, die sie sobald wie möglich aufzeichnen lassen wollte – das einzige Ziel, das ihr jetzt blieb, war, die politische Initiative zu behalten.

Während ihrer Denkpause erhielt sie von ihrem Büroleiter die Nachricht, Frau Häfner wolle dringend mit ihr sprechen. Kleinert kannte die kommunistische Abgeordnete. Sie war eine uninspirierte Person, die ihre Position allein ihrer unbedingten Loyalität zu Parteichefin Hauser verdankte. Die Kanzlerin hörte sich die Botschaft der Abgeordneten aufmerksam an. »Sind Sie an den Gesprächen mit der DNMP beteiligt, Frau Häfner?« Als diese verneinte, bedankte sich die Kanzlerin für ihren Besuch und ließ ihren Gast zur Tür begleiten.

Hedwig Kleinert verstand die Bedeutung der Mission Häfners. Nadja Hauser lotete gegenwärtig aus, was sie der DNMP im Gegenzug für ein Bündnis abringen konnte. Würde sie mit dem Ergebnis nicht zufrieden sein, wäre sie bereit, Kleinert noch eine letzte Chance einzuräumen. Die Kanzlerin erwog, selbst auf diese Gelegenheit einzugehen – falls sie sich böte. Was blieb ihr übrig? Um durch die Welt zu reisen und Vorträge zu halten wie Tony Blair, Bill Clinton oder Barack Obama, war ihr Englisch nicht ausgefeilt genug. Und Memoiren abzufassen oder diese von einem geltungssüchtigen Journalisten schreiben zu lassen, brachte zwar viel Geld, war jedoch langweilig. Kleinerts Metier war Regieren.

Die Kanzlerin formulierte ihre Rede, in der sie den Grund ihres Rücktritts nannte: »Das skrupellose Bündnis von Rechtspopulisten, Faschisten, Ausländerfeinden, Rassisten, Alt-Kommunisten und Linksradikalen, die bedenkenlos die Sicherheit, die Freiheit, die Demokratie und den Wohlstand Deutschlands verraten, nur um an die Macht zu gelangen, wird Deutschlands Ansehen und Freiheit verschleudern und unser Land erneut ins Unglück stürzen, wie es ihnen verwandte Regimes zwei Mal im letzten Jahrhundert getan haben. Das Ergebnis war die fast vollkommene Zerstörung unseres Landes. Liebe Bürgerinnen und Bürger, bitte haben

Sie Verständnis, dass ich mich außer Stande sehe, mit diesen Links- und Rechtsextremisten eine Regierung zu bilden und ihr so unverdientes Ansehen zu verleihen. Dieser Pakt gefährdet Deutschlands Zukunft.«

Hedwig Kleinert wollte ihre Ansprache sogleich aufnehmen lassen, um sie im geeigneten Moment frei zu geben. Doch während sie abwog, ob sie die Rede einem öffentlich-rechtlichen Sender überlassen sollte oder sie als Beitrag für den Streaming-Dienst des Kanzleramtes gespeichert werden sollte, kamen ihr Bedenken. Ein aufgezeichneter Redebeitrag für das Fernsehen konnte dauerhaft nicht geheim bleiben. Zu viele waren darin verstrickt: Chefredaktion, Intendanz, Hauptstadtstudio, Journalisten, technischer Stab etc. Selbst ein Kabelträger konnte aus Geltungssucht oder Geldgier den Inhalt der Rede an die Presse durchstechen. Dagegen ließe sich die Aufzeichnung eines Redespots für Youtube oder Facebook besser abschirmen. Allerdings bestand hier die Gefahr, dass ein Techniker aus Versehen oder mit Absicht die Rede auszugsweise oder als Ganzes ins Netz speiste. Geschähe dies, würde sich Kleinert augenblicklich aller Handlungsoptionen berauben. Denn ein Rücktritt vom Rücktritt wäre das unwiderrufliche Aus. Der Kanzlerin blieb nichts übrig, als sich in den kommenden Tagen darauf zu konzentrieren, mittels massiven Störfeuers sowie durch Beiträge ihrer journalistischen Vertrauten die Verhandlungen zwischen Faschisten und Kommunisten zu torpedieren. Nur wenn dies gelang, besaß sie eine Chance, politisch zu überleben. Eine Kunst, die sie bislang derart perfekt beherrscht hatte, dass Journalisten sie die »Katze« nannten, die vermeintlich sieben Leben besaß. Von dieser zuversichtlich stimmenden Erfahrung abgesehen, musste sie sich auf die qualvollste Übung für Machtmenschen einlassen – abzuwarten.

NADJA HAUSER WOLLTE sich zunächst darauf beschränken, die Einladung Levites zu Sondierungsgesprächen nicht zu dementieren. Doch die Überschwemmung der Mail-Accounts der Partei mit wütenden Forderungen nach einem klaren Dementi sowie die Mitteilung der Parteisprecherin Anja Zimmer, dass zahllose Interviewanfragen vorlägen, überzeugten die Vorsitzende, dass die von Lenin empfohlene Taktik, in ungewinnbaren Phasen abzutauchen, im Medienzeitalter nicht durchzuhalten war. Daher ließ sie von Zimmer eine kurze Meldung formulieren, in der es hieß, die Wähler der Realsozialisten erwarteten von ihrer Partei, alle Möglichkeiten ernsthaft zu prüfen, das Los der sozial Benachteiligten zu verbessern und eine aktive Friedenspolitik zu betreiben. Bislang sei es in den Gesprächen mit den Systemparteien jedoch nicht gelungen, diese unverzichtbaren Forderungen der Realsozialisten durchzusetzen. Dies sei der Anlass, in Sondierungsgesprächen mit der DNMP festzustellen, ob sich die Möglichkeit ergebe, konkrete Maßnahmen zur Verbesserung der Einkommenssituation von Arbeitnehmern und für eine friedliche Außenpolitik zu entwickeln und umzusetzen. Dabei seien sich die Realsozialisten bewusst, dass es in der DNMP in der Vergangenheit populistische und fremdenfeindliche Tendenzen gegeben habe. Doch die neue Führung habe sich klar von dieser faschistischen Propaganda distanziert. Die Mitglieder der Realsozialisten und alle Kräfte, die für Frieden und soziale Gerechtigkeit einträten, könnten darauf vertrauen, dass diese Grundsätze unverrückbar verteidigt würden.

Die Einladung Robert Krieners an die Parteidelegation der Realsozialisten zu Sondierungsgesprächen hatte zunächst eine unerwartete Folge. DDR-Bundesgeschäftsführerin Birte Findeisen teilte Kriener mit, es sei den Mitgliedern ihrer sozialistischen Delegation »nicht zuzumuten, in einem Haus, das den Namen eines faschistischen Militaristen trägt, über Friedenspolitik zu verhandeln.« Kriener bot an, die ersten Treffen im Rosa-Luxemburg-Haus abzuhalten. Auch diese Alternative wurde umgehend zurückgewiesen. Die Parteigenossen empfänden es als eine »Herabwürdigung«, wenn im Gebäude, das nach der antifaschistischen Kämpferin Luxemburg benannt war, mit Mitgliedern einer Partei gesprochen würde, die Rassismus und Unterdrückung propagiere.

Krieners Mail an Findeisen mit der Aufforderung, ihm einen alternativen Treffpunkt zu nennen, blieb zunächst unbeantwortet. Da der Parteivize die Ungeduld seines Chefs kannte, beriet sich Kriener mit Levite. »Die wollen uns durch ihr Katz-und-Mausspiel provozieren«, wusste der. »Wir brauchen einen neutralen Ort … doch dann machen die das gleiche Theater.« Levite beorderte den Berliner Gauleiter zu sich und wollte von ihm umgehend die Namen der prominentesten Unterstützer der Partei wissen. Das könne er nicht aus dem Stegreif, antwortete Ingo Brodetzki. Er müsse erst im Spendenverzeichnis nachsehen lassen.

»Die Zahlen gehören in Ihren Schädel, Brodetzki! Sie müssen doch wissen, wer Ihnen die meiste Kohle rüberschiebt!«, herrschte Levite den muskulös aufgepumpten Bodybuilding-Trainer an, der bis vor zwei Jahren als Verwaltungsbeamter im Bürgeramt Friedrichshain beschäftigt gewesen war. »Um Geld habe ich mich nie gekümmert, Herr Levite. Ich habe meine Energie benutzt, um neue Männer für unsere Bewegung zu gewinnen. Durch Reden und ständige Propaganda und Veranstaltungen...« »Sie sollen hier kein Mitgliederseminar veranstalten!« Levite verlor die Geduld. »Ich erwarte von Ihnen nur eine Antwort. Wie finanziert sich Ihr Gau? Verstanden?« »Durch Mitgliedsbeiträge...« »Das reicht doch hinten und vorne nicht. Wer sind die Spender?« »Das weiß unser Kassenwart Fritz Kraus genau ... der ist ein Zahlenmensch.« »Holen Sie ihn auf der Stelle her!«

LEVITE HATTE EINEN grauen, älteren Finanzbeamten erwartet, stattdessen betrat ein schlanker Zwei-Meter-Mann, der Anfang dreißig sein mochte, flotten Schrittes sein Büro. Als Levite Kraus begrüßte, blickte er in grünblaue Augen, die ihn konzentriert ansahen. Levite streckte Kraus seine Rechte entgegen und ergriff eine Lilienhand, die zu einem kräftigen, kurzen Druck gezwungen schien. Das ist der erste Mensch in diesem Nazihaufen, der nordisch aussieht, ging es Levite durch den Kopf. Er wies den Besucher an, ihm gegenüber an seinem Schreibtisch Platz zu nehmen. Kaum hatte Kraus sich gesetzt, kam der Parteichef zur Sache. »Haben Sie einen Überblick über die Finanzsituation Ihres Gaus?« »Jawohl.« Kraus' Stimme war unaufgeregt. Er verzichtete auf das bei vielen Funktionären übliche Geschnarre. »Haben wir größere Spender?«, wollte Levite wissen. Kraus verzog seinen Mund zu einem schiefen Lächeln, während er Levite ansah. »Sie sagten richtig, größere – nicht große Spender. Wir haben in Berlin 3260 Parteimitglieder, die den normalen Mitgliedsbeitrag oder eine ermäßigte Gebühr zahlen, also Rentner, Studenten, auch Transferleistungsempfänger. 82 Personen, zumeist Parteimitglieder, haben darüber hinaus Spenden geleistet.«

»Bis zu welcher Höhe?«

»Wir haben eine Zuwendung in Höhe von 10 000 Euro, eine für 5000, vier für 2000 Euro, die übrigen zwischen 50 und 500 Euro.«

»Kümmert sich jemand um die Spender?«

»Ich schreibe jedem Geber einen persönlichen Brief...«

»Und die Parteiführung?«

Kraus hielt es für angebracht, zu schweigen.

»Murkser!«, entfuhr es Levite. Doch im Moment hatte er Wichtigeres zu tun, als sich über die DNMP-Nichtskönner in der Hauptstadt zu ärgern. Wenn seine Operation »Kanzlerschaft« gelang, dann musste er sich um großzügige Spenden keine Sorgen machen. »Wer hat uns die 10 000 überlassen?«, wollte er wissen. »Herr Max Schulze-Lorentz.« Levite wollte mehr über den Spender erfahren. »Schulze-Lorentz ist ein mittelständischer Unternehmer. Er war früher einer der größten Lebensmittelgroßhändler Berlins. Die Türken haben ihn aus dem Geschäft verdrängt. Daraufhin hat er sich auf Immobilien konzentriert. Er war zunächst einer der führenden Häuser- und Grundstücksmakler, hat auch selbst viel gebaut und saniert. Doch nach dem Crash von 2008 und den Restriktionen von Basel II und III haben ihm die Banken den Geldhahn zugedreht. Das RE-Business machen jetzt vor allem ausländische Investoren: Israelis, Russen, Chinesen, Skandinavier, amerikanische Pensionskassen. Denen mangelt es im Gegensatz zu Schulze-Lorentz nicht an Krediten ihrer Heimatbanken oder eigenen Mitteln. Das hat den alten Berliner Kaufmann verbittert. Darum hat er als Konservativer zuletzt den Schwenk zu uns gemacht.«

Paul Levite war von Kraus' Kompetenz und seiner klaren Analyse angetan. Selbst in der braunen Soße findet sich gelegentlich ein Fleischstück, begriff er und nahm sich vor, den langen Kerl in sein engeres Team zu integrieren. Doch zunächst musste eine Location für die Gespräche mit den Kommunisten gefunden werden. Er erkundigte sich nach der Privatadresse Schulzes. Kraus hatte die Anschrift parat: »Bibersteig 22. Eine Villa in Schmargendorf, unweit des Grunewaldsees.« Levite bat Kraus, sofort telefonisch Kontakt mit Schulze aufzunehmen, um ihm den Anruf des amtierenden Bundesvorsitzenden der DNMP anzukündigen.

Wenig später meldete Kraus, dass Schulze-Lorentz seinen Anruf erwarte. Er verschwieg die Frage des Kaufmanns, ob »die Juden« auch bei den Deutschnationalen »die Macht übernommen« hätten – ebenso wie seine Antwort: »Paul Levite ist das beste, was uns passieren konnte. Er weiß, was gut für die Bewegung ist, ist voller Energie und Entschlusskraft. Nur mit ihm als Führer haben wir eine Chance. Und nur jetzt!« Sicherheitshalber merkte Kraus gegenüber Levite jedoch abschließend an, Schulze-Lorentz hege gelegentlich überkommene Vorurteile, die er jedoch nicht so meine. Levite verstand – er wusste seit seiner Kindheit, dass er als Jude nicht dazu gehörte. Und in seiner Partei zählten Diskriminierung und Antisemitismus zur DNS der Mitglieder.

Levite dankte Schulze-Lorentz für die großzügige, ja unverzichtbare Spende an die Partei. »Ohne Männer wie Sie, die sich nicht damit begnügen, uns die Daumen zu drücken, sondern einen Teil Ihres hart erarbeiteten Vermögens dafür einsetzen und so uns die alles entscheidenden Mittel zur Verfügung stellen, wären wir nicht dahin gekommen, wo wir heute stehen: Einen Fuß vor den Toren der Macht.« Jetzt komme es darauf an, mit Hilfe der »uns nur allzu gut bekannten Kommunisten« die alten Systemparteien endgültig auf die Müllhalde der Geschichte zu befördern. Wenn dies gelänge, dann werde die DNMP ein für alle Mal die Zügel ergreifen und auch die Kommunisten kaltstellen. Levite hatte noch mit keinem Außenstehenden derartig unverblümt über seine Strategie gesprochen wie mit dem antisemitischen Koofmich. Doch ihm blieb nichts übrig – er war darauf angewiesen, das Vertrauen von Schulze zu gewinnen.

Levite bot Schulze an, als »Geste der Anerkennung« die entscheidenden Gespräche in seinem Haus zu führen, wobei er von der Diskretion des Hausherrn ausgehe. Max Schulze-Lorentz erwiderte, er sehe es als »große Ehre« an, dass er dabei mithelfen durfte, »die Weichen für Deutschlands Zukunft neu zu stellen.« Schulze erkannte an, dass Levite sich zu benehmen verstand. Als Jude wusste er um die Bedeutung des Geldes und er besaß, wie Fritz Kraus ihm richtig gesagt hatte, einen klaren Kopf und eine unwiderstehliche Energie.

Im Anschluss an das Gespräch wies Levite seinen Vize an, Nadja Hauser und die Führung der Realsozialisten für den kommenden Tag um 9 Uhr zu einem ersten Sondierungsgespräch in die Villa Schulze-Lorentz' einzuladen. Kriener erhielt eine erneute Absage. Die Begründung lautete dieses Mal, es müsse erst geprüft werden, ob der Spekulant Schulze-Lorentz nicht vorbestraft sei. »Jetzt ist es aber genug!«, schrie Levite auf und hämmerte mit der Faust auf die Tischplatte. »Rufe auf der Stelle die

Findeisen an, und teile ihr mit, dass wir uns morgen um neun bei Schulze zu den Gesprächen einfinden werden. Sollten die Realsozialisten sich erneut drücken, einerlei, unter welchem Vorwand, geht um 9 Uhr 30 eine vorbereitete Erklärung an die Nachrichtenagenturen. Darin machen wir bekannt, dass wir unser Angebot zurückziehen, weil die Kommunisten uns lediglich dazu benutzen wollten, ihren Preis in den Koalitionsverhandlungen mit den Konservativen in die Höhe zu treiben.«

Kriener notierte alles, doch als er das Büro verlassen wollte, ermahnte ihn Levite, keine E-Mails zu verfassen. »Wann werdet ihr Deutsche endlich begreifen, dass man alles, was nicht hundert Prozent koscher ist, nicht aufschreibt und schon gar nicht mailt! Damit besorgt ihr die Arbeit der Behörden und der Presse – das müsstest gerade du wissen, Robert.«

Kriener meinte, die Bundesgeschäftsführerin der Realsozialisten würde auf einer schriftlichen Aufforderung bestehen. »Soll sie bestehen, bis sie schwarz wird! Sie ist nicht deine Vorgesetzte. Du teilst ihr mündlich klipp und klar unser Ultimatum mit. Nenne es ruhig beim Namen.« Darauf würden sich die Kommunisten nie einlassen, war Kriener überzeugt. Levite schüttelte den Kopf. »Sie müssen darauf eingehen. Vor allem die Hauser. Wenn wir sie öffentlich rauswerfen, hat sie keine Alternative. Bei Neuwahlen würde ihre Partei gnadenlos abschmieren, dann ist sie den Vorsitz los. Während sie bei uns als Außenministerin zur globalen Playerin wird.«

Das Argument überzeugte Kriener. Levite fühlte sich bemüßigt, die Antwort Georges Clemenceaus bei einem Dinner auf die Frage des amtierenden Regierungschefs, was er wünsche, zu zitieren: »Das Außenministerium!« »Das ist heute so wie vor 120 Jahren.«

»Wenn du ihrer Beweggründe so sicher bist, weshalb stößt sie uns immer wieder vor den Kopf?«

»Um uns ihre Stärke zu demonstrieren. Vor und während der Verhandlungen. Doch später, in der Regierung, werde ich ihr Chef sein.«

Levite forderte Kriener nochmals auf, seinen Vorschlag an Hauser weiterzugeben und sich auf keine Debatte einzulassen. »Auch nicht über den Termin oder die Location.«

Kriener bekam keine eindeutige Antwort, was Levite als Bestätigung auffasste. Trotz ständiger Zeitnot wollte der Parteichef sich eine kurze Weile mit Friedrich Kraus befassen. Der junge Berliner hatte ihn neben der umfassenden Kenntnis seines Finanzbereiches vor allem wegen seines ruhigen, sicheren Auftretens und seines klaren Denkvermögens beeindruckt. Auch Kriener war stets perfekt vorbereitet, doch wenn er improvisieren musste, fehlte ihm die notwendige Souveränität.

Bei Wikipedia besaß Kraus keinen eigenen Eintrag. Er war also noch nicht durch besondere Leistungen oder Eigenwerbung hervorgetreten. Levite zitierte den Finanzfritzen erneut zu sich. Er hieß Kraus Platz nehmen und bat ihn, seine bisherige Laufbahn zu schildern. Kraus sprach flüssig mit hoher Stimmlage. Er wurde vor 31 Jahren in Frankfurt an der Oder geboren. Nach dem Abitur habe er sich ebenso wie sein Vater und Großvater als Berufsoffizier beworben. Nach seinem Scheitern in der Ausbildung zum Piloten sei er Offizier im Kommando Spezialkräfte geworden. Bei einem Einsatz am Horn von Afrika habe er eine Schulterverletzung erlitten, die weitere Kampfeinsätze unmöglich machte und ihn heute noch beeinträchtige. Die Verwendung im Innendienst habe nicht seinen Vorstellungen entsprochen. »Langweilige Routinearbeit – ohne geistige oder körperliche Ansprüche.« Daher habe er als Oberleutnant seinen Abschied nach fünf Jahren bei der Truppe genommen. Es folgte ein Studium der Betriebswirtschaftslehre an der Technischen Fachhochschule Rostock und der Universität Chemnitz, das er mit dem Batchelor abgeschlossen habe. Die Arbeit in Steuerberatungskanzleien sei ebenso eintönig gewesen wie seine gegenwärtige bei einer Bank – für höher qualifizierte Tätigkeiten wäre eine Promotion an einer englischsprachigen Universität plus ein MBA-Examen Voraussetzung gewesen. Kraus war überzeugt, dass man in der DNMP sein Organisationstalent schätze. Er lächelte Levite an.

Prinzipiell nicht viel anders als bei mir – bis auf den Hochschulabschluss, gestand sich Levite ein. Was Kraus sich von der Zukunft erwarte, wollte er wissen. »Eine Position, in der ich intellektuell und persönlich herausgefordert werde und in der es mir möglich ist, Menschen zu führen.« Warum habe er sich der DNMP angeschlossen? Die Partei versuche, die Herausforderungen des Staates und der Gesellschaft energisch zu bewältigen. Warum habe er sich nicht für die Marxisten entschieden? »Unmöglich!« Kraus' Stimmlage stieg an. »Die erzählen seit hundert Jahren den gleichen Zauber, ohne etwas geleistet zu haben.« Habe Urban Hansen ihn mehr überzeugt? »Anfangs schon. Obgleich er ein kleiner Schreihals war.« Er verzog seinen Mund. »Doch als seine persönlichen Schweinereien bekannt wurden, musste er weg.« Levite beobachtete Kraus genau, ehe er fortfuhr: »Und was denken Sie von mir?« »Sie haben beim Bekanntwerden der Urban-Sauerei unverzüglich reagiert und so die Partei vor einem zermürbenden Streit bewahrt. Jetzt haben Sie erneut die Initiative ergriffen und treiben die Systemparteien und die Kommunisten vor sich her.«

»Eine mögliche Koalition mit den Kommunisten würde Sie nicht stören?«

»Wir haben keine Alternative«. Kraus sprach ruhig.

»Wir könnten in die Opposition gehen...«

In Kraus' Augen blitzte ein Lächeln auf.

»Dazu sind Sie zu klug, Herr Levite. Dabei können wir nichts gewinnen.«

Der Goj hatte Verstand! Konnte er ihm trauen? Mehr als den anderen, denn Kraus war jung und besaß keine Hausmacht.

»Könnten Sie sich vorstellen, mit den Kommunisten über das neue Regierungsprogramm zu verhandeln?«

»Ich werde alles tun, um Ihr Vertrauen zu rechtfertigen, Herr Levite.«

»Gut. Dann fangen Sie gleich damit an. Sie werden mit Kriener und mir den Kern der Verhandlungsmannschaft bilden.« Levite dachte laut nach. »Wir haben keine Erfahrung, aber wir besitzen revolutionären Elan und Phantasie. Und wir müssen Erfolg haben, sonst gehen wir zum Teufel.«

Levite sprang auf und drückte Kraus beiläufig die Hand. Seine Gedanken waren bereits bei den Verhandlungen. Er musste sich mit den Kommunisten einigen. Dieses Bündnis war die Voraussetzung, um mit den Bunten eine Koalition, zumindest aber eine Duldung zuwege zu bringen. Der Preis war programmatisches und vor allem personelles Entgegenkommen. Zugleich galt es, die Schlüsselressorts mit seinen Vertrauensleuten zu besetzen. Die Ministerien für Inneres, Finanzen und Justiz. Das Verteidigungsministerium musste unbedingt von einem in der Truppe angesehenen Militär geleitet werden. Denn wenn er die Armee den Kommunisten überließ, fühlte sich sicherlich ein gekränkter Troupier bemüßigt, ihn zu stürzen. Was 1944 gegen Adolf möglich war, dem man einen »heiligen Eid« geleistet hatte, würde heute gegen einen Juden umso leichter fallen. Der Umstürzler würde sich als Stauffenberg fühlen... Das Finanzressort würde er mit einem renommierten Wissenschaftler bekleiden. Die wahre Kontrolle über das Geld – und damit die Macht über jedes Ressort – wollte Levite via Kraus jedoch in eigenen Händen behalten. Der ideale Innenminister wäre Kriener. Als gelernter Polizist kannte er die Schwachstellen von Staat und Gesellschaft wie kein anderer. Darüber hinaus war Kriener loyal.

Doch was bei erster Überlegung perfekt dünkte, barg bei genauerem Hinsehen auch gravierende Nachteile. Er benötigte Kriener möglichst dicht an seiner Seite. Niemand arbeitete ihm derart effizient und lautlos zu.

Als Innenminister dagegen würde der Hauptkommissar zum Liebling jeder deutschen Schwiegermutter und aller Tatort-Glotzer avancieren. Die Popularität und die Machtfülle seines Ministeriums würden Kriener ohne eigenes Zutun zum potenziellen Gegenspieler Levites aufsteigen lassen. Zudem mochten die Deutschen einen der ihren naturgemäß mehr als einen Juden. Zusammengenommen: Wenn er Robert Kriener zum Innenminister promovierte, verlor er seinen engsten und besten Mitarbeiter – stattdessen baute er sich einen Rivalen auf. Da war es klüger, Kraus zum Innenminister zu küren. Der war intelligent, arbeitete effizient, doch er war nicht der Mann, dem die Herzen zuflogen. Ein Verwalter, kein Charismatiker. Kraus wäre ein Apparatschick, dem man die unangenehmste Arbeit übertragen konnte.

Levite erschrak einmal mehr über die Kälte und den Zynismus seiner Analyse. Macht ist kalt, einerlei, wann und wo, tröstete er sich. Das ungeschminkte Begreifen dieser Tatsache ist Israels Lebensversicherung, sonst hätten arabische Diktatoren und Islamisten den Judenstaat längst ausgelöscht. Wenn ich an die Spitze Deutschlands gelangen und mich dort halten will, muss ich mich diesen Machtgesetzen unterwerfen wie jeder andere. Als Jude sogar noch bedingungsloser. Das hatte Benjamin Disraeli verstanden. Nur als getaufter Christ und Konservativer konnte er britischer Premierminister werden. Wenn ich etwas bewegen will, dann ist mir das nur als Populist möglich.

Als Justizminister kam allein Mark Stadler in Frage. Der Darmstädter war Levites bester Freund. Auf Mark konnte Paul stets und in jeder Situation bauen. Stadler war ebenso wie Levite ein kräftiges Mannsbild. Doch im Gegensatz zu ihm war der Freund diszipliniert und zielstrebig. Er hatte bereits mit 23 Jahren sein Erstes Juristisches Staatsexamen mit einer Prädikatnote bestanden. Danach studierte er an der New York University Völkerrecht und Volkswirtschaft, ehe er nach seinem Zweiten Staatsexamen in Deutschland an der Münchner Ludwig-Maximilians-Universität mit summa cum laude promoviert wurde.

Seine berufliche Karriere begann Stadler in der Strategieabteilung eines international tätigen Chemieunternehmens. Hier wurden seine Dynamik und sein Überblick von den Kollegen geschätzt. Doch als der Jurist nachwies, dass die Shareholder-Value-Strategie des Konzerns dessen Zukunftsfähigkeit gefährde, wurde er kaltgestellt. Stadler zog die Konsequenzen und nahm das Angebot der Fachhochschule in Mainz an.

Mit 33 Jahren war Mark Stadler Professor. Andere hätten sich mit gemütlicher Lehrtätigkeit und akademischen Ehren zufrieden gegeben. Mark Stadler dagegen fasste die Professur lediglich als Grundlage für seine dynamische Karriere auf. Parallel wurde er Partner einer renommierten Kanzlei für Wirtschaftsrecht. Ein mittelständischer Kunde war von Stadlers Fachwissen und seiner Energie derart angetan, dass er ihn zunächst als Syndikus und schließlich als Geschäftsführer einstellte. Stadler sagte unter der Bedingung zu, dass er seine Lehrtätigkeit an der Hochschule fortsetzen dürfte, ebenso wie die Übernahme ausgewählter Mandate.

Der Jurist fühlte sich in seinen drei Aufgaben, die täglich etwa 14 Stunden in Anspruch nahmen, wohl. Er war stets gelassen, hilfsbereit und gesellschaftlich engagiert. Besonders am Herzen lag ihm die Unterstützung der jüdischen Gemeinde in Mainz, wo er mit seiner Frau und vier Töchtern wohnte.

Paul Levite und Mark Stadler kannten sich seit ihrem Hochschulstudium. Sie begegneten sich während einer Diskussionsveranstaltung über die Ursachen des Nahostkonflikts. Die überwiegende Mehrheit des Publikums verurteilte lautstark das »aggressive Vorgehen Israels«. Stadler und Levite hielten als einzige unbeirrt dagegen. Die kühle, völkerrechtlich begründete Haltung des Juristen empörte die engagierten Freunde des palästinensischen Volkes. Deren emotionale Kommentare nannte Stadler »ein Gebräu aus Idealismus, Antisemitismus und Ignoranz. Das

Schicksal der Palästinenser ist Ihnen einerlei. Sie brauchen Palästina nur als Alibi Ihres Antisemitismus, den Sie Antizionismus nennen.«

Levite war überrascht zu erfahren, dass Stadler weder Jude war noch jüdische Vorfahren hatte. Seine Eltern hatten jüdische Freunde und Geschäftspartner gehabt. »Mein Vater ist über ihre Vernichtung nie hinweggekommen. Er wollte diese Menschen nicht vergessen. Auch nicht, dass er nicht den Mut besessen hatte, ihnen zu helfen. Und auch ich will nicht vergessen. Ich bin kein Philosemit. Es gibt jüdische Narren. Auch in der israelischen Politik. Aber ich nehme nicht hin, dass man an Israel moralische Maßstäbe anlegt wie an keinen anderen Staat der Welt. Die Israelis werden behandelt wie auf Bewährung entlassene Gesetzesbrecher. Ihr Verbrechen ist, dass sie uns an Auschwitz erinnern.«

Levite imponierte Stadlers klare Haltung und Argumentation, vor allem, dass er kein gedankenloser Judenfreund war. Beide Männer vertrauten einander, aus Sympathie wurde Freundschaft. Gelegentlich verzweifelte Stadler an Levites unfokussiertem Dahinleben. Er bemühte sich, ihn davon abzuhalten, sein Studium hinzuschmeißen. »Du vergeudest die Jahre an der Uni und, was noch schlimmer ist, deine Zukunft.« Doch gegen Levites Perma-Verliebtheiten kämpfte selbst der Freund vergebens. Stadler hatte früh eine Kommilitonin geheiratet. Damit war das Kapitel Verliebtheit für ihn abgehakt.

Mark Stadler nahm sich Zeit für den Freund, erteilte ihm, wenn er merkte, dass dieser es nötig hatte, unentgeltlichen Rat in rechtlichen oder in beruflichen Fragen. Der Anwalt befürchtete, dass Levite mit fortschreitendem Alter in materielle Schwierigkeiten geraten würde und gab ihm zu verstehen, dass er auf seine Hilfe zählen könne. Das politische Engagement seines Freundes beobachtete Stadler zunächst mit großer Skepsis. Er selbst war eher konservativ. Den Chauvinismus der Deutschnationalen lehnte er ab, deren Vorsitzenden verachtete er als einen Volksverhetzer.

Als in der Wahlnacht Levites Einzug in den Bundestag feststand und sein Freund es unmittelbar danach fertig brachte, den Nazi Hansen zu stürzen, empfand Mark Stadler Freude und Respekt für sein Sorgenkind. Mit ungewohnter Aufmerksamkeit verfolgte er fortan das politische Geschehen, das nicht nur die abstrakte Zukunft des Landes, sondern konkret die der von ihm geleiteten Firma und das Schicksal des Freundes berührte. Würde es dem beruflichen Versager gar glücken, ein Ministeramt zu erringen?

Als Mark Stadler auf seinem Mobiltelefon einen Anruf Paul Levites empfing, reagierte er nach der üblichen Begrüßung reflexhaft mit der Frage, ob er helfen könne. »Ja! Lasse alles stehen und liegen und komme noch heute Abend nach Berlin. Du wirst am Flughafen abgeholt.« Er wisse, so Levite, dass dies eine Zumutung sei. Doch morgen früh würden geheime Sondierungsgespräche über eine Regierungsbildung mit den Realsozialisten stattfinden. Dabei seien der juristische Sachverstand und sein freundschaftlicher Rat unentbehrlich. Stadler erkundigte sich, wie er sich eine Koalition mit den Marxisten vorstelle. »Die Strategie und die Details will ich mit dir entwickeln und auch in den Verhandlungen musst du als zukünftiger Justizminister dabei sein, Mark.«

Levite genoss die momentane Sprachlosigkeit des Freundes, die von raschen Atemzügen begleitet wurde. Als Stadler sich wieder gefangen hatte, stellte er zwei Fragen: »Wer ist als Bundeskanzler vorgesehen?« »Ich.« Das Schweigen dauerte noch länger. »Wann brauchst du mich?« »So schnell wie möglich.« »Du kannst dich auf mich verlassen – wie immer.« »Daran habe ich nie gezweifelt.«

Macht ist das stärkste Aphrodisiakum, noch wirksamer als Geld, fühlte sich Levite bestätigt. Selbst sein kühl analysierender und handelnder Freund konnte und wollte sich ihrem Reiz nicht entziehen.

Nun galt es, sein Verhandlungsteam komplett zu machen. Er musste die Ossis ins Boot holen. Zumeist versponnene Nazis und Antisemiten. Doch er benötigte sie für seine Regierung und er kannte das Mittel, sich ihrer Zustimmung zu versichern. Levite besann sich auf das Rezept Franz Beckenbauers. Der ehemalige Team-Chef der WM-Elf von 1990 bekannte, er habe sich den aufmüpfigsten Spieler, Lothar Matthäus, vorgeknöpft und ihn vor versammelter Mannschaft diszipliniert. Gemäß dieser Logik musste sich Levite den sächsischen Judenhasser Maik Nützel gefügig machen. Der Parteichef beauftragte Fritz Kraus, den »Leipziger Kameraden so schnell wie möglich herzuschaffen«.

Die Zeit bis zur Ankunft von Stadler und Nützel nutzte Levite, um gemeinsam mit seinem engsten Mitarbeiter die strategischen Essentials einer Vereinbarung mit den Marxisten zu entwickeln. Robert Kriener hatte eine umfangreiche Materialsammlung für seinen Chef zusammengestellt. Der sah das Konvolut amüsiert an: »Selbst wenn ich quer lesen könnte, wäre ich bis morgen früh nicht fertig...«

»Das ist nicht notwendig. Ich habe den Text samt einem Register auf deinen Laptop geladen. Bei auftauchenden Fragen während der Gespräche findest du anhand unserer Liste die betreffenden Daten und Fakten, ohne im Internet recherchieren zu müssen...«

»Sind auch die handelnden Personen aufgeführt?«, wollte Levite wissen.

»Selbstverständlich.«

Kriener hatte ausführliche Dossiers verfasst. Auch das nach Sachgebieten geordnete Inhaltsverzeichnis machte einen professionellen Eindruck, ebenso die Texte, in die Levite stichprobenartig hineinlas. Etwa unter Verteidigungsausgaben, Unterabteilung, Personalstärke, Personalkosten, welche wiederum in Offiziere und Mannschaften gesplittet waren. »Exzellente Arbeit, Robert. Das ist mehr, als die Polizei erlaubt.«

Nun widmeten sie sich den Themen, die verhandelt werden sollten. Beispiel Außenpolitik. »Wir haben uns verpflichtet, die NATO zu verlassen. Das klingt eindeutig, lässt aber alles offen. Angefangen mit dem Termin der Kündigung sowie der Dauer der Austrittsverhandlungen. Auch muss man zwischen militärischer Allianz und politischem Bündnis unterscheiden. De Gaulle hat Frankreich aus dem Militärpakt gezogen, ist aber im politischen Bündnis geblieben. Wir sollten ein ähnliches Modell anstreben.«

»Das werden die Kommunisten nicht mitmachen, Paul.«

»Mal sehen. Wir bekunden im Koalitionsvertrag zunächst die Absicht, das NATO-Militärbündnis zu verlassen. Nicht mehr und nicht weniger. Das ist ein grandioser Erfolg der Marxisten. Den werden sie erst mal auskosten. Erst nach einer Weile wird die Forderung konkreter werden, dann werden wir schachern. Das Ergebnis wird nicht von den besseren Argumenten, sondern von der politischen Großwetterlage abhängig sein. Die muss für mich günstig sein, dann können wir tun, was wir wollen. Stehen wir schlecht da, dann hilft uns kein Argument und kein Gott und kein Teufel...«

Kriener war nicht überrascht, dass Levite zwischen sich und seiner Partei differenzierte. Kein zurechnungsfähiger Mensch identifizierte sich restlos mit seiner Partei oder seinem Unternehmen. Wer das tat, verlor seine Eigenständigkeit und wurde zum willenlosen Instrument einer Institution. Erschreckend fand Kriener lediglich die schier grenzenlose Risikobereitschaft Levites. Der Kampf um alles oder nichts. Er musste sich in Acht nehmen vor seinem Vorsitzenden. Vor allem aber auf das Land und die Partei Obacht geben.

Levite dozierte unverdrossen weiter. Auf der sozialen Ebene sollte man die meisten Forderungen der Kommunisten gutheißen. Zumindest prinzipiell. »Wir können ruhig kräftig Schulden machen, das tun alle – doch wir dürfen die Grenze zum Ruin nicht überschreiten...«

Kriener erinnerte an die eigenen Schwerpunkte. Zuwanderungskontrolle, Bekämpfung von Kriminalität und Extremismus. War es möglich, mit einem Extremisten an der Parteispitze dem »Extremismus« entgegenzutreten? Kriener bemühte sich, Levite Gerechtigkeit angedeihen zu lassen. Im Vergleich zu Urban Hansen war der Frankfurter ein Liberaler. Sein Extremismus war nicht politisch, sondern persönlich. Levite benötigte Struktur und Führung – durch ihn.

Als sie auf den zukünftigen Herrschaftsapparat zu sprechen kamen, blühte Levite auf. »Wir müssen ein eisernes Machtzentrum bilden. Du als Stabschef, also Leiter des Kanzleramts, Mark Stadler als oberste juristische Instanz und ...« Levite lachte schallend, »... last but not least: me. The master of our German government universe...«

Kurz vor 22 Uhr traf Fritz Kraus in Begleitung Maik Nützels ein. Levite dankte den Herren für ihr Erscheinen und bat, ihn mit dem Sachsen alleine zu lassen. Als sie unter sich waren, setzte Levite sich hinter seinen Schreibtisch. Dabei besah er aufmerksam seinen Besucher. Nützel hatte ein gedrungene Figur, sein Mund war breit, die dunklen Augen blickten Levite aufmerksam an. Der ließ sich Zeit.

»Was war, war, Nützel. Jetzt schreiben wir ein neues Kapitel in Deutschland...« Er sah sein Gegenüber entschlossen an, »...das ich diktiere! Setz dich!«

Nützel tat wie geheißen.

»Ich fordere unbedingte Loyalität – ist das klar?«

»Jawohl.«

»Gut. Du wirst in der neuen Bundesregierung Minister für die ostdeutschen Bundesländer sein.«

»Mit wem wollen Sie regieren?«

»Mit den Kommunisten!«

»Das sind Schweine.«

»Ist mir bekannt. Deshalb müssen wir sie so fest umarmen, dass wir ihnen alle Rippen brechen.«

Maik Nützel lachte auf. »Das ist schlau.«

»Wir können nur an die Macht kommen und uns dort halten, wenn wir absolut diszipliniert sind. Ich führe und ihr folgt. Besonders du! Denn du wirst dafür verantwortlich sein, dass der Osten vom Problemkind zum Vorbild wird. Zuerst in Sachen Disziplin, dann in wirtschaftlicher Leistungskraft und Erfolg. Denn hier haben wir das größte Potenzial. Der Westen ist bereits ausgeschöpft.«

»Sie können sich auf mich verlassen, mein Parteichef.«

Als Levite die Ankunft Stadlers gemeldet wurde, beendete er das Gespräch mit Nützel. Zum Abschied streckte Levite seinem Besucher die Hand über den Schreibtisch entgegen. Nützels Händedruck war gewollt fest und ungewollt feucht.

DIE FREUNDE HATTEN sich seit etwa einem Jahr nicht mehr gesehen. Sie umarmten einander. Mark Stadlers Aussehen hatte sich kaum verändert. Er war großgewachsen, athletisch, gepflegt, mit leichtem Bauchansatz, da er sportliches Tun als ungewollte Ablenkung von der Arbeit auf ein Minimum beschränkte. Paul Levites ungewohnt lange Arbeitszeiten, das hastige und unregelmäßige Essen hatte seine Figur immer stärker anschwellen lassen. Der psychische Stress hatte zudem Spuren in seine Züge gekerbt. Um seine Augenwinkel begann sich ein Gespinst feiner Fältchen zu ziehen, von der Nasenwurzel grub sich eine Falte senkrecht zur breiten Stirn. Stadlers Züge dagegen waren trotz der spontanen Reise entspannt wie stets. Noch ehe er den ersten Schluck des von Levite eingeschenkten Bieres trank, wollte er wissen, ob es keine Alternative zu einer Regierung mit den Kommunisten gäbe, denen er nicht über den Weg traue.

»Das tue ich genauso wenig wie du, Mark. Daran hat sich nichts geändert. Aber Kleinert hat sich festgelegt, dass wir Faschisten sind…«

»Das ist doch lächerlich. Du bist ein liberaler Jude.«

»Das tut nichts zur Sache. Die Dame geriert sich als uneingeschränkte

Autorität in Sachen Freiheit und Demokratie. Das ist ihr Alleinstellungsmerkmal, damit hat sie, wenn auch knapp, die meisten Stimmen eingeheimst.«

Levite ergriff sein Glas, er prostete Stadler zu, beide riefen »Le Chaim!« und nahmen einen kräftigen Schluck. Der Politiker lehnte sich zurück: »Es hat auch etwas Gutes, dass Kleinert nicht mit uns regieren will. Bislang hat sie alle ihre Koalitionspartner klein gemacht.«

»Richtig. Ist die DDR glaubwürdiger?«

»Nein. Aber die Partei hat keine Regierungserfahrung im Bund. Die müssen vorsichtig agieren. Und sie werden unsere Juniorpartner sein, während wir bei Kleinert auf dem Gepäckträger gesessen wären. Eine scharfe Kurve und wir plumpsen in den Straßengraben.«

Die Männer fielen in ein vertrautes Lachen. Levite fuhr fort: »Der nächste Schritt ist entscheidend. Wir müssen die Kommis in eine Koalition locken. Die wissen, dass wir auf sie angewiesen sind. Vor allem ihre Chefin Hauser wird ihren Preis fordern und wir werden ihn zu zahlen haben. Gleichzeitig muss ich unsere Partei bei Laune halten und, was noch schwieriger ist, die Öffentlichkeit von unserer, insbesondere von meiner, Integrität überzeugen. Gegen die permanente Verteufelung durch Madame Kanzlerin.«

Levite legte ein Pause ein. Er blickte seinem Freund direkt in die Augen, ehe er, jedes Wort betonend, fortfuhr. »Eine Regierungsbildung kann uns nur gelingen, wenn du entscheidend mitwirkst, Mark.«

Stadler lächelte. »Das sagst du sicher jedem, den du brauchst.«

»Stimmt. Doch bei dir trifft es aus vier Gründen zu. Ich vertraue dir vorbehaltlos. Zweitens, du besitzt juristischen Sachverstand, was bei einem Koalitionsvertrag unabdingbar ist. Drittens verfügst du über praktische und theoretische Kenntnisse unserer Volkswirtschaft. Und schließlich bist du im Gegensatz zu mir eine ausgeglichene Persönlichkeit. Solide und zielbewusst.«

Stadler schmunzelte. »Ich danke dir für dein überschwängliches Lob, Paul. Sachverstand besitzen viele, die kann man bei Bedarf kooptieren. Dafür brauchst du mich nicht. Entscheidend ist dein Vertrauen. Das gilt vice versa auch für mich, wie du weißt. Deshalb bin ich sogleich deinem Ruf gefolgt. Ich bin stolz auf dich! Mich hat in den letzten Jahren die Sorge geplagt, dass du es im Geschäftsleben nicht schaffen wirst. Doch nun hast du in der Politik eine kometenhafte Karriere gemacht und stehst einen Schritt vor dem Gipfel. Es versteht sich von selbst, dass ich an deiner Seite bin, wenn du mich brauchst.«

Stadler hielt inne, um, was bei ihm selten vorkam, schüchtern fortzufahren: »Ich muss dir etwas gestehen. Ich bin ein wenig eitel ... ach was, ich bin eitel, wie alle. Dein Angebot, mich an einer möglichen Bundesregierung zu beteiligen, hat mir geschmeichelt. Ich will das Beste tun, um dein Vertrauen zu rechtfertigen.« Mark Stadler streckte seine Rechte aus, die Levite mit beiden Händen ergriff.

Das Angebot des Parteichefs, gemeinsam mit seinen Mitarbeitern die Punkte für die Koalitionsverhandlungen, die Levite »Codex Kriener« nannte, durchzugehen, lehnte Stadler ab. »Das lege ich mir unters Kissen – es diffundiert in mein Gehirn. Nein. Der Verfasser ist ja Teil unserer Delegation, er weiß am besten, wie wir optimal davon Gebrauch machen.« »Aber ich nehme an, Ihr habt einen Verhandlungsfahrplan?«

»Wir haben mit den Marxisten eine Themenliste erstellt...«

»Kann ich die haben?«

»Sicher.« Die Kopie des Papiers lag auf Levites Schreibtisch. Er hatte die Seiten mit zahlreichen Anmerkungen versehen. Er bat Kriener, in sein Büro zu kommen und stellte die beiden Männer einander vor, die knappe Höflichkeitsfloskeln wechselten. Meine ersten Helfer sind ein Polizist und ein Juraprofessor. Sie sichern mich ab, doch ich darf mir keine Blöße geben, wusste Paul Levite.

DIE FÜNFKÖPFIGE VERHANDLUNGSMANNSCHAFT der Deutschnationalen fand sich um 8 Uhr vor der Villa von Max Schulze-Lorentz ein. Die Herren fuhren in zwei Mittelklasse-Audis vor, die von Friedrich Kraus und Robert Kriener chauffiert wurden. Sie wollten jedes Aufsehen vermeiden und zudem gegenüber dem Parteispender bescheiden auftreten. Bei der Begrüßung durch den Hausherrn wollte sich Levite für dessen Großzügigkeit bedanken und lud ihn für die Zeit nach den Verhandlungen zu einem Dinner ins Ernst-Jünger-Haus ein. Dabei könne man über Anliegen des deutschen Mittelstandes sprechen.

»Herr Levite, ich erwarte vielmehr, dass Sie mich ins Kanzleramt einladen. Aber passen Sie jetzt auf, dass Sie die Kommune nicht allzu arg übers Ohr haut.«

Levite antwortete mit lautem Lachen. Er verspreche, die Interessen der Selbständigen und der Arbeitnehmer gleichermaßen im Auge zu behalten.

»Na, dann gucken Sie, dass Sie nicht aus dem Gleichgewicht kommen.«

»Keine Sorge, Herr Schulze-Lorentz, ich bringe genug Kilos auf die Waage und den Verstand meines jüdischen Vaters.«

Der Hausherr ließ deutschen Sekt auffahren. Levite wäre am liebsten dem Beispiel von Stadler, Kriener und Kraus gefolgt und hätte sich mit Mineralwasser begnügt. Doch er wollte Schulze-Lorentz nicht düpieren und forderte seine Begleiter auf, seinem Beispiel zu folgen. »Auf unseren hilfsbereiten und klugen Gastgeber. Prost!«, rief Levite. Woraufhin Schulze-Lorentz sofort trompetete: »Nee, nee. Heute kommt's auf Sie an, Herr Levite. Le chaim!«

Der Bursche ist blitzschnell. Den kann ich noch brauchen, dachte sich Levite.

Der von Levite vorgegebene Termin verstrich, ohne dass sich die Marxisten sehen ließen oder sich via SMS oder Mail meldeten. Nachdem eine halbe Stunde vergangen war, erinnerte ihn Kriener an das Ultimatum, die Meldung zu verbreiten, in welcher der Abbruch der Gespräche mit der Unzuverlässigkeit der DDR begründet würde. Levite bat um eine weitere Viertelstunde Geduld. Als diese ergebnislos verstrichen war, stellte Levite sein annähernd volles Glas ab und verkündete: »Wir tun jetzt nichts. Gar nichts! Denn wenn wir jetzt der Öffentlichkeit verkünden, dass die Realsozis nicht erschienen sind, machen wir uns lächerlich. Das ist das Eingeständnis, dass nicht einmal die kommunistischen Schmuddelkinder mit uns reden wollen. Das verschafft Hedwig Kleinert nochmals Gelegenheit für ein letztes Aufgebot oder Angebot… So großzügig sind wir nicht. Den Gefallen tun wir unseren Konkurrenten nicht. Wir bleiben, falls wir gelitten sind, noch bis elf bei unserem Gastgeber. Danach ziehen wir uns diskret zurück. Wir sind nicht so dumm, der Kanzleröse oder Frau Hauser das Alibi zu liefern, es erneut miteinander zu versuchen. Das müssen sie schon selbst erfinden.«

Die Deutschnationalen und Stadler sahen einander betreten an, während Schulze-Lorentz das Wort ergriff. »Erlauben Sie mir, offen meine

Meinung zu sagen, Herr Levite? Sie haben logisch argumentiert. Und tröstlich. Doch das ist eine Kapitulationserklärung.«

»Nein! Es ist wie an der Börse. Der Verlust entsteht erst, wenn er realisiert wird. Wir behalten die Papiere. Wenn wir etwas zu erklären suchen, was wir nicht können, wird dies als Verlust wahrgenommen. Darum halten wir jetzt das Maul. Denn wer nun mit Gewalt handeln will, muss das begründen. Und wenn er trickst, dann steht er – in diesem Fall sie – als Lügnerin da. Das kann sich niemand leisten. Frau Nadja Hauser als Obermarxistin schon gar nicht. Deshalb macht sie alles, um uns zu einer Dummheit zu provozieren. Den Gefallen tun wir ihr nicht. Nur so können wir sie – indirekt – zwingen, mit uns zu verhandeln.«

»Ich muss zugeben, Sie argumentieren bestechend. Doch die Kommis tun nicht, was Sie von ihnen wollen«, bekannte Schulze-Lorentz.

Gebe Gott, dass der Bastard sich irrt, flehte Levite. »Warten wir's ab! Ich setze auf unsere Kraft und unsere Vernunft.« Levite schnappte sich sein Glas und stapfte in die Mitte des Raumes. »Prost, meine Herren!« Er hob seinen Kelch. Alle folgten seinem Beispiel.

Levite trank den Sekt in einem Zug aus.

EXAKT UM ELF Uhr fuhren die Frauen und Männer der marxistischen Delegation in zwei BMW-Limousinen vor der Villa vor. Parteichefin Hauser erschien in Begleitung von fünf Parteifunktionären sowie ihrer persönlichen Assistentin. Höflich stellten sich die Delegationen einander vor.

Hauser ergriff als erste das Wort: »Na, Herr Levite, was ist denn aus Ihrer Drohung geworden, das Scheitern unserer Gespräche an die Nachrichtenagenturen heraus zu posaunen, falls wir nicht bis 9 Uhr 30 zu Ihrem Verhandlungsappell antanzen?«

Levite hatte mit dieser Bemerkung gerechnet. »Die entsprechende Meldung ging ans Auswärtige Amt … das ja, wie Ihnen bekannt ist, betroffen ist.« Levite beobachtete genüsslich, wie Hausers Lächeln gefror. Er kostete eine Kunstpause lang ihre Verblüffung aus, ehe er sprach: »Das ist jüdischer Humor … die Pointe muss überraschend sein … doch einen wahren Kern haben.«

Die Politikerin benötigte eine Weile, ehe sie ihre Fassung wieder erlangte. Dann heftete sie ihren Blick auf Levites Augen und sprach betont:

»Seien Sie überzeugt, dass Sie meinen marxistisch-leninistischen Humor bei passender Gelegenheit kennenlernen werden, Herr Levite!«

Die beiden Abordnungen tagten im Salon des Hauses, in dem ein massiver, langer Eichentisch stand. Der fünfköpfigen deutschnationalen Delegation saßen die kommunistischen Vertreter sowie eine Sekretärin gegenüber. Die Parteivorsitzenden thronten jeweils in der Mitte ihrer Leute. Levite nahm Hausers Aufforderung auf, eine Tagesordnung zu erstellen. Man könne als Grundlage dazu die Liste des Vorgesprächs nutzen. Nach kurzer Debatte einigte man sich auf Sachmodule. »Soziale Lage; Innenpolitik, speziell innere Sicherheit; Wirtschafts- und Finanzpolitik; Zuwanderung; Außen- und Sicherheitspolitik.«

Auf Hausers Zeichen zählte der Vorsitzende des Sozialausschusses der Realsozialisten, Thomas Falter, eine Reihe »unabdingbarer Forderungen« seiner Partei auf. Schwerpunkte waren die Verdoppelung des Arbeitslosengeldes, eine Mindestrente in Höhe von 1200 Euro, Grundsicherung für alle, Nulltarif für öffentliche Verkehrsmittel und bedingungsloser Hochschulzugang für alle. Kriener schrieb die Forderungen mit unbewegter Miene mit. Mark Stadler dagegen konzentrierte sich auf die Erfassung der Kernforderungen. Nur gelegentlich notierte er etwas. Ansonsten hörte der Jurist konzentriert zu, dachte offensichtlich nach, ehe er mit seinem Montblanc-Füller etwas auf ein Blatt Papier kritzelte, das er gefaltet an seinen Nachbarn weiter reichte. »Kosten pro Haushaltsjahr 85 bis 100 Milliarden Euro. Steigende Tendenz. Unfinanzierbar.«

Levite ließ die Kaskade der Forderungen über sich ergehen. Schließlich ergriff er das Wort: »Wir unterstützen jedes Ihrer Anliegen.« Er legte eine Pause ein. »Prinzipiell. Doch die gleichzeitige Erfüllung aller Postulate würde die öffentliche Hand per anno mit plus-minus hundert Milliarden belasten. Das ist nicht gegenfinanzierbar…«

»Dann müssen Sie eben Ihre Millionärsspender aus Industrie und Wirtschaft zur Kasse bitten, Herr Levite.«

Er lachte auf. Dank Krieners Informationen war ihm bekannt, dass die DDR eine Reihe potenter Einzelspender und Firmenpartner besaß, während Schulze-Lorentz mit seiner relativ bescheidenen Zuwendung für seine Partei eine Ausnahmeerscheinung war. Doch er dachte nicht daran, sich in einen polemischen Nahkampf mit den Realsozialisten ziehen zu lassen. »Wir haben durchaus vor, die Reichen und Superreichen zur Ader zu lassen. Dies muss jedoch in einer Art und Weise geschehen, die sie weiter in unsere Volkswirtschaft einbindet. Sonst transferieren sie ihre Gelder ins Ausland.«

»Wir befürworten strikte Kapitalkontrollen«, erklärte Falter.

»Das nützt Ihnen bei ausländischen Investoren nichts. 62 Prozent der DAX-Unternehmen gehören Ausländern. Die können Sie kaum daran hindern, ihr Kapital abzuziehen.«

»Warum nicht?«, fragte Hauser bestimmt.

»Weil wir dann international isoliert sind.«

»Höchstens von Ihren amerikanischen Freunden und Geldgebern.«

»Bleiben wir bei den Fakten«, meldete sich Mark Stadler. »Deutschlands Volkswirtschaft ist exportorientiert. Sie generiert knapp sechzig Prozent unseres BIP. Siebzig Prozent unserer Ausfuhr gehen in die EU, weniger als zehn Prozent in die USA. Wenn wir den Gewinntransfer stoppen, nimmt uns niemand mehr unsere Waren ab. Dann haben wir ausnahmslos alle gegen uns. Einerlei, ob die Investoren aus Frankreich, Kuwait, USA, Russland oder China kommen. Weit mehr als die Hälfte unserer Wirtschaft läge brach. Dann können wir höhere Transferleistungen nicht mehr aufbringen, stattdessen müssten wir über deren Kürzung reden. Kredite aus dem Ausland bekämen wir keine – schon gar nicht von der Europäischen Zentralbank.« Stadler hielt kurz inne. »Wir müssten zur Tauschwirtschaft zurückkehren.« Für einen Moment herrschte betretenes Schweigen. Dann redetet man durcheinander, bis Maik Nützel rief: »Wir werden den Ausländern zeigen, wo's lang geht!«

Levite und Hauser verständigten sich auf eine Sitzungspause. Die Deutschnationalen zogen sich in einen Nebenraum zurück, der offenbar als Fernsehzimmer genutzt wurde. Levite bat Stadler um seine Einschätzung. »Die Forderungen sind ein sicheres Rezept zur Staatspleite. Im Vergleich zu denen war der frühere griechische Finanzminister Varoufakis ein Sparkommissar. Das geht absolut nicht.«

»Ist das den DDRlern bewusst?«

»Ich glaube nicht, dass sie sich über die Durchführbarkeit ihrer Vorschläge den Kopf zerbrechen. Die sind von Beruf Oppositionelle.«

»Sie verhandeln mit uns über eine Regierungsbeteiligung«, warf Levite ein.

»Weil sie von uns – wie zuvor von den Konservativen – dazu gedrängt werden. Wenn alle uns wollen, dann müssen sie gefälligst unsere Forderungen erfüllen – meinen sie.«

»Wir müssen sie also in die Wirklichkeit führen.«

»Das ist eine Sisyphusarbeit, Paul!« Der Angesprochene seufzte. »Aber wir haben keine Alternative. Niemand hat eine. Da die Kanzlerin eine Koalition mit uns ausschließt, sind alle auf eine Regierungsbeteiligung der DDR angewiesen. Das macht sie größenwahnsinnig. Dennoch müssen wir uns mit diesen Spinnern einigen, sonst geht Deutschland vor die Hunde.«

»Ist es nicht klüger, sich mit den vernünftigen Konservativen über Kleinerts Abgang zu verständigen?«

»Allemal, Mark. Nur wird sich jetzt niemand dafür finden. Die Kanzlerin hat die Wahlen nicht gewonnen. Doch sie ist noch stark genug, alle innerparteilichen Rivalen zu killen. Das weiß jeder. Deshalb wird sich keiner trauen. Vorläufig.«

»Wäre es in dieser Situation nicht vernünftiger, einfach abzuwarten?«

»Nein! Wenn wir ihr nicht entgegen kommen, lässt Hauser die Verhandlungen mit uns platzen, um Hedwig Kleinert danach so unter Druck zu setzen, dass sie nur noch die Alternative hat zu kapitulieren oder zurückzutreten. Selbstverständlich wird sie nachgeben, um dann im Regierungsalltag ihre Macht auszuspielen – wie gehabt. Dann sind wir aus dem Rennen. Um das zu verhindern, mussten wir die Initiative ergreifen und wir müssen sie so lange beibehalten, bis wir die Regierung stellen. An ein Scheitern dürfen wir nicht einmal denken!«

»Gut, Paul. Doch wie sollen wir uns mit der Chaostruppe einigen, ohne den Staat zu ruinieren?«

»Es bleibt uns nichts übrig, als Hauser in wesentlichen Punkten nachzugeben. Auf diese Weise ketten wir sie an uns.«

»Das ist machttaktisch richtig, Paul. Doch du bleibst die Antwort auf die Frage schuldig, wie wir als Staat überleben, wenn wir uns den Pleiteforderungen der Marxisten unterwerfen?«, wollte Stadler wissen.

»Ich werde nie vor den Bolschewiken kapitulieren«, röhrte Nützel.

»Du hältst jetzt deinen Mund!«, befahl ihm Levite, ehe er sich wieder Stadler zuwandte. »Wir gehen taktisch auf ihre prinzipiellen sozialen Forderungen ein – und auf keinen Fall erhöhen wir Steuern. Auch sonst tun wir nichts, um Investoren abzuschrecken. Im Gegenteil, wir müssen alles unternehmen, damit sie weiterhin in unserem Land ihr Geld anlegen. So halten wir die Wirtschaft am Dampfen. Zumindest eine Zeitlang. Sind wir erst einmal an der Regierung, dann ist der Koalitionsvertrag Makulatur. Dann werden die Karten neu gemischt. Wir stellen den Kanzler, den Finanz- und Justizminister. Wir bestimmen die Strategie und die politischen Leitlinien im Einklang mit dem Grundgesetz.«

»Und was machen wir, wenn uns die Kommunisten von der Fahne gehen?«

»Wir marschieren ohnehin unter verschiedenen Fahnen.« Levite lachte. »Sollen die Kommis doch tun, was sie wollen! Wir brauchen sie dann nicht mehr.«

»Was, wenn sie sich auf Frau Kleinerts Seite für ein konstruktives Misstrauensvotum schlagen?«

»In dem Moment, in dem ich zum Kanzler gewählt bin, wird Kleinert von ihren eigenen Leuten unverzüglich geschlachtet werden. Weil sie das weiß, wird sie zuvor zurücktreten. Um die brauchen wir uns dann keine Sorgen machen.«

»Dann wird sich ein neuer Konservativen-Chef finden, der bereit ist, sich von den Kommunisten zum Kanzler wählen zu lassen.«

»Das ist prinzipiell richtig.« Levite grinste. »Aber ich habe meine Zweifel, ob dies der DDR möglich sein wird… Wir stellen auch den Innenminister!« Levites Grinsen wurde breiter. »Ich bin mir ziemlich sicher, dass unsere Koalitionspartner genug auf dem Kerbholz haben, um sie daran zu hindern, sich uns in den Weg zu stellen.«

»Du wirst doch kein Ermächtigungsgesetz wie 1933 inszenieren…?«

»Wir sind keine Nazis! Solche primitiven Methoden kommen nicht in Frage. Brandstiftung! Mord! Das lehnen wir ab. Wir sind Demokraten und wir sind smart. Wir gehen elegant, doch gleichwohl effizient vor. Mach dir keine Sorgen, Mark. Wir haben die passenden Leute, die Dinge in die nötige Richtung zu steuern.« Levite zwinkerte Kriener zu und gab diesem damit zu verstehen, dass er ihn als zukünftigen Innenminister ansah. Levite begann zu zweifeln, ob Stadler die politische Reife für die Führung eines Ministeriums besaß. Er war sich der unbedingten Loyalität seines Freundes sicher. Doch der Jurist war offenkundig noch nicht ausreichend mit den Niederungen der Politik vertraut. Stadler musste erst alle Facetten der praktischen Politik kennenlernen, die Kriener mittlerweile virtuos beherrschte.

Um weiter zu kommen, bat Levite Stadler, ihm den Preis eines Minimalkompromisses mit den Kommunisten zu nennen, den eine zwanzigprozentige Rentenerhöhung sowie eine Grundsicherung in doppelter Höhe des Hartz-IV-Satzes kosten würde. Denn dies betreffe die wichtigsten Wähler der DDR in Ost und West. Stadler rechnete mit zusätzlichen Staatsausgaben in Höhe von 35 bis 40 Milliarden. »Das wäre das Ende einer verantwortungsbewussten Finanzpolitik. Deutschland wäre erneut ein Nettoschuldenland.«

»Wir sind dann in guter Gesellschaft mit den USA, Japan, Frankreich, Italien und der übrigen EU. Lass uns nicht päpstlicher sein als der Papst.«

Dass gerade er als Jude die Gojim daran erinnerte, fand Levite amüsant. Selbst in der Politik gab es belustigende Moment – falls man dafür zu sorgen verstand.

WÄHREND DAS VERHANDLUNGSFORUM der beiden Abordnungen wieder im großen Salon tagte, bat Levite Hauser um eine Aussprache unter vier Augen. Er solle diese Zwiegespräche nicht zur Gewohnheit werden lassen, sonst müsse sie befürchten, dass er zweideutige Absichten hege, erklärte die Parteichefin mit erhobenem Zeigefinger. Die Begleitung durch ihre Assistentin rechtfertigte die Parteivorsitzende mit deren Aufgabe als Anstandsdame.

Auch bei diesem Gespräch rückte Nadja Hauser nicht von ihrer Position ab, dass das Angebot Levites »absolut unzureichend« sei. Der Gesamtumfang der Mindestsozialforderungen sei offen und ehrlich von ihrer Delegation genannt worden. Dieser Standard sei absolut unverhandelbar. Daher sei ein Umgehungsversuch durch Geheimverhandlungen zwecklos. Doch nach geraumer Zeit bat sie ihre Assistentin, den Gesamtumfang der DNMP-Offerte auszurechnen. Diese kam auf 29,5 Milliarden. Hauser war nicht zufrieden und verhandelte zäh weiter um jedes Zugeständnis, um jede Stelle hinter dem Komma. Wenn Charlie Marx aus der kapitalistischen Hölle beobachten könnte, dass die sich auf ihn berufenden Realsozialisten im 21. Jahrhundert schacherten, wie er es den von ihm verachteten Juden unterstellte, würde er endgültig resignieren und fortan versuchen, sich als Journalist und Philosoph durchzuschlagen. Wahrscheinlich aber würde Marx als rechthaberischer Privatgelehrter auf die Richtigkeit seiner Theorien und das Ungenügen seiner Epigonen bestehen…, phantasierte Levite. Endlich einigten sich beide Parteiführer auf die Verdoppelung der Grundsicherung, eine Erhöhung der Renten um 25 Prozent sowie freien Zugang aller zu allen Hochschulen.

In einer Verhandlungspause wurde den Delegationen der erzielte Kompromiss erläutert. Er wurde jeweils ohne Aussprache gebilligt. Die Mehrbelastungen beliefen sich nach Stadlers Einschätzung alleine für den Bundeshaushalt auf gut 40 Milliarden per annum – dabei waren Kosten für Länder und Gemeinden nicht berücksichtigt.

Da die Einigung über Sozialleistungen erhebliche Zugeständnisse der Deutschnationalen beinhaltete, wollten diese als nächstes über Ausländerrecht und Zuwanderung verhandeln. Doch die DDR lehnte dies mit dem Hinweis auf die Chronologie der Themenliste vehement ab. Levite, der sich in dieser Frage zurückgehalten hatte, war das recht. Seine Taktik war, zunächst eine derart schwere Masse von Übereinstimmungen aufzubauen, dass deren Eigengewicht eine spätere Demontage, ja selbst eine wesentliche Verschiebung, unmöglich machen würde. Ihm kam es darauf an, erst in der allerletzten Phase der Gespräche die entscheidenden Forderungen der Deutschnationalen, eine faktische Einwanderungssperre und Sanktionen gegen unliebsame oder gar straffällig gewordene Ausländer, durchzusetzen. Hier mussten Ergebnisse erzielt werden, die den Wählern seiner Partei als Erfolge präsentiert werden konnten.

Das Kapitel Außenpolitik wurde von dem dafür zuständigen realmarxistischen Parteisekretär Walter Fellner mit einem Kurzreferat eingeleitet. Dabei stellte er das unverhandelbare Postulat auf, Deutschland müsse eine unzweideutige Friedenspolitik betreiben. Dies bedeute den Austritt aus der NATO, ein Verbot der Ausfuhr von Rüstungsgütern sowie aller bewaffneten Auslandseinsätze, gutnachbarliche Beziehungen zu allen friedliebenden Staaten in Europa, also Russland und allen blockfreien Staaten, die in den Vereinten Nationen für Frieden und Verständigung einträten.

»Also Sudan und Nordkorea!«, rief Stadler aus. Fellner ließ sich nicht beirren. Am Ende plädierte er für energische politische und wirtschaftliche Gegenmaßnahmen, wenn ein Regime sich über alle Forderungen der Weltgemeinschaft hinwegsetze, Gebiete anderer Länder besetze und die dortige Bevölkerung unterdrücke. Als einziges Beispiel nannte er Israel. Stadler ergriff das Wort: »Sowie die Okkupation Nord-Zyperns durch die Türkei, der Ostukraine und der Krim durch Russland...«, – und konnte sich nicht enthalten, auch die russische Besetzung Ostpreußens zu erwähnen.

Hauser protestierte vehement gegen diese Polemik. Die Sowjetunion sei von den Nazi-Faschisten angegriffen worden. Kaliningrad sei selbst von der Bundesregierung in Bonn in den Ostverträgen als integraler Teil der Sowjetunion anerkannt worden. Dieser Sachstand sei 1990 in den Zwei-plus-Vier-Verhandlungen von beiden deutschen Staaten erneut bestätigt worden. Die DDR werde es unter keinen Umständen zulassen, dass ausgerechnet von einer marxistisch geprägten Bundesregierung eine revanchistische Politik gegen das friedliche Russland ausgehe.

Stadler fuhr unbeirrt fort und erinnerte an die Niederschlagung des ostdeutschen Arbeiteraufstandes 1953, die Invasion Ungarns 1956, Prags 1968 und den Überfall der Sowjetunion auf Afghanistan. Die andere Seite konterte mit den Kriegsverbrechen der Amerikaner. Die DDR erwähnte die Massenmorde durch die atomaren Angriffe auf die Zivilbevölkerung von Hiroshima und Nagasaki, die völkerrechtswidrige Hungerblockade der sozialistischen Republik Kuba, den verbrecherischen Vietnamkrieg, vor allem die systematische Bombardierung der Wohngebiete der Volksrepublik Vietnam, die Invasion Iraks sowie die unzähligen Angriffe und gezielten Ermordungen durch die Vereinigten Staaten und der mit den US-Imperialisten in Lakaientreue verbündeten Bundesrepublik.

Levite vergatterte seine Abordnung, nicht darauf einzugehen. Er dachte nicht daran, sich zum Verteidiger Amerikas aufzuschwingen. Sein Ziel war, die deutschen Kommunisten für ein Regierungsbündnis zu gewinnen. Also sagte er zur Überraschung aller, er teile die Kritik an der amerikanischen Außenpolitik, vor allem lehne er vorbehaltlos die militärischen Abenteuer der Amerikaner in der Dritten Welt ab. Daher befürworte seine Partei ebenso wie die Führung der Realsozialisten den Austritt aus der militärischen Allianz der NATO. Das genüge nicht, erklärte Nadja Hauser. Das Ausscheiden aus dem Militärbündnis müsse vollständig geschehen. Levite sah sich veranlasst, zu erläutern, dass der Nordatlantikpakt eine politische Allianz sei, der das militärische Bündnis unterstehe. Kündige Deutschland seine NATO-Mitgliedschaft, beraube man sich jeden weiteren Einflusses. Verlasse Deutschland dagegen lediglich die militärische Allianz, könne man weiterhin als politisches Mitglied der NATO bei jeder Sitzung und bei allen Beschlüssen seine abweichende Haltung kund tun und auf diese Weise Washington innerhalb der Allianz entgegentreten und die US-Positionen unterminieren.

Hauser und Fellner erwiderten, dies seien Haarspaltereien, die ohne politische Wirkung bleiben würden. Das gab Levite Gelegenheit, seine historischen Kenntnisse zu demonstrieren: »Das sind keineswegs taktische Spielchen, sondern politische Wirklichkeit. Staatspräsident Charles de Gaulle hat in den sechziger Jahren die Militärorganisation der NATO verlassen, die Mitgliedschaft im politischen Bündnis aber beibehalten. Auf diese Weise konnte Frankreich die US-Politik und den Vietnamkrieg permanent sowohl innerhalb wie außerhalb der NATO anprangern. Ein Zustand, der Washingtons Ansehen zunehmend schadete. Nach diesem Muster wird auch unsere Bundesregierung verfahren. Wir denken nicht daran, unseren Einfluss freiwillig preiszugeben.«

Hauser parierte Levites Plädoyer mit der nüchternen Feststellung, er solle sich nicht zu früh freuen, noch habe man sich keineswegs auf eine Koalition geeinigt, eine gemeinsame Bundesregierung sei noch nicht absehbar. Sie beharrte auf ihrer Forderung, den Abbruch der diplomatischen Beziehungen zu Israel auf die Tagesordnung zu setzen. Sie begründete dies mit der fortwährenden Verletzung der Menschenrechte und der zahlreichen Kriegsverbrechen des zionistischen Regimes an der palästinensischen Zivilbevölkerung. Levite durchschaute zwar das zugrundeliegende Manöver, war aber unfähig, seine Emotionen zu kontrollieren. Statt kühl auf Zeit zu spielen, lehnte er Hausers Postulat rundweg ab. Dies komme nicht in Frage, bestimmte er barsch.

»Wenn Sie aus persönlichem Egoismus nicht einmal bereit sind, die offiziellen Beziehungen zu der menschenverachtenden Regierung in Israel abzubrechen, dann beweisen Sie einmal mehr, dass Sie deren faschistische Gesinnung teilen, Herr Levite.«

Er wollte ruhig durchatmen, doch sein Jähzorn war mächtiger als seine Selbstbeherrschung.

»Die ganze Familie meines Vaters, 22 Frauen, Männer und Kinder, ist in Auschwitz von den Nazis abgeschlachtet worden. Und jetzt wagen Sie als Enkelin der Mörder, mich als einen Faschisten zu beschimpfen? Haben Sie keinen Tropfen Mitgefühl?« Levites Stimme überschlug sich.

Sein Kopf war rot angelaufen und seine Hände zitterten.

»Sie haben mich missverstanden, Herr Levite.« Nadja Hauser sprach gewollt ruhig.

»Nein!«, brüllte Levite auf. »Ich verstehe Sie und Ihresgleichen allzu gut.« Levite warf sein Haupt zurück, ehe er weiter sprach: »Wenn Sie sich nicht auf der Stelle entschuldigen, werde ich dafür sorgen, dass die Öffentlichkeit erfährt, wes Geistes Kind Sie sind.«

»Ich bedauere meine missverständliche Äußerung. Sie hat in keiner Weise Ihnen und schon gar nicht den Opfers des Faschismus gegolten, die unsere Partei allenthalben ehrt…«

Levite sprang auf und verließ im Laufschritt das Tagungszimmer. Auf dem Gang trommelte er mit den Fäusten gegen seine Schläfen. »Warum? Warum lasse ich das mit mir machen?« Er marschierte auf und ab, schlug sich mit den Händen gegen seine Brust und versuchte, seine Fassung wieder zu gewinnen.

Max Schulze-Lorentz war aus dem Wohntrakt getreten. Als er bemerkte, wie aufgewühlt Levite war, ging er auf ihn zu und legte ihm behutsam die Hand auf den rechten Arm. Levite trat erschrocken einen Schritt zurück. »Herr Schulze-Lorentz, ich bin etwas indisponiert.« »Das sehe ich. Ich kann mir denken, dass die Verhandlungen mit den Bolschewiken nicht leicht sind. Aber lassen Sie sich von der Bande ja nicht unterkriegen.«

Levite versuchte zu lächeln. Der Kaufmann wusste nicht um Hausers Antisemitismus, er mochte ebenfalls weder Juden noch Israelis. Doch Schulze-Lorentz war feinfühlig und geradeheraus. Die Hauser dagegen war hartherzig und verschlagen. Wenn er seiner Verzweiflung Herr werden und wieder handlungsfähig sein wollte, musste er Schulze-Lorentz' simplen Rat annehmen.

Politik ist kein Streichelzoo, schon gar nicht in Israel. Die Burschen dort durften keine Schwäche zeigen. Daran musste er sich als zartbesaiteter Diasporajude ein Exempel nehmen. Sollte die Schickse doch sagen, was sie mochte! Levite würde ihr dafür die Quittung präsentieren, wenn der richtige Zeitpunkt gekommen war – wie bei Urban Hansen. Und dann Gnade ihr Stalin – oder dessen Henkersknecht Beria, der sich gebrüstet hatte, nach einer Nacht in seinen Folterkellern sei jeder bereit zu gestehen, dass er der König von England sei. Die Aussicht auf seine zukünftige Rache ließ Levites Zuversicht aufkeimen. Er ergriff Schulze-Lorentz' Hand, drückte sie kräftig und versprach, seinen Rat zu befolgen. Levite kehrte in den Salon zurück, wo ihn Nadja Hauser mit einem Lächeln und einem Handschlag begrüßte.

Levite verstand, dass seine Drohung ihre Wirkung nicht verfehlt hatte. Deutsche Politiker durften alles. Gegen Ausländer, sexuelle Minderheiten, Kapitalisten, Monopole und den Islam hetzen. Allein die Todsünde des Antisemitismus war seit 1945 tabu. Die Israelis pauschal als Araberkiller und Friedensfeinde zu verteufeln, war politisch korrekt. Offener Antisemitismus aber bedeutete, sich mit Himmler, Dr. Mengele und Eichmann gemein zu machen. Das lehnten hierzulande alle ab. Deshalb war jeder erledigt, der auch nur in den Verdacht des Judenhasses geriet. Die Deutschen verstanden sich als Philosemiten, die gegenüber Judenfeinden kein Pardon kannten.

Levite nutzte diese ungeschützte Flanke aus. Er trieb die Verhandlungen mit ansteigender Geschwindigkeit voran. Allein beim letzten Themenblock »Zuwanderung und Ausländerrecht« bestanden die Kommunisten darauf, ihre seit dem Zusammenbruch der DDR entdeckte Weltoffenheit zu beweisen. Levite, der aus dem Geschichtsseminar wusste, dass unter Stalins Herrschaft Kosmopolitismus als todeswürdiges Verbrechen galt, war überzeugt, dass der kompromisslose Kampf der Realsozialisten gegen Rassismus und Fremdenfeindlichkeit lediglich ein Lippenbekenntnis war. Damit aber lag er falsch. Die Neokommunisten lehnten Rassismus und Fremdenfeindlichkeit aus Überzeugung ab. Diese Einstellung überraschte und erfreute Levite persönlich, taktisch aber hielt er diese Haltung für einen Fehler. Die Bevölkerung in den ostdeutschen Hochburgen der Marxisten war überwiegend fremdenfeindlich. Die ideologisch begründete Weltoffenheit der Realsozialisten hinderte viele frustrierte Spießbürger im Osten daran, ihre genuine Identifikations- und Oppositionspartei zu wählen. Dies war die Lücke, die Urban Hansen zumindest in den neuen Bundesländern optimal auszunützen verstanden hatte. Für den komplexeren Westen reichten die kaum verkappten Nazirezepte freilich nicht aus. Dazu brauchte es eines subtileren Vorgehens. Levite entwickelte es und setzte es in die Tat um – wie sein Wahlsieg in Hessen erwies.

Die Argumentation des realsozialistischen Verhandlungsteams bewies Levite indessen, dass er die in seinen Augen notwendigen populären, fremdenfeindlichen und antiislamischen Aussagen zumindest nicht offen in die Koalitionsvereinbarung einbringen konnte. Die Obstruktion ging dabei nicht von Nadja Hauser aus. Die Parteichefin war abgebrüht und zu sehr darauf versessen, das in greifbare Nähe gerückte Auswärtige Amt zu ergattern, um spezielle Rücksichten auf Ausländer und Moslems zu nehmen – zumal diese Menschen kaum die Realsozialisten wählten. Doch die sie begleitenden Funktionäre glaubten mittlerweile an das, was sie predigten, daher waren sie entschlossen, ihre Partei als Motor der Völkerverständigung und internationalen Solidarität zu etablieren. So sahen sich Levite und seine Delegation veranlasst, ihre nationalistischen Ziele indirekt zu erreichen. Die Realsozialisten ließen sich auf ein einjähriges Moratorium beim Zuzug von Einwanderern aus Nicht-EU-Staaten ein. Einzelheiten sollten durch Verordnungen des Innenministeriums geregelt werden – das, so der stille Konsensus zwischen den Parteien, an die Deutschnationalen fallen sollte. Da dieses Ressort auch für den interkulturellen und zwischenreligiösen Dialog zuständig sein sollte, waren Levite und seine Abordnung zufrieden.

Bereits nach zwei Verhandlungstagen gelangten die Partner so zu einer grundsätzlichen Übereinkunft bei Sachthemen, die von Stadler und seinem Gegenpart Ingo Dombromski in einen Koalitionsvertrag gegossen werden sollte. Auf die Einigung stießen die Teilnehmer mit einem Glas Sekt an. »Hier geht's zu wie in Spießenhausen. Nicht mal herzlich saufen darf man«, bemerkte Nützel vernehmlich zu Kriener. Es war die erste Bemerkung des Sachsen, mit der Levite übereinstimmte.

Im Anschluss bat nunmehr Hauser Levite zu einer vertraulichen Aussprache, worauf dieser feststellte: »Sie sind wohl auf den Geschmack gekommen, Frau Kollegin.« Die Realsozialistin wollte im Vorgriff auf das Plenum die Verteilung der Kabinettsposten klären. Levite ahnte, dass es ihr um mehr ging, als ihren Anspruch auf das Auswärtige Amt bestätigt zu wissen. Hauser wollte vielmehr mit ihm die Ressortverteilung insgesamt vorgeklärt wissen. Levite begann mit der Feststellung, die Ministerämter für Auswärtiges und Arbeit gingen wie verabredet an die DDR. Darüber hinaus müsse das Umweltressort für die Bunten reserviert werden. Diese stünden noch keineswegs als Koalitionspartner fest, erwiderte Hauser. Dann müsse man alles tun, um die Umweltpartei zu gewinnen. Denn der Koalition fehlten bislang fünf Stimmen zur Kanzlermehrheit. »Sie wollen mir doch nicht sagen, dass Sie Lust auf Koalitionsverhandlungen mit den Bunten verspüren? Bei diesem Chaotenverein kann man sich auf nichts verlassen. Schon gar nicht auf ihr Abstimmungsverhalten«, bemerkte Hauser. Sie befürchtete offenbar, von Levite gegen die Umweltpartei ausgespielt zu werden. Er wiederum mochte nicht in eine vollständige Abhängigkeit von Hauser geraten – vor allem aber musste er die Situation vermeiden, im ersten Wahlgang nicht zum Kanzler gewählt zu werden.

Um das zu verhindern, benötigte er die Unterstützung der Bunten. Die Fraktion insgesamt war als Koalitionspartner problematisch. Hier hatte Hauser Recht. Doch da die Partei von politischen Grabenkämpfen geplagt wurde, hielt er eine Spaltertaktik für angebracht. Mit deren Hilfe war er dabei, sich die Gefolgschaft eines Dutzends Abgeordneter zu sichern. »Wir werden die Bunten öffentlich zu Gesprächen über eine Regierungsbildung einladen...« »Sie können sicher sein, dass die Anarchisten sich die Gelegenheit nicht entgehen lassen werden, Ihre Einladung öffentlichkeitswirksam abzulehnen!«

»Das soll mir recht sein, Frau Kollegin «, stellte Levite fest. Sie sah ihn verständnislos an, bis er fortfuhr. »Das mag die Parteiführung ruhig tun. Aber ich bin mir sicher, nicht alle werden diesem Kurs folgen.« »Ihre Taktik, in dieses bunte Wespennest zu greifen, könnte für Sie schmerzlich enden, Herr Levite.«

»Wir werden sehen.« Hauser verstand, dass ihr Gegenüber offenbar vorsondiert hatte. Sie konnte dies als Vertrauensbruch werten und die bis dahin erzielte Übereinkunft, in der sie weitgehend die Position ihrer Partei durchgesetzt hatte, platzen lassen. Stattdessen konzentrierte sich

Hauser darauf, ihre Machtposition in der Regierung auszubauen. Levite ging auf ihre Verhandlungstaktik ein und sicherte ihrer Partei neben dem Auswärtigen Amt und dem Ministerium für Arbeit und Soziales auch die Ressorts für Wirtschaft und Verkehr sowie das Ministerium für Familie zu. Ferner bestätigte er Hauser, das Ministerium für wirtschaftliche Zusammenarbeit dem Auswärtigen Amt anzugliedern. Neben diesem neuen Superministerium würde Hauser auch als Vizekanzlerin amtieren.

Für seine Partei reklamierte Levite die Ministerien für Inneres, Justiz, Finanzen, Verteidigung und Landwirtschaft. Nadja Hauser war zufrieden, dass es ihr als Vorsitzender der DDR gelungen war, einen Gleichstand der Ministerien zu erreichen, obgleich ihre Partei ein Drittel Mandate weniger in den Bundestag schickte als die DNMP. Sie war überzeugt, dass dies ihrem Verhandlungsgeschick zu verdanken war und gab sich entschlossen, auch in Zukunft hart in der Sache zu bleiben. Allerdings sah sie ein, dass sie auf Levites Empfindlichkeit als Jude Rücksicht nehmen musste. Wenn sie ihm menschlich entgegenkam, würde er seinerseits in dem Ringen um politische Entscheidungen zugänglicher sein. Andererseits konnte ihr das Wissen um seinen wunden Punkt von Nutzen sein, um den politischen Rivalen, falls notwendig, zu treffen.

Vorläufig aber ging es darum, das Verhältnis zu Levite möglichst harmonisch zu gestalten, denn größere Zugeständnisse als von den Deutschnationalen hätte sie von Kleinert nicht erzielen können. Die Ursache waren Levites ungezügelter Machthunger sowie seine jüdische Verletzlichkeit.

Paul Levite war ein Diasporajude par excellence. Er hatte sein Lebtag Demütigungen einstecken müssen. Dass der Grund dafür auch in seiner Trägheit und seiner Jagd nach Liebe lag, wollte er sich nicht eingestehen. Er gab allein dem Antisemitismus die Schuld an seinen bisherigen Niederlagen. Nadja Hauser hatte Levite wiederholt verletzt. Statt dies ihrer Rücksichtslosigkeit und Härte zuzuschreiben, denen er nicht gewachsen war, machte Levite den vermeintlichen Judenhass der Politikerin für seine Kränkungen verantwortlich. Seine Antwort waren Hass und der unumstößliche Willen, sich an ihr zu rächen. Der Zeitpunkt hierfür war noch nicht gekommen. Einstweilen waren die beiden Parteiführer aufeinander angewiesen. So gaben sie sich versöhnlich. Sie prosteten einander auf die Einigung in

Sach- und Personalfragen zu. Weil es zum Ritual gehörte und um seine Glaubwürdigkeit zu erhöhen, gab Levite Hauser zum Abschied zwei Wangenküsse. Er war überrascht, dass ihre Haut warm war und zart schmeckte.

NUN GALT ES für Paul Levite, die losen Zusagen der bunten Abgeordneten für sich und seine Regierung festzuzurren. Vertraulich hatten zwei Handvoll Parlamentarier Levite und Robert Kriener wissen lassen, dass sie für ihn votieren würden. Doch das waren unverbindliche Absichtserklärungen. Würden sie in der entscheidenden Abstimmung dazu stehen? Er durfte nichts riskieren, sonst war alle Mühe vergebens. Sicher konnte er sich im Grunde nur bei Roger Vibiral sein, dem Levite das Amt des Staatssekretärs für Verbraucherschutz zugesagt hatte. Auch Ludwig Hufnagl würde wohl für ihn votieren, vielmehr für das von ihm zugesagte Bundesumweltamt. Esther Koczinski sollte als Bundesbeauftragte für Datenschutz installiert werden. Damit hatte er noch nicht die Kanzlermehrheit. Dazu benötigte er noch den einen und die andere, welche Robert Kriener eingeworben hatte.

Hausers Bemerkung über den Anarchismus der Bunten hatte Levite alarmiert. Denn die Beurteilung entsprach seiner eigenen Einschätzung. Wenn er offizielle Gespräche anbot, würde dies den Bunten-Hühnerstall aufscheuchen wie ein hungriger Fuchs.

Er kam immer mehr zu der Überzeugung, dass er sich persönlich um die Bunten kümmern musste. Es genügte nicht, sich auf die vertraulichen Zusagen der ihm, beziehungsweise seinem Angebot, gewogenen Parlamentarier der Umweltpartei zu verlassen. Er musste mit jedem Einzelnen von ihnen sprechen, um sich von dessen Haltung zu überzeugen. Und ihn oder sie durch Zureden, Druck, Bestechung oder einen Mix dieser Mittel für sich zu gewinnen. Daher bat der Parteichef seinen Vize, eiligst zeitlich gestaffelte Gespräche mit den Umweltleuten an einem neutralen Ort zu vereinbaren.

AM FOLGENDEN MORGEN fanden sich fünf Abgeordnete der Bunten, die mit Robert Kriener im Gespräch waren, um halb neun im Hotel »Ambassador« in der Charlottenburger Hardenbergstraße ein. Der Parteichef hatte zwar um ein gestaffeltes Erscheinen gebeten, doch sobald er die Parlamentarier sah, war ihm bewusst, dass seine Forderung bedeutungslos war.

Denn die drei Männer und zwei Frauen waren eine vertraute, verschwatzte und lachfreudige Gemeinschaft. Das Bestehen auf separate Begegnungen hätte keinen Sinn, denn die Verabredungen wären mit Sicherheit persönlich oder in Handyeile weitergegeben worden. Angesichts dessen wuchsen Levites Zweifel, ob vertrauliche Vereinbarungen mit diesen Leuten überhaupt Sinn machten. Er beschränkte sich daher darauf, im sterilen kleinen Sitzungszimmer des Hotels in einer kurzen Darlegung den Wert einer weiß-rot-bunten Koalition darzulegen und dafür zu werben.

Erstmals würden in einem Regierungsbündnis die Umweltinteressen nicht dem Kommerz untergeordnet sein, denn seine Partei und die Demokratischen Real-Sozialisten seien antikapitalistische Bewegungen, bei denen das Wohl der Menschen unbedingten Vorrang vor den Gewinnbestrebungen einer kleinen ausbeuterischen Schicht besitze. Er beeilte sich, hervorzuheben, dass der Schutz der Umwelt die »Kernkompetenz« seiner Partei sei. Und die Multikulturalität. Diese Aussage rief ehrliche Verblüffung auf den Gesichtern der Bunten hervor.

»Ich selbst bin als Jude das beste Beispiel für die Weltoffenheit meiner Partei. Auch Deutschnational bedeutet in meinen Augen Weltoffenheit. Die Nation als Basis der Multikulturalität...« Selbstverständlich seien auch die hier lebenden Muslime Teil der deutschen Volksgemeinschaft. Nicht dazu gehörten Umweltsünder oder andere Kriminelle, die aus Gewinnsucht soziale Errungenschaften erschleichen wollten, die unter der zukünftigen Regierungskoalition gemäß den individuellen Bedürfnissen der einzelnen Bürger ausgebaut werden würden.

Nach einer Viertelstunde waren die bunten Abgeordneten ebenso zufrieden mit dem Gehörten wie der Vortragende selbst. Auf Nachfrage bestätigte Levite erneut, dass er mit ihrer Hilfe eine tolerante, weltoffene Gesellschaft in Deutschland etablieren würde. Fazit: »Multikulturalität ist per se bunt. Darum sind Sie unentbehrliche Mosaiksteine im Erscheinungsbild der zukünftigen Regierung unseres Landes. Sie werden eine entscheidende Rolle dabei spielen, unsere Umwelt zu schonen und die Gesellschaft menschlich-bunt zu gestalten«. Wer bin ich?, fragte sich Levite, Und was will ich? – Die Macht. Unbedingt und mit allen Mitteln!

Für 14 Uhr 30 war das Treffen mit Ludwig Hufnagl und seinen Parteifreunden in der Villa von Max Schulze-Lorentz vereinbart. Levite war überrascht, dass die Bunte-Truppe bereits kurz vor dem Termin mit Rädern vor der Villa vorfuhr, diese abstellte, sich kurz unterhielten, um dann exakt zum angegebenen Zeitpunkt zu läuten.

Levite kannte Hufnagl nicht persönlich. Hufnagl war durchschnittlich groß, breitschultrig, seine braunen Haare waren gelockt. Der Blick aus seinen bernsteinfarbenen Augen war ruhig und bestimmt, ebenso wie seine Tenorstimme. Er sprach akzentfrei Hochdeutsch, allein das rollende R verriet seine bajuwarische Herkunft.

Nach kurzem Begrüßungsgeschwätz bat Hufnagl um das Wort. »Herr Levite, ich möchte gleich zu Beginn klarstellen, dass meine Parteifreunde und ich nicht käuflich sind. Auch nicht mit Regierungsämtern. Wir werden, auch wenn wir uns einigen und wir danach die Regierung unterstützen sollten, weiterhin unsere Räder benutzen. Wenn's nicht klappt, ist's uns auch recht. Wir haben alle unsere Berufe. Erzieher, Lehrer, ich selbst bin diplomierter Umweltingenieur. Wir sind hierhergekommen, um zu sondieren, ob Ihre Partei bereit ist, eine nennenswerte Umweltpolitik zu machen – und ob es uns gelingt, den Nationalismus Ihrer Partei, den wir uneingeschränkt ablehnen, so im Zaum zu halten und zurück zu drängen, dass sich in Deutschland eine multikulturelle Gesellschaft dauerhaft entwickeln und verfestigen kann.«

Dies von den DNMP zu erwarten, erscheine auf den ersten Blick paradox – doch es sei möglich. Levite selbst sei ein Beispiel dafür. Als Jude habe er unzweifelhaft die Klischees der deutschen Mehrheitsgesellschaft erfahren – »von den beispiellosen Verbrechen der Deutschen während der Nazizeit, die nie vergessen werden dürfen, ganz zu schweigen.« Ein Jude an der Spitze der Regierung könne wie kein anderer Vorurteile bekämpfen. »Wenn Sie der Regierung vorstehen, sind Sie das lebende Beispiel, dass Deutschland sich gewandelt hat. Dass Toleranz hierzulande kein Gerede ist, sondern Wirklichkeit. Wenn Sie den Menschen sagen, dass ein Moslem genauso viel wert ist wie jeder andere Mensch, dann wird es geglaubt werden. Und auch wenn Sie sagen, dass man Atomkraft nicht nach Belieben ein- und abschalten kann, je nachdem, ob die Kanzlerin damit eine Wahl gewinnen will. Wenn Sie uns diese zwei Zusagen machen, können Sie sich auf unsere Unterstützung verlassen. Sie gilt, so lange Ihre Regierung ihr Wort hält.«

»Herr Hufnagl«, Levite musste schlucken, »Sie sind ein ehrlicher Mann.« Er zögerte, ehe er fortfahren konnte. »Sie haben mir aus dem Herzen gesprochen.« Der Niederbayer strahlte ungekünstelte Autorität aus, die sich keineswegs auf seine Parteifreunde beschränkte. Auch Levite wollte sich der Anziehung Hufnagls nicht entziehen. Er streckte Hufnagl spontan seine Hand entgegen, die dieser nach kurzem Zögern ergriff.

Um 18 Uhr 30 wurde die Absichtserklärung zu einem Koalitionsabkommens zwischen Deutschnationalen und Realsozialisten unterzeichnet. So konnte die Einigungszeremonie in den Abendnachrichten übertragen werden. Die Kommentatoren beurteilten den Pakt auf unterschiedliche Weise. Während die Privaten durchgehend ein Ende des Stillstands, ja der Lähmung der deutschen Politik begrüßten, die Risiken, aber auch die Chancen betonten, herrschte auf Seiten der öffentlich-rechtlichen Rundfunk- und Fernsehanstalten blankes Entsetzen. Deren Kommentatoren sahen Deutschland auf dem Weg in eine neue Diktatur, »dieses Mal mit Hilfe der Neokommunisten, was die Sache noch schlimmer macht«, wie ein Chefredakteur hervorhob.

»Noch schlimmer als die Nazis – das macht neugierig«, kicherte Stadler, als er gemeinsam mit Kriener und Levite die Spätnachrichten verfolgte. Levite war nicht zum Lachen zumute. Ihm machte Sorge, dass der Kommentator betonte, es gäbe, im Unterschied zu 1933, alleine einen Hoffnungsfaktor. Bundespräsident Heinz Danziger sei im Gegensatz zum reaktionären Militaristen Feldmarschall Hindenburg ein ausgewiesener Demokrat. Er allein könne eine Machtübernahme der Neonazis und der Kommunisten verhindern. Der Fernsehjournalist eines anderen Senders warnte, dass eine Machtübernahme der Deutschnationalen die gleichen Folgen haben würde wie in den dreißiger Jahren. »Dieses Mal werden die Opfer statt der Juden Moslems und Ausländer sein, und, wie gehabt: die Demokraten, insbesondere die Journalisten, werden für die Freiheit eintreten.«

Levite verzog den Mund. »Der sieht sich bereits als Carl von Ossietzky. KZ-Häftling und vor allem Träger des Friedensnobelpreises… Doch der Appell an den Bundespräsidenten dürfte nicht ungehört verhallen.« Er hielt kurz inne. »Das spricht dafür, dass eine Absprache zwischen der konservativen Führung um Kleinert und Danziger oder seinen Einflüsterern existiert. Die Kommentare sind als Versuchsballons gedacht.« Stadlers Einwurf, ob er nicht Flöhe husten höre, veranlasste Levite zur Replik. »Du meinst, ich bin paranoid? Vielleicht ... möglich, dass meine Erfahrungen mich misstrauisch gemacht haben. Mich macht hellhörig, dass die öffentlichen Kommentatoren Danziger einhellig zum Vorgehen gegen uns animieren. Das ist ein gefährliches Signal.«

Er stand auf und marschierte in seinem Büro auf und ab. »Eine Machtübernahme von uns und den Kommunisten empfinden viele als eine Bedrohung ihrer Pfründe. Bei plötzlicher Gefahr läuft zunächst alles auseinander – bis sich eine ordnende Hand findet, die der verschreckten Herde befiehlt, wie sie sich zu verhalten hat. Diese Hand kann nur der Kanzlerin gehören. Kleinert gibt ihren journalistischen Claqueuren die Richtung vor. Und der zuvor bearbeitete Bundespräsident öffnet sein Ohr dem Hilfeschrei der Demokraten. Dadurch gerät Mama Hedwig, die unfähig ist, eine Kanzlermehrheit zu erlangen, in Abhängigkeit von Papa Heinz. Wenn es ihm gelingt, uns von der Regierungstafel fernzuhalten, ist er Deutschlands Alleinherrscher. Wer könnte dieser Versuchung widerstehen? Das ist Kleinerts letzte Karte. Sie könnte stechen. Danziger würde die Gelegenheit wahrnehmen, wenn sie ihm sicher erscheint – und Kleinert wird alles dafür tun, dass er es glaubt. Sie wird ihm den Spaß gönnen. Eine Weile wird sie sich ihm unterwerfen, wie einst dem Kanzler der Einheit, das beherrscht sie perfekt. Doch sobald der Präsident sich die erste Blöße gibt, was dank seiner Eitelkeit nur eine Frage der Zeit ist, wird sie zubeißen und zwar so fest, dass er sich davon nie wieder erholen wird. Und dann Gnade uns Gott – falls der noch dazu in der Lage ist.« »Gott oder Danziger?«, erkundigte sich Stadler.

Kriener und Stadler waren ratlos, was sie gegen diese latente Gefahr unternehmen könnten. Hier halfen weder manipulierte Internetbotschaften noch juristische Spitzfindigkeiten. Levite zwang sich aus seiner Lethargie. »Wir müssen eine Blitzoffensive starten. Robert, trommle die Fraktion für morgen früh 9 Uhr zusammen. Einziger Tagesordnungspunkt: Probeabstimmung. Ich bläue unseren Abgeordneten ein, dass es um das Schicksal unserer Bewegung geht. Sie tragen jetzt die Verantwortung für Triumph oder Scheitern unserer Partei. Da bleibt kein Raum für langatmige Diskussionen, in der alle Leistungen der Vergangenheit und Erfolge der Zukunft zerredet werden und schon gar nicht für Profilierungsneurotiker. Es darf nur Einstimmigkeit geben – alles andere bedeutet Verderben.«

Kriener und Stadler blickten einander an. »Wenn du morgen so mit unseren Abgeordneten sprichst – und daran gibt es keinen Zweifel –, dann werden sie für dich aus dem Fenster des Reichstags springen, wenn du es verlangst«, bekannte der Frankfurter Studienfreund. »Springen kommt später«, lachte Levite. Rasch wurde er ernst. Als er sich an Kriener wandte, war seine Stimme wieder klar. »Robert, setze bitte umgehend alle Hebel in Bewegung, dass sich unsere Truppe morgen pünktlich um neun im Reichstag versammelt. Und wenn der neue Fraktionssaal noch nicht fertig ist, dann treffen wir uns davor. Ich schwöre die Mannschaft ein und wir stimmen umgehend ab.«

»Wäre es angesichts der logistischen Unwägbarkeiten nicht klüger, wir verlegen die Prozedur ins Ernst-Jünger-Haus?«

»Logistisch hast du Recht, Robert. Doch hier geht es nicht um Logistik oder Arithmetik. Es ist eine politische Demonstration. Und dafür ist der Reichstag die optimale Plattform. Wir brauchen die Einmütigkeit unserer Fraktion aus dem Bauch des Parlaments. Die Fernsehbilder werden die Deutschen für uns einnehmen. Und entsprechende Aufnahmen brauchen wir auch von den Realsozialisten. Ebenfalls morgen Vormittag. Diesem doppelten Druck wird sich der Bundespräsident nicht entziehen können«, gab sich der Parteichef überzeugt. Er hatte keine Mühe, Nadja Hauser davon zu überzeugen, dass ein rasches und einstimmiges Votum ihrer Fraktion am kommenden Vormittag notwendig war. Hausers jahrzehntelange Erfahrung als Oppositionspolitikerin, Misstrauen und die Abwägung der für ihre Person und Partei bedrohlichsten Handlungsoptionen waren Teil ihres Denkens geworden. Hauser beurteilte Hedwig Kleinert als gefährlichste politische Persönlichkeit Deutschlands. Daher hatte sie zunächst auf ein taktisches Bündnis mit der Bundeskanzlerin gesetzt – dabei jedoch keinen Augenblick vergessen, dass Kleinert stets darauf bedacht gewesen war, ihre temporären Alliierten so lange zu umgarnen, bis diese gefesselt waren, um sie dann zu erdrosseln. Auf diese Weise war es Kleinert gelungen, alle ihre Förderer und Verbündeten kalt zu stellen, um sich danach freundlich lächelnd ihrem nächsten Opfer zuzuwenden. Paul Levite dagegen war ein begabter Demagoge, doch er steckte voller Minderwertigkeitskomplexe. Durch kraftmeierisches Auftreten und seinen Machtwillen suchte er den Mangel an einem ideologischen Konzept und einer langfristigen politischen Strategie zu verbergen. Hinzu kam, dass Levite als Jude eine nationalistische Partei zu beherrschen suchte, die ihn unweigerlich abwerfen würde, sobald er keine Erfolge hätte. Um zu überleben, musste Levite permanent neue Siege und Sieglein liefern – dabei war er auf sie angewiesen. Das Wissen um Levites Schwäche und die Abhängigkeit von ihr ließ Hauser eine Koalition mit ihm wagen. Deswegen musste sie ihm beim Ergreifen der Macht unterstützen. Auf Dauer aber musste ihre Partei triumphieren. Das hatte schon Lenin gewusst und vorgeführt.

Eine Stunde vor der morgendlichen Fraktionssitzung traf sich Paul Levite mit Maik Nützel. »Du wirst eine entscheidende Rolle bei der Show spielen, deren einziger Sinn es ist, die Einstimmigkeit unserer Bewegung zu demonstrieren. Und dafür bist du verantwortlich – vor allem bei den Kameraden aus dem Osten. Eine Gegenstimme oder Enthaltung und das ganze Gericht ist verdorben. Verstanden?«

»Jawohl!«

Nützel verbeugte sich tief. Nicht um sich anzubiedern, sondern aus ehrlicher Überzeugung. Für ihn war Paul Levite der neue Führer.

NACHDEM ER SEIN Lampenfieber überwunden hatte, hielt Levite vor der neuen DNMP-Fraktion eine fulminante Rede. Die letzten Sätze wurden mit minutenlangem tosenden Applaus gefeiert: »Wir alle wollen ein neues, ein gerechtes, ein selbstbewusstes Deutschland. Wir haben eine Bewegung gegründet, um unser Ziel ohne Mauscheleien und faule Kompromisse zu erreichen. Nun gilt es, die Früchte unserer Arbeit zu ernten. Dafür brauche ich euer uneingeschränktes Vertrauen. Es darf sich kein fauler Apfel in unserem Korb befinden. Ich erwarte Einstimmigkeit – alles andere wäre ein Zeichen von Schwäche, ja von Verrat. Ich will, dass ihr dies mit eurer Abstimmung ganz Deutschland, ja der Welt demonstriert. Ihr müsst mir mit eurem ganzen Herzen vertrauen, so wie ich euch vertraue und mit der letzten Faser meines Wesens bereit bin, für unsere Partei und für ganz Deutschland zu kämpfen.« Das Votum war einstimmig.

Neunzig Minuten später kam die Fraktion der Deutschen Demokratischen Real-Sozialisten nach einer kurzen Aussprache zum gleichen Ergebnis wie ihre zukünftigen Koalitionspartner. Sobald er davon unterrichtet worden war, suchte Levite in Begleitung Krieners sowie Stadlers, der als provisorischer Bundesgeschäftsführer amtierte, Nadja Hauser in ihrem Büro in der DDR-Fraktionsführung auf. »Hoffentlich werden wir nicht im kommunistischen Fegefeuer gegrillt«, lästerte Stadler. »Unser Satan sitzt nicht hier, sondern in Bellevue«, gab Levite zurück. »Du glaubst immer noch, dass der Bundespräsident uns die Hölle heiß machen will?«, erkundigte sich der Professor. »Ich bin mir sicher.«

Levite versuchte sich nicht von seinen Ängsten überwältigen zu lassen. Er musste unverzüglich handeln und sich so rasch wie möglich vom Bundestag zum Kanzler wählen lassen. Voraussetzung war die Konstituierung der neuen Volksvertretung. Anders als die im parlamentarischen Geschäft unerfahrenen Deutschnationalen hatten die Realsozialisten daran gedacht, sich durch die Platzierung der bejahrten Friedensaktivistin Ricarda von Ahorn aus Wuppertal auf einem prominenten Platz der nordrhein-westfälischen Landesliste die Alterspräsidentschaft des Bundestags zu sichern. Hauser und Levite ermutigten die resolute alte Dame, bereits in ihrer Eröffnungsrede der Volksvertretung auf die rasche Wahl einer neuen Regierung zu drängen. Es bedurfte dieses Zuredens nicht. Die 82jährige war fest entschlossen, die Gelegenheit zu nutzen, vor den Augen der Nation die Jahrzehnte währende offene und verdeckte Aggressionspolitik Nachkriegsdeutschlands anzuprangern und die dafür verantwortlichen sogenannten sozialistischen und konservativen Politiker, an erster Stelle die noch amtierende Bundeskanzlerin, zu brandmarken, die neben dem Krieg mit der Waffe und hemmungslosen Rüstungsexporten auch einen ausbeuterischen Wirtschaftskrieg gegen kleine wehrlose Völker und Staaten wie Griechenland und Portugal zum Wohle des deutschen und internationalen Finanzkapitalismus führten.

Das war im Sinne von DNMP und DDR, doch es half Levite nicht weiter, seine Ambitionen zu erfüllen. Stadler setzte ihm das juristische Procedere und die politischen Eventualitäten seiner Kanzlerkür auseinander. »Das Prinzip ist einfach. Du benötigst schlicht die Mehrheit der Mandate, um als Kanzler gewählt zu werden. Soweit Grundgesetz Artikel 63. Daran kann niemand rütteln.« Der Teufel stecke allerdings im Detail.

Der erste Absatz des Artikels bestimme, dass »der Bundeskanzler … auf Vorschlag des Bundespräsidenten gewählt« werde.

Levite wollte wissen, ob es möglich wäre, Danziger zu zwingen, den Willen der Bundestagsmehrheit zu respektieren. »Am Bundespräsidenten kommst du nicht vorbei.« »Sind uns damit die Hände gebunden? Können wir gar nichts tun?«, rief Levite.

»Formal juristisch nein. Doch hier handelt es sich nicht um einen rechtstheoretischen Fall, sondern um die politische Wirklichkeit. Kein Bundespräsident kann sich gegen die Parlamentsmehrheit und damit das Votum der Bevölkerung stellen. Das weiß Danziger. Er riskiert ansonsten einen Verfassungskonflikt. Eine entsprechende Verfügung des Bundesverfassungsgerichts in einem Schnellverfahren würde das Vorgehen des Bundespräsidenten aufheben und sein Handeln damit delegitimieren – er müsste zurücktreten. Das wird er nicht riskieren. Doch Danziger könnte auf Zeit spielen. Nach Artikel 39, Absatz 2, muss der Bundestag innerhalb von dreißig Tagen nach der Wahl zusammentreten, um, gemäß Artikel 40, seinen Präsidenten und dessen Stellvertreter und Schriftführer zu wählen. Wenn die Konservativen als größte Fraktion den Bundestagspräsidenten stellen, wird dieser, solange der Bundespräsident dies deckt, alles tun, um deine Wahl zu verzögern oder zu torpedieren. Das alles frisst Zeit – deine Frage, ob wir so lange unsere überaus knappe Mehrheit halten können, ist berechtigt. Kippt sie, könnte der Bundespräsident Hedwig Kleinert bitten, vorläufig im Amt zu bleiben. Oder sie als Kanzlerin einer Minderheitenregierung vorschlagen. Er kann aber auch, wiederum nach Artikel 63, Absatz 4, den Bundestag auflösen.« Levite atmete durch. »Mark, ich habe dich nicht gebeten, mir die Artikel des Grundgesetzes um die Ohren zu hauen, sondern mir zu raten, wie wir uns verhalten sollen, um so schnell wie möglich an unser Ziel zu gelangen.« Dafür gebe es kein Patentrezept, erwiderte Stadler. In dieser komplexen rechtlichen und politischen Situation müsse man optimalen Druck auf den Bundespräsidenten und die noch amtierende Bundesregierung ausüben. »Wie dies politisch zu geschehen hat, werde ich entscheiden – mit eurer Hilfe. «

»Wir müssen so schnell wie möglich im Bundestagspräsidium eine starke Position aufbauen, Paul.«

»Also müssen wir den Präsidenten stellen…«

»Die Konservativen werden als stärkste Fraktion verlangen...«

»Die Konservativen und die Bayerischen Konservativen sind zwei Parteien. Jetzt geht's ums Ganze. Wir dürfen denen keinen Schritt entgegenkommen. Wir müssen unsere Mehrheit nutzen, um ihnen die gemeinsame Fraktion und das Bundespräsidium aus der Hand zu schlagen.« Stadlers Einwand, dies bedeutet politischen Krieg, amüsierte Levite. »Selbstverständlich. Die Gegenseite führt ihn längst. Es ist höchste Zeit, dass wir den Kampf annehmen. Als erstes heißt es, das Bundestagspräsidium zu erobern.« Er sah Stadler eindringlich an. »Und du wirst den Präsidenten geben. Niemand ist so geeignet dafür wie du.« Er lächelte. »Du wirst unser Göring sein.« Als Levite Stadlers Entsetzen bemerkte, legte er seine Hand auf den Arm des Freundes. »Verzeih mir diesen schlechten Scherz! Du weißt, was die Nazis meiner Familie angetan haben.«

LEVITE WOLLTE SICH noch einmal bei Ludwig Hufnagl rückversichern. Der stand zu seinem Wort. »Sie können sich auf mich und meine Freunde verlassen«, erklärte er am Telefon. Levite erwiderte: »Dass Sie in der jetzigen für meine Partei und mich kritischen Phase auch in der Öffentlichkeit zu unserer Abmachung stehen, obgleich wir noch nicht an der Regierung sind, werde ich Ihnen nie vergessen.« Levite meinte es ernst.

Die Eilmeldung, dass Ludwig Hufnagl und eine Reihe bunter Abgeordneter offen das weiß-rote Bündnis unterstützten und dieser Koalition damit die Regierungsfähigkeit ermöglichten, erschütterte die bisherigen Regierungsparteien und die liberale Presse. Dabei verfestigte sich die Tendenz, die nationalistisch-kommunistische Regierungskoalition als Wiedergängerin des am 30. Januar 1933 vollzogenen Regierungsbündnisses von Hitlers Nazis mit den Deutschnationalen Hugenbergs anzuprangern, das zum Zweiten Weltkrieg und zum Holocaust geführt hatte.

Während sich die Kanzlerin zunächst einer Wertung enthielt, posaunten ihre Vertrauten, speziell ihr Staatsminister, sowie die Mitglieder ihres Kabinetts die »Alarmbotschaft« in die Öffentlichkeit hinaus, dass »Deutschland ein politischer und moralischer Supergau droht, der unweigerlich zu einem neuen Auschwitz führen wird«, wie ein Minister in den Fernsehnachrichten warnte. Levite war empört: »Schamloser Verleumder!«, brüllte er.

Derweil sinnierte die Verteidigungsministerin vor laufender Kamera über »das Dilemma der Frauen und Männer des 20. Juli 1944. Wichtiger als der Fahneneid auf Hitler wäre die Rettung des Vaterlandes gewesen... Heute ist es einfacher. Die Soldatinnen und Soldaten sind auf unseren freiheitlichen demokratischen Staat vereidigt. Sie haben die Pflicht, ihn zu schützen.« Dieser kaum verhüllte Aufruf zum Staatsstreich wurde in Teilen der Medien positiv aufgenommen und als letzte Möglichkeit verstanden, »die Machtübernahme des faschistisch-kommunistischen Bündnisses notfalls mit Waffengewalt zu verhindern.« Die Bundeskanzlerin hielt den Appell der Verteidigungsministerin für voreilig – es entsprach ihrem Naturell als Parteirivalin –, doch keineswegs kontraproduktiv. Alles, was zu einer Verschärfung der Lage beitrug, war ihr recht. Auf diese Weise würde der Druck auf den Bundespräsidenten wachsen, die innenpolitische Krise zu entschärfen, indem er sich weigerte, den Führer der Nationalisten mit der Regierungsbildung zu beauftragen. Denn dies hätte zwangsläufig einen Bürgerkrieg zur Folge. Der einzige Weg, dies zu verhindern, war, sie mit der Bildung einer Minderheitsregierung zu beauftragen. Dank ihrer Führungsstärke und Erfahrung und eventuell einem General als Verteidigungsminister würde es Hedwig Kleinert innerhalb kurzer Zeit gelingen, die Situation zu normalisieren und damit zu beherrschen. Dies würde die Deutschen überzeugen, dass es keine Alternative zu ihr gab.

In der Armee hingegen war man über die kaum verdeckte Kampagne zum militärischen Eingreifen entsetzt. Dank der bewährten Inneren Führung war die Truppe demokratisch geprägt. Dies galt namentlich für das höhere Offizierskorps. Kein General kam auf die Idee, durch einen Militärputsch die Macht an sich zu reißen – oder gewaltsam die Etablierung einer demokratisch gewählten Regierung verhindern zu wollen. Damit hätte sich die Bundeswehr auf unabsehbare Zeit bei der eigenen Bevölkerung diskreditiert ebenso wie bei den verbündeten demokratischen Staaten und ihren Armeen. Mit ihrem Versuch, in aller Öffentlichkeit das Militär zum Umsturz aufzustacheln, verspielte die Verteidigungsministerin bei der Truppe ihr ohnehin geringes Ansehen. Das Offizierskorps war entschlossen, sich von keiner politischen Gruppierung vereinnahmen zu lassen.

PAUL LEVITE ERHIELT in diesen Tagen zahlreiche Einladungen zu Talkshows. Er lehnte sie allesamt ab, denn er wollte sich nicht in Krawallsendungen zu unbedachten Äußerungen hinreißen lassen. Dagegen nahm er in Absprache mit Nadja Hauser die Gelegenheit zu einem langen gemeinsamen Interview im größten privaten TV-Sender an. Beide stellten sich den Fragen mehrerer Journalisten. Hauser betonte, sie sei zu einem rot-weißen Regierungsbündnis bereit, da man sich im Koalitionsvertrag auf einen wirtschaftlichen und sozialen Umbau geeinigt habe, der die Macht der Banken und des Kapitals zugunsten der ärmeren Schichten beschneiden werde. »In Zukunft werden die Menschen in Deutschland ein menschenwürdiges Dasein führen können – als Beschäftigte, aber auch als Rentner oder Transferleistungsempfänger, durch eine Grundsicherung, oder durch Altersbezüge, die ein angemessenes Leben ermöglichen.«

Wegen der nationalistischen, teilweise fremdenfeindlichen Haltung der Partei unter der Führung von Urban Hansen wäre ein Bündnis für die Realsozialisten nicht in Frage gekommen. Doch diese Einstellung habe die gegenwärtige Parteiführung restlos geändert. »Herr Levite ist Jude. Das ist eine Garantie gegen Rassismus und Fremdenfeindlichkeit. Zudem ist Herr Levite Antizionist, was eine friedliche Außenpolitik unseres Landes sicherstellt.« Levite hätte ihr am liebsten den Hals umgedreht. Doch er hielt sich an Schulze-Lorentz' Mahnung, sich unter keinen Umständen und von niemandem aus der Ruhe bringen zu lassen. So bemühte er sich um ein Lächeln, das von seiner politischen Partnerin strahlend erwidert wurde, als sie mit fester Stimme fortfuhr: »Und wir Realsozialisten werden in verantwortlichen Kabinettsfunktionen für Frieden innerhalb und außerhalb unseres Landes sorgen.«

Levite bestätigte die versöhnliche Absicht seiner Partei. Auf fremdenfeindliche und antiislamische Tendenzen angesprochen, entgegnete er: »Minderheiten und Ausländer erfahren in Deutschland durch das Grundgesetz Schutz. Das ist richtig. Doch wir dürfen darüber nicht die Deutschen vergessen. Die Jugend, die Alten, die Arbeitslosen, die Armen, die Deutschen in den Problemvierteln der Großstädte, die in ihrer eigenen Heimat zur Minderheit wurden, die berechtigte Angst um ihre Sicherheit haben. Die Rechte all dieser Menschen zu verteidigen, ist Anliegen und Aufgabe unserer Partei. Kriminalität und Sozialleistungsmissbrauch müssen energisch bekämpft werden. Auch, wenn sie von Ausländern begangen werden. Der Anteil von außereuropäischen Kriminellen ist um ein vielfaches höher als der von deutschen. Die Rauschgiftmafia ist komplett in ausländischer Hand, ebenso der Diebstahl und Schmuggel von Kraftfahrzeugen, der Menschenhandel etcetera. Wer nach Deutschland kommt, um das Gesetz zu brechen oder die Deutschen einzuschüchtern, der hat in unserem Land nichts zu suchen.«

Nachdem er so seine politische Duftmarke für die Anhänger seiner Partei gesetzt hatte, sandte Levite die Botschaft, um deren Willen er sich der Prozedur eines TV-Auftritts unterzogen hatte: »Die Mehrheit der deutschen Wähler hat meiner Partei und den Demokratischen Realsozialisten ihre Stimme geliehen. Wir sind entschlossen, ihren Auftrag zu folgen, ein gerechtes und friedliches Deutschland in Wohlstand durch eine gemeinsame Regierung zu verwirklichen. Unser Bündnis hat eine klare Mehrheit im Bundestag. Wir besitzen die Kanzlermehrheit. Ich erwarte daher, dass der Bundespräsident mir den Auftrag zur Regierungsbildung rasch erteilt.« Dieser Willenskundgebung schloss sich die Vorsitzende der Deutschen Demokratischen Real-Sozialisten »vorbehaltlos« an.

Am nächsten Morgen um 9 Uhr telefonierte Robert Kriener in seiner Funktion als Bundesgeschäftsführer der Deutsch-Nationalen Mehrheits-Partei mit Staatssekretär Peter Fendrich im Bundespräsidialamt, um einen Gesprächstermin des Parteivorsitzenden mit dem Staatsoberhaupt zu vereinbaren. Der Bundespräsident solle Levite mit der Bildung der kommenden Regierung beauftragen. Fendrich reagierte ungehalten. Der Bundespräsident erwarte von einem »ernsthaften Kandidaten, der von ihm mit der Bildung der Regierung beauftragt werden« wolle, dass er dies zunächst in einer persönlichen Unterredung mit dem Staatsoberhaupt tue und nicht in einer Sendung eines Unterhaltungskanals.

Im Präsidialamt hatte man bislang die Anfrage Levites nach einem Gesprächstermin mit dem Bundespräsidenten noch nicht entschieden. Jetzt, nach dem weithin beachteten TV-Interview musste man reagieren. Krieners Beharren auf einen Termin für ein Treffen seines Parteichefs mit dem Staatsoberhaupt wurde von der Präsidialkanzlei als ungehörig empfunden. Damit wurde das Gespräch beendet. Doch kurz darauf rief Staatssekretär Fendrich zurück und bestätigte einen Termin für den folgenden

Tag um 19 Uhr 30 in Schloss Bellevue. Präsident Danziger habe jedoch lediglich »ein Zeitfenster von 20 Minuten«. Danach müsse er eine »unverrückbare, lange feststehende Verabredung« wahrnehmen. Was konnte wichtiger sein als ein Gespräch über die Bildung einer neuen Regierung mit dem zukünftigen Bundeskanzler? Kriener ließ die Termine des Bundespräsidenten für den nächsten Abend recherchieren: Um 20 Uhr wollte Danziger einen Folkloreabend bolivianischer indigener Musik im Haus der Kulturen der Welt, der sogenannten »Schwangeren Auster«, im Tiergarten unweit seines Amtssitzes besuchen.

Unterdessen sah sich Ludwig Hufnagl im Internet einer Hass- und Bedrohungskampagne ausgesetzt. Er wurde als »Verräter«, »Korruptionshäuptling«, »Lakai des Kapitalismus« beschimpft. Als Kriener Levite davon unterrichtete, meinte dieser, das beweise lediglich, dass die Antisemiten keineswegs auf Skinheads und Deutschnationale beschränkt wären. »Judenhass ist universell. Alle werden davon geplagt.« Vor Wochen hätte Kriener diese Aussage Levites als jüdische Paranoia abgetan. Doch die antisemitische Feindschaft, die Levite vielfach entgegenschlug und sich nun mit entsprechender Tendenz gegen den Katholiken Hufnagl entlud, stärkte Krieners Verständnis für die Empfindlichkeit Levites.

Die Bereitschaft des Bundespräsidenten, ihn am kommenden Abend zu einem Gespräch zu empfangen, verstand Levite keineswegs als Zustimmung zu seiner Kanzlerkandidatur. »Andernfalls hätte er mich bereits heute zu einem zeitlich unbegrenzten Gespräch empfangen. Die Verschiebung auf morgen und die kurze Dauer beweisen, dass der alte Fuchs sich alle Möglichkeiten offen halten will. Er wird mir, uns, nur so weit entgegenkommen, wie er muss. Wir müssen daher dafür sorgen, dass er muss. Das geht nur durch Druck. Durch politischen Druck, und ...« Levite hielt inne, sah in die erwartungsvollen Gesichter von Stadler, Kriener und Kraus, ehe er fortfuhr, »... den Druck der Straße. Wir sind eine revolutionäre Bewegung, die vom Volk getragen wird. Also müssen wir dafür sorgen, dass das Volk mit uns marschiert, weil wir seine Interessen vertreten. Unsere Demonstranten müssen so fest und so laut auftreten, dass ihre Kraft unwiderstehlich sein wird – auch für den Bundespräsidenten.«

»Wollen wir nicht zunächst abwarten, wie sich der Bundespräsident morgen verhält, ehe wir unsere Anhänger mobilisieren?«, schlug Mark

Stadler vor. Robert Kriener unterstützte diese Taktik. »Nein!«, beschied ihnen Levite. »Danziger wird sich so verhalten, wie wir es ihm erlauben. Wenn wir nicht die Masse Mensch auf seiner Brust und auf seiner Stirn tanzen lassen, wird er uns in den Verliesen der politischen Instanzen und rechtlichen Paragraphen verhungern lassen.«

»So ist es!«, ließ sich Friedrich Kraus vernehmen, der bis dahin wortlos dem Gespräch gefolgt war.

»Gut. Dann wirst du, gemeinsam mit Robert und Mark, eine große Kundgebung gleich für morgen organisieren. Ich weiß, es ist eine Herkulesarbeit, purer Wahnsinn. Ohne viel Vorbereitungszeit, mit kaum Geld und keiner bundesweit greifenden Logistik für Großveranstaltungen. Aber wir haben keine Wahl! Wir müssen mindestens eine halbe Million Menschen auf den Straßen Berlins zusammentrommeln. Die sollen für eine ›Deutsche Regierung für Deutschland‹ demonstrieren.«

»Kann ich dich einen Moment alleine sprechen?«, bat Kriener. »Sag uns offen, was du auf dem Herzen hast. Es geht uns alle an«, entgegnete Levite. Kriener hielt inne. Zunächst zögernd formulierte er seine Einwände. »Paul, du weißt, ich setze, so gut ich kann, deine Vorstellungen um…« Er spürte Levites Ungeduld. »Und ich begreife die Notwendigkeit, Danziger unter Druck zu setzen. Das hast du als erster richtig erkannt. Es wäre in der Tat ideal, wenn draußen Hunderttausende für dich und für uns – das ist das Gleiche – demonstrieren würden, während du beim Alten um die Nominierung kämpfst…« Levites rechter Zeigefinger trommelte auf die Tischplatte. »… aber es gibt logistische Gesetzmäßigkeiten, die sich allein mit Willenskraft nicht aushebeln lassen. Es ist jetzt 11 Uhr. Wir bekommen vor heute Abend keine Demonstration genehmigt. Wenn wir zuvor dazu aufrufen, ist das gesetzeswidrig, die Demo kann verboten werden. Wenn wir aber darauf warten, können wir nicht vor 20 Uhr mit der Mobilisierung beginnen. Wir müssen unsere Leute organisieren – per Twitter, Facebook, WhatsApp, SMS, Mail, wir müssen Plakate drucken, Transparente bauen. Das alles lässt sich in der Nacht bewerkstelligen – aber die Menschen unterliegen bei aller Begeisterung dem Gesetz der Trägheit. Sie müssen sich freinehmen, Marschproviant besorgen etc. Die Fahrt nach Berlin dauert von München, Frankfurt, dem Ruhrgebiet, von Stuttgart nicht zu reden, einen knappen Tag oder eine Nacht. Wir brauchen Tausende für den Ordnungsdienst, technisches Equipment. Das muss alles sitzen. Wenn uns größere Pannen unterlaufen – nichts wäre verheerender als ein chaotischer Demonstrationszug mit zwanzigtausend Menschen oder weniger ... dann werden wir nicht ernst genommen. Nicht bei unseren Leuten und schon gar nicht bei unseren Opponenten...«

»Und wenn wir lediglich die Berliner aufrufen?«, wollte Levite wissen.

»Selbst hier sollten wir vorsichtig sein. Nur wenn wir die Stadt zum Beben bringen, macht's Sinn...«

Levite kniff die Augen zusammen und dachte nach. Kriener sprach es nicht aus, doch das Argument war greifbar. Bei seinem Putsch im Ernst-Jünger-Haus musste er lediglich die Geister oder Ungeister von zehn Männern für sich gewinnen. Bei einer Demonstration ging es um die physische Präsenz einer halben Million Menschen auf einem Platz in Berlin. Einen Fehlschlag durfte er sich dabei nicht leisten. *Wenn du mit dem Kopf gegen die Wand rennst, wirst du fühlen, dass die Mauer härter ist als dein Schädel,* hatte sein Vater Herschl ihn von klein auf gewarnt. Paul hatte sich nie darum gekümmert und war deshalb stets aufgelaufen. Außer in seiner Partei. Hier war ihm alles gelungen. In der DNMP hatten sich alle Wände am Ende als dünne Bretter erwiesen. Doch die Kanzlerin und der Bundespräsident waren andere Kaliber als der geltungssüchtige Urban Hansen oder der Idiot Nützel.

Paul Levite blieb nichts übrig, als dieses Mal die Bedenken seiner Vertrauten zu berücksichtigen und den Protestzug auf Samstag zu verschieben. Sie planten eine Demonstration mit mehr als einer halben Million Teilnehmern. Der Aufzug sollte der Treibsatz für Levites Kanzlerambitionen und seinen Machtwillen werden.

UM 19 UHR 15 BRACHTE ein dunkelblauer Mercedes der Fahrbereitschaft des Bundestages Paul Levite und Robert Kriener an die Schranke vor Schloss Bellevue. Nach Überprüfung ihrer Personalien wurden sie zur Gästeeinfahrt chauffiert, wo ein dunkel gekleideter Herr sie in Empfang nahm und in den ersten Stock in das Vorzimmer von Staatssekretär Peter Fendrich führte. Pünktlich um 19 Uhr 30 ging die Tür auf. Eine Sekretärin geleitete sie zum Leiter des Präsidialamtes. Fendrich bat seine Gäste, Platz zu nehmen. Daraufhin erklärte er ihnen, das vereinbarte Treffen mit dem Bundespräsidenten müsse aus unvorhergesehenen Gründen verschoben werden. Das Staatsoberhaupt sei zu seinem großen Bedauern gezwungen, der heutigen Unterredung fernzubleiben.

»Ich nehme zur Kenntnis, dass dem Bundespräsidenten die Begrüßung einer bolivianischen Folklorecombo wichtiger ist als eine Unterredung mit dem Mehrheitsführer der neuen deutschen Regierungskoalition und damit dem kommenden Bundeskanzler«, Levite konnte seine Wut nur mühsam unter Kontrolle halten.

»Der Termin der Veranstaltung steht seit Monaten fest«, entgegnete Fendrich.

»Sie selbst haben mir gegenüber gestern den Zeitpunkt unserer heutigen Unterredung zwischen dem Bundespräsidenten und unserem Parteivorsitzenden wegen dessen Nominierung zum Kanzlerkandidaten bestätigt, Herr Staatssekretär. Um 19 Uhr 30«.

»Ich habe mein Möglichstes getan, Herr Kriener. Allerdings muss ich betonen, dass es dabei nicht um die Nominierung von Herrn Levite zum Kanzlerkandidaten ging, sondern das Ansinnen Herrn Levites, vom Bundespräsidenten für dieses Amt vorgeschlagen zu werden.«

»Lassen wir diese Sophistereien.« Levite hielt es nicht länger in seinem Sessel. »Herr Danziger hält es nicht für nötig, uns zu empfangen. Das ist ein Affront…« Levite hätte sich auf den Mund schlagen mögen. *Warum kannst du nicht einmal dein Maul halten?!*. Die Dummheit war nicht wieder rückgängig zu machen. Levite setzte sich wieder. Er blickte Fendrich in die Augen, während er mit beherrschter Stimme fortfuhr. »Ich nehme an, Sie haben mir, vom erwähnten Fernbleiben Herrn Danzigers abgesehen, nichts weiter mitzuteilen.« Er erhob sich erneut.

»Doch, Herr Levite«, erwiderte der Staatssekretär. »Der Herr Bundespräsident bat mich, Ihnen auszurichten, dass er aufgrund der unsicheren Mehrheitsverhältnisse im Bundestag…«

»Dass sie nicht unsicher sind, wird die Abstimmung im Parlament erweisen«, warf Levite ein, der Staatssekretär fuhr, auf seine schriftliche Notiz blickend, fort: »… vor allem hat der Bundespräsident Bedenken wegen der mangelnden Verfassungstreue Ihrer Partei, die es ihm rechtlich und moralisch unmöglich machen, Sie dem Deutschen Bundestag nach Artikel 63, Absatz 1, des Grundgesetzes als Kandidat für das Amt des Bundeskanzlers vorzuschlagen.« Fendrich hob seine Augen wieder. Levite atmete sichtbar durch.

»Herr Staatssekretär Fendrich. Ich habe die Stellungnahme von Bundespräsident Danziger zur Kenntnis genommen. Sie entspricht nicht den Tatsachen. Das von mir geführte Bündnis zwischen meiner Partei, der Deutsch-Nationalen Mehrheits-Partei, der Deutschen Demokratischen Real-Sozialisten sowie unabhängiger Abgeordneter besitzt eine klare Mehrheit im Bundestag, was sich durch eine Abstimmung jederzeit feststellen lässt. Darüber hinaus betone ich die Treue meiner Partei zum Grundgesetz. Dass mir als Jude und Kind eines Holocaustüberlebenden mangelnde Loyalität gegenüber den Organen unserer freiheitlichen Demokratie unterstellt wird, weise ich mit aller Schärfe und Entschiedenheit zurück. Ich bin sicher, dass die gewählten Abgeordneten des Deutschen Bundestages sowie die übrigen Verfassungsorgane schließlich dem demokratischen Willen des deutschen Volkes zum Durchbruch verhelfen werden. Nicht zuletzt wird die deutsche Bevölkerung, Millionen Männer und Frauen, dafür sorgen, dass ihre Stimmen gehört werden. Ich rufe den Bundespräsidenten auf, diesem Votum stattzugeben und mich gemäß unseres Grundgesetzes dem Parlament als Kandidaten für das Amt des deutschen Bundeskanzlers vorzuschlagen. Verweigert sich Herr Danziger dem Votum des deutschen Volkes und den klaren Bestimmungen des Grundgesetzes, macht er sich eines eindeutigen Verfassungsbruchs schuldig. Er alleine ist für die Folgen verantwortlich. Herr Danziger darf dann nicht länger erwarten, dass das deutsche Volk als Souverän die Missachtung seines Willens hinnimmt. Ich fordere den amtierenden Bundespräsidenten auf: Halten Sie sich an das Grundgesetz. Geben Sie den Deutschen ihren Willen – zetteln Sie nicht durch … verfassungswidriges Handeln einen inneren Konflikt an, dessen Folgen für unser Land und seine Menschen katastrophal sein werden. Besinnen Sie sich! Noch ist es Zeit, Anstand und Gesetz zu folgen.«

Alle Farbe war aus Fendrichs Gesicht gewichen. Er sprach heiser. »Sind Ihre Worte eine Drohung? Eine Nötigung unseres Staatsoberhauptes?« Paul Levite antwortete mit klarer Stimme: »Ich habe meinen Ausführungen nichts hinzuzufügen. Meine Worte enthalten keine Drohung und keine Nötigung. Sie sind eine Mahnung, dem Volkswillen und dem deutschen Grundgesetz endlich zu genügen.«

Levite und Kriener erhoben sich. Fendrich tat es ihnen gleich. Er ging auf Levite zu, streckte ihm seine Hand entgegen. Levite drückte die kühle Rechte des Staatssekretärs kurz. Fendrich geleitete die Besucher aus dem Büro. Ehe sie den Raum verließen, wandte er sich erneut an den Parteichef. »Herr Levite, seien Sie versichert, dass ich Ihre Botschaft gewissenhaft dem Bundespräsidenten ausrichten werde.« Er hielt inne, atmete hörbar, ehe er leise fortfuhr. »Darf ich persönlich hinzufügen, Ihre Sätze haben mich bewegt ... sehr bewegt. Ich hoffe, dass uns ein Konflikt erspart bleibt.«

»Das wünsche ich auch, Herr Staatssekretär. Die Entscheidung darüber obliegt Herrn Danziger. Er hat es in der Hand, eine Regierung zu berufen, die sich auf die Mehrheit der Bevölkerung stützt. Noch ist Zeit. Ansonsten stürzt er unser Land ins Verderben.«

Kaum hatten sie das Bundespräsidialamt verlassen, blieb Kriener stehen. Er ergriff mit beiden Händen Levites Rechte: »Paul, das war ein Appell! Eine politische Wucht. Selbst der Staatssekretär ist ihm erlegen. Wenn er deine Botschaft an den Bundespräsidenten übermittelt, wird auch Danziger sich den Konsequenzen nicht entziehen können und dich morgen dem Parlament zur Wahl als Kanzler vorschlagen.« Levite entzog Kriener seine Hand. »Robert, ich dachte, du seist ein hartgesottener Polizist ohne Illusionen. Ich glaube auch, dass meine Mahnung Fendrich beeindruckt hat. Doch bei Danziger werden meine Worte ohne Wirkung bleiben. Sie werden ihn sogar in seiner obstinaten Haltung bestärken.«

»Nein.«

»Oh doch. Wenn jemand kaltblütig den unbestrittenen Kandidaten der Mehrheitskoalition für das Amt des Bundeskanzlers vorführt, in dem er ihn, trotz Verabredung, von seinem Sekretär mitteilen lässt, dass er ihn moralisch für ungeeignet hält, Regierungschef zu sein, und ihn daher nicht als Kanzler vorschlagen wird, dann lässt er sich nicht durch einige markante Worte von mir in seiner Haltung beirren. Danziger wird dabei bleiben. Er wird alles tun, um mich zu demontieren.«

»Warum hast du dir dann die Mühe mit deiner Widerrede gemacht?«

Levite sah Kriener mit einer Mischung aus Skepsis und Unverständnis an, ehe er antwortete: »Zunächst einmal für mich. Um meine Enttäuschung und meinen Jähzorn zu überwinden und wieder einen klaren

Gedanken fassen zu können und ...«, er schmunzelte, »... für die Geschichtsbücher. In späterer Zeit ... vielleicht in hundert Tagen, gewiss aber in hundert Jahren, sollen die Menschen erfahren, dass wir, dass ich in lauterer Absicht das Amt des deutschen Bundeskanzlers mit allen legitimen Mitteln und mit der Unterstützung der Mehrheit der deutschen Abgeordneten erstrebt haben. Mir wurde dieser berechtigte Anspruch jedoch verfassungswidrig verwehrt.«

»Was willst du unternehmen, Paul?«

»Kämpfen. Kämpfen, bis wir gewonnen haben.«

Die Männer stiegen in die vor ihnen haltende Limousine. Als das Auto die Sicherheitsschranke des Präsidialamtes in Richtung Spreeweg passierte, traten ihnen Reporter entgegen und baten um eine Stellungnahme. Levite wies den Chauffeur an, vorsichtig weiter zu fahren. Er wandte sich an Kriener. »Damit steht Danzigers nächster Zug fest. Er wird seinen Sprecher bekannt geben lassen, dass er sich aus moralischen Gründen nicht in der Lage sieht, mich als Kanzlerkandidaten vorzuschlagen. Das ist eine klare Bezugnahme auf Reichspräsident Hindenburg. Der alte Kommisskopf weigerte sich Ende 1932 mit diesen Worten, Hitler zum Reichskanzler zu ernennen. Leider blieb er nicht dabei. Darauf werden die Kommentatoren hinweisen. Zumindest die Öffentlich-Rechtlichen werden den Bundespräsidenten anflehen, hart zu bleiben und die deutsche Demokratie gegen uns zu verteidigen.« Levite sah Kriener bestimmt an: »Wir müssen unseren Angriff verstärken. Ununterbrochen. Unnachgiebig.«

Wie geplant erfuhr die Presse rechtzeitig zu den Abendnachrichten aus dem Präsidialamt, das Staatsoberhaupt sehe sich »aus moralischen Gründen« nicht in der Lage, den Vorsitzenden der ausländerfeindlichen Deutsch-Nationalen Mehrheits-Partei, Levite, dem Bundestag zur Wahl zum Bundeskanzler zu empfehlen. Dies habe der Staatssekretär des Präsidialamtes Fendrich dem Chef der DNMP in einem persönlichen Gespräch erläutert. Dazu sah man die Bilder von der Abfahrt des Wagens Levites aus dem Präsidialamt. Die Kommentatoren priesen die Standfestigkeit Präsident Danzigers angesichts des enormen politischen Drucks.

DARAUFHIN VERDOPPELTE LEVITE das ursprüngliche Ziel, eine halbe Million Demonstranten in der Hauptstadt zu versammeln. »Eine Million Menschen müssen auf die Straße! Ihre Forderung muss unmissverständlich sein! Gewaltlos, doch unbezähmbar!« Levite bedankte sich erneut bei Stadler und Kriener, dass sie ihn vor einer übereilten Aktion gewarnt hatten. So besitze man nun einen langen Atem von knapp einer Woche Vorbereitungszeit. »Das muss genügen!« Und wenn Danziger nicht nachgebe, wollte Stadler wissen. »Wir ziehen in die Schlacht, um sie zu gewinnen. Aus einem zaghaften Arsch wird niemals ein fröhlicher Furz kommen, wie Luther wusste. Wenn wir jetzt klein beigeben, dann verzagen unsere Anhänger und unsere Feinde triumphieren. Das können wir uns nicht erlauben.«

»Wenn du als Jude dich auf Martin Luther berufst, dann kann nichts schief gehen«, bemerkte Mark Stadler trocken.

Robert Kriener stampfte einen Sicherheitsapparat aus dem Boden. Fünftausend Männer und Frauen mussten erfasst und instruiert werden. Es galt die Parole: »Leidenschaftliche Demonstration, aber ohne Alkohol und Gewalt«. Die Ordner wurden mit einem weißen T-Shirt mit der roten Aufschrift »Sicherheit« uniformiert. Sie durften keinerlei Gegenstände mit sich führen, die als Waffen angesehen werden konnten. Im Ernst-Jünger-Haus wurde eine provisorische Ordnungszentrale eingerichtet, die ständig mit den mobilen Sicherheitseinheiten verbunden war. Parallel dazu lenkte Kriener die Abteilung »Kommunikation, Information und Propaganda«. Levite, Stadler und Kraus wurden dreimal täglich über die Trends und Stimmungen in den sozialen Medien informiert. Neben Parteimitgliedern warb man Millionen Bürger per Internet durch einen stetigen Strom an Propaganda zur Reise nach Berlin an. Die Parteizentrale unterrichtete die Angeschriebenen über die günstigsten Möglichkeiten, in die Hauptstadt zu gelangen und dort unterzukommen. Der Grundtenor der Agitation lautete: »Deutschland will Paul Levite als Bundeskanzler! Durch Ihre Teilnahme an der zentralen Demo in Berlin verwirklichen Sie die Demokratie. Es kommt auf Sie an! Machen Sie mit!«

Friedrich Kraus war für die organisatorische Leitung der Demonstration verantwortlich. Paul Levite bestimmte den politischen Rahmen, den Ort und den Ablauf. Die Masse Mensch konnte ihre politische Wirkung nur erzielen, wenn sie im Zentrum der Macht spürbar wurde. Insofern kam das Tempelhofer Feld des ehemaligen Flughafens nicht in Frage.

»Der Ort ist durch die Nazis ohnehin kontaminiert«, erläuterte Stadler. Levite winkte ab. »Wenn du danach gehst, wirst du in Deutschland kaum einen Fleck finden. Weder in München, der ›Hauptstadt der Bewegung‹, noch in Nürnberg oder in Berlin. Dennoch müssen wir aufpassen. Die optimale Aufmarschallee ist die Straße des 17. Juni. 17. Juni 1953 – Aufstand der Berliner Arbeiter gegen die kommunistische Diktatur in der DDR. Also politisch koscher! Doch wir müssen vor dem Brandenburger Tor halt machen, denn da sind die Nazis am Abend des 30. Januar 1933 vor den Augen Hitlers durchmarschiert, um ihre Machtübernahme zu feiern. Auf der Allee lassen sich mehr als eine Million Menschen unterbringen – haben wir alles schon erlebt beim Public Viewing während der Fußball-WMs und bei den Loveparades!«

Levite klatschte in die Hände: »Wir müssen die Demo zu einem Event machen. Mit Techno-Musik, Bands, Zugmaschinen. Männer und Frauen, Groß und Klein, alles strebt zum Brandenburger Tor. Dort verkünde ich vor mehr als einer Million Menschen unsere Botschaft: ›Ihr habt mich zum Bundeskanzler gewählt und ich bin bereit, für Euch die Regierung zu übernehmen. Deutschlands Freiheit und Demokratie zu retten. Wir werden nicht zulassen, dass der Wille des deutschen Volkes missachtet wird!‹ Mehr darf ich nicht sagen – aber auch nicht weniger. Diesem urwüchsigen Druck des Volkes wird niemand widerstehen können! Auch nicht Heinz Danziger.«

Kraus applaudierte unwillkürlich, selbst Kriener nickte. Mark Stadler dagegen verhielt sich zurückhaltend, murmelte nur: »Hoffentlich!«

»Ja. Hoffentlich, Mark. Und damit aus der Hoffnung Wirklichkeit wird, müssen wir die verbleibenden Tage unentwegt arbeiten. Wir setzen unser Konzept durch, unsere Demo als Happening, ein deutsches Woodstock für Freiheit, Demokratie und für meine Kanzlerschaft. Wenn wir das schaffen, wenn es uns gelingt, unseren Enthusiasmus auf das deutsche Volk, zumindest auf die aktive Million Menschen, zu übertragen, dann kann uns niemand aufhalten. Dann gehört uns Deutschland!« Levite ließ sich von seinen eigenen Worten mitreißen. Er sprang auf und rief mit tönendem Bariton: »An die Arbeit, Leute!«

Levite konzentrierte fortan alles darauf, sämtliche Ebenen seiner Partei vom Leitungsstab bis hinunter zu den Ortsvereinen unentwegt zur

Teilnahme und zur Organisation des Demo-Happenings in Berlin zu befeuern. Er verglich sich und seine Partei mit einem abgeschossenen Pfeil, dessen einzige Funktion es sei, das Ziel zu treffen. »Das Ziel heißt Berlin«, rief er aus und erweiterte diesen Satz um einen weiteren: »Levite für Deutschland!«

Levite war dermaßen auf seine Arbeit fokussiert, dass Robert Kriener ihn drängen musste, in dem populärsten Fernsehprogramm den Zweck der Berliner Demonstration zu erläutern. Die Bedingung war ein Exklusivinterview mit dem Showmaster, der ein Spezialist für Unterhaltungssendungen war. Seine Fragen glichen einem Milchshake. Wobei die weiße Flüssigkeit aus Erkundigungen nach dem Privatleben bestanden, während die politischen Inhalte dünne Fruchtpartikel waren, die in der Milch der Beliebigkeit schwammen. Levite wollte jedoch unter allen Umständen vermeiden, in Belanglosigkeiten aufzugehen. Er nahm eine Frage nach seinen Leidenschaften auf, um seine Botschaft an die Zuschauer zu bringen: »Ich liebe gutes Essen, wie man sieht, gelegentlich auch Bier. Ich liebe Lesen, Wandern, starke und zärtliche Frauen ... wie die meisten Deutschen. Doch eine Leidenschaft liegt mir besonders am Herzen: Die Politik. Otto von Bismarck hat Politik die Kunst des Möglichen genannt. Das ist richtig, doch zu abstrakt. Für mich bedeutet Politik ein Wort: Machen. Etwas für die Gesellschaft leisten. Genau das tun eine Kindergärtnerin, eine Krankenschwester, ein Feuerwehrmann, ein Lehrer, ein Pfarrer. Die Aufgabe eines Politikers oder einer Politikerin besteht darin, diese Menschen machen zu lassen. Denn die Millionen Männer und Frauen, vom Müllmann bis zum Kfz-Meister, vom Briefträger bis zum Arzt, wissen am besten, was richtig für sie und ihre Schüler, Klienten und Patienten ist. Ein guter Politiker und eine gute Politikerin haben nichts anderes zu tun, als diese Fachleute, die besser als jeder Funktionär und Sekretär wissen, was sie zum Wohl der Gesellschaft zu tun haben, machen zu lassen. Nichts anderes will ich. Das ist meine Leidenschaft. Deshalb bin ich Politiker geworden, und nur aus diesem Grund haben die meisten Deutschen meine Partei und mich gewählt. Damit ich sie machen lasse.«

Levite ignorierte die beharrlichen Fragen und Unterbrechungsversuche des Talk-Masters und fuhr stattdessen in Eigenwerbung fort. Er erklärte, dass die bei den Wahlen deutlich gewordene Willenskundgebung des deutschen Volkes, von dem alle Macht ausgehe, unter keinen Umständen und von niemandem, auch nicht vom Bundespräsidenten, der nicht vom Volk gewählt worden sei, ignoriert werden dürfe. »Wenn Herr Danziger fortfährt, den Wählerwillen zu missachten, dann nimmt er der Demokratie die Luft zum Atmen. Dann gefährdet er unsere Freiheit. Und zwar nicht nur die von Millionen DNMP-Wählern, sondern die Freiheit des ganzen deutschen Volkes. Das werden wir ihm nicht erlauben. Millionen Deutsche werden am kommenden Samstag, also in drei Tagen, in einer zentralen Demonstration in Berlin ihre Freiheit und die Demokratie unseres Landes verteidigen. Diese Verteidigung betrifft alle: Patrioten, Sozialisten, Konservative, Liberale, Bunte. Wir werden alle gemeinsam in Berlin ein nie gekanntes Event veranstalten. Keine verbiesterte politische Versammlung, sondern ein Fest der Freude. Wir werden mit aller Kraft und Begeisterung friedlich deutlich machen: Wir stehen für die Freiheit ein und wir lassen uns von niemanden daran hindern. Wir werden Herrn Danziger auffordern, endlich den Volkswillen zu respektieren und mich als Vorsitzenden der größten deutschen Partei dem Bundestag zur Wahl als Kanzler vorzuschlagen. Unsere Volksvertreter werden dann stellvertretend für die deutsche Bevölkerung ihre Entscheidung treffen. Wir alle, ohne Unterschied der Parteien, verlangen von Herrn Danziger nur eines: Walten Sie Ihres Amtes und schlagen Sie dem Bundestag den vom Volk gewählten Vorsitzenden der größten Partei zur Abstimmung über das Amt des Bundeskanzlers vor. Ich rufe alle Männer und Frauen auf, egal, welche Partei sie gewählt haben oder ob sie überhaupt gewählt haben: Kommen Sie am Samstag nach Berlin und demonstrieren Sie für unsere Freiheit und Demokratie.«

ROBERT KRIENER WAR vom TV-Auftritt seines Parteichefs angetan. Die positive Einschätzung verstärkte sich, als er in den sozialen Medien die anschwellende Zustimmung ablas. Am nächsten Morgen wurde eine Zuschauerquote von 58 Prozent bekannt. »Damit sind wir endgültig auf der Gewinnerstraße, Paul. Du musst die verbleibende Zeit nutzen, um möglichst viele Fernsehinterviews zu geben. Bei diesen Quoten kommt niemand mehr an dir vorbei. Du bist unwiderstehlich!«, jubelte Kriener. »Klitschko hatte bessere Einschaltquoten. Dennoch ist er nicht Kanzler oder Präsident geworden. Lass uns nüchtern bleiben, Robert. Erst, wenn wir tatsächlich gut eine Million brave Deutsche auf die Straßen Berlins bringen, haben wir die kritische Masse, um Danziger zu beeindrucken. Bis dahin gilt für uns: Ora et labora. Beten und trommeln.«

Als Freitagvormittag die Anfrage zu einem Interview Levites in einer gemeinsamen Sendung der beiden großen öffentlich-rechtlichen TV-Sender im Ernst-Jünger-Haus einging, sprach der Parteichef im Kreis seiner Vertrauten erstmals von einer reellen Chance, als Kanzlerkandidat nominiert zu werden. Er zitierte dabei Winston Churchill nach dem Sieg der britischen Truppen über Rommels Afrikakorps in der Schlacht von El Alamein: »Dies ist nicht das Ende. Dies ist nicht einmal der Anfang vom Ende. Aber dies ist möglicherweise das Ende des Anfangs.« Das Ende des Boykotts Levites durch die faktisch staatlichen Sender bedeutete, dass zumindest die Chefredakteure damit rechneten, der DNMP-Chef könnte am Ende doch als Kanzlerkandidat vorgeschlagen und vom Bundestag gewählt werden.

Paul Levite beriet sich mit seinem Kleeblatt, ob man die Parteizentrale öffentlich von Ernst-Jünger-Haus in Walther-Rathenau-Zentrale umbenennen sollte. Stadler widersprach. »Ich teile deine Sympathie für Rathenau. Doch Ernst Jünger ist bis heute eine Ikone des nationalen bis weit ins bürgerliche Lager. 1993 besuchten Helmut Kohl und Frankreichs Präsident François Mitterand Jünger in dessen Haus im schwäbischen Wilfingen. Und bei der Beerdigung gaben mehrere Tausend Menschen ihm die letzte Ehre. Fünf Bundeswehrgeneräle trugen den Sarg zu Grabe. Ich muss dir nicht sagen, dass viele der nationalistischen Anhänger Jüngers heute dich wählen. Rathenau dagegen ist leider so gut wie vergessen.« Levite schwieg.

Während der Mittagslage ließ sich der Parteivorsitzende durch Robert Kriener über die Aktivitäten der sozialen Netzwerke unterrichten. Die Unterstützung für die Bewegung »Levite for Bundeskanzler!« hatte mehr als 3,6 Millionen Follower. Das war Levite zu wenig. Der Organisationsleiter sagte zu, die Kampagne weiter zu intensivieren.

Wichtiger war ihm momentan die Aktion unter dem Slogan »Wir fahren zur Freiheits-Demo nach Berlin.« Die Aktivitäten der gut besuchten Websites hatten sprunghaft zugenommen, sobald man den Parteinamen gelöscht hatte. Fortan wurde nur noch zur »Demo«, zum »Happening«, zum »Event« für »Freiheit«, »Solidarität«, »Verbrüderung« getrommelt. Zusammengenommen waren mehr als vier Millionen Follower aktiv. Weit mehr Tweets, WhatsApps und Mails wurden versandt. Darunter befanden sich auch negative und hämische Messages, von denen ein Großteil wohl von den Mitgliedern der konkurrierenden Parteien gesteuert wurde. Doch diese Negativbotschaften gingen im Meer der zustimmenden und erwartungsvollen Botschaften unter. »Die Menschen freuen sich auf die Spaßdemo in Berlin. Der Schwenk von der Politveranstaltung zum Sozio-Happening war genial. Wir kriegen die Hauptstadt voll«, rief Kriener aus. Je näher die Demonstration rückte, desto mehr trieb Levite seine Mitarbeiter an. Er verlangte detaillierte Pläne zum Verlauf der Veranstaltung, inklusive Übernachtung, Anfahrt zur Demonstration, Abreise. Für Levites persönliche Sicherheit war Fritz Kraus verantwortlich. Dieser war überzeugt, für alle Eventualitäten gerüstet zu sein. »Wir haben jede Möglichkeit durchgespielt – und bei empfindlichen Punkten uns sogar doppelt abgesichert.« »Was ist mit Rechtsextremen und rabiaten Moslems?«, bohrte Levite nach. Kraus erläuterte ihm die dafür vorgesehenen Sicherungsmaßnahmen. Auch Kriener ließ sich über die Schutzplanungen unterrichten. Da Levite Personenschutz durch Beamte des Innenministeriums ablehnte, waren er und die DNMP auf den parteiinternen Ordnungsdienst angewiesen, der unbewaffnet war.

Kriener und Kraus waren sich einig, dass trotz sorgfältiger Planung ein Restrisiko blieb. Die Auskunft alarmierte Paul Levite, der mit Beginn seiner Politkarriere begonnen hatte, alle seine Maßnahmen sorgfältig zu planen. Je mehr Erfolg er mit dieser Methode hatte, desto versessener versuchte er, den zukünftigen Ablauf der Ereignisse durch eine zunehmend perfektionistische Vorbereitung zu kontrollieren und in die von ihm gewünschte Richtung zu lenken.

Am frühen Abend zog sich der Parteivorsitzende mit seinem Stellvertreter in sein Büro zurück. Levite hatte drei Stunden zur Vorbereitung des abendlichen Fernsehinterviews in der Sendung »Wie weiter, Herr Levite?« angesetzt. Kriener übergab seinem Chef ein schmales Dossier: »Paul, dies ist lediglich eine knappe Informationssammlung, die du nicht brauchst. Du kennst dein und unser Anliegen wie niemand sonst und … was entscheidender ist, du verstehst es, diese Mission perfekt an die Zuschauer zu verkaufen. Also höre auf, dir Sorgen zu machen…«

»Um Erfolg zu haben, muss ich optimal vorbereitet sein. Die ausgebufften Journalisten der Öffentlich-Rechtlichen werden mir nichts ersparen…«

»Du weißt, wie du damit umgehen musst. Du ignorierst die Fragen, die dir nicht passen und beschränkst dich darauf, deine Message zu verkaufen.« Levites Blick verriet Kriener dessen wachsende Unsicherheit. »Paul, du solltest dich ausruhen. Du arbeitest täglich 18 Stunden, du benötigst dringend Schlaf. Wir brauchen dich heute Abend fit und erst recht morgen. Auf dich kommt es an. Du bist unersetzlich!«

Endlich ließ sich Levite überzeugen, sich für eine Stunde hinzulegen. Er streckte sich auf der Couch in seinem Büro aus. Kriener schloss behutsam die Türe und ordnete an, für die kommenden drei Stunden alle Telefonate auf seinen Apparat umzuleiten.

LEVITE FAND KEINE Ruhe. Er hatte noch nicht an seiner Ansprache gearbeitet. Eine dermaßen entscheidende Rede durfte er nicht seiner Intuition überlassen! Was war seine Hauptbotschaft? Ich will Euer Kanzler sein? Oder: Ich bin bereit, Euch zu regieren? Oder vielmehr: Ihr habt mich gewählt – aber man lässt mich nicht… Das durfte er nicht sagen. Er musste seine Anhänger mit einer positiven Aussage ermutigen. Ihr seid hier, um Euren Kanzler ins Amt zu tragen!

Das war's! Doch noch nicht optimal ausgedrückt. Weil Ihr mich gewählt habt, bin ich Euer Kanzler! Ging das? Wie viele Menschen würden den Aufrufen folgen? Würde das magische Millionenziel überhaupt erreicht werden? Und was, falls nicht? Wie sollte er reagieren, falls seine Feinde gegen die Kundgebung mobil machten? Mehrere Gegendemonstrationen waren bereits angemeldet. Was, wenn die unheilige Allianz aus Chaoten, Faschos, Altparteilern mehr Menschen auf die Beine brachte als seine DNMP?

Levite zwang sich, die Augen zu schließen. Sogleich kam ihm sein Vater Herschl in den Sinn. Er war jeden Abend vor dem Einschlafen an Pauls Kinderbett getreten, hatte ihm die Hand auf die Stirn gelegt und mit ihm das hebräische Abendgebet für Kinder gesprochen: Hamalach hagoël oti mi kol Ra… Der Engel, der mich vor allem Bösen bewahrt. Die Erinnerung daran verlieh ihm Geborgenheit wie einst.

Als Robert Kriener zweieinhalb Stunden später leise das Büro des Parteivorsitzenden betrat, hörte er die regelmäßigen Atemzüge Paul Levites. Sein Mund hatte sich halb geöffnet, die Gesichtszüge waren gelöst. Kriener legte Levite behutsam die Hand auf den Oberarm. Der schlug die Augen auf. Erschrak. Er setzte sich abrupt auf, riss sich die Decke vom Körper. »Was ... was ist geschehen?« Kriener lächelte. »Wir hatten uns geeinigt, dass du dich etwas ausruhst. Ehe du dich ins abendliche Fernsehduell stürzt...«

Eine halbe Stunde später saßen Paul Levite und sein Stellvertreter im Heck des Wagens, der sie in das TV-Studio Unter den Linden brachte. Wegen der Vorkehrungen für die morgige Demonstration gerieten sie in einen längeren Stau. Levite blickte unruhig auf seine Uhr. »Sei unbesorgt, Paul. Ohne dich kann die Sendung nicht beginnen.« »Ja, ja. Ich weiß. Aber ich will's hinter mir haben.« »Nein! Du sollst jeden Moment genießen. Denn heute Abend machst du – und damit die Partei und das ganze Land – einen entscheidenden Schritt nach vorne.« Kriener wollte Levite ermutigen, doch seine Worte bedrückten ihn. Er fühlte die Last der Verantwortung für den Erfolg der Partei immer schwerer auf seinen Schultern. Würde er scheitern, trug er allein die Schuld, doch wenn er Erfolg haben würde, wäre sein Verdienst bald vergessen. Und Robert Kriener als sein Stellvertreter war an sein Schicksal gebunden. Scheiterte er, war auch für Kriener Schluss.

Levite streckte sich, so gut es ihm im Sitzen möglich war, um seiner Anspannung Herr zu werden. Er spürte, dass Kriener ihm etwas verschwieg. »Hat jemand nach mir gefragt, während ich schlief, Robert?« Dieser zögerte, holte seine Unterlagen hervor. »War es etwas Wichtiges?« »Nadja Hauser rief an. Sie wollte ebenfalls an dem Interview teilnehmen. Ich habe abgelehnt.«

Wut stieg in Levite auf. »Das war richtig. Prinzipiell. Aber ich hätte es ihr erklären müssen.«

»Dein Schlaf war wichtiger!«

»Nein!«

Levite war auf die Solidarität der Kommunistenchefin angewiesen. »Verbinde mich auf der Stelle mit der Hauser. Und sag im Studio Bescheid, dass wir uns verspäten.«

Als Hauser in der Leitung war, bat Levite sie um Entschuldigung für die Kommunikationspanne. Aber auch er hätte nicht anders entscheiden können, da es sich ausdrücklich um ein persönliches Interview handeln würde. Für ihn sei das Bündnis mit Hauser und ihrer Partei jetzt und in Zukunft unverrückbar, und um dies allen zu demonstrieren, bitte er sie, morgen, gemeinsam mit ihm zu den Teilnehmern der Großdemonstration zu sprechen.

Hauser reagierte reserviert, sie wolle dieses Angebot in den zuständigen Gremien ihrer Partei diskutieren. »Nein! Das ist eine persönliche Offerte. Sie gilt ausschließlich für Sie. Mit Ihnen habe ich einen Pakt geschlossen. Wir beide stehen dafür ein. Vor unseren Wählern und vor ganz Deutschland.« Hauser dankte, dennoch müsse sie das Angebot der Parteileitung zur Kenntnis bringen, da die Deutschen Demokraten, wie der Name sage, eine demokratische Partei sei und kein Privatverein.

»Bist du ihr nicht zu weit entgegen gekommen, Paul? Die Demo ist unsere Party. Wenn die Kommis mitmachen, ernten sie unsere Früchte. Unsere Anhänger werden enttäuscht sein…« »Entscheidend ist in der kommenden Woche der Bundestag – nicht die Party. Da müssen die Realsozialisten vollzählig für mich stimmen. Sonst war die Demo umsonst – und wenn wir zwei Millionen zusammentrommeln. Hauser kann als einzige ihren Haufen zur Einigkeit vergattern – all ihrem demokratischen Geschwafel zum Trotz. Daher müssen wir sie mitnehmen – koste es, was es wolle.« Kriener war wiederum verblüfft über Levites Metamorphose vom von Versagensängsten Geplagten zum klar entscheidenden, instinktsicheren Politiker.

DAS TV-INTERVIEW MEISTERTE Levite souverän. Er ging auf die Fragen ein, flüchtete sich nicht in Floskeln des Polit-Speechs. Ruhig räumte er den Verdacht aus, seine Partei sei fremdenfeindlich, anti-islamisch oder populistisch. »Es ist vollkommen richtig, wenn die deutsche Bevölkerung danach verlangt, dass das Grundgesetz und die Bestimmungen des Strafrechts Gültigkeit in unserem Land haben. Die Gebote einer Religion müssen sich auf den Glauben beschränken. Unter keinen Umständen dürfen sie über das staatliche Gesetzeswerk gestellt werden. Wer das versucht, hat in Deutschland nichts zu suchen. Ebenso wenig wie ausländische Kriminelle.« Erstmals ignorierte Levite persönliche Fragen nicht. Er ging auf die Verfolgungsgeschichte der Familie seines Vaters ein. Erwähnte ihre Opfer während der Schoah. Und er verschwieg auch nicht, dass es in der Familie seiner Mutter eine Reihe NS-Parteimitglieder gegeben habe. Levite berichtete über sein Studium der Neueren Geschichte und der Politischen Wissenschaften und ließ nicht unerwähnt, dass er es versäumt habe, sein Studium abzuschließen. »Da habe ich versagt.« Daraus habe er gelernt, Dinge zu Ende zu führen und Verantwortung zu übernehmen. Seine Botschaft zog sich wie ein roter Faden durch die Sendung: »Die Deutschen haben mehrheitlich meine Partei und mich gewählt. Wir haben eine stabile Regierungskoalition gezimmert. Ich stehe bereit, die Regierung zu übernehmen. Die morgige Demonstration von über einer Million Menschen in Berlin wird beweisen, die Deutschen erwarten, dass der Bundespräsident endlich dem Willen des Volkes gerecht wird und mich zum Bundeskanzler vorschlägt, damit mich der Bundestag in dieses hohe Amt wählt. Unsere Koalition wird das Schicksal unseres Landes meistern. Das ist Demokratie!«

Auf die Frage, was geschehen werde, wenn der Bundespräsident seine Bedenken beibehalten würde, Levite aufgrund der in seinen Augen fehlenden moralischen Qualifikation dem Bundestag zum Kanzlerkandidaten vorzuschlagen, erwiderte er, er sei überzeugt, dass Herr Danziger seine Amtspflicht kenne und dem demokratischen Willen des deutschen Volkes genügen werde. Trotz Insistierens und immer neuer Nachfragen ließ sich Levite nicht zu einer Drohung hinreißen. Er blieb dabei, er vertraue der Unterstützung des deutschen Volkes sowie der Einsicht Heinz Danzigers. »Am Ende wird sich die Demokratie durchsetzen. Mit ihrer morgigen Teilnahme an unserem Umzug stärken die Bürger Deutschlands Demokratie.« Diese Botschaft wurde in allen sozialen Netzwerken millionenfach verbreitet.

Paul Levite war erst nach zwei Uhr nachts zu Bett gekommen. Er war von der Sendung und den nachfolgenden Gesprächen mit Journalisten dermaßen aufgewühlt, dass er keinen Schlaf finden konnte. Ehe er sich aus der Parteizentrale verabschiedet hatte, überreichte ihm Kraus einen minutiösen Ablaufplan der morgigen Großveranstaltung, deren operative Vorbereitungen um 7 Uhr, also in wenigen Stunden, beginnen sollten.

Das Sammeln der Marschgruppen war für 11 Uhr vorgesehen. Nach dem letzten Informationsstand Krieners hatten sich 940 000 Menschen in Zügen, Bussen, Flugzeugen, von der Partei arrangierten Fahrgemeinschaften auf den Weg nach Berlin begeben. Die Zahl derjenigen, die in Privatfahrzeugen nach Berlin reisten, schätzten er und seine Mitarbeiter auf rund 120 000 Personen ein. Die Frequenz der Mitfahrerzentralen-Angebote und Buchungen liege bei vierhundert Prozent über normal. Die Annahmen beruhten auf zuverlässigen Messungen. Auf den zusätzlichen Autoverkehr auf Zählungen an Tankstellen und Raststätten, entsprechende Mitteilungen in sozialen Medien. Alle verfügbaren Zimmer in Berlin seien seit Tagen ausgebucht: Hotels, Pensionen, Jugendherbergen, Airbnb, Zimmerbörsen, Mitwohngelegenheiten. So gut wie alle Parteimitglieder hätten Anfragen wegen Schlafplätzen erhalten. Zähle man nach vorsichtigen Schätzungen noch etwa 150 000 bis 200 000 Wähler, Sympathisanten und Neugierige aus Berlin und Umgebung hinzu, dann gelange man, abzüglich eines Schwunds von etwa zehn Prozent, auf eine Mindestteilnehmerzahl von zirka 1,25 Millionen Menschen. Levites Mahnung, sich keinen Wunschvorstellungen hinzugeben, wurde von Kriener mit dem Hinweis auf interne Schätzungen der Polizei pariert. Diese schwankten zwischen 1,1 und 1,3 Millionen.

Levite gab sich nach außen zuversichtlich. Doch seine Seele drohte in den bodenlosen Sumpf seiner Ängste gerissen zu werden. Entsprangen die Prognosen seines Stabes nicht Illusionen? Was, wenn der Berliner Senat die Demonstration im letzten Moment wegen Gefährdung der öffentlichen Sicherheit verbot? Wie sollte man sich vor Gegendemonstranten schützen? Wie vor Gewalt? Wie ließ sich in einem solchen Fall Panik verhindern?

Er wollte seine Demonstranten von Anbeginn durch seine Gegenwart ermutigen. Wie war das möglich, wenn sich mehr als eine Million Menschen auf der Aufmarschstrecke drängten – falls diese Menschenzahl sich zur Demo bereitfand? Wie sollte er überall zur gleichen Zeit sein? Kraus hatte eine plausibel erscheinende Methode ersonnen. »Die Demo wird live von mehreren Fernsehsendern übertragen. Und von unserer App. Sie sind offiziell Mitglied unserer TV-Crew. Wir haben eine Motorradstaffel mit Gelblicht … blau ist für die Polizei reserviert. Durch die Motorradstaffel, die direkt mit unserer Einsatzzentrale verbunden ist, können wir sofort jeden Punkt erreichen. Ich selbst werde eine bewegliche Personenschutzcrew von dreißig Mann führen, die nicht von Ihrer Seite weichen wird. Wir werden Sie behüten wie unseren Augapfel.«

Auch Nadja Hauser musste in die Demo eingebunden werden. Levite wollte sich Gedanken über die Abfolge der Reden machen. »Tue dies bitte schnell. Denn morgen früh muss der Ablaufplan für die Technik, inklusive des Fernsehens, feststehen. Ich nehme an, du wirst dich zuvor mit Frau Hauser absprechen wollen«, hatte ihn Kriener ermahnt, als er das Ernst-Jünger-Haus verließ.

Levite löschte das Licht in seinem Hotelzimmer. Als Kind hatte er sich vor der Dunkelheit gefürchtet. Um seine Angst zu dämpfen, hatte seine Mutter ein grünes Nachtlicht neben seinem Bett installiert, das bis zu seinem Auszug aus dem Elternhaus im Gebrauch blieb. Um sich seine Furcht vor der Dunkelheit nicht eingestehen zu müssen, schlief Levite stets ohne Vorhänge. So dämpfte das Licht der Großstadt seine Furcht.

Einerlei, wie viele Menschen an der Demonstration teilnähmen, seine Rede würde über Erfolg oder Scheitern der Veranstaltung entscheiden. Falls doch eine Million Menschen kommen würden, hätte er das größte Auditorium in der deutschen Geschichte. Mehr als Adolf Hitler! Wenn das klappt, habe ich als unbekannter Jude den größten Verbrecher der Menschheit übertrumpft. Auch Hitler war ein Kind kleiner Leute! Ein Niemand! Und doch hatte er mit den Deutschen, den Juden, ja mit der ganzen Welt getan, was ihm beliebte. Die gleiche Chance werde ich morgen haben. Ich will sie zum Guten nutzen, lieber Gott!

Levite riss sich aus seinen Kinderglauben-Gelöbnissen. Stattdessen überlegte er mit müdem Bewusstsein, doch kühlem Verstand. Er knipste das Licht wieder an. Seine Ansprache musste kurz sein – fünf bis sechs Minuten. Länger konnte sich kein Mensch in einem höllisch lauten Demonstrationszug konzentrieren. Die Botschaft war klar. Ihr, die Mehrheit der Deutschen, habt mich gewählt. Ich bin bereit, für Eure Interessen zu kämpfen: Für Freiheit, Wohlstand, Gerechtigkeit. Und vor allem für Eure Sicherheit. Wir dürfen nicht erlauben, dass Eure Stimme und Eure Interessen von Heinz Danziger missachtet werden. Wir werden so lange für unsere Rechte streiten, bis wir siegen.

Nadja Hausers Rolle? Sie sollte nach ihm sprechen! Niemand würde mehr auf sie hören. Nein! Die Kommunistin durfte nicht das letzte Wort haben. Hauser sollte vorher auftreten. Sie sollte so lange quasseln, wie sie wollte. Das würde die Spannung auf ihn lediglich erhöhen.

Levite ging von dem festgesetzten Veranstaltungsbeginn um exakt 13 Uhr aus. Die beliebte Moderatorin Lena Flocke, eine bekennende Anhängerin der DNMP, sollte durch das Programm führen. Levite bestimmte, dass die Leader der beteiligten Techno-, Rock- und Pop-Gruppen jeweils mit einem Satz begründen sollten, warum sie und ihre Bands die Demonstration für Freiheit und Demokratie unterstützten. Danach sollte ihre Gruppe jeweils zehn Minuten auf wechselnden Bühnen auftreten, damit keine Pause entstünde. Nach der Musik sollte die Flocke um 16 Uhr zum politischen Teil überleiten. Nun würde Felix Rilt die Moderation übernehmen. Hauser sollten zehn Minuten zugestanden werden. Sie würde wohl erklären, warum die Realsozialisten auf Seiten des Volkes wären – ein ebenso vergebliches Unterfangen, wie der Glaube an die Gerechtigkeit. Und dann kam alles auf ihn an! Der unbekannte fette Jude hatte die Sisyphos-Aufgabe, die Deutschen von seiner Integrität zu überzeugen. Sie glauben zu lassen, dass er der Einzige wäre, ihre Freiheit und ihren Wohlstand zu verteidigen. Konnte das gelingen? Die Antwort musste Ja lauten! Ansonsten hatte er zwei Jahre umsonst geschuftet.

Es war viertel vor vier morgens. Ihm blieben noch zweieinhalb Stunden. Er löschte erneut das Licht. Doch seine Nerven vibrierten. An Schlaf war nicht zu denken. Wie gerne läge er jetzt in Ellas Armen. Sollte er zu ihr fahren? Sein Fahrer schlief. Jeder Taxifahrer hätte ihn erkannt. Ella konnte zu ihm kommen. Sie hätten zwei Stunden Glück! Glück? Immerhin würde Levite Geborgenheit finden, ehe er sich in die bis dahin größte Schlacht seines Lebens wagen würde. Und Ella? Sie müsste sich heimlich wieder davon stehlen. Das wollte er ihr nicht zumuten.

Abends würde die Situation anders sein. Paul Levite wusste, dass er nach der Demonstration ins Leere fallen würde. Er würde untätig die Reaktion Heinz Danzigers abwarten müssen. Diese Disziplin fiel ihm am schwersten. Da würde ihm die Zärtlichkeit Ellas helfen. Levite schloss erneut die Augen und stellte sich vor, wie Ella ihn in ihre warmen Arme schloss, ihm zunächst den Rücken streichelte und dann mit sanften Fingern über seine Schläfen fuhr. Ruhe, Geborgenheit.

UM 6 UHR 15 AM Samstagmorgen wurde Paul Levite wie täglich von der im Wecker programmierten Dudelsack-Melodie »Scotland the Brave« geweckt. Tapfer sein! Aufstehen, unter die Dusche stürzen. Heiß aufladen und kalt abschrecken. Während er sich trocken frottierte, kam ihm wieder Ella in den Sinn. Der Gedanke an sie hatte ihm Ruhe gegeben und fast drei Stunden Schlaf beschert.

Um 6 Uhr 30 meldete der Fahrer seine Bereitschaft. Levite rasierte sich rasch, schlüpfte in seine Kleider. Dunkle Hose, weißes Hemd, blaues Jackett. Die Schuhe hatte Christian Treu, sein persönlicher Assistent, wie sein Personenschützer offiziell genannt wurde, da Levite einen Leibwächter ablehnte, um seiner Angst ein Schnippchen zu schlagen, bereits geputzt. Im Frühstücksraum stürzte Levite zwei Tassen Kaffee hinunter und verschlang ein Marmeladenbrötchen. Dabei wandte er sich an den hochgewachsenen, schlacksigen Bodyguard. »Na, Treu, glauben Sie, dass wir heute die Million knacken?« Die dunklen Augen des Leibwächters leuchteten auf. »Ich gehe davon aus, Herr Levite. In meiner Familie und bei meinen Freunden wird seit Tagen von nichts anderem geredet. Wir hatten X-Anfragen wegen Übernachtungen auf Airbnb. Auf Facebook gibt es selbst in den privaten Messages kaum ein anderes Thema.« Treus Blick kreiste routiniert in dem leeren Raum. Er setzte ein Lächeln auf: »Alles spricht für uns. Und ich will, dass es so kommt. Es ist eine gute Sache. Sie wird gelingen.« »Danke, Herr Treu!« Levite wuchtete sich hoch und schritt, gefolgt von seinem Beschützer und Mutmacher, zum Wagen.

Um 6 Uhr 50 betrat Paul Levite das Ernst-Jünger-Haus. Zehn Minuten später begann im kleinen Konferenzraum die Frühlage. Kriener und Kraus wurden von je drei Mitarbeitern begleitet. Stadler und Nützel erschienen allein. Levite saß an der Stirnseite des großen Besprechungstisches. Die Assistenten von Kraus und Kriener führten Protokoll. Levite referierte zügig seinen Ablaufplan und begründete kurz Hausers Vorrede-Slot. Kriener sollte um 9 Uhr 30 eine Telefonverbindung zur Politikerin herstellen. Die Beschränkung der Bandleader auf einen Satz wurde gut geheißen. »Übernimm du die Instruktion der Künstler, Nützel«, bestimmte Kraus. »Anti-Quasselprogramm ist bei mir in guten Händen«, bestätigte der Sachse. »Was habe ich zu tun?«, wollte Levite wissen. »Die letzten Busse treffen gegen 10 Uhr ein. Die Züge eine Stunde später. Die

Marschkolonnen formieren sich dreißig Minuten danach«, referierte Kraus. »Seit sechs Uhr kommen die Frühzüge... « »Dann bringt mich unverzüglich zum Hauptbahnhof, zum Ostbahnhof und zu den Busbahnhöfen!«, ordnete Levite an. »Ist das nicht verfrüht?«, wandte Kriener ein. »Die Leute sind müde, ungewaschen, unrasiert. Sie müssen sich erst organisieren. Und unser Fernsehapp sendet erst ab 12 Uhr live Bilder. Die privaten Stationen übertragen sogar erst ab 16 Uhr. Die Öffentlich-Rechtlichen werden lediglich zu den Abendnachrichten kurze Zusammenfassungen senden...« »Aber nur, wenn wir uns so dämlich anstellen, wie du es vorschlägst!«, fuhr ihn Levite an. »Unser Livestream geht augenblicklich auf Sendung! Wenn die Leute es auf sich nehmen, die ganze Nacht hierher zu fahren, in Zügen, Bussen, Pkws, dann müssen wir das würdigen. Ich muss da sein! Sie empfangen, am besten mit Blumen. Und ihnen für ihren Einsatz danken. Und das alles muss live auf Millionen Handys, Laptops, Notebooks etc. zu sehen sein. Nur so springt die träge Masse an, vor allem hier in Berlin. Wenn wir sie nicht aufwecken, pennen selbst unsere Leute bis Mittag. Dann ist's für viele zu spät...« »Aber es ist erst sieben, Paul...« »Kein Aber, Robert!«

Nach kurzem Zögern antwortete Kriener mit einem schlichten »gut«. Levite setzte nach: »Wir fahren sofort los!«

»Zwanzig Minuten werden Sie sich noch gedulden müssen. So lange brauchen wir, um die Webcam-Teams und ihren Personenschutz zu organisieren«, erklärte Kraus. Das gab Levite Gelegenheit, über sein Verständnis der TV-Massenmedien zu dozieren. »Die Brüder und Schwestern schreiben in ihren Programmvorschauen und Presseverlautbarungen, wie sie's gerne hätten. Wir dürfen nicht darauf hereinfallen. Meint Ihr, die stehen abseits, wenn wir fünf-, sechs-, sieben-, achthunderttausend, ja eine Million Menschen auf die Beine bringen? Und wenn die Privaten, speziell die Nachrichtenkanäle, stundenlang live senden? Dann springen sie auf unseren Zug – sie können nicht anders. Die müssen der Zuschauerquote folgen wie die Katze der Maus. Das heißt ...« Levite hob Stimme und Zeigefinger, »... wir sind unseres Glückes Schmied. Wenn wir ab 8 Uhr unsere App mit Demo-News füttern und bekannt machen, dass mehrere hunderttausend User drauf sind, folgen uns die Nachrichtensender, daraufhin kommen die ersten Unterhaltungsprogramme, das motiviert unsere Mitglieder, Sympathisanten und Neugierige, der Verkehr in den sozialen Medien schwillt an. Schließlich müssen auch die privaten und staatlichen Sender mitmachen. Das ist wie eine Kaskade. Oben pinkelt Männeken Piss in den App und unten strömt der Medien-Niagara so gewaltig dahin, dass er alle mitreisst. Egal, ob sie wollen oder nicht. Also müssen wir unverzüglich anfangen, es pinkeln zu lassen!« Alle Anwesenden schlugen mit ihren Fingerknöcheln auf die Tischplatte. Maik Nützel war das zu diskret. Er bearbeitete das Holz mit den Fäusten, dass Tassen und Flaschen vibrierten.

Um 8 Uhr 10 empfingen Paul Levite und seine Begleiter im Tiefgeschoss des Hauptbahnhofes auf Gleis 7 einen Sonderzug aus Stuttgart. Der Parteichef überreichte jedem Aussteigenden in seiner Reichweite eine rote Rose – die einzige Blume, die sich in größerer Zahl in kurzer Zeit auftreiben ließ. Er erkundigte sich nach ihrem Befinden und ihren Erwartungen. »Mir sind hier, damit Sie Bundeskanzler wered!«

»Ich tue mein Bestes, das verspreche ich Ihnen.« Rasch umkreisten die Passagiere des Sonderzuges Levite. Die Kameraleute versuchten, sich kein Bild entgehen zu lassen. Die Menschentraube schwoll stetig an. Bald ertönte der Schlachtruf: »Levite zum Kanzler wollen wir. Wollen wir!« Es wurde zunehmend enger und heißer. Levite schwitzte, doch er war beschwingt. Wozu hatte er über seine Rede gegrübelt? Die Menschen brauchten ihn! Sie verbanden ihre Hoffnungen und ihre Sehnsüchte mit ihm. Und sie lieferten ihm den perfekten Slogan: »Wir sind hier, damit Sie Kanzler werden.«

Levite packte einen der Männer am Arm, dann ergriff er dessen Hand. Er konzentrierte sich auf den Mittdreißiger, fragte ihn nach seinem Namen und erklärte dann: »Herr Heinzele! Tun Sie mir den Gefallen und begleiten Sie mich. Und nachmittags kommen Sie mit mir auf die Bühne und wiederholen vor einer Million Menschen, was Sie mir eben zur Begrüßung zugerufen haben…!?« »Sie meinet, dass Wir hier sind, damit Sie Bundeskanzler wered?« »So ist es, Herr Heinzele.« »Freilich! Nix lieber wie des!« Die letzten Worte gingen im allgemeinen Jubel fast unter.

ZWANZIG MINUTEN SPÄTER steuerte Levites Drei-Fahrzeug-Kolonne den ZOB, den Zentralen Omnibusbahnhof an. Kraus, der mit seinen Männern dem Parteichef und dessen persönlichem Betreuer Treu den Weg aus dem Hauptbahnhof gebahnt hatte, setzte sich neben den Fahrer. Er wandte sich um. »Herr Levite, Ihre Anziehung auf die Menschen ist phantastisch, aber das bedeutet zugleich eine außergewöhnlich große Sicherheitsgefährdung. Wenn Sie in die Menge gehen und sogar Körperkontakt suchen, ist Christian Treu machtlos. Auch die übrigen Bodyguards können dann kaum etwas zu Ihrem Schutz tun.« »Ich muss auf die Leute zugehen können. Aber ich sehe das Problem.« »Jeder kann auf unserer App und bald auch im Fernsehen sehen, wie Sie in der Menge baden. Das zieht Psychopathen an. Das ist ein Extremrisiko…« »Ich weiß. Was können wir tun?« »Wir versuchen einen Minimalschutz zu gewährleisten. Sie sollen weiter auf die Menschen zugehen, doch nur in Absprache mit uns. Dann bilden wir einen Sicherheitstrichter. Ein V, um Sie zumindest seitlich abzuschirmen und jederzeit auch nach vorne eingreifen zu können. Das ist ein Minimum. Aber es ist relativ wirksam. Voraussetzung ist, dass Sie sich in diesem Rahmen bewegen. Können Sie damit leben?«

Levite nickte. Er musste in die Menge tauchen. Zugleich fürchtete er, dass er dabei ertrinken würde. Kraus kannte seine Angst nicht, doch er verstand Levites Dilemma, weil es auch sein eigenes war. »Ich vertraue Ihnen, Kraus. Ich verlasse mich auf Sie.« Levite reichte ihm die Hand. Der drückte sie fest. »Ich werde mich Ihres Vertrauens würdig erweisen.«

WEISSE FAHRBAHNMARKIERUNGEN UND leicht erhöhte Einstiegsplattformen aus Beton teilten das weite hellgeteerte Areal des Busbahnhofs zu Füßen des Funkturms. Ständig fuhren Omnibusse ein und ab. Die DNMP-Eskorte hielt an einer Bordsteinmarkierung, vor der ein Dutzend Männer und Frauen in weißen T-Shirts warteten. Sie führten ein zusammengefaltetes Transparent mit sich. Das Webcam-Team begab sich sogleich zu ihnen. Kraus beorderte seine Sicherheitsmannschaft ans Ende der Plattform. Er bat Levite, so lange mit Treu im Fond der Limousine zu bleiben, bis er ihnen das Signal zum Ausstieg geben würde.

Der Sonderbus aus Hamburg sollte nach Fahrplan um 9 Uhr 15 anlangen. Bis dahin war es noch knapp eine Viertelstunde. Levite mochte die Zeit nicht ungenutzt verrinnen lassen. Daher rief er Kriener an und bat ihn, das Gespräch mit Nadja Hauser vorzuverlegen. Der wollte es versuchen. Die Verbindung mit der Politikerin kam sogleich zustande. Die wartet schon seit Stunden auf meinen Anruf, ahnte Levite. Er eröffnete den Austausch mit der Floskel, er wolle den Tag nicht beginnen, ohne sie gesprochen zu haben. Ihr gehe es ähnlich, erwiderte Hauser. Sie habe sich damit trösten müssen, ihn auf seiner Partei-App zu bestaunen. Er mache seine Sache gut. »Und zusammen werden wir es heute Nachmittag noch besser machen«, schmeichelte Levite und bat die »liebe Nadja Hauser«, die Vorrede zu seiner fünfminütigen Ansprache zu halten. Sie nannte das Angebot ehrenvoll, mochte aber das Schlusswort sprechen. Levite hätte ihr am liebsten den Wunsch erfüllt. Denn nach dem Happy End des Hauptfilms sah sich kaum noch jemand den Abspann an. Doch um seine Dominanz hervorzuheben, bestand Levite auf der vorgegebenen Rangfolge. Hauser opponierte dagegen mit kalter Willenskraft. Levite entschied sich, es am Telefon nicht zu einem Machtkampf kommen zu lassen, den er gewinnen würde, dessen Folgen aber unkalkulierbar waren. Er könne ihr nichts abschlagen, ließ Levite Nadja Hauser wissen. Der Politiker sah den erwarteten Bus vorfahren und beendete das Telefongespräch.

Levite wollte sogleich aussteigen, als er Fritz Kraus auf sein Fahrzeug zukommen sah, doch Christian Treu hielt seinen Schutzbefohlenen mit einer sachten Berührung an der Schulter zurück. Als er Levites erstaunten Blick sah, meinte er beruhigend: »Bitte warten Sie, bis Herr Kraus die Tür von außen öffnet. Ich folge Ihnen unmittelbar, so dass wir Sie wie ein Sandwich...«, dies sei der Fachausdruck. Levite signalisierte mit einem Lächeln sein Verständnis. Worauf der Leibwächter fortfuhr: »... daran werden Sie sich in Zukunft gewöhnen müssen...«

Beide Sicherheitsleute geleiteten Levite zum Menschentrichter, der sich öffnete und den Politiker zu den Aussteigenden führte. Levite trat mit ausgestreckter Hand auf ein junges Paar zu. Er begrüßte sie und die anderen Ankommenden launig mit »Hummel, Hummel!« »Mors, Mors«, erscholl es aus dem Pulk zurück. »Heute spielen wir nicht gegen St. Pauli und HSV. Heute geht's mit Euch zum Endspiel, dem Deutschen Pokal, und Ihr steht nicht am Spielfeldrand, sondern seid Spielführer...« »Das sind Sie!«, riefen Levites Fans. »Nö, nö! Ich werde bloß reden. Aber Ihr marschiert auf. Und wenn Ihr und noch 'ne Million Deerns und Macker hier auflaufen, dann sind wir zusammen unwiderstehlich! Dann gehört der Pott uns!« »Sie sind unser Kapitän«, tönte es zurück.

Levite wusste, dass in Kürze Busse aus Leipzig, Jena und Chemnitz einfahren würden. Für später waren Fuhren aus Nürnberg und Würzburg angekündigt. So forderte er die Hamburger auf, die »Neuen« gemeinsam mit ihm zu begrüßen. Derweil unterhielt er seine hanseatischen Anhänger. Levite forderte Kraus auf, dafür zu sorgen, dass eine größere Abordnung der Berliner Parteigenossen hierher beordert würde, um gemeinsam mit den nord- und ostdeutschen Demonstranten nach Berlin-Mitte zu marschieren. Danach setzte er das muntere, zuweilen kesse Geplauder mit seinen Anhängern fort. Levite genoss die Gegenwart seiner Leute zunehmend.

Seiner Leute? Bis zu diesem Tag hatte er unter ›seinen Leuten‹ allein Juden verstanden. Das war absurd. Denn Paul Levite hatte sich, abgesehen von seiner Bar Mitzwa mit 13 Jahren, nie mit der jüdischen Religion auseinandergesetzt. Er glaubte nicht an Gott. Levite war auch nie dem Zionismus als jüdischer Ersatzreligion verfallen. Er hegte Sympathien für Israel. Die Cousine seines verstorbenen Vaters lebte in Tel Aviv. Er hatte sie und ihre Familie während der Semesterferien besucht. Die karge Landschaft, das gleißend helle Licht, die Jerusalemer Altstadt gefielen ihm, doch die Sprache war ihm fremd und der ständige Lärm störte ihn. Als verletzend empfand er die Verachtung der Israelis für die Diasporajuden. Sie wähnten sich überlegen, weil sie nach Zion ›aufgestiegen‹ waren, während die Diasporajuden weiter unter den Gojim lebten und sich ihnen unterwarfen.

Eben das tat er. Was war an ihm jüdisch? Sein beschnittener Schmock? Seine Bar Mitzwa? Alles Schwindel! Fake! Gemäß der Halacha, dem jüdischen Religionsgesetz, zählte allein der Glaube der Mutter. Ursula Levite war geborene Protestantin, später legte sie ihr Bekenntnis ab, um sich die Kirchensteuern zu sparen. Sie war ein religiöses Nichts. Die Religion des Vaters war für die Glaubenszugehörigkeit der Kinder unerheblich. Herschl glaubte an nichts. Familie Levites Gott war in Auschwitz vergast worden. Herschl Levites Religion war die Gemeinschaft der Naziopfer, obgleich er 1947 geboren wurde – zwei Jahre nach der Götzendämmerung der Nazis. Dennoch fühlte er sich sein Lebtag als deren Mündel. Sein Opfertrauma hatte er in die Seele seines Sohnes gebrannt.

Levite hatte endlich eine Heimat gefunden. Jetzt waren ›seine Leute‹ die deutschnationalen Parteigenossen. Er hatte den Nazi-Dreck ausgekehrt, jetzt war der Stall sauber. Es war sein Stall – voller Kühe, Ochsen, Bullen. Er war ihr Bauer. Sie wollten ihn. So lange er ihnen frisches Heu zum Fressen gab und sein leeres Polit-Stroh drosch. Erstmals in seinem Leben fühlte Paul Levite, dass er ein Zuhause besaß. So nahe hatte er sich dem Judentum nie gefühlt. Levite war entschlossen, sein neues Ich vollständig zu erobern und zu verteidigen. »Kommt mit mir, Leute«, rief er. »Folgt mir, damit wir gemeinsam Deutschland erobern«.

Nach einer 45minütigen mittäglichen Lage-Analyse im Ernst-Jünger-Haus ließ sich Paul Levite um 12 Uhr 45 zur Siegessäule am Großen Stern der Straße des 17. Juni chauffieren. Am Ende der breiten, mehrspurigen, von Baum- und Grünflächen umgebenen Allee inmitten des Tiergartens schimmerte der Säulenkamm des Brandenburger Tors im klaren Licht des Herbsttages. Die ersten Kolonnen marschierten auf. Sie trugen Deutschland-Fahnen, Transparente mit der Aufschrift »Macht Levite zum Kanzler!«, »Levite unser Kanzler«, »Demokratie heißt Levite«. Manche hielten Poster mit seinem Konterfei hoch. Levite hatte sich in den Parteigremien dagegen ausgesprochen. Er wollte keinen Personenkult. Seine Haltung entsprang politischer Vorsicht. Paul Levite wollte sich nicht dem Vorwurf der Großmannssucht aussetzen. Die Folgen konnten fatal sein, wie das Schicksal Urban Hansens bewies. Wenn aber die Parteimitglieder und Sympathisanten von sich aus, sogar entgegen seiner Anordnung, Levite auf das Schild hoben, war dies ein deutliches Zeichen seiner Beliebtheit.

Der lärmende Jubel der Demonstranten erlöste Levite aus seinen Grübeleien. Er lief auf immer neue Gruppen von Menschen zu, schüttelte Hände, wechselte einige Sätze mit ihnen, ließ sich mit ihnen fotografieren, Selfies schießen und filmen. Seine Entourage hatte Mühe, dem Chef zu folgen. Christian Treu hielt sich stur hinter seinem Schutzbefohlenen. Friedrich Kraus, der für die unmittelbare Sicherheitsgruppe sowie den Ablauf der gesamten Demonstration die Verantwortung trug, war ständig in Bereitschaft. Er traf seine Anordnungen über ein Headset, zwei persönliche Assistenten unterstützten ihn. Um 13 Uhr 45 wurde Kraus das Eintreffen des ersten von insgesamt 15 Tiefladern an der Einmündung der Yitzhak-Rabin-Straße in die Straße des 17. Juni gemeldet. Die LKWs, auf deren Ladeflächen jeweils Musikbands und Unterhalter standen, würden einen Geleitzug bilden. Dieser sollte, zwischen den Menschengruppen im Schritttempo fahrend, die Demonstranten mit wummernden Techno-Rhythmen animieren. Die Einfahrt des LKW-Konvois war für 14 Uhr vorgesehen. Das Einfädeln der schweren Fahrzeuge in den stetig anwachsenden Demonstrationszug musste behutsam aufeinander abgestimmt werden, sonst könnte es in der Menschenmenge zu Panikreaktionen kommen. Kraus war nicht wohl bei der Vorstellung, Levite unter der Obhut der erst morgens gebildeten Sicherheitsgruppe zu belassen. Er wollte den Chef zu einem Rückzug Richtung Brandenburger Tor bewegen.

Als Kraus von hinten auf Levite zutrat, bemerkte er, wie dieser zurückschreckte. Er sah, dass ein dunkelhäutiger Mann einen blitzenden Gegenstand gegen Levite richtete. Kraus riss den Politiker zur Seite, stürzte sich auf den Demonstranten und entriss ihm das Objekt. Sogleich sprangen mehrere Männer der Sicherungsgruppe den angegriffenen Mann an. Ein weiterer griff nach der Metallstange. Diese entpuppte sich als Selfiestab.

Kraus fasste sich als erster. »Keine Angriffswaffe. Keine Attacke«, rief er und wandte sich sogleich Levite zu, der von Treu abgeschirmt und gestützt wurde. Um zu verhindern, dass Levite in diesem Zustand gefilmt oder fotografiert wurde, ließ er ihn umgehend von der Sicherheitsgruppe eng umstellen. Kraus erkannte, dass Levite durch den Vorfall einen Schock erlitten hatte, er war nicht ansprechbar. Die Menschenmenge war dermaßen dicht, dass ein Wagen, selbst mit Gelblicht und in Begleitung einer robusten Motorradeskorte, nicht durchkommen konnte. »Schickt mir zwei Weiße Mäuse. Sofort!«, befahl Kraus und nannte seine Position. Der Organisationschef machte zwei Schritte auf Levite zu, beugte sich herab und raunte ihm zu: »Wir müssen sofort aus der Kamera-Reichweite…« Levite reagierte nicht. Kraus drückte seine Lippen an dessen rechtes Ohr. »Die einzige Möglichkeit, hier fix weg zu kommen, ist mit dem Motorrad. Trauen Sie sich zu, als mein Sozius mit mir ans Brandenburger Tor zu fahren?« Kraus ergriff Levites linke Hand, drückte sie, rieb sie, streichelte sie. Endlich spürte Kraus einen leichten Gegendruck. Er wiederholte seine Frage. Levite nickte. »Gut. Ich bringe Sie hin. Sicher! Verlassen Sie sich drauf!« Levite hob zaghaft seinen Daumen.

Die beiden Motorräder waren inzwischen beim Sicherheitstrichter angelangt. Kraus und Treu nahmen Levite in ihre Mitte. »Ich glaube nicht, dass der Chef jetzt die Kraft hat, sich als Sozius an ihnen festzuhalten«, rief Treu Kraus zu. »Wir setzen ihn vorne auf die Maschine, ich steuere von hinten. Ich habe lange Beine«, erklärte Kraus und befahl Treu, ihnen auf der zweiten Maschine zu folgen.

Fritz Kraus chauffierte den mit einer Sonnenbrille und einer großen Kappe anonymisierten Paul Levite vorsichtig doch zügig durch den Tiergarten, gefolgt vom zweiten Motorrad mit Treu. Nach wenigen Minuten langten beide Maschinen im Hof des Restaurants »Hopfenbräu« neben dem Liebermannhaus am Brandenburger Tor an. Im Gastraum befand sich die provisorische Einsatzzentrale. Die Hinterzimmer standen Kraus zur Verfügung. Er beorderte zwei ehemalige Bundeswehrsanitäter zu Levite – Ärzte wollten sich stets absichern und drängten daher in der Regel auf eine Einweisung in eine Klinik. Die Sanitäter bestätigten, was Kraus ohnehin wusste: Levite stand unter Schock. Er brauchte dringend Ruhe. Doch die Sanitäter wussten, dass der Parteichef in zwei Stunden zu der Menge reden musste. Kraus erkundigte sich nach ihrem Rat. »Eine Valium 5 oral, dann pennt er etwa zwei Stunden. Dann gibt's eine Amphetaminpille und er ist im Nu pronto. Er ist ja noch keine fünfzig. Der packt's!«

Gegen 16 Uhr weckte Kraus Levite. Dessen erste Frage war: »Wie viele Menschen sind auf den Beinen?« »Wir schätzen 1,3 Millionen.« »Wie viele sind's tatsächlich? »Die Polizei geht von 1,2 Millionen aus«, »Masl tov! Wir werden gewinnen. Jetzt kann uns niemand mehr aufhalten. Nicht mal Danziger!«

LEVITE SCHWANG SICH auf. Die Einnahme einer Tablette verweigerte er, ohne sich nach deren Namen oder Wirkung zu erkundigen. »Ich brauche das Giftzeug nicht. 1,3 Millionen, die für uns marschieren, ist das stärkste Aphrodisiakum, das es gibt. Diese geballte Ladung erweckt selbst Tote, und ich lebe noch!« Levite lachte. Kraus fiel meckernd ein. Levite ergriff Kraus' Hände und drückte sie fest. »Danke, Kraus! Danke! Ich werde das, was Sie heute für mich ... und für die Partei geleistet haben, nie vergessen, solange ich atme. Im Leben läuft es nie nach Plan! Nur eins ist wichtig, dass man Freunde hat, auf die man sich verlassen kann. Die habe ich. Sie sind einer davon.« Kraus sah Levite verlegen an. »Sie können auf uns bauen, Chef!« »Das weiß ich, Kraus. Jetzt geht's in die Entscheidung!« Nachdem er sein Gesicht gewaschen und sich die Haare gekämmt hatte, traf Paul Levite Nadja Hauser.

Geleitet von Friedrich Kraus und Robert Kriener, gefolgt von Nadja Hauser, kletterte Levite auf die zentrale Bühne. Sein Herz trommelte bis zum Hals. Warum? Wovor hatte er Angst? Die Demonstration war bereits jetzt ein überwältigender Triumph für ihn. Die Millionenhürde hatte er spielend genommen. Er hatte gewonnen. Der Bundespräsident würde keine andere Wahl haben, als ihn zu nominieren. Die Deutschen schätzten ihn, den fetten Juden, mehr als ihr Staatsoberhaupt. Paul Levite hatte den Antisemitismus in Deutschland besiegt. Jetzt, in diesem Moment, in dem 1,3 Millionen dabei waren, ihn zum Kanzler hochzujubeln. Paul Levite besaß ganze fünf Minuten, um die Sehnsucht der Millionenmasse zu befriedigen. Gelang ihm dieser Kraftakt in den nächsten dreihundert Sekunden nicht, würden sie ihn verstoßen. Dann hätte er seine Chance verspielt und sein Dasein vertan.

FRITZ KRAUS SPRACH mit dem Moderator Felix Rilt, dessen Sendungen Levite nie gesehen hatte. Der Entertainer gab mit ausgestreckten Armen und gespreizten Fingern den Musikbands links und rechts zu verstehen, in Aktion zu treten. Sie spielten einen ohrenbetäubenden Tusch. Die Schallwellen aus den Megaboxen raubten den Menschen unmittelbar vor dem Podium und auf der Bühne schier den Atem. Kraus legte dem in Jeans und weißem Hemd gekleideten Conférencier die Hand auf die Schulter und drehte ihn zu Levite. Woher kannte er den Mann neben Rilt? Der Moderator gebot mit geballter rechter Faust den Musikgruppen Einhalt. Es wurde einen Augenblick still, doch in Levites Ohren und in seiner Brust bebten die Töne nach. Ehe die Menschen vor der Bühne ihre Sprache wiederfanden, schrie der Ansager: »Liebe Freunde! Liebe 700 000...« Protestrufe brodelten aus der Masse hoch. »Eine Million! Wir sind 'ne Million!« »Nein«, antwortete Rilt, »Ihr seid mehr. Viel mehr! Ihr seid 700 000...« Er lachte. »Männer und 700 000 Frauen oder umgekehrt. Ladies first. Wir sind zusammen 1,4 Millionen Menschen. 1,4 Millionen Demonstranten. Und warum sind wir hier?« Eine Kakophonie von Stimmen entstieg der Menge. Der Moderator erfreute sich eine Weile an dem anschwellenden Massengeschrei, ehe er es dank seiner Verstärker mühelos übertönte: »Hinter mir steht Boris Heinzele aus Stuagard – Hochdeutsch: Stuttgart...« Buhrufe erschallten. Rilt lachte auf. »Ich sage ja: Stuagard. Boris Heinzele ist einer von euch. Der unbekannte Demonstrant. Er wird uns hier oben stellvertretend für euch, 1,4 Millionen Freunde und Freundinnen sagen, warum wir uns hier im Zentrum Berlins, im Herzen Deutschlands, versammelt haben! Herr Heinzele, bitte treten Sie näher!« Der Angesprochene ging energisch auf den Conférencier zu. Er winkte dabei mit dem rechten Arm Levite zu. Bei der Nennung des Namens konnte Levite den Demonstranten endlich einordnen. Levite erinnerte sich an seine morgendliche Einladung. Kraus dachte an alles! Selbst diese achtlos dahin gesprochene Bemerkung Levites hatte er weitergegeben und dafür gesorgt, dass der Schwabe aus der Millionenmasse herausgefischt und im richtigen Moment seinen Auftritt haben würde.

Levite wollte auf Heinzele zugehen, doch der trat bereits zu Rilt. Der Moderator hielt dem Gast sein Mikrophon entgegen und fragte sogleich: »Herr Heinzele, Sie kommen aus Stuagard...« »So ischt es. Ich leb in Bad Cannstadt.« »Weshalb sind Sie heute hier?« »Aus dem gleiche Grund wie Sie und wir alle.« Er atmete durch »Weil i will, dass dr Herr Levite Bundeskanzler wird...« »Danke, Herr Heinzele.« »Bitte. Wir habe den Herr Levite gwählt, weil er ehrlich isch. Koi Politiker... koi Schwätzer. Und mir wellet nedd, dass ihm der Wahlsieg gstohla wird. Mir wolle, dass der Beschte gwinnt und des isch dr Herr Levite. Er muss unser Bundeskanzler werre!«

Der Moderator wollte Heinzele unterbrechen, doch der sprach weiter und erzählte, wie er und seine Mitreisenden nach einer durchfahrenen Nacht am Hauptbahnhof unverhofft von Levite mit einer Blume empfangen worden waren: »Des macht sonst koi Politiker.« Er wandte sich direkt ans Publikum. »Ihr glaubet doch au, dass der Herr Levite unser Bundeskanzler sei soll?« Tosender Beifall antwortete Heinzele. Der genoss den Jubel. Dieser Mensch hat bestimmt noch nie vor einem Dutzend Leute geredet und hat keine Furcht, und ich mache mir vor Angst in die Hose. Genug damit!, befahl sich Levite und trat von der Seite auf Heinzele zu. Der Politiker fiel dem Demonstranten um den Hals. Sie drückten sich sekundenlang.

Die Menge tobte vor Begeisterung. Schließlich machte sich Levite los. Er wollte nach dem Mikrofon greifen, da fiel ihm ein, dass er verkabelt war. Atemlos rief Levite: »Danke, Boris Heinzele! Danke. Danke euch allen! Fast eineinhalb Millionen Menschen. Ihr alle habt euch nicht damit begnügt, einen Zettel in die Wahlurne zu werfen und es dabei gut – oder schlecht – sein zu lassen. Euch liegt Deutschland am Herzen. Unsere Freiheit. Deshalb seid Ihr hierher gekommen. Aus Stuttgart, aus München, aus Nürnberg, aus Frankfurt, aus Offenbach…« Levite zählte alle Städte auf, die ihm einfielen, die Menge begleitete die Namen wie im Fußballstadion die Nennung ihrer Lieblingskicker mit der jubelnden Wiederholung – am lautesten bei der Nennung der »alten, neuen und ewigen deutschen Hauptstadt Berlin!«

Anschließend forderte Levite die Demonstranten auf, »für alle übrigen deutschen Städte, Dörfer und sonstigen Orte« Beifall zu spenden. Doch die Million hatte sich nicht die Nacht im Zug, im Bus, im Auto um die Ohren geschlagen, Geld ausgegeben, und ist hierher gekommen, um von Herrn Heinzele zu hören, dass ich Kanzler werden soll, und von mir einige Städtenamen. Sie wollen eine unvergessliche Paul-Levite-Show erleben und ich muss sie ihnen liefern.

»Deutsche Frauen und Männer! Ihr seid hierher gekommen, um eine Revolution zu veranstalten. Die erste gesamtdeutsche Revolution für Freiheit und Demokratie!« Der auftosende Beifall jagte weiteres Adrenalin in Levites Blut, in dessen Strom die Angst weggespült wurde. Endlich war er in der Lage, den Beifall der Masse, seiner Menschenmillion, zu genießen.

»Was bis jetzt in Deutschland geschah, war ein Vorspiel nur. Gerede, Geschwafel: Volksverdummung.« Die Masse röhrte auf. »Das war gestern! Das Lied der Freiheit ist verklungen. Erstickt im Mief der ewigen Großen Koalition unter dem Dunst von Hedwig Kleinert!« Das Klatschen steigerte sich zum Sturm.

»Davon hat ganz Deutschland genug! Endgültig! Wir wollen wieder die Luft der Freiheit atmen – so frisch, so lebendig, wie noch nie in unserer Geschichte. Ihr knapp eineinhalb Millionen Frauen und Männer steht hier für das gesamte deutsche Volk. Die guten Wünsche der anderen begleiten euch. Doch ihr seid diejenigen, die es nicht beim Wünschen und Bitten und Betteln haben bewenden lassen. Ihr habt das Schicksal der Deutschen in eure Hände genommen. Ihr und Millionen andere, Ihr wollt mich zu eurem Kanzler. Ich bin bereit, euch zu führen. In die Freiheit zu führen!« Der Applaus steigerte sich weiter. Paul Levite wähnte sich im Auge des Hurrikans. Er war ruhig. Sein Verstand arbeitete klar. Zeilen Heinrich Heines kamen ihm in den Sinn. Levite sah in die rasende Menge – das Menschenband zog sich bis zur Siegessäule. Alles seine Leute. Levite gebot der Menge mit ausgestreckten Armen zu schweigen. Sie gehorchte. Auf welche Weise er wirkte, wusste sich Levite nicht zu erklären. Denn aus mehr als fünfhundert Metern Entfernung konnte man ihn nicht erkennen. Leinwände durften nicht aufgestellt werden. Handybilder? Nein! Es war seine Kraft. Die Masse tat, was er von ihr verlangte – egal, ob sie zehn Kilometer von ihm entfernt war oder fünfhundert Meilen. »Ich gehöre Euch!«, brüllte er ins Menschenmeer. Der Beifallssturm hielt an. Erneut hörte Levite die Melodie von Heines Gedicht. Er zitierte aus dem Gedächtnis: »›Ein neues Lied, ein besseres Lied, o Freunde will ich Euch dichten! Wir wollen hier auf Erden schon das Himmelreich errichten.‹ Es soll das Himmelreich unserer deutschen Freiheit sein.«

Levite unterdrückte mit einer Handbewegung erneut den aufwallenden Beifall und rief: »Meine Freunde! Wir werden unser Lied so lange singen, bis wir die Freiheit errungen und erzwungen haben. Die Geschichte ist auf unserer Seite. Die Freiheit ist unser. Gott mit Euch!«

Während der Applaus explodierte, reckte Paul Levite seine geballten Fäuste in den Berliner Himmel. Deutschland gehörte ihm – und er Deutschland.

Nadja Hauser begriff, dass es keinen Sinn für sie machte, ihre vorbereitete Rede in die für Paul Levite lodernde Menge verlesen zu wollen. So stürmte sie auf die Bühne und umarmte den perplexen Levite innig. Dann ergriff sie das Mikrofon und schrie hinein: »Paul Levite hat mir aus dem Herzen gesprochen. Wir alle wollen die Freiheit für....« Der Rest ihrer Worte ging in Beifall, in Sprechchören unter: »Kanzler Levite, sonst gibt's was auf die Tüte!«.

SECHZIG MINUTEN NACH Ende der Demonstration tagte das Präsidium der DNMP im Ernst-Jünger-Haus. Paul Levite wurde mit Beifall begrüßt. Robert Kriener überreichte ihm einen Strauß roter Rosen, der die

Dimension eines schlachtreifen Hammels besaß. Der Applaus der Anwesenden steigerte sich immer mehr. »Meine Herren…«, Levite sah sich im Sitzungssaal um. Es war höchste Zeit, die Männerrunde durch kluge und schöne Frauen zu bereichern. Doch dafür war jetzt noch nicht der rechte Moment gekommen. »Ich habe euch nur ein Wort zu sagen: Danke! … Danke jedem Einzelnen von Euch. Dass unser Aufmarsch einmalig in der deutschen Geschichte geriet, haben unser Land, unsere Partei und ich nur Euch zu verdanken. Allzu gerne würde ich Einzelne hervorheben. Besonders einen, der mich heute buchstäblich in letzter Stunde gerettet hat.« Levite sah Kraus' verschämtes Lächeln. Und dass Krieners Mundwinkel sich kräuselten. »Doch das tue ich nicht. Weil es zu lange dauern würde, alle Einzelnen zu benennen. In unserer Kette gab es in den letzten Wochen kein schwaches Glied, sonst wären wir nicht so weit gekommen.«

Levite legte eine Pause ein, ehe er fortfuhr: »Mancher von Euch mag sich in diesem Moment der Freude und des Stolzes, klammängstlich fragen, was hat die heutige Veranstaltung neben einem verstärkten Zusammengehörigkeitsgefühl realpolitisch bewirkt? Alles! Unseren Sieg. Denn niemand soll sich einbilden, dass er sich dieser geballten Macht des deutschen Volkes entgegenstellen kann. Wir haben nicht nur unsere Kraft nach außen gegenüber der Regierung und der von ihr abhängigen Staatsspitze demonstriert. Wir haben, was viel entscheidender ist, unsere Reihen dichter geschlossen. So dicht, dass unsere Leute…« Unweigerlich kam Levite auf seine neue Mischpoche zu sprechen: »… darunter verstehe ich weit mehr als uns DNMP-Mitglieder, nämlich unsere aktiven Demonstranten und die Millionen Menschen vor den Fernsehern, den Radios, den Laptops, den Smartphones und dem ganzen anderen elektronischen Zinnober. Diese Millionen wollen, dass wir Deutschlands Schicksal in die Hand nehmen. Dagegen gibt es keine Abwehr…«

In diesem Augenblick wandten sich alle Augen zu Mark Stadler. Der Jurist erhob sich und sagte, an Levite gerichtet, mit fester Stimme: »Dass es so ist, dass aus einem Haufen Idealisten, von einem Desperado vertreten, und deshalb allesamt als Nazis verdächtigt, binnen weniger Monate eine schlagfähige und, wie du richtig festgestellt hast, unwiderstehliche politische Macht geworden ist, hat diese Partei und dieses Land, bei aller Mithilfe, nur einem zu verdanken und das bist du, Paul!«

Die Männer klatschten, schrien, sprangen auf. Maik Nützel hüpfte aus dem Stand auf den Tisch und rief: »Unser Chef, Paul Levite, er lebe hoch, hoch, hoch!« Alle fielen ein. Die Männer umarmten einander – bis auf Levite. Keiner wagte es, den Chef zu berühren. Der genoss zu Tränen gerührt den Jubel. Bis er nach zwei Minuten die Geduld verlor.

Er erteilte seinen Männern exakte Anweisungen. Die wichtigste war, dafür zu sorgen, dass der Bundestag am Montag zusammenkam und Mark Stadler zu seinem Präsidenten kürte. Dies war die Voraussetzung für Levites Wahl zum Bundeskanzler. An seiner Nominierung durch den Bundespräsidenten hegte der Parteivorsitzende keinen Zweifel. Jedenfalls gab er vor, ihrer »absolut« sicher zu sein.

Tatsächlich befand er sich erneut im Klammergriff seiner Ängste. Dass die DNMP eine Massenbewegung war, die bei Anspannung all ihrer Kräfte in der Lage war, mehr als eine Million Menschen für eine Demonstration zu mobilisieren, dürfte Danziger schon vorher gewusst haben. Die Partei hatte ihr Versprechen erfüllt und die Leute für wenige Stunden auf die Straße getrieben. Und nun? Was geschah, wenn der Bundespräsident nichts tat? Im Gegensatz zu Levite konnte Danziger es sich leisten abzuwarten. Der DNMP-Chef dagegen musste den Druck aufrechterhalten. Doch wie lange würde seine Kraft und, wichtiger noch, die Geduld seiner Leute reichen? Wenn das Staatsoberhaupt seine Verzögerungstaktik fortsetzte, musste Levite reagieren. Das hieß, eine neue Großdemonstration organisieren. Würde er in einer, in zwei Wochen erneut mehr als eine Million Sympathisanten zum Marsch auf Berlin führen können? Wenn nur siebenhunderttausend kämen oder gar »nur« eine halbe Million aufmarschierten, würde es allenthalben heißen, die Anhängerschaft der Partei habe sich innerhalb einer Woche um zwei Drittel reduziert. Entsprechende Umfragewerte ließen sich wunschgemäß produzieren. Eine verheerende Abwärtsspirale für die DNMP und Levites eigene Popularität würde einsetzen. Er machte sich keine Illusionen. Die Menschen stehen zu dir, wenn du gewinnst, wenn du ihre Träume von Macht und Stärke verwirklichst. Doch wehe, du versagst! Dann springen sie ins Bett des Siegers, wie die deutschen Nazissen, die 1945 vom SS-Herrenmenschen zum Lucky-Strike-GI rochierten. Aus! Ende!, befahl sich Levite. Er musste Zuversicht ausstrahlen. Für den Fall, dass Danziger nicht nachgab, musste er eine alternative Demonstrationsstrategie entwickeln. Weg von der aufwendigen Zentralveranstaltung hin zu unzähligen regionalen und lokalen Aufmärschen. Dann würde das ganze Land brennen. Aber noch war es nicht so weit.

Paul Levite war entschlossen, mit allen Mitteln und in jedem Moment alles dafür zu tun, die Pression auf den Präsidenten zu erhöhen. Daher wies er seine Stellvertreter an, dem meist gesehenen TV-Sender noch an diesem Abend ein Exklusivinterview anzubieten. Wenige Minuten später meldete Robert Kriener Vollzug. Die Erste Sendeanstalt würde umgehend den Leiter ihres Hauptstadtstudios plus Kamerateam ins Ernst-Jünger-Haus schicken und das Halbstundengespräch im Anschluss an ihre Abendnachrichten senden. Levite beauftragte Kriener darauf zu bestehen, dass ein 120-Sekunden-Ausschnitt davon in den Nachrichten gesendet würde. Kriener wusste, dass dieses Ansinnen überflüssig war. Denn es gab an diesem Samstagabend, von der Bundesliga abgesehen, kein Ereignis, dass das Interesse der Deutschen derart gefangen nahm wie die zentrale DNMP-Demo in Berlin. Ein Exklusivgespräch mit Parteichef Levite war die begehrteste Abend-Gabe der Newssendung.

Paul Levite wollte die Zeit nutzen, sich auf das TV-Gespräch vorzubereiten. Doch sobald er alleine in seinem Zimmer war, packte ihn Panik. Levite wollte umgehend aus dem Büro stürzen und mit Kraus die Möglichkeiten dezentraler Demonstrationen im gesamten Bundesgebiet analysieren. Nach dem Interview würde er zwar noch mit seinem engsten Kreis die Spätnachrichten ansehen und die nächsten Schritte besprechen. Doch am Ende müsste er wieder in sein Hotelverlies. Spätestens dort würden ihn die Teufel seiner Unterwelt in ihr Höllenfeuer reißen. Dieser nächtlichen Tortur war er auf Dauer nicht gewachsen. Dagegen gab es nur ein Mittel. Paul Levite suchte sein Handy. Er rief Ella an. Als er nach mehreren vergeblichen Versuchen das Gerät wegschleudern wollte, meldete sie sich. Sie hatte entgegen ihrer ursprünglichen Absicht die Demonstration im Fernsehen angesehen und Levites Ansprache gehört. Ella entschuldigte sich bei ihm. Sie hätte seine Partei für einen faschistischen Haufen gehalten. Doch seine Rede habe diesen Eindruck korrigiert.

»Du bist ein Verteidiger unserer Freiheit und Demokratie. Du bist unser einziger glaubwürdiger Politiker! Aber warum hast du dich von dieser kommunistischen Ziege umarmen lassen, Paul?«

Sie war die Frau, die er jetzt brauchte. Ihre Liebe würde seine Furcht ersticken. Paul Levite verabredete sich mit Ella für die Zeit nach dem Interview. Mochten die Gehilfen seinen Auftritt alleine analysieren. Die Gewissheit, bei Ella in der Nacht Asyl vor seinen Ängsten zu finden, gab Paul Levite wieder Luft zum Durchhalten. Er schlug sich mit den Handflächen gegen die Brust.

DER LEITER DES Hauptstadtstudios, der erfahrene Politikjournalist Ernst Luebbek, wurde von der populären Talkmasterin Cora Menzel begleitet. Bereits ihre erste Nachfrage bewies Levite, welche Aussage das Journalisten-Duo von ihm ins Sendestudio mitnehmen wollte. »Gratuliere, Herr Levite. Ihre Partei hat eine gewaltlose Demonstration von mehr als einer Million Menschen organisiert. Die Forderung der Massen lautete: Macht Paul Levite zum Kanzler! Doch was geschieht, wenn Bundespräsident Danziger bei seiner Haltung bleibt und sich weigert, Sie dem Deutschen Bundestag als Kanzler vorzuschlagen?«

»Die Millionenversammlung hat für Freiheit und Demokratie demonstriert«, erwiderte Levite. »Ja, ja. Aber auch dafür, dass Sie als Bundeskanzler nominiert werden, Herr Levite«, hakte die sich ihrer Attraktivität bewusste und auf ihre Intelligenz überaus stolze Moderatorin kühl lächelnd nach. Levite bejahte. »Was also, wenn der Bundespräsident seinem Gewissen und seinen moralischen Beweggründen treu bleibt?«, wollte Frau Menzel wissen. Levite nannte die Frage fiktiv. Er wolle nicht darüber spekulieren, was wäre wenn. Luebbek und Cora Menzel ließen nicht locker. In immer neuen Varianten kamen sie auf die moralischen Bedenken des Bundespräsidenten zu sprechen und wollten von Levite wissen, wie er und seine Partei sich verhalten würden, wenn das Staatsoberhaupt seine Position beibehalte. Paul Levite mochte nicht seinen Alternativplan dezentraler Demonstrationen im Fernsehen preisgeben. Er wusste gleichwohl, dass die Journalisten ihn zu einer Drohung gegenüber dem Bundespräsidenten provozieren wollten. Dies hätte seinen politischen Selbstmord bedeutet. Er würde kein falsches Wort sagen. Doch das genügte nicht. Er musste das richtige finden.

»Die über eine Million Demonstranten und die Millionen an Fernsehgeräten, Laptops, Smartphones etc. glauben an Demokratie und an die

Freiheit. Diese Werte bestimmen auch unser Grundgesetz, auf das der Bundespräsident vereidigt wurde. Ich bin absolut sicher, Herr Danziger wird das Wort und den Geist unserer Verfassung ebenso respektieren wie den Willen der Mehrheit unseres Volkes.«

»Und wenn Herr Danziger Sie nicht zum Kanzler vorschlagen will, Herr Levite?«, beharrte Luebbek.

»Ich bin mir gewiss, der Herr Bundespräsident ist sich seiner staatsrechtlichen Pflichten und seiner demokratischen Verantwortung bewusst. Ich habe keinen Zweifel, dass er den demokratisch gewählten Abgeordneten des Bundestages vorschlagen wird, mich zum Kanzler der Bundesrepublik Deutschland zu wählen.«

»Sind Sie sich dessen wirklich so absolut sicher?«

»Ohne jeden Zweifel. Danke. Gott segne dieses Land.«

Und wenn er es nicht tut?, hallte es in Paul Levite nach.

Ella Feicht gab Paul Levite, was er von ihr erwartete. Er fand Frieden in ihren Armen. So schlief er erstmals wieder eine Nacht durch. Am Sonntagmorgen wurde er von der Geliebten früh geweckt, um gemeinsam mit ihr »gemütlich« zu frühstücken. Sie hatte, während er noch schlief, krosse Schrippen aus der Bäckerei besorgt und frischen Kaffee aufgegossen. Ella wollte die frühe Tageszeit nutzen, um sich mit Paul »auszusprechen«. Doch der Politiker hatte sich in den zurückliegenden Wochen fast unentwegt und bis zur Erschöpfung aussprechen müssen. Am liebsten wäre Paul im Bett geblieben, hätte sich von Ella bezärteln lassen, ohne zu denken, ohne zu sprechen, und vor allem ohne Rede und Antwort stehen zu müssen. Dass die Geliebte eigene Bedürfnisse hegte, dass sie in ihm mehr sah als einen Politiker, der auf dem Weg zur Macht alle anderen Gefühle und Verlangen, bis auf jenes nach einem erotischen Intermezzo, unterdrückte, kam ihm nicht in den Sinn.

Nachdem Levite sich per Smartphone und Rundfunknachrichten von seiner anhaltenden Popularität überzeugt hatte, ging er ins Bad. Es war, anders als in seiner Frankfurter Bleibe, blitzblank geputzt und geordnet. Levite zog sich aus, besah verärgert seinen zunehmenden Fettbauch, trat unter die Dusche und drehte die Brause voll und maximal heiß auf. Die scharfen Strahlen trafen seine Haut, bald dampfte es in der Plexiglaskabine. Als die Hitze ihm fast den Atem raubte, schaltete Levite, wie er es seit seiner Jugend nannte, auf »Schubumkehr«, er zog den Hebel auf maximale Kälte. Die Wasserstrahlen pieksten seine Haut, die angenehm zu kribbeln begann, worauf er sich erneut zur »Schubumkehr« veranlasst sah. Durch das dampfende Nass erkannte Levite, wie seine Haut sich zunehmend rötete. Röter werden die Kommis in meiner Regierung auch nicht sein... Wenn Nadja Hauser mich jetzt sähe...!

Auf der Demo war sie klug genug gewesen, nicht zu versuchen, eine lange Rede zu halten. Stattdessen hatte sie ihn umarmt wie eine Frau – nicht wie eine Politikerin. Weshalb dachte er ausgerechnet jetzt an Nadja? Weil Ella eine brave Sozialliesel war, die sich unbedingt mit ihm, der bis zur Erschöpfung gearbeitet hatte, aussprechen wollte. Die kluge Politikerin hingegen verstand, was er brauchte und hatte es ihm wortlos gegeben. Sollte er vielleicht mit Nadja Hauser? Ausgerechnet mit der Oberkommunistin!? Seiner politischen Partnerin und Rivalin? Paul Levite erinnerte sich an die Begründung seiner Call Center-Kollegin Fatmeh, weshalb sie seinem Drängen nicht nachgegeben hatte. »Du bist mein Arbeitskollege. Wo man isst, soll man nicht pinkeln, und wo man arbeitet, soll man nicht vögeln. Das gibt nur Ärger!« Nadja Hauser aber hatte ihn vor Millionen umarmt. Eine derart selbstbewusste Frau passte zum zukünftigen deutschen Bundeskanzler.

Noch war er nicht gewählt! Danach würde man weiter sehen... Konnte einen die elende Politik nie und nirgends in Ruhe lassen? Nicht mal im Badezimmer seiner Geliebten? Paul Levite stellte das Wasser ab. Er stieg vorsichtig aus der Kabine, um nicht auf den nassen Fliesen auszugleiten und begann sich mit dem bereit liegenden flauschigen weißen Frotteetuch abzurubbeln. Hatte Ella die Farbe des Handtuchs mit Bedacht gewählt? Unsinn! Sie war ein zutiefst unpolitischer Mensch – das Gegenteil von Nadja. Paul Levite hielt im Abtrocknen inne und stellte sich vor, wie er und Nadja sich gegenseitig abfrottierten, wie er ihre Brüste küsste und sie daraufhin in die Knie ging und seine Fahne mit ihren warmen Lippen umfing. Prompt schwoll sein Potz an. Nicht jetzt! Paul Levite warf sich das Handtuch um und stapfte ins Wohnzimmer. »Ich dachte schon, du wärst ertrunken ... oder versteckst du dich unter der Dusche, um nicht mit mir frühstücken zu müssen...?« Ellas Stimme hatte den nörgelnden Ton eines Kindes angenommen.

Während Paul sich ankleidete, schmierte ihm Ella Brötchen und schenkte ihm, als er endlich saß, Kaffee ein. Die Kleinbürgeridylle hatte etwas für sich – sie zeichnete sich durch das Fehlen äußeren Drucks aus. Doch wie ertrugen die Menschen diese Langeweile? Bis vor kurzem war dies auch seine Welt gewesen. Er hatte erotische Inseln im Ozean der Eintönigkeit angesteuert – und sich dabei eines guten Schlafes erfreut. Nun führte er ein aufregendes politisches Dasein. Er war dabei, das entscheidende politische Amt im Staat zu erobern. Levite kramte sein Smartphone hervor. Ella war ungehalten: »Die Demonstration ist vorbei. Am Sonntag geschieht ohnehin nichts.«

Es war sinnlos, ihr zu erklären, dass heute die politischen Brötchen des Wochenanfangs gebacken wurden. Jetzt wurden die Montagszeitungen, die TV-Magazine produziert und die entscheidenden politischen Treffen anberaumt. Kriener hatte Levite um 8 Uhr 10 via Email von einer Einladung zur Mittags-TV-Runde »Politiker treffen Journalisten« in Kenntnis gesetzt. Die Vorsitzenden der Freien Sozialisten, der Realsozialisten, der Bunten sowie der Generalsekretär der Konservativen sollten von prominenten Zeitungsmachern befragt werden. Seine TV-Präsenz war jetzt dringend notwendig. Doch wenn er mit den konkurrierenden Parteichefs zusammenkam, würden alle versuchen, ihn vorzuführen. Zudem müsste er mit einem rangniederen Konservativen quasseln, die ihm gleichrangige Kanzlerin würde sich nicht auf einen Streit mit ihm einlassen. Diesen Hilfsarbeiterjob überließ sie ihrem vorwitzigen General. Darauf durfte sich Levite auf keinen Fall einlassen, auch wenn er momentan auf öffentliche Aufmerksamkeit angewiesen war wie ein Fisch aufs Wasser.

Während Ella an ihrem Kaffee nippte und ihn missbilligend beobachtete, flog Levite eine Eingebung an. Es galt, den Spieß umzudrehen. Er musste die Sendeleitung wissen lassen, dass er bereit sei, sich den Fragen der Journalisten zu stellen – doch nur alleine. Das stieß die Regeln der Sendung um, doch das entscheidende Kriterium jeder Fernsehstation war die Quote. Seit gestern war er Deutschlands unumstrittener Medienstar. Um ihn in die Sendung zu bekommen, würde jeder deutsche TV-Chefredakteur bereit sein, alle anderen Politiker auf das nachfolgende Programm zu vertrösten.

Levite informierte Kriener, er solle seine Bedingungen an den Sendeleiter weitergeben. Zerstreut biss er in sein Marmeladenbrötchen, schlürfte seinen Kaffee, als sein Handy mit vertrautem Klingeln ertönte.

Levites Herz machte einen Sprung. Der Leiter der Sendung habe sich nach Rücksprache mit dem Chefredakteur auf seine Bedingungen eingelassen. Und eine Stunde statt der üblichen 45 Minuten angesetzt.

LEVITE SCHAUTE AUF die Uhr: 10:17. Die Sendung begann um 12 Uhr. Ihm blieb nicht mehr viel Zeit. Er verabschiedete sich von Ella, die ihre Enttäuschung nicht verbarg. Ella wollte mehr sein als Pauls Pensionswirtin und Streichelmamsell. Er versicherte ihr, dass er am liebsten bei ihr bleiben, die Zeit mit ihr genießen würde und so weiter. Doch im Moment musste er alles einer Aufgabe unterordnen. Glaubte er selbst daran? Warum gebrach es ihm an Mut, zumindest der Geliebten einzugestehen, dass er alles ausschließlich für sein Selbstwertgefühl tat? Und für die Vorstellung, als erster Jude deutscher Bundeskanzler zu sein.

Die Sendung verlief so, wie Paul Levite es sich vorgestellt hatte. Die einmütige, in mehreren Varianten vorgebrachte Frage an ihn lautete, was er und seine Partei unternehmen würden, falls der Bundespräsident ihn in den kommenden Tagen nicht zum Kanzler vorschlagen würde. Paul Levite nahm sich vor, nicht ausschließlich den abgeklärten Staatsmann herauszukehren. Er appellierte vielmehr an das Pflichtgefühl und die Verfassungstreue des Staatsoberhaupts. Und an die politische Klugheit Heinz Danzigers. »Ich bin Politiker und Historiker. Ich habe gelernt, abzuwarten. Doch Millionen deutscher Staatsbürger verlieren allmählich die Geduld. Sie haben von ihren verbrieften Rechten Gebrauch gemacht. Sie haben gewählt und nun haben sie dafür demonstriert, dass ihre Stimmen berücksichtigt werden. Wenn unsere Bürger merken, dass man versucht, ihr Votum und ihr Recht auf freie Wahlen, freie Meinungsäußerung und Demonstration zu ignorieren, dann werden die Menschen nicht länger stillhalten. Dann werden sie dafür sorgen, dass ihre Meinung berücksichtigt wird. Und zwar mit größtem Nachdruck! Und nicht nur auf einer zentralen Demonstration in Berlin. Dafür habe ich vollstes Verständnis. Das wird von mir vorbehaltlos unterstützt. Ich beschwöre den Bundespräsidenten, seine Verzögerungstaktik aufzugeben … ansonsten trägt er alleine die Verantwortung für die Konsequenzen.«

Zu einer Erläuterung der Konsequenzen ließ sich Levite nicht bewegen. Weder mittags, noch in den Abendnachrichten, wo er seine indirekte Drohung eindringlich wiederholte. Noch während er im Studio die Kommentierung seines Statements verfolgte, teilte ihm Robert Kriener mit, das Bundespräsidialamt habe sich gemeldet. Staatssekretär Fendrich bitte Levite für den kommenden Morgen um 9 Uhr zu einer Aussprache mit dem Bundespräsidenten ins Schloss Bellevue.

Sobald er im Wagen mit Kriener saß, umarmte Levite seinen Vize und rief: »Er hat kapituliert. Endlich!« Mit dem Handrücken versuchte Levite diskret, sich die Tränen aus den Augenwinkeln zu wischen.

Paul Levite unterstellte Danziger Antisemitismus. Nur so konnte er sich die Weigerung des Präsidenten erklären, dem Bundestag vorzuschlagen, ihn zum Kanzler zu wählen. Moralische Bedenken! Welche Moral sprach dagegen, einen Juden an die Spitze der deutschen Bundesregierung zu stellen? Moralische Erwägungen legten im Gegenteil nahe, endlich einem Juden die Führung der Regierung dieses Landes zu übertragen. Hätte Friedrich Ebert 1921 Walther Rathenau mit der Lenkung der Reichsregierung betraut, wäre dies ein klares Signal für Demokratie und Toleranz gewesen. Der erfahrene Industrielle und Ökonom Rathenau hätte es verstanden, den Zusammenbruch der deutschen Volkswirtschaft zu vermeiden und so die fatale Hyperflation des Jahres 1922 verhindert. Hitlers Nazis wären eine bajuwarische Marginalie geblieben. Anstatt aus der Geschichte zu lernen und ihn zum Kanzler vorzuschlagen, um Schaden vom deutschen Volk abzuwenden, wie er es geschworen hatte, nutzte Heinz Danziger die wenige ihm von der Verfassung zugestandene Macht, um Levite mit dem Alibi der moralischen Verantwortung von der Macht fernzuhalten.

AM MONTAGMORGEN UM 8 Uhr 25 bestiegen Paul Levite und Robert Kriener die von einem Personenschützer gesteuerte Limousine, die sie zum Bundespräsidenten brachte. Die beiden Männer sprachen während der zwanzigminütigen Fahrt von Hohenschönhausen zum Schloss Bellevue kein Wort. Jeder hing seinen Gedanken nach. Als sie gut eine Viertelstunde zu früh vor dem Amtssitz Danzigers anlangten, traten Bundespolizisten an das Fahrzeug und besahen sich die Insassen durch die geöffneten Autofenster. Sie ließen die Limousine passieren. Levite schlug das Angebot des Protokollbeamten aus, im Schloss auf das Treffen mit dem Bundespräsidenten zu warten. Stattdessen vertraten er und Kriener sich die Beine im Garten des Palais. Die Sonne schien, das Herbstgrün des Rasens glänzte noch vom Tau. Levite wollte nicht reden. Am liebsten wäre er allein bei Danziger erschienen. Der Sheriff reitet allein in die feindliche Stadt, wusste Henry Kissinger aus Fürth, der es zum Amt des amerikanischen Außenministers gebracht hatte.

»Mein einziger Rat, Paul: Lasse dich nicht provozieren«, unterbrach Kriener seine Gedanken. Levite nickte. Danziger blieb nichts übrig, als aufzugeben ... doch Krieners Warnung vor Provokationen bedeutete, dass er mit einer Hinterhältigkeit des Amtsträgers rechnete. Welcher Art? »Danziger hat alle Möglichkeiten. Er ist niemandem Rechenschaft schuldig.« »Doch! Dem deutschen Volk, dem Grundgesetz, dem Bundesverfassungsgericht.« Robert Krieners Mundwinkel verzogen sich unwillkürlich zu einem Lächeln. »Du bist optimal präpariert. Hals- und Beinbruch!«

Um 9 Uhr 05 bat Staatssekretär Fendrich Paul Levite und Robert Kriener in die Amtsräume des Bundespräsidenten. Danziger thronte hinter seinem Schreibtisch. Paul Levite hasste dieses Machtgehabe – er schwor sich, einmal im Amt, auf dieses billige Getue zu verzichten.

Schließlich erhob sich Danziger und ging ihnen mit Schritten, die sein Alter erkennen ließen, entgegen. Der Bundespräsident begrüßte seine Gäste knapp, verweigerte ihnen jedoch den Handschlag und wies sie an, auf der schwarzen Ledergarnitur Platz zu nehmen und sich mit Kaffee und Getränken selbst zu bedienen. Danziger setzte sich als erster, er bat seinen Staatssekretär ebenfalls an den Glastisch. Paul Levite nahm gegenüber dem Staatsoberhaut Platz, Kriener an seiner Seite.

»Herr Levite. Sie drohen mir ständig. Das ist nicht zielführend.«

Zur Eröffnung keine Frage, sondern eine Feststellung, die den Gegner sogleich in die Verteidigung zwang. Levite beobachtete seinen Widersacher. Danziger hielt sein mächtiges Kinn vorgestreckt. Doch die blauen Augen beobachteten Levite ruhig, abschätzend. Er will mich zu einer unüberlegten Reaktion verleiten. Kriener hatte Recht. Levite zwang sich, einige Sekunden abzuwarten. Er spürte die zunehmende Ungeduld seines Gegenübers. Soll der Goj sich ärgern, er kann mir nichts. Mir nicht und meinen Leuten erst recht nicht. Levite beschränkte sich darauf, Danziger anzusehen. Je mehr Unbehagen dieser zeigte, desto ruhiger wurde sein Gast. »Wollen Sie sich nicht zu meiner Feststellung äußern, Herr Levite?«, fragte Danziger schließlich. Levite lächelte, zögerte kurz, ehe er antwortete. »Ich weiß nicht, woher Sie Ihre Informationen über mich beziehen. Nie habe ich einen Menschen bedroht, auch nicht Sie, und werde es auch in Zukunft nicht tun.«

»Sie haben auf Ihrer Demonstration ultimativ Ihre Ernennung zum Kanzler eingefordert.«

Der ansteigende Zorn des Präsidenten ermutigte Levite.

»Nein. Ich habe verlangt, dass Sie mich zur Wahl vorschlagen. Sich darum zu bewerben, steht jeder volljährigen Deutschen und jedem volljährigen Deutschen frei, wenn sie oder er die bürgerlichen Ehrenrechte besitzen…«

»Ich benötige Ihre Belehrung nicht, Herr Levite! Aber ich lasse mir von Ihnen nicht die Pistole auf die Brust setzen – auch wenn Sie einen Nachmittag lang einige Hunderttausend Unzufriedene hinter sich scharen. Diese Methode hat in Deutschland eine verheerende Tradition!«

»In der Tat. Um undemokratischen Tendenzen zu begegnen, besitzen wir in Deutschland das Recht auf freie Rede und das Demonstrationsrecht. Auf diesen demokratischen Rechten beharren wir…«

»Die sind Ihnen unbenommen. Doch Sie haben nicht das Recht, mich als gewähltes Staatsoberhaupt zu erpressen. Selbst der Versuch der Nötigung ist strafbar.«

»Das ist Ihre exklusive Sicht der Dinge, Herr Danziger. Mehr als eine Million Demonstrationsteilnehmer und Millionen im Netz und vor den Fernsehschirmen waren Zeugen, dass ich niemanden zu einer unerlaubten Handlung genötigt habe.«

»Sie haben in den Abendnachrichten gedroht, dass die Deutschen marschieren werden, wenn ich Sie nicht augenblicklich zum Kanzler mache.«

Paul Levite lächelte sein Gegenüber an. »Sie überschätzen Ihre Macht, Herr Danziger. Sie haben keinen Kanzler zu machen! Sie dürfen lediglich einen Mann oder eine Frau dafür vorschlagen.«

»Sie nicht, Herr Levite. Niemals!«, zischte Danziger.

Levite drängte es, aufzuspringen. Doch Krieners Mimik war zur Mahnung gefroren, sich nicht provozieren zu lassen. Im Gesicht des Staatssekretärs stand Entsetzen. Levite zwang sich zur Ruhe.

»Herr Bundespräsident, diese Botschaft haben Sie mir bereits vor einer guten Woche mitteilen lassen…«

»Und ich bleibe dabei«, rief Danziger.

»Warum haben Sie mich dann heute eingeladen?«

»Um es Ihnen persönlich zu sagen.«

»Das haben Sie getan. Masl tov. Das war's!« Die Erregung über die Kränkung riss Levite auf die Beine, Danziger stützte sich auf die Sessellehne, um ebenfalls hoch zu kommen. Doch er hielt in der Bewegung inne. Denn Robert Kriener fasste sich ein Herz und fuhr dazwischen.

»Bitte, Herr Bundespräsident. Bitte, Herr Levite. Lassen Sie dieses Treffen nicht so enden. Das ist nicht im Interesse unseres Landes und es schadet Ihnen auch persönlich.«

Kriener blickte Levite mit einer Mischung aus Härte und Flehen an.

»Bitte, Herr Levite, nehmen Sie wieder Platz.«

Der Parteichef registrierte, dass sein Vize ihn siezte. Robert demonstriert Abstand von mir. Er versucht, einen Eklat zu vermeiden, der für alle katastrophale Folgen hätte.

Levite hörte Kriener stockend sprechen. »Herr Bundespräsident, wir wollen keine Eskalation. Herr Levite ist hierher gekommen, um mit Ihnen gemeinsam zu erörtern, wie in dieser Situation dem deutschen Volke am besten gedient ist…« »Das allein ist der Maßstab meines Handelns«, erwiderte Danziger, wobei er das Vibrieren seiner Stimme zu unterdrücken suchte. Kriener bat Levite erneut, Platz zu nehmen. Der blickte unschlüssig den Präsidenten an. Schließlich folgte der Parteichef, setzte sich und ergriff das Wort. »In dem entscheidenden Punkt sind wir uns also einig, Herr Bundespräsident. Auch für mich ist das Wohl des deutschen Volkes maßgebend.« Danzigers versteinerte Miene verriet Levite, dass das Staatsoberhaupt sich nicht in seiner Feindseligkeit beirren ließ. *Der ist entschlossen, mich auszuschalten. Er zwingt mich, die jüdische Atombombe einzusetzen.* Levite sah in Danzigers Augen.

»Herr Bundespräsident, ich akzeptiere, dass Sie nicht unsere politische Haltung teilen…«

»Nicht unsere, Ihre!«, unterbrach Danziger.

»Meine Politik und die der Partei, die ich leiten darf.« Levite hob seine Stimme und legte alle Kraft in sie. »Doch wenn Sie mich mit Hitler und den Nazis vergleichen...«

»Das habe ich nicht getan!«, rief Danziger.

»...die ganze Familie meines Vaters ist von den Nazis vergast worden. Deshalb halte ich es nicht aus, wenn Sie unsere friedliche Demonstration mit den Aufmärschen der Nazis vergleichen. Das ist eine Beleidigung für die Opfer und für unsere demokratischen Unterstützer heute... das schmerzt mich unendlich...«

Levites Stimme brach.

Danzigers Gesicht rötete sich zunehmend. Er kniff seine Augen kurz zu, dann polterte er los.

»Hören Sie auf mit Ihrer unerträglichen Holocaust-Masche, Levite!«

»In diesem Ton lasse ich nicht mit mir reden, Herr Bundespräsident...«

Danziger ließ sich von Levite nicht beirren. »Den üblen Ton geben Sie vor. Wann immer Sie nicht weiter wissen, gebärden Sie sich als jüdisches Naziopfer. Das mochte bei alten Nazis wirken und bei heutigen Antisemiten. Nicht bei mir!« Danziger fixierte Levite, ehe er fortfuhr. »Mein Vater hat zwischen 1942 und 1945 eine jüdische Familie auf unserem Bauernhof versteckt. Er hat sich nie damit gebrüstet. Und ich habe es auch nie erwähnt. Ich bin Politiker, ich sehe mich gelegentlich genötigt, auch harte Bandagen anzulegen. Aber mich mit den menschlichen Taten meines Vaters zu schmücken, sie gar als politische Waffe zu gebrauchen, das ist mir nie in den Sinn gekommen. Das wäre mir unerträglich. Und ich rate Ihnen dringend, Levite, dies zukünftig ebenfalls bleiben zu lassen. Das ist würdelos. Ja, es ist geradezu ein Missbrauch des Andenkens der Ermordeten.«

Nie zuvor in seinem Leben hatte Levite sich derartig bloßgestellt gesehen. Allein Krieners Anwesenheit hinderte ihn daran, aus dem Raum zu laufen und dem ganzen dreckigen politischen Geschäft für immer zu entsagen. Doch damit wäre seine Existenz endgültig zerstört gewesen – und seine Selbstachtung als Jude.

Haltung bewahren!, befahl sich Levite. *Mit welchem Recht macht mir der Goj Vorwürfe? Weil sein Vater Juden gerettet hat? Besitzt er deshalb einen moralischen Bonus mir gegenüber? Danzigers Vater war clean. Doch was war mit seinem Onkel und seinen Vettern? Eine Million SS-Lumpen kamen aus der Mitte des Volkes. Ich als Kind eines Schoah-Überlebenden muss mich vor niemandem schämen. Ich darf mich von niemandem entwürdigen lassen!* Levite atmete mehrmals tief durch. Dann wandte er sich wieder an Danziger.

»Herr Bundespräsident. Ich weiß das Verhalten Ihres Vaters zu würdigen. Es kommt mir nicht in den Sinn, die Opfer der Schoah zu benutzen. Schon gar nicht als Waffe. Doch ich will nicht, ich will unter keinen Umständen, von Ihnen disqualifiziert werden, in dem Sie mich mit den Nazis vergleichen. Das ist für mich als Juden unerträglich. Dagegen habe ich mich verwahrt.«

Danziger hatte aufmerksam zugehört. Er dachte nach. Endlich wandte er sich Levite zu und sprach zunächst zögernd.

»Ich wollte Sie nicht persönlich kränken, Herr Levite. Das liegt mir fern.« Er gewann seine Ausdruckskraft zurück. »Gerade weil ich mir der historischen Verantwortung Deutschlands bewusst bin...«, die abgedroschene Bußfertigkeitsformel rief bei Levite Brechreiz hervor, »... möchte ich in keiner Weise eine Partei mit der Führung der Regierung beauftragen, die rechtsradikale Tendenzen aufweist.«

»Herr Bundespräsident...«, ergriff Kriener das Wort, »... gerade Herr Levite hat durch seine menschliche Einstellung und durch seine Herkunft die DNMP auf ihren freiheitlichen Kurs gebracht. Herr Levite hat jeden, der auch nur einen Schatten von politischem Extremismus oder Nähe zu rechtsradikalem Gedankengut aufwies, aus unserer Partei unnachsichtig entfernt. Einschließlich des unseligen Parteigründers Hansen. Ich sage Ihnen aus tiefstem Herzen und klarer Überzeugung, Herr Bundespräsident: Paul Levite ist die personifizierte Garantie für eine freiheitlich-demokratische Gesinnung der DNMP, und, wenn Sie sich davon überzeugen lassen ... auch von Deutschland. Was gäbe es für eine bessere Bestätigung für den Sieg der Demokratie und der Vergangenheitsbewältigung als einen jüdischen Bundeskanzler, Herr Präsident?«

Vor wenigen Wochen hätte Levite Krieners Worte für dessen innere Überzeugung gehalten. Doch mittlerweile kannte er ihn und das politische Geschäft gut genug, um zu wissen, dass seine routinierte Heuchelei der Danzigers kaum nachstand. Der Amtsinhaber hingegen gab sich von der Aussage des Parteivizes beeindruckt. Danziger schwieg. Er sagte lange kein Wort, während er seinen Blick langsam von Kriener abwandte und Levite fixierte. Dessen Unsicherheit nahm mit andauernder Stille zu. Unvermittelt stemmte sich Danziger aus seinem Sessel und steuerte auf Levite zu. Er streckte ihm seine Rechte entgegen. Levite erhob sich und ergriff die kalte Hand. Während sie einander die Hände schüttelten, besah der Bundespräsident seinen Gast ernst und sprach mit leiser, doch eindringlicher Stimme: »Sie sollten mich verstehen, Herr Levite. Bislang hatte ich die Aussagen ihres Vorgängers Urban Hansen im Gedächtnis. Dessen offenen Rassismus empfand ich als untolerierbar.« Er sah Levite durchdringend an. »Wie konnten Sie als Jude einer solchen Partei beitreten?«

Der Bursche versteht es, mich immerfort in die Defensive zu drängen. Er zwingt mich zur Lüge! Denn wenn ich ausspreche, dass ich wie jeder Politiker, einschließlich ihm, aus Machtgier in dieses Geschäft gegangen bin, gebe ich ihm Anlass zum nächsten Nein.

»Ich glaube an das Gute im Menschen, Herr Bundespräsident. Ich war und bleibe überzeugt, dass ich dazu beitragen kann, diese Partei anständiger, demokratischer, kurz: humaner zu machen. Dies ist mir auch gelungen, dank solch hervorragender Mitarbeiter wie Herrn Kriener und vielen, vielen anderen.« Levite sah Danziger in die Augen, der seinen Blick erwiderte und sogar ein Schmunzeln erkennen ließ.

Der Bundespräsident nahm wieder in seinem Sessel Platz, wobei er Levite im Blick behielt. Ehe er weitersprach, kniff Danziger seine Lippen zusammen. »Nachdem, was ich hier heute von Ihnen und Herrn Kriener erfahren habe, kann ich meine moralischen Reserven gegen Ihre Person fallen lassen. Ja, in der Tat...« Er setzte ein Lächeln auf, das aber sogleich wieder aus seiner Miene wich, als er fortfuhr: »Doch wie ist es um Ihre Partei bestellt, Herr Levite? Die Berichte unseres Verfassungsschutzes sprechen eine alarmierende Sprache. Das Amt warnt nachdrücklich vor den Radikalen in Ihren Reihen. Vor allem in Ostdeutschland.« Der Präsident wandte sich an seinen Staatssekretär. »Herr Fendrich. Sie haben mich erst in der vergangenen Woche erneut auf politische Extremisten und Rechtsradikale in der Deutsch-Nationalen Mehrheits-Partei hingewiesen. Alleine der Parteiname ist geradezu ein Anschlag gegen unsere Demokratie.« Fendrich ergriff vom Beistelltisch eine offensichtlich vorbereitete Akte. Er sprach leise. »Es ist in der Tat so, wie es der Herr Bundespräsident soeben ausgeführt hat. Wir haben im vergangenen Jahr alleine in Ostdeutschland mehr als fünfhundert Fälle, um genau zu sein, 529, in denen es zu Anzeigen wegen Volksverhetzung – hauptsächlich gegen islamische Mitbürger – kam. Darüber hinaus verübten DNMP-Mitglieder oder ihnen nahestehende Personen Gewaltakte, vorwiegend schwere Körperverletzungen, gegen Bürger und Polizeikräfte. Hier wurden 147 Anzeigen erstattet.« Er legte eine kurze Pause ein. »Diese Zwischenfälle häuften sich naturgemäß während des zurückliegenden Wahlkampfs.«

»Wie viele Verurteilungen sind erfolgt?«, erkundigte sich der ehemalige Polizist Kriener. Fendrich besaß hierüber keine exakten Zahlen.

»Und wie viele Verurteilungen für Untaten sind ergangen, seit ich Vorsitzender der Partei bin?«, stieß Levite nach. Auch auf diese Frage konnte der Staatssekretär keine Auskunft erteilen. Er versprach dies in kurzer Frist nachzuholen. »Das ist nicht nötig. Es gibt keine bestätigten Straftaten von Mitgliedern meiner Partei, seit ich für sie die Verantwortung trage.« Levite genoss Krieners Verblüffung. Der es einfach nicht verstand, zu improvisieren.

Der Bundespräsident und sein Staatssekretär tauschten ratlose Blicke. Levite war dermaßen von seiner Wahrheit überzeugt, dass sie stimmen musste. Unterdessen stützte Danziger sein Haupt auf die Faust und demonstrierte auf diese Weise angestrengtes Nachdenken. Schließlich reckte er erneut sein Kinn empor und sprach in ruhigem Ton zu seinen Gästen: »Ihre Feststellung erscheint mir durchaus glaubwürdig, meine Herren. Wenn dem so ist, wenn unsere Nachprüfung ergeben sollte, dass Ihre ... Partei, seit dem Sie den Vorsitz übernommen haben, von ihren hetzerischen Tendenzen und Gewalttaten vollständig abgelassen hat, dann lässt sich nicht leugnen, dass Sie einen mäßigenden Einfluss in Ihre Kreise haben...« *Komm endlich zur Sache!* »In diesem Fall könnte ich mich nach Prüfung der Sachlage dazu verstehen, Sie dem Bundestag als Kandidaten für das Amt des Bundeskanzlers vorzuschlagen. Aber nur dann!« Danziger hob erneut seine Tonlage. »Voraussetzung ist, dass Ihre Partei, wie gesagt, eindeutig der Gewalt abgeschworen hat.«

»Wie lange würde eine derartige Prüfung in Anspruch nehmen?«, begehrte Robert Kriener zu wissen. Danziger wandte sich an seinen Staatssekretär, der aber mochte sich nicht auf eine Zeitdauer festlegen. Als

Kriener insistierte, meinte der Beamte, die Prüfung dürfte in etwa einer Woche beendet sein.

»So lange haben wir nicht Zeit!«, erklärte Levite mit Bestimmtheit. Er akzeptiere die Bedingung des Bundespräsidenten, den inneren Frieden, auch seiner Partei, als Vorbedingung und Maßstab für seine Nominierung durch das Staatsoberhaupt zu erheben. Doch jede Internetrecherche ergebe binnen weniger Minuten, dass es seit seiner Ernennung zum Vorsitzenden keine Verurteilung der Partei oder ihrer Mitglieder wegen Volksverhetzung oder Gewalttaten gegeben habe. Wenn man dies dennoch wochenlang versuchte, könne er für nichts garantieren. »Die Menschen haben ihre Geduld verloren, Herr Bundespräsident.«

»Wollen Sie mir erneut mit dem Druck der Straße drohen, Herr Levite?!«

»Nein! Ich schildere die Lage, so wie sie ist. Und so wie die Organe des Bundes sie gewiss ebenfalls einschätzen.«

»Ist es so, Herr Fendrich?«, wollte Danziger wissen. Der Staatssekretär mochte Levites Beurteilung prinzipiell nicht widersprechen. Es fehlten ihm dennoch definitive Beweise.

Nach kurzem Brüten fragte Danziger seine Gäste. »Was schlagen Sie also vor, meine Herren?«

»Dass Sie mir in Übereinstimmung mit dem Wahlergebnis und der Stimmung der Bevölkerung sowie der Wendung unserer Partei zur Demokratie den notwendigen Vertrauensvorschuss gewähren und mich noch heute dem Bundestag zur Wahl als Bundeskanzler vorschlagen. Ich werde mich Ihres Vertrauens als würdig erweisen, Herr Bundespräsident. Ich, meine Partei und die dann von mir vertretene Bundesregierung.«

Danziger senkte seinen Kopf. Er schwieg. Schließlich erhob er sich hölzern, ging auf Levite zu, streckte ihm erneut die Hand entgegen.

»Ich will dieses Wagnis eingehen, Herr Levite. Nicht wegen taktischer Erwägungen und schon gar nicht aufgrund der Drohungen weiterer Proteste, sondern aufgrund der Geschichte unseres Landes. Ich glaube, es wäre ein Akt der historischen Gerechtigkeit, wenn ich Sie als Mann… jüdischen Bekenntnisses den deutschen Volksvertretern zur Wahl zum Kanzler vorschlagen würde.«

Beide Männer schüttelten sich ausgiebig die Hände.

NACH DEM GESPRÄCH beim Bundespräsidenten trennten sich die Wege der Besucher. Kriener ließ sich von der Fahrbereitschaft in den Reichstag bringen, damit er noch an der Abstimmung über den Parlamentspräsidenten teilnehmen konnte. Paul Levite begleitete ihn nicht, obgleich jede Stimme gebraucht wurde, um Mark Stadler zu wählen. Der Parteichef gab vor, dass seine Anwesenheit im Parlament zwangsläufig Spannungen zwischen der bisherigen Regierungskoalition und dem weiß-roten Bündnis, das zu ihrer Ablösung bereit stand, erhöhen würde. Die Eskalation würde den Druck auf jene Abgeordneten erhöhen, die bereit waren, die »national-sozialistische Achse«, wie ihre Feinde sie brandmarkten, zu unterstützen. Levite fürchtete, dass er wahlweise als »Jude«, »neuer Hitler« oder als »jüdischer Nazi« beschimpft werden würde.

Tatsächlich kniff Levite im Moment der Entscheidung. Er war am Ende seiner Kraft. In seinem Büro im Ernst-Jünger-Haus schaltete er den Parlamentskanal ein. Die Abstimmung war noch im Gange. Ein jüngerer Moderator sprach einen naseweisen Kommentar zur Einordnung der Abstimmung im Bundestag. »Von dem Ergebnis dieser historischen Wahl hängt die Zukunft Deutschlands ab, liebe Zuschauer. Denn wenn es der Deutsch-Nationalen Mehrheits-Partei gelingen sollte, ihren Kandidaten Stadler zum Bundestagspräsidenten durchzuboxen, obgleich sie nicht die größte Fraktion ist, dann hat die DNMP einen Präzedenzfall geschaffen, um fortan systematisch das Recht zu verbiegen und unsere Demokratie zu lähmen…«

»Arschloch!«, rief Levite und schaltete ab.

Was konnte er tun, um die Zeit totzuschlagen? Als Schüler hatte er zu Beginn des Unterrichts dreihundert Striche auf ein Blatt gezogen – einen pro Minute. Gelangweilt radierte er sie anschließend aus. Paul Levite besann sich der Bibel seines Vaters, die ihn seit dessen Tod überall hin begleitete, ohne dass er hinein sah. Er nahm das schwarzgebundene Buch aus dem Regal, wo es neben einer Ausgabe von Goethes »Faust« stand und blätterte in dem Band. Es war eine zweisprachige Ausgabe des Alten Testaments. Die quadratförmige hebräische Schrift faszinierte ihn. Doch Paul Levite verstand es nicht, sie zu lesen. Er konnte sich lediglich an die ersten drei Buchstaben des Iwrith-Alphabets erinnern: Alef, Beth, Gimmel. Levite wendete das Buch vom rechten zum linken Buchdeckel. Während seiner letzten Monate hatte sein Vater ständig die Bibel gelesen. Auf Pauls Frage, ob er wieder zu seinem Glauben gefunden habe und an den Inhalt der Thora glaube, meinte Herschl mit sanftem Lächeln: »Ich habe keine Ahnung. Aber das Lesen hilft mir.«

Er empfahl damals seinem Sohn, in schweren Momenten nicht das Buch Hiob, sondern jenes des Josua zu lesen. Paul nahm es sich vor, doch stets war ihm etwas dazwischen gekommen. Nun war offenbar der rechte Augenblick da. Levite las die Worte des Herrn zu Josua nach: »Niemand wird dir Widerstand leisten können, so lange du lebst. Wie ich mit Mose war, will ich auch dich begleiten. Ich lasse dich nicht fallen und verlasse dich nicht. Sei nur mutig und stark.«

UM 12 UHR 56 POPPTE eine WhatsApp-Message Robert Krieners auf: »St. Präs.« Paul Levite las im Internet das Ergebnis von 318 zu 317 bei vier Enthaltungen nach. Mark Stadler hatte es also auch ohne seine Stimme geschafft. Levite klappte die Bibel zu. Er berührte das Buch nach Art seines Vaters mit den Lippen. Levite schmunzelte über die althergebrachte jüdische Sitte. Er wollte den Parlamentskanal anschalten, um sich an der verdutzten Miene des Moderators zu erfreuen, unterließ es jedoch. Stattdessen sandte er Mark Stadler eine »Gratuliere herzlich!«-SMS. Er wollte die Order hinzufügen, nun so schnell wie möglich die Kanzlerwahl anzusetzen – unterließ es jedoch. Bei dem Tohuwabohu im Parlament und speziell in der DNMP-Fraktion würde Mark nicht dazu kommen, das Handy einzuschalten.

NEUNZIG MINUTEN SPÄTER meldete sich Stadler telefonisch aus seinem neuen Präsidentenbüro im Bundestag. Er sei soeben vom Bundespräsidialamt über die Absicht Heinz Danzigers unterrichtet worden, dem Parlament die Wahl Paul Levites zum Kanzler vorzuschlagen. Ein entsprechendes Schreiben werde noch per Boten zugestellt. »Dann beraume bitte für morgen früh die Kanzlerwahl an«, ordnete der Parteichef an. Aus dem Hörer vernahm er Stadlers ziegenhaftes Kichern. Machte sich der Professor über seine jüdische Hektik lustig, mit der er ihn in der Vergangenheit wiederholt aufgezogen hatte? »Paul! Meinst du, ich hätte dich angerufen, ohne den Vollzug der Nachricht melden zu können?« Levite war beschämt. Mark war sein treuer Freund, besaß einen klaren Verstand und Handlungsfähigkeit, doch im politischen Geschäft war Stadler unerfahren. Vertrauen war gut, Kontrolle allemal besser. Am wichtigsten aber war Effizienz. Der knappe Vorsprung Stadlers bei seiner Wahl zum Bundestagspräsidenten bewies, wie volatil die Mehrheitsverhältnisse im Parlament waren. Der Krankenstand konnte über das Schicksal der Regierung, also Deutschlands, und nicht zuletzt Levites entscheiden. Daher mussten alle Maßnahmen getroffen werden, um das gewünschte Resultat zu sichern.

Bei der Besprechung mit Kriener und Kraus ordnete Levite eine Abendsitzung im Ernst-Jünger-Haus an. Kriener widersprach: »Wir können hier zwar unsere 208 Parlamentarier im großen Sitzungssaal gerade so unterbringen. Doch das wäre eine Trockenübung. Wir sollten unter Kampfbedingungen trainieren. Also im Reichstag. Darüber hinaus solltest du dich unbedingt mit Andreas Schmidt-Ott unterhalten. Der Andreas ist stolz wie ein Pfau, dass er es vom Stadtrat in Böblingen zum Fraktionsvorsitzenden im Reichstag geschafft hat. Ihm fehlt nur noch deine leibhaftige Gratulation als persönlicher Ritterschlag. Dann schlägt er Rad.« »Warum hast du mir diesen Schmidt nicht vorgestellt, damit ich mich selbst überzeugen konnte, ob er der richtige Mann für diesen jetzt entscheidenden Job ist?«, fuhr Levite auf. »Weil du dermaßen mit den Koalitionsverhandlungen, der Demo und der Überzeugungsarbeit mit Danziger eingespannt warst, dass wir dich nicht überbelasten wollten…« Mit dieser Ausrede konnte Kriener jede Kompetenz an sich reißen. Er musste sich vor ihm in Acht nehmen! Doch im Augenblick war es tatsächlich vordringlich, sich mit Schmidt-Ott, den er nicht kannte, abzustimmen, ihn für sich zu gewinnen, um ihn dazu zu bringen, seine gesamte Energie auf seine Wahl zum Kanzler zu fokussieren.

Oder verfolgte Kriener einen anderen Plan? Würde er Levite in Abstimmung mit Schmidt-Ott scheitern lassen, um im geeigneten Moment sich selbst als letzte Rettungsoption zu präsentieren? Paul Levite beschloss, sich nicht von Misstrauen zerfressen zu lassen. Er musste vertrauensvoll mit Kriener, Schmidt-Ott und seinen Leuten, sogar mit Maik Nützel, zusammenarbeiten – nur so konnte er unumstrittener Führer bleiben. Seine Gehilfen mussten bereit sein, sich für ihn vierteilen zu lassen. Und die

Kommunisten mussten ebenfalls felsenfest hinter ihm stehen. Bei ihnen hatte er kaum Bedenken. Als Kadertruppe hatten sie lernen müssen, ihrer Leitung blind zu gehorchen, um politisch zu überleben. Und Nadja Hauser war nicht die Frau, die sich auf der Nase herum tanzen ließ.

Schwieriger war es mit den Bunten. Ein anarchischer, undisziplinierter Haufen. Doch Ludwig Hufnagl war ein zuverlässiger Geselle. Er hatte Levite seine Loyalität zugesagt und bei der Wahl Mark Stadlers mitsamt seines Fähnleins offenbar auch sein Wort gehalten. Jetzt kam es darauf an, Schmidt-Ott und Ludwig Hufnagl weiterhin bei der Stange zu halten. Paul Levite beschloss, sich unverzüglich in den Reichstag fahren zu lassen, um sich mit dem Fraktionsvorsitzenden seiner Partei und dem Häuptling der bunten Gefolgsleute abzusprechen. Er dankte Kriener für seinen klugen Rat und bat ihn, ihm Termine mit Schmidt-Ott, Ludwig Hufnagl und Nadja Hauser im Parlament zu vereinbaren.

ERSTMALS IN SEINEM Leben betrat Paul Levite den Reichstag. Die Wucht des wilhelminischen Baus bedrückte ihn. Von außen sah der quadratische Klotz mit den fetten Ecktürmen nicht übermächtig aus, die von Norman Foster entworfene Glaskuppel verlieh dem historischen Preußenbau gar einen Hauch von Transparenz. Doch als Levite in Begleitung von Friedrich Kraus und seines Personenschützers Treu den Nordeingang passiert hatte, schüchterte ihn die Architektur ein. Da er noch keinen Hausausweis als Abgeordneter besaß, musste er seine Taschen leeren und sein Jackett bei der Sicherheitskontrolle ablegen. *Das wird sich ab morgen ändern – sobald ich Bundeskanzler bin. Dann werden sich die strengen Torwächter in beflissene Lakaien verwandeln.*

Während Paul Levite mit seinen Begleitern durch die wie von Geisterhand sich öffnenden Glastüren unter hohen Decken schritt, sprang ihn die Geschichte des Gebäudes an. Im August 1914 hatte die SPD, obwohl bis dahin vom Kaiser als vaterlandslose Gesellen denunziert, widerspruchslos den Kriegsanleihen zugestimmt und damit die Finanzierung des Waffengangs legitimiert. Millionen Sozialdemokraten kämpften in der Armee des Kaisers, Hunderttausende ließen dabei ihr Leben. Der erste gefallene Reichstagsabgeordnete war der jüdische SPD-Parlamentarier Ludwig Frank. Wilhelm II. hatte ihn zuvor als Sozialdemokraten und obendrein als Juden lächerlich gemacht. 1919, ein Jahr nach der bedingungslosen Kapitulation der Armee, beschuldigte Feldmarschall Hindenburg vor dem Untersuchungsausschuss des Reichstags über die »Ursachen des verlorenen Krieges« die Revolutionäre des November 1918, mithin Sozialdemokraten und Unabhängige Sozialdemokraten, die nunmehr die Reichsregierung führten, wie einst Hagen von Tronje dem germanischen Recken Siegfried mit dem Dolch in den Rücken gefallen zu sein und damit den Sieg Deutschlands sabotiert zu haben. Die »Dolchstoßlegende« war geboren, das wirksamste Propaganda-Gift zur Tötung der Demokratie von Weimar.

LEVITE WAR VON seinen Helfern in Schmidt-Otts Büro im vierten Stock geleitet worden. Der Raum befand sich in der neu eingerichteten Zimmerflucht der DNMP. Dies hatte er vermeiden wollen. Levite mochte nicht als Bittsteller beim Fraktionsvorsitzenden anklopfen. Seine Absicht war vielmehr, Schmidt-Ott in sein Büro zu zitieren und mit ihm Tacheles zu reden. Doch jetzt Kraus und Treu umzudirigieren, sich mit ihnen im leeren Büro zurecht zu finden, bedeutete nur Zeitverschwendung. Daher bat er seine beiden Begleiter, sein Abgeordnetenbüro funktionsfähig zu machen und begab sich zum Fraktionschef.

Die beiden Mitarbeiterinnen erklärten Levite, Herr Schmidt-Ott sei heute verplant, er solle einen Termin per Internet erbitten. Levites Blutdruck schoss in die Höhe. »Erbeten wird hier nichts, meine Damen. Wir leben in keinem Obrigkeitsstaat.« Seine Mission duldete keinen Aufschub. Levite nannte seinen Namen. Als ihm darauf eine der Assistentinnen erklärte, sie dürfe den gerade tagenden Fraktionsvorstand unter keinen Umständen stören, wurde es Levite zu bunt. Er schritt an den protestierenden Damen vorbei zum Tagungszimmer und trat ohne anzuklopfen ein.

Ehe Schmidt-Ott protestieren konnte, erkannte er seinen Parteichef. Der sagte knapp »Guten Tag!« und begab sich an das Kopfende des Tisches. »Meine Dame, meine Herren! Sie haben mich hier und jetzt nicht erwartet. Umso besser. Zunächst möchte ich Ihnen zu Ihren neuen Ämtern gratulieren. Dies gilt besonders für Sie, Herr Schmidt-Ott.« Levite schüttelte die schlaffe Hand des schlanken, bebrillten Mannes kräftig. Dann wandte er sich an die weiteren Anwesenden. »Meine Anerkennung, meine Dame, meine Herren. Die Fraktionsführung wird der Motor unserer Regierungsarbeit sein. Viel Glück dabei.« Die Anwesenden klatschten in die Hände. Schmidt-Ott wollte eben zu eigenen Worten ansetzen, doch Levite gab ihm mit einem Kopfschütteln zu verstehen, er möge schweigen.

»Lassen Sie uns nicht in Selbstzufriedenheit verfallen. Das ist überall dumm. In der Politik ist es verhängnisvoll. Wir haben noch nichts erreicht…« Levite sah, wie das Lächeln aus den Mienen der Anwesenden verschwand. »Ich will Ihnen Ihre gute Laune nicht rauben und auch nichts von meiner Anerkennung für Ihre bisherige Arbeit zurücknehmen. Doch ich bin gezwungen, Sie zu noch größeren Anstrengungen anzutreiben. Denn genau besehen ist das Amt des Parlamentspräsidenten Mark Stadler politisch lediglich eine Ehrenposition. Der wahre Kampf um die Macht geht morgen los – und der wird unbarmherzig. Darauf muss ich Sie einschwören…«

Schmidt-Ott erhob sich, ohne dass Levite ihn dazu aufgefordert hatte, und ergriff das Wort.

»Lieber Parteigenosse Levite. Wir sind uns durchaus unserer Verantwortung bewusst. Die jetzige Sitzung dient dazu, unsere Parteifreunde auf die morgige Sitzung vorzubereiten und das Wahlergebnis von heute Vormittag zu wiederholen.« Er sah Levite an, zögerte einen Moment. Der Parteichef meinte, den Anflug eines Lächelns zu sehen. »Wenn Sie morgen anwesend sein werden, dann haben wir sogar einen Vorsprung von zwei Stimmen…«

»Wir haben gar nichts!«, fuhr Levite auf. »Heute früh ging es um eine einfache Majorität. Morgen müssen wir eine Kanzlermehrheit erzielen. Also die absolute Mehrheit der anwesenden Abgeordneten. Selbstverständlich werde ich da sein. Heute war ich zu anderen Terminen gezwungen.« Er wandte sich an Schmidt-Ott. »Ich weiß nicht, ob Sie eine Vorstellung davon haben, Herr Schmidt, was es bedeutet, als zweitstärkste Fraktion eine Koalitionsmehrheit zusammen zu zimmern, mit Kommunisten und versprengten Bunten? Um diese gewaltige Aufgabe zu vollbringen, erwarte ich die bedingungslose Gefolgschaft meiner Partei und keine ironischen Bemerkungen über meine An- oder Abwesenheit. Habe ich mich klar ausgedrückt, Herr Schmidt?«

Das Gesicht des Fraktionsvorsitzenden flammte hellrot auf, ehe er mit heiserer Stimme ein »Ja!« hervorpresste. »In Ordnung«, fuhr Levite fort. »Unser Blick muss nach vorne gehen. Und unsere Partei muss sich an einem Willen ausrichten. Ich gebe vor, wohin wir marschieren und in welchem Tempo. Für die Zuverlässigkeit der Bundestagsfraktion sind Sie alle verantwortlich. Morgen darf uns keine Stimme fehlen.«

»Selbstverständlich!«, erwiderte Schmidt-Ott, dessen Teint allmählich wieder seine gewohnte Farbe annahm.

»Ist niemand krank?«, erkundigte sich Levite.

»Wir haben zwei Bettlägerige...«

»Die müssen morgen ebenfalls an der Abstimmung teilnehmen.«

»Das ist unmöglich. Frau Dungol ist gestern Mutter geworden...«

»Gratuliere. Dann ist sie heute Abend transportfähig. Veranlassen Sie das, Schmidt.«

»... Ott.«

»Frau Dungol ist mir wichtiger als Ihr Doppelname ...«

Während der Fraktionschef in seinen Unterlagen blätterte, rief die einzige Frau am Tisch: »Tina Dungol kommt aus Schwerin.«

»Prima. Von da ist es nur ein Katzensprung nach Berlin.«

Levite wandte sich ihr zu und fragte sie nach ihrem Namen. Sie heiße Elke Bauer, entgegnete die Enddreißigerin lächelnd. Was Levite mit der Bemerkung quittierte: »Diesen Namen wird man sich merken müssen. Wir haben ohnehin zu wenige Frauen in Führungspositionen. Herr Ott, ich wünsche, dass Frau Bauer erste stellvertretende Vorsitzende unserer Reichstagsfraktion wird.«

»Ich werde das vorschlagen, Herr Levite. Gleich auf unserer nächsten Sitzung...«

»Nein. Ab jetzt ist Frau Bauer Ihre erste Stellvertreterin. Irgendwelche Einwände oder Gegenstimmen?« Levite blickte auf. »Keine. Glückwunsch, Frau Bauer! Ich bin sicher, Sie wissen um die Wichtigkeit Ihrer Funktion und werden mit aller Energie die in Sie gesetzten Erwartungen bestätigen.«

»Ganz gewiss!« Die kräftige Person wirkte im Gegensatz zu ihrem leptosomen Vorsitzenden nicht verlegen.

Nachdem Levite erfahren hatte, dass der zweite unpässliche Abgeordnete sich eine Woche nach einem Herzinfarkt noch in der Klinik befand, ordnete Levite auch dessen sofortige Reise, in Begleitung eines Kardiologen, zur morgigen Abstimmung nach Berlin an. Dann kam er zu seinem entscheidenden Anliegen. Er gebot den fünf Männern und Frau Bauer, dass sie bis Mitternacht mit jedem Abgeordneten telefonieren und von ihr oder ihm die verbindliche Zusage für eine Teilnahme erhalten und dies schriftlich festhalten sollten. Levite ahnte, dass von den meisten Fraktionsmitgliedern lediglich Emailadressen oder Festnetznummern vorlagen. Diese besaßen nach 18 Uhr nur beschränkten Wert. Daher wies Levite Schmidt-Ott an, sich umgehend bei Kriener nach den Mobilfunknummern aller Parlamentsgenossen zu erkundigen und, sobald er diese per Boten erhielte – »eine solche Liste versendet man nicht via Internet« – sich mit seinen Vorstandskollegen auf den »Nachttelefonmarathon« zu begeben.

Anschließend bat Levite den Fraktionsvorsitzenden, sich jederzeit an ihn zu wenden, vor allem dann, wenn er den geringsten Zweifel an dem Abstimmungsverhalten eines Parlamentariers hegen sollte.

Für 22 Uhr beraumte Levite die Folgesitzung im Büro Schmidt-Otts an, um das Vorgehen für die Abstimmung des kommenden Tages festzulegen. Abschließend schüttelte der Parteichef jedem die Hand. Im Gegensatz zu Schmidt-Ott besaß Elke Bauer einen festen Händedruck und sah Levite dabei aus ihren klaren Puppenaugen geradewegs an. Sobald seine Kanzlerschaft konsolidiert war, würde er sie an die Fraktionsspitze bringen – oder taugte sie zu wichtigeren Aufgaben?

NACH EINER KURZEN Abstimmung des Zeitplans mit Kraus ließ sich Levite von Christian Treu zu Nadja Hausers Büro leiten. Die DDR-Vorsitzende begrüßte Levite vor ihren Räumen. Sie reckte ihre Wange vor, um sich von ihrem künftigen politischen Partner küssen zu lassen. Auf ihren straffen Hals hatte sie sparsam ein limonenherbes Parfum aufgetragen. Behutsam drückte der Gast seine Lippen auf ihre Backen. Nadja Hauser nahm seine Rechte und führte ihn in ihren Arbeitsraum. Das Büro war so penibel aufgeräumt, wie Levite es geahnt hatte. Selbst die obligatorischen Jukka-Palmen fehlten nicht. Auf der Schreibtischplatte befanden sich lediglich Bildschirm und Tastatur. Die Papierakten lagen exakt geordnet auf einem Beistelltisch. Hinter dem Schreibtisch hing ein naturalistisches Ölgemälde, Rosa Luxemburg in weißer Bluse und langem dunkelblauen Rock.

Was imponierte der beherrschten, blonden, hochgewachsenen, athletischen deutschen Kommunistin an der zierlichen, dunkelhaarigen, hinkenden polnischen Jüdin dermaßen, dass sie deren Bild über ihrem Schreibtisch platzieren ließ? Luxemburgs scharfer Verstand, ihre demagogische Wucht, ihr Mut? Kurz, Luxemburgs Chuzpe, also das jüdische Gewürz in der faden deutschen Suppe? Eine Antisemitin, wie Levite zunächst angenommen hatte, war Nadja Hauser jedenfalls nicht.

Paul Levite hielt sich nicht mit Höflichkeitsfloskeln auf. Er forderte Nadja Hauser auf, ihm zu garantieren, dass ihre Fraktion morgen geschlossen für ihn stimmen werde. Die Parteivorsitzende nickte. »Sicher. Alle anwesenden Mandatsträger...« »Heißt das, es werden welche fehlen?« Während Levite sprach, stieg ihm das Blut in den Kopf. Er fühlte seine Schläfen pochen. Hauser bemerkte seine aufwallende Panik. Sie legte ihre Rechte auf seine Hand. »Keine Angst, Paul. Alle unsere gesunden Abgeordneten werden da sein. Und alle werden für dich stimmen. So wie heute Morgen für Stadler...« »Wie viele von euch sind krank?« »Eine. Eva Nigl aus Passau.« »Sie muss dennoch kommen. Auch wir sammeln alle Simulanten ein...« Nigl habe vor einigen Tagen einen Hirnschlag erlitten und befinde sich auf der Intensivstation, berichtete Hauser. Dann müsse sie augenblicklich ihr Mandat niederlegen! »Bist du noch bei Trost, Paul? Wir wissen nicht einmal, ob Nigl ihr Bewusstsein wiedererlangt hat. Vielleicht bleibt sie ein Pflegefall. So ist sie zumindest die nächsten vier Jahre durch ihre Abgeordnetendiäten versorgt...«

»Ein Parlamentsmandat ist keine Pflegeversicherung!« Doch Nadja Hauser ließ darüber nicht mit sich reden. Paul Levite begriff, dass »soziale Solidarität« für die Vorsitzende der DDR mehr war als eine bloße Propagandahülse – Nadja Hauser glaubte daran. Er sah ein, dass es keinen Sinn machte, eine Halbtote vom Schachbrett zu nehmen. Levite tröstete sich mit dem Gedanken, dass eine Absenz bei 98 DDR-Abgeordneten eine Zustimmungsquote von knapp 99 Prozent bedeutete. Wenn es gelang, in seiner Partei alle Parlamentarier zusammen zu trommeln, und falls er es fertig brachte, eine optimale Anzahl bunter Unterstützer einzusammeln, dann war ihm die Kanzlermehrheit bereits im ersten Wahlgang sicher.

Levite tauschte flüchtige Wangenküsse mit Hauser und eilte zum Büro seines bunten Verbündeten. Ludwig Hufnagl kam seinem Gast in Sandalen, Jeans und rot-grün kariertem Baumwollhemd entgegen. Die Männer drückten einander kräftig die Hände, blickten sich in die Augen und empfanden Sympathie für einander. *Der Goj hat unverdorbene blaue Augen wie ein Kind. Der legt keine Menschen rein. Auf den Bayern kann ich mich verlassen – und er sich auf mich.*

»Herr Hufnagl, wir kennen uns noch nicht lange und dennoch habe ich uneingeschränktes Vertrauen zu Ihnen.« Levite beobachtete seinen Gastgeber. »Daher bin ich felsenfest überzeugt, dass es Ihnen nicht schwer fallen wird, zusätzlich zu Ihren engsten politischen Gefolgsleuten noch zwei Dutzend Abgeordnete für die morgige Abstimmung zu überzeugen.... Dann haben wir schlagartig die Kanzlermehrheit und können durchregieren. Sie als Minister für Umwelt und Energie...«

Hufnagls Gesicht erstarrte in Ablehnung. Levite verstummte. Nach kurzem Zögern antwortete der Bunte: »Ich denke nicht, dass wir das versuchen sollten. Es stimmt, mich mögen viele in der Fraktion. Doch sie haben mir recht verargt, dass ich und meine Freunde Sie unterstützen. Die halten die DNMP für eine faschistische Partei. Das war sie auch, ehe Sie die Führung übernommen und den Sauladen gründlich ausgemistet haben. Deshalb unterstützen wir Sie ja. Doch ein Großteil unserer Leute ist stur. Die begreifen nicht, dass wir jetzt die Gelegenheit haben, an der Erneuerung unseres Landes mitzuwirken. Wenn wir das versäumen, machen wir uns überflüssig, denn in der Opposition stehen wir im Schatten der Konservativen. Wenn ich jetzt am Abend zu einigen von denen gehe und probiere, sie zu überreden, glauben die, das ist ein Zeichen der Schwäche. Nein, das machen wir nicht. Stattdessen lade ich meine engsten politischen Freunde in unser Stammlokal ›Sauberland‹ ein und nehm sie nochmals ins Gebet, damit sie genauso bei der Stange bleiben wie heut' Vormittag bei der Wahl vom Stadler.«

»Aber dann verfehlen wir die Kanzlermehrheit«, erwiderte Levite. Der Glanz in seinen Augen war erloschen. »Ja und? Die erste Runde stecken wir halt weg. Aber in der nächsten Abstimmung genügt die einfache Mehrheit. Und so wie ich Sie kenne, Herr Levite, haben Sie garantiert Ihre Fraktion und auch die Marxisten so auf Vordermann gebracht, dass alles wie am Schnürchen läuft.« Hufnagl ging auf Levite zu und legte ihm die Hand auf die rechte Schulter. »Machen's Ihnen keine übertriebenen Sorgen. Ruhen Sie sich aus. Und morgen Mittag sind Sie Bundeskanzler und lachen über die Ungewißheit, die Sie jetzt quält. Auf unsere zehn Stimmen können Sie sich verlassen.«

Levite wollte Hufnagl glauben. Er verdrängte seine Zweifel und eilte zum Fraktionsbüro seiner Partei. Erst etwa ein Drittel der Abgeordneten war telefonisch erreicht worden. Die Zustimmung der Unpässlichen, zur Abstimmung nach Berlin transportiert zu werden, war noch nicht erfolgt, die dafür notwendige Logistik konnte daher noch nicht gebucht werden. Der Parteichef tobte und versuchte seine Entscheidungskraft zu demonstrieren, indem er drohte, Schmidt-Ott wegen Unfähigkeit von der Leitung entbinden zu lassen. Um ein technisches Funktionieren der Fraktion sicher zu stellen, übertrug er die Geschäftsführung Elke Bauer und bat sie zu einem Vieraugengespräch.

In dem karg möblierten Büroraum dankte Bauer Levite für dessen Vertrauen und bat, ihm offen ihre Meinung sagen zu dürfen. Sie sah Levite in die Augen. »Bitte seien Sie nicht zu streng mit Andreas Schmidt-Ott. Er verehrt Sie aufrichtig.« »Die Fraktion ist nicht mein Fanclub, sondern ein unverzichtbares Instrument der Partei. In dieser kritischen Phase sind Energie, Durchsetzungskraft und Organisationstalent nötig, nicht Verehrung.« »Das ist richtig. Das hätte die Parteiführung sich vorher überlegen müssen. Ihn jetzt in die Wüste zu schicken, würde uns nichts nützen, im Gegenteil…« Levite war über die höfliche, doch deutliche Kritik Bauers erstaunt. Dies wagte sonst nur Robert Kriener. »Warum?«, wollte er wissen. »Weil ein verletzter Mensch unberechenbar ist.« »Sie fürchten, Schmidt-Ott könnte unserer Partei in den Rücken fallen und sich unseren Feinden anschließen?« »Ich glaube es nicht. Aber weshalb sollten wir das Risiko eingehen?« Bauer legte ein breites Lächeln auf, doch ihre Augen blickten dabei ernst. Sie ist Mutter, ahnte Levite, ehe die Abgeordnete fortfuhr: »Wenn ich Ihnen noch einen Rat geben dürfte, pardon, das ist nicht meine Art. Doch ich weiß, dass wir vor einer wichtigen Entscheidung stehen – und ich sehe, dass Sie offen für Ratschläge sind….« »Ich höre.« Bauer ließ sich von Levites Ungeduld nicht beirren. »Bitte sprechen Sie mit Schmidt-Ott ebenso wie mit mir kurz unter vier Augen.

Drücken Sie ihm Ihr Vertrauen aus…« »Ich habe es nie gehabt.« »Sie machen kein Hehl daraus. Aber wenn Sie ihn jetzt feuern, könnte das auf andere Abgeordnete ungünstig wirken. Schmidt-Ott ist beliebt. Er wurde auf Anhieb von fast allen gewählt.« »Sie raten mir also, es vier Jahre lang mit ihm auszuhalten?« »Fokussieren wir uns ausschließlich auf Ihre morgige Wahl zum Bundeskanzler. Wenn Sie mal im Amt sind, haben nur Sie das Sagen.« »Sie sind eine kluge Frau, Elke. Ich werde Ihren Rat befolgen. Sie haben eine große Zukunft.«

Bei der anschließenden kurzen Unterredung mit Schmidt-Ott fand Levite seine Einschätzung bestätigt. Der Fraktionsvorsitzende mochte beliebt sein, doch ihm gebrach es an der Fähigkeit, Widerstände aus dem Weg zu räumen. Kriener hatte den blassen Apparatschik empfohlen, um die Parteimaschine widerspruchslos kontrollieren zu können. Ergebnis war, dass im entscheidenden Moment ein Beamter statt eines Machers am Ruder saß. Er hätte sich selbst rechtzeitig um die Besetzung dieser Schlüsselposition kümmern müssen.

Also musste er mit Schmidt-Ott leben. Um dessen Vertrauen wieder zu gewinnen, bat ihn der Parteiführer um seine Einschätzung. Der Fraktionschef war dermaßen aufgewühlt, dass er nur zusammenhangloses Zeug von sich gab. Levite resignierte. Er beschränkte sich darauf, Schmidt-Ott zu beschwören, diese »vitale Mission für unsere Bewegung und für Deutschland mit Ihrer unverbrüchlichen Treue und zuverlässig wahrzunehmen. Ich verlasse mich auf Sie!« Der Fraktionsvorsitzende gelobte es.

HEDWIG KLEINERT ERSCHIEN nicht zur Abstimmung im Bundestag. Die bisherigen Regierungsparteien verzichteten auf einen eigenen Kandidaten für die Wahl des Bundeskanzlers. Dies ermutigte Paul Levite. Hätte sich Kleinert noch minimale Chancen ausgerechnet, wäre sie zur Abstimmung angetreten. Da sich niemand anderer bewarb, stellte sich Paul Levite als alleiniger Kandidat dem Votum der Abgeordneten.

Eine Stunde vor Beginn der Abstimmung beriet sich der Bundestagspräsident in seinem Büro mit Levite, Schmidt-Ott sowie Elke Bauer. Die Anwesenden wussten um die Besonderheit des Artikels 63, Absatz 2. Zur Wahl im ersten Durchgang war die »Kanzlermehrheit«, also die absolute Majorität aller Bundestagsabgeordneten notwendig. »Es ist also einerlei, wie viele Parlamentarier bei der Sitzung anwesend sind, wir benötigen 326 von 650 Stimmen«, sagte Mark Stadler und dozierte, der historische Grund liege in der Verhaftung der kommunistischen Reichstagsabgeordneten infolge des Reichstagsbrandes vom 27. auf 28. Februar 1933 und ihr Fehlen bei der Verabschiedung des Ermächtigungsgesetzes am 24. März 1933. »Um diese Manipulation zukünftig zu verhindern, verlangt das Grundgesetz eine Mehrheit aller Abgeordneten…« Levite forderte Stadler auf, zum Punkt zu kommen. Es handele sich dabei um »zwei Punkte«, erläuterte dieser. Die Absätze 3 und 4. »Sie sehen eine Wiederholung des Wahlgangs binnen 14 Tagen vor.« Erhalte auch dabei kein Kandidat die Mehrheit aller Parlamentarier, finde eine dritte Abstimmung statt. Dabei sei der Bewerber mit den meisten Stimmen zum Bundeskanzler gewählt. Der Bundespräsident habe ihn innerhalb einer Woche zum Kanzler zu ernennen. »Wenn es uns nicht gelingt, im ersten Wahlgang 326 Stimmen für dich einzusammeln, dann müssen wir uns auf eine lange Hängepartie gefasst machen«, lautete Stadlers Fazit.

»Das kommt nicht in Frage!«, bestimmte Levite. Da es der Fraktionsführung voraussichtlich nicht gelingen werde, alle Abgeordneten einzusammeln, werde man die Kanzlermehrheit im ersten Wahlgang wohl verfehlen. »Aber einen zweiwöchigen Stillstand dürfen wir nicht erlauben. Dann herrschen Mord und Totschlag.« Stadler sah Levite ratlos an. »An dem Gesetz kommen wir nicht vorbei. Es schreibt eindeutig die erwähnten Fristen vor.«

»Wir sind hier nicht bei Franz Kafka oder im juristischen Kolloquium, Mark. Ich habe das Grundgesetz ebenfalls studiert.« Levite holte zum allgemeinen Erstaunen eine Broschüre hervor und deklamierte die betreffenden Absätze. »Wird der Vorgeschlagene nicht gewählt, so kann der Bundestag binnen vierzehn Tagen nach dem Wahlgang mit mehr als der Hälfte seiner Mitglieder einen Bundeskanzler wählen… Kommt eine Wahl innerhalb dieser Frist nicht zustande, so findet unverzüglich ein neuer Wahlgang statt, in dem gewählt ist, wer die meisten Stimmen erhält.« Levite fixierte Stadler, während er seine Stimme hob. »Es heißt ausdrücklich binnen 14 Tagen. Binnen bedeutet maximal 14 Tage. Es steht dem Bundestag also frei, unmittelbar nach dem ersten einen zweiten Wahlgang abzuhalten. Und dafür musst du als Parlamentspräsident sorgen.«

»Ich müsste das im Bundestagspräsidium erörtern …« »Nein! Das ergäbe eine unendliche Diskussion. Du musst aktiv handeln! Nach der ersten Abstimmung setzt du unmittelbar die zweite an. »Das werden meine Kollegen nicht gutheißen …« »Unwichtig! Du hast die Mehrheit des Parlaments hinter dir.« »Aber das Bundesverfassungsgericht …« »… tagt monatelang. Unterdessen schaffen wir Tatsachen. Wenn ich als Kanzler gewählt bin, lasse ich mich von niemandem mehr aus dem Amt jagen!«

Levites Haltung entsetzte Stadler. Ähnlich hatte sich Josef Goebbels 1933 geäußert, als er nach der Ernennung Hitlers zum Reichskanzler seinem Tagebuch anvertraute: »Wenn wir die Macht haben, dann werden wir sie nie wieder aufgeben. Es sei denn, man trägt uns als Leichen aus unseren Ämtern heraus.«

Levite bediente sich der Logik der Macht. Um Stadler festzunageln, ließ der Parteichef über seinen Vorschlag, faktisch seinen Befehl, abstimmen. Schmidt-Ott und Bauer, die ebenfalls Juristin war, waren dafür. Levite fixierte Stadler, der sich daraufhin ebenfalls den Parteigenossen anschloss. Levite reckte seinen Kopf empor. »Wir sind uns einig. Nun bestimmst du über das Schicksal der Partei und damit Deutschlands, Mark.« »Und auch über deins«, konnte sich Stadler nicht enthalten zu entgegnen. »Ganz recht, Mark. Alles ist unentwirrbar miteinander verknüpft.«

Levite sprach betont ernsthaft: »Jetzt gilt es, unseren Wahlsieg, also den Willen des deutschen Volkes, in die Tat umzusetzen. Alles andere wäre Verrat.« Die Gleichsetzung des eigenen Schicksals mit dem Deutschlands und der unbedingte Machtwille Paul Levites machten Mark Stadler zunehmend Angst. Er besaß das juristische Instrument, die Offensive Levites gegen den Rechtsstaat zunichte zu machen. Er musste lediglich das Begehren des zur Alleinherrschaft entschlossenen Freundes abwehren. Doch Stadler fühlte, dass er dem unbedingtem Willen Levites nicht gewachsen war. Er würde wie eine Marionette funktionieren.

LEVITE STARRTE MARK Stadler auf dessen Präsidententhron an. Warum ließ der Bursche ihn schmoren? Ein unauffälliges V-Zeichen, ja selbst ein gesenkter Daumen, würde Levite augenblicklich Gewissheit verschaffen und ihn aus der immer weniger erträglichen Anspannung erlösen. Doch für Stadler zählte offenbar das Amt mehr als ihre Freundschaft.

Der Bundestagspräsident ordnete umständlich seine Papiere, ehe er die Anzahl aller Bundestagsmitglieder, der an der Abstimmung teilgehabten Parlamentarier, die ungültigen Stimmen, und endlich die Ja-Stimmen für Paul Levite nannte: 321. »Damit hat der vom Bundespräsidenten vorgeschlagene Abgeordnete Paul Levite die vom Grundgesetz nach Artikel 63 Absatz 2 vorgeschriebene absolute Mehrheit aller Bundestagsabgeordneten verfehlt.«

Paul Levite schien es, als ob der Hauch eines Lächelns Stadlers Mundwinkel nach oben gezogen hätte, was seinen Zorn gegen ihn entflammte. Aber er riss sich zusammen. Es geht nicht um die Miene des Wichtigtuers auf dem Podium, sondern darum, dass er richtig funktioniert. Levite starrte Stadler an, der sich in seinem Sessel zurücklehnte und die aufgesprungenen, laut gestikulierenden oder telefonierenden Parlamentarier beobachtete. Als sich die ersten Abgeordneten aufmachten, den Plenarsaal zu verlassen, griff der Präsident zum Mikrophon und bat die MdBs, auf ihre Plätze zurückzukehren, da er eine wichtige Mitteilung zu machen habe.

Artikel 63, Absatz 3 sehe für den Fall, dass der vom Bundespräsidenten vorgeschlagene Kandidat im ersten Wahlgang nicht die erforderliche Mehrheit der Bundestagsmandate erhalten habe, eine Wiederholung des Votums innerhalb von 14 Tagen vor. Stadler brachte mit einem energischen Läuten seiner Glocke das aufkeimende Gemurmel zum Schweigen und fuhr fort: »Zwei Wochen sind die Maximalfrist – sie auszuschöpfen würde bei der gegenwärtigen Lage unser Land in eine massive Krise stürzen. Das können wir nicht verantworten. Die Väter und Mütter des Grundgesetzes haben uns das notwendige staatsrechtliche Instrumentarium bereitgestellt, um eine solche Entwicklung zu verhindern. Artikel 63 sieht daher keine Minimalfrist zwischen erster und zweiter Abstimmung vor. Aus diesem Grund setze ich kraft meines Amtes den zweiten Wahlgang in sechzig Minuten, also um 11 Uhr 30 an. Die Saaldiener werden die Abstimmungskarten an Sie verteilen. Ich bitte Sie, ab 11 Uhr 30 Ihre Stimmen abzugeben. Danke, meine Damen und Herren.«

Stadler erhob sich. In seinem Büro nahm er den Protest seiner konservativen und sozialistischen Stellvertreter entgegen, doch da ihn die Repräsentantin der Kommunisten unterstützte und der Bunte-Emissär erst die Meinungsbildung seiner Partei- und Fraktionssprecherinnen abwarten wollte, stellte Stadler ein Remis fest. Damit sah der Bundestagspräsident seine Entscheidung gemäß den Bestimmungen des Grundgesetzes als legal an. Stadler stellte seinen opponierenden Stellvertretern anheim, gegen seinen Entschluss zu klagen. Nach kurzer Rücksprache mit ihren Parteijustiziaren verzichteten beide darauf.

PAUL LEVITE HATTE sich mit der Erstrunden-Niederlage abgefunden. Doch das knappe Ergebnis ließ ihn nicht ruhen. Wenn der Schlappschwanz Andreas Schmidt-Ott und Elke Bauer sich ehrlich angestrengt hätten, wäre es gelungen, die maladen Parteifreunde zum Votum herbeizuschaffen. Deshalb musste er noch einmal alles mobilisieren, um in der zweiten Runde mit Kanzlermehrheit zu siegen, denn er zweifelte, dass Stadler die Chuzpe besitzen würde, auch die dritte Abstimmung noch am gleichen Tag durchzuziehen. Er musste also den Stier bei den Hörnern packen – nur wie?

Levite dachte nach. Er ging die Fakten des von Kriener zusammengestellten Lebenslaufs Schmidt-Otts durch. Das Papier enthielt pikante Details. Andreas Schmidt-Ott war konservativer Abgeordneter, bis er vor vier Jahren die Flüchtlingspolitik der Bundeskanzlerin »perspektivlos und gefährlich« genannt hatte. Daraufhin hatte ihn der Generalsekretär seiner Partei am Rande einer Sitzung aufgefordert, unverzüglich auf sein Mandat zu verzichten, sonst werde er ihm »jeden Knochen im Leib zermalmen«. Als der Fraktionsführer tags darauf die Drohung wiederholte und obendrein ankündigte, »deine Nebeneinkünfte bloß zu legen, du Heuchler«, war dem Parlamentarier nichts anderes übrig geblieben als zurückzutreten. Bei der Bundestagswahl errang Schmidt-Ott sein Direktmandat für die DNMP mit mehr als sechzig Prozent. Er galt über seine niedersächsische Heimat hinaus als volkstümlich und ehrlich. Das bewies nicht zuletzt das beeindruckende Ergebnis seiner Wahl zum Fraktionsvorsitzenden. Er wurde von 84 Prozent der Abgeordneten seiner Partei gewählt. Selbst Elke Bauer hegte Sympathien für Schmidt-Ott. Also kam es jetzt darauf an, die Beliebtheit Schmidt-Otts in politisches Kapital umzuwandeln. Levite wandte sich dem neben ihm sitzenden Fraktionschef zu.

Unter der hohen Stirn saßen klare dunkelblaue Augen. Eine kräftige gerötete Nase zeigte, dass der Politiker ordentlich dem Alkohol zusprach, die Lippen waren breit nach oben gewölbt, das mochte seiner Umwelt Vertrauen einflößen, während das fliehende Kinn mangelnde Durchsetzungskraft verriet. Während Levite seinen Sitznachbarn ansprach, studierte er erneut dessen Blick. Er entdeckte darin keine Verschlagenheit. Wahrscheinlich hatte der Niedersachse in dem Rundfunkinterview über die Flüchtlingssituation ehrlich seine Meinung geäußert, ohne sich über die Folgen im Klaren zu sein. Statt Widerstand zu leisten, hatte Schmidt-Ott resigniert. Seine Geradlinigkeit hatte ihn sowohl bei den konservativen Kreispolitikern wie in der DNMP-Fraktion Sympathie eingetragen. »Herr Schmidt-Ott, ich habe mich gestern zu grob ausgedrückt. Für uns steht viel, ja alles auf dem Spiel. Wenn ich Sie dadurch verletzt haben sollte, tut es mir leid.« Levite streckte seine Rechte aus, die sein Nachbar ergriff und sanft drückte, während er verlegen seinen Blick ins Leere richtete. Noch ehe der Fraktionschef etwas erwidern konnte, fuhr Levite fort. »Heute ist Ihr Tag, Herr Schmidt-Ott!« Er sah ihn dermaßen eindringlich an, dass der seinem Blick nicht ausweichen konnte. »In weniger als sechzig Minuten beginnt die zweite Abstimmung. Sie wird der entscheidende Wahlgang sein. Wenn es uns gelingt, dieses Votum für uns zu drehen, dann haben wir gewonnen – dann hat unser Land gewonnen. Wenn wir wieder knapp durchrasseln, dann herrschen zwei Wochen Stillstand. Während dieser Zeit läuft die Politikmaschine Hedwig Kleinerts und ihrer Helfershelfer auf Hochtouren. Und uns fehlt die Abwehrkraft, alle unsere Abgeordneten zu immunisieren. Dann wird der Bundespräsident wieder schwanken wie ein Rohr im Wind – und wir haben nicht die Macht, erneut eine Million unserer Leute aufmarschieren zu lassen. Wenn uns aber die Macht gestohlen wird, werden unsere Leute nicht die Hände in den Schoß legen. Dann herrscht Krieg in Deutschlands Städten.«

Levite pausierte, ehe er, jedes Wort betonend, fortfuhr. »Sie sind der einzige Mann, der dies verhindern kann, Herr Schmidt-Ott!« Der sah seinen Parteichef ratlos an. »Aber wie, um Himmels Willen? Wir haben doch alle unsere Abgeordneten…« »Zumindest jene, die anwesend waren. Aber das ist nicht genug! Wir brauchen noch eine Handvoll weiterer MdBs.« Schmidt-Otts Blick wurde verzweifelt. »Wir haben nicht mehr…« »In unserer Partei nicht! Aber Sie waren zuvor Konservativer. Sie waren in Ihrer damaligen Partei angesehen und sind es heute noch.

Ihr Wort hatte Gewicht – ehe Sie von Kleinerts General zur Strecke gebracht wurden, weil Sie ehrlich Ihre Meinung sagten – und in der Sache recht behielten.«

Schmidt-Otts Augen verrieten Levite, dass dieser seine Absicht begriff. »Doch das hat mir nichts genützt... Sie haben mich politisch kalt gestellt...«, erwiderte er heiser.

»Nein! Das ist ihm nicht gelungen. Sie haben bei uns eine neue politische Heimat gefunden und sind jetzt in eine Position gewählt worden, die Sie bei den Konservativen nie erreicht hätten!« Schmidt-Ott nickte. »Ähnlich erging es und ergeht es jetzt gewiss nicht wenigen Konservativen.« Der Fraktionschef sah ihn zustimmend an. »Sehen Sie!«, rief Levite. »Das ist Ihr Potential! Konzentrieren Sie sich einige Minuten, notieren Sie sich die Namen von einem Dutzend schwarzer MdBs und dann ziehen Sie los und reden mit jedem einzelnen von ihnen. Sagen Sie den Männern und Frauen, dass sie bei uns eine Zukunft haben. Nur bei uns. Auch im Parlament. Dafür stehe ich mit meinem Wort ein!«

Aus Schmidt-Otts Augen sprach Verzweiflung. »Ich kann nicht – ich bin doch kein Vertreter...« »Doch, Sie sind Volksvertreter, Schmidt-Ott, und Sie sind Vertreter unserer Partei. Die Partei braucht Sie jetzt! Nicht in Ihrem feinen Büro, sondern hier im Saal. Jetzt haben Sie die historische Chance, die das Schicksal nur wenigen Menschen schenkt. Nutzen Sie die Gelegenheit!«

Schmidt-Ott und Levite erhoben sich. Levite packte Schmidt-Ott an beiden Oberarmen. »Sie werden Erfolg haben! Weil Sie ehrlich sind und unseren Standpunkt vertreten und nicht unter der Kuratel einer machtbesessenen Autokratin und ihrer Büttel stehen, an die niemand mehr glaubt, nicht einmal sie selbst, sonst würde sie sich hier offen dem Kampf stellen. Sie können nur gewinnen. So, und nun Gott mit Ihnen!« Levite beobachtete, wie sich Schmidt-Ott auf den Weg zur konservativen Fraktion zwang.

ERST NACHDEM DIE Parlamentsdiener auf Ankündigung des Bundestagspräsidenten mit der Ausgabe der Wahlchips begonnen hatten, kehrte Schmidt-Ott zurück. Als er sein Plastikkärtchen bekommen hatte, hielt Levite ihn zurück: »Nun?« »Ich kann nichts versprechen. Unter meinen früheren Fraktionskollegen herrschen Enttäuschung, Wut und Verwirrung vor. Und zwar in einem Ausmaß, das ich so nicht kannte…« Levite beobachtete ihn aufmerksam. »Das heißt?« Da es Schmidt-Ott offenbar schwer fiel zu antworten, hakte Levite nach. »Können Sie sich vorstellen, dass sie für uns stimmen?« »Ja. Aber ich kann's nicht garantieren.«

Neunzig Minuten später verkündete der Bundestagspräsident das Ergebnis des zweiten Wahlgangs. 330 Abgeordnete hatten für den vom Bundespräsidenten vorgeschlagenen Abgeordneten Paul Levite gestimmt. 301 dagegen. Damit hatte der Abgeordnete die vom Grundgesetz gemäß Artikel 63 erforderliche Mehrheit der Abgeordneten des Bundestags auf sich vereinigt.

Die Parlamentarier der Deutsch-Nationalen Mehrheits-Partei rissen die Arme in die Höhe und sprangen jubelnd auf. Die Fraktion der Deutschen Demokratischen Real-Sozialisten klatschte einmütig Beifall, während die meisten Konservativen, Freien Sozialisten und Bunten auf ihren Plätzen verharrten. Auch Levite schien auf seinem Sessel zu kleben. Er sah die begeisterten Abgeordneten um sich herum, einige stürzten auf ihn und Schmidt-Ott zu, der nach einer Schrecksekunde seine Hände ausbreitete und Levite umarmen wollte, jedoch von dessen Starre davon abgehalten wurde. Aus der Ferne nahm Levite ein Läuten wahr. Er hob seinen Blick und beobachtete, wie der Bundestagspräsident immer heftiger seine Glocke schwang, bis er sie wie der Milchmann Tevje in Sholem Alejchems Märchen »Anatevka« in Haupteshöhe schüttelte. Als auch dies nicht half, die Abgeordneten zu beruhigen, brüllte Stadler Worte in sein Mikrofon, die nicht bis zu allen durchdrangen. Erst nach mehreren Minuten flaute der Jubel der Deutschnationalen ab.

Endlich senkte Mark Stadler die Glocke und sprach breit lächelnd in die vor ihm aufgebauten Mikrofone: »Herr Abgeordneter Levite, Sie sind gemäß Artikel 63 von den Mitgliedern des Deutschen Bundestags zum Kanzler der Bundesrepublik Deutschland gewählt worden. Ich frage Sie, Herr Abgeordneter Paul Levite, nehmen Sie die Wahl an?« Levite zwang sich hoch. »Ja…« Er erschrak über seine brüchige Stimme und fühlte, wie ihm Tränen in die Augen schossen. *Halte durch! Zeige als Jude keine Schwäche!* Levite spürte, wie der innere Befehl ihm Kraft gab. »Ja, Herr Präsident. Ich nehme die Wahl an.« Danach ließ er sich wieder auf seinen Sitz fallen. Er vernahm die Bestätigung sowie die Gratulation von Parlamentspräsident Stadler. Von allen Seiten flogen ihm Hände entgegen. Levite ergriff Schmidt-Otts Rechte, deren feuchter Druck ihm nunmehr fest und Vertrauen einflößend erschien. »Danke, Andreas«, hörte er seine raue Stimme. »Danke! Das werde ich Ihnen nicht vergessen.« Der Fraktionschef packte mit beiden Händen zu und schüttelte Levites Rechte wie einen Wechselbalg.

WÄHREND MAN RUND um ihn herum rief, lachte und jauchzte, wurde Paul Levite bewusst, dass er endlich am Ziel war, dass sein schier unerreichbares Begehren sich erfüllt hatte. Der jüdische Bub aus Offenbach, dem nach seinem Abi nichts mehr gelungen war, den alle als Versager verlachten, der sich selbst als ewiger Looser fühlte, hatte die höchste Position in der deutschen Politik erlangt. Er hatte erreicht, was Walther Rathenau, dem begabten, verwöhnten Erben der AEG, misslungen war. Er stand jetzt in einer Reihe mit Bismarck, Adenauer, Brandt und Kohl. Wenn er weiterhin klug agierte, würde er sich an der Macht halten können. Das erforderte mehr, als einen Idioten wie Urban Hansen zu stürzen oder die willige Masse besoffen zu reden. Klug bedeutete, den Bürgern dieses Landes zu dienen, sie von ihrer Meschuggenheit zu lösen: dem deutschen Wahn, der hinter Disziplin, Pflichtgefühl, Höflichkeit lauerte, die Hirne und Herzen der Menschen überwältigte, sie zu grenzenlosem Idealismus und Selbstlosigkeit befähigte, aber ebenso ins Gegenteil, in Kriege, Bestialität, ja in kalte Vernichtungsarbeit trieb. Würde er, der Jude Paul Levite, die Deutschen von ihrem erratischen Volkscharakter kurieren können oder würde nicht vielmehr er vom teutonischen Geist verschlungen werden?

Eine sanfte Berührung an seiner Schulter riss Levite aus seinen Gedanken. Andreas Schmidt-Ott wies auf den vor ihm stehenden Walter Keller. Der zierliche Fraktionschef der Konservativen streckte ihm die Hand entgegen. Dabei sah er Levite in die Augen. In seinem Blick lag keine Feindseligkeit. War Keller möglicherweise gar froh, dass er fortan Hedwig Kleinerts gebieterischem Willen entronnen war? Möglicherweise ließ sich mit dem Mann reden. Levite schüttelte ihm die Hand. Maik Nützel tankte sich zu ihm durch. Er drückte Levites Rechte kurz und kräftig und rief dabei volltönend: »Gratuliere, Herr Bundeskanzler! Endlich wird Deutschland von einem deutschen Mann regiert.«

Nützel griff in die Innentasche seines Jacketts und entrollte eine schwarz-rot-goldene Fahne, die er Levite aufnötigen wollte. Um ihn nicht bloß zu stellen, ergriff Levite nach kurzem Zögern behutsam das Tuch mit Daumen und Zeigefinger, besah das Fähnlein und meinte: »Zumindest keine Reichskriegsflagge«, ehe er es an Schmidt-Ott weiter reichte.

Der gewählte Regierungschef hob seinen Blick und sah, wie Nadja Hauser, begleitet von ihrem Generalsekretär, sich zu ihm durchschlängelte. Als sie ihm gegenüberstand, drückte sie seine Rechte kräftig mit beiden Händen. Dann überreichte sie ihm einen in Zellophan eingeschlagenen Strauß roter und weißer Rosen. Levite besah das Gebinde und stellte an die Koalitionspartnerin gewandt fest: »Wenn Ihre Außenpolitik genauso durchdacht ist wie dieser Strauß, wird Deutschland in Zukunft prima dastehen.« »Worauf Sie sich verlassen können, Herr Bundeskanzler.« *Die Dame kann es nicht erwarten…* Levite lachte Nadja Hauser an, klopfte ihr betont jovial auf die Schulter und meinte: »Hüten Sie sich davor, Ribbentrop zu folgen!« »Ganz sicher nicht! Der war Faschist!« Levite fuhr schmunzelnd fort: »Dennoch hat Stalin nicht gezögert, mit ihm 1939 in Moskau einen Nichtangriffspakt zu unterzeichnen, der den Überfall auf Polen ermöglichte.«

Levite erkannte an Hausers Mienenspiel, dass seine Provokation gewirkt hatte. So fuhr er schmunzelnd fort: »Halten Sie sich an Walther Rathenaus kluge Verständigungspolitik, auch gegenüber der jungen Sowjetunion, die 1922 zu dem Vertrag von Rapallo führte…« Hauser wollte sich seine Belehrungen verbitten. Doch sie war auf ihre Ernennung durch ihn angewiesen. Er nutzte diese Situation schamlos aus. Das durfte sie nicht unwidersprochen lassen. »Rathenaus Politik hatte keinen Bestand«, stellte Hauser lapidar fest, »er selbst wurde wenige Monate später umgebracht…« Levite beobachtete seine linke Koalitionspartnerin aufmerksam, ehe er hinzufügte: »Von Faschisten. Freicorps. Vorgängern der Nazis.« Die Umstehenden nahmen die klare Schuldzuweisung zur Kenntnis.

Levite verließ den Reichstag in Richtung Kanzleramt. In seinem neuen Büro wurde er bereits von Robert Kriener erwartet. Sein Vize barst vor Tatkraft. Er war unmittelbar nach der Verkündung des Abstimmungsergebnisses in die Regierungszentrale geeilt, ohne die vorgegebenen Zeremonien und Gratulationen abzuwarten. Die Übergabe durch den scheidenden Kanzleramtsminister Hubert Geller gestaltete sich professionell. Kriener verpflichtete sich schriftlich, private Papiere und Gegenstände an ihre Inhaber auszuhändigen. Dann wurden die Aufsicht über die Geheimdienste und der Ablauf der wöchentlichen Staatssekretärs-Runde erörtert. Es folgten die Mechanismen der Zusammenarbeit mit den Bundesministerien, speziell mit dem Auswärtigen Amt, sowie den auswärtigen Mächten, insbesondere den EU-Staaten und den USA. »Da wir keine Nuklear-Macht sind, bleibt uns dieses Kapitel glücklicherweise erspart«, bemerkte Geller. Kriener war von der sachlichen Effizienz des bisherigen Stabschefs angetan. Am liebsten hätte er den ruhigen Administrator gebeten, sein Amt unter dem neuen Kanzler fortzusetzen. So hätte er Kraus von dieser zentralen Machtposition ferngehalten und aus dem Innenministerium, dessen Leitung ihm zustand, das Geschehen im Kanzleramt ferngesteuert. Voraussetzung hierfür war, Levite von seinem Personalvorschlag zu überzeugen, denn immerhin handelte es sich hier um ein Ministeramt, wenn auch nur um das eines Staatsministers.

Kaum hatte sich Kriener freundlich von Geller verabschiedet, tauchte Paul Levite in Begleitung seiner neuen staatlichen Personenschützer sowie von Christian Treu auf, den er zu seinem persönlichen Assistenten ernannt hatte. Nachdem er den Bundeskanzler begrüßt und ihm gratuliert hatte, referierte Kriener die Strukturen seines neuen Amtes.

Levite unterbrach ihn nach seinen ersten Worten. »Danke, Robert. Was du mir berichten willst, ist von entscheidender Wichtigkeit. Doch ehe wir mit unserer Arbeit beginnen, wollen wir die Aussicht über die Hauptstadt genießen – schließlich sind wir Menschen und wir haben es mit den Menschen in Berlin und in Deutschland zu tun.« Er fasste Kriener jovial am Oberarm und wollte mit ihm auf die Terrasse im siebten Stock des Kanzleramts treten. Die Unterstützung des Sicherheitspersonals war nötig, die 15 Zentimeter dicke Panzerglastür zu öffnen.

Auf der Terrasse atmete Paul Levite tief durch. Sein Blick schweifte über das von der Glaskuppel gekrönte mächtige Reichstagsgeviert hin zum vergleichsweise zierlichen Brandenburger Tor. »Deutschland liegt dir zu Füßen.« Krieners Worte drückten Levites Empfindung aus – hinzu kam das Bewusstsein seiner künftigen Verantwortung. »Du wirst stark genug sein, diesem Druck standzuhalten, Paul.« »Mit deiner Hilfe, Robert …« Die Männer traten an die verglaste Brüstung. Levite griff nach der Brüstung, denn ihm schwindelte ein wenig von der Höhe des Baus – und jener der Macht.

Levite hob den Kopf und besah die von der fahlen Nachmittagssonne erleuchtete Innenstadt, die sich in die Außenbezirke ausbreitete wie ein gemusterter Teppich mit dominosteinförmigen Aufsätzen.

ROBERT KRIENER LEITETE seine 45minütige Übersicht der Funktionen und Strukturen des Kanzleramtes mit Artikel 65 des Grundgesetzes ein: »Der Bundeskanzler bestimmt die Richtlinien der Politik«. Levite interessierte sich für die Koordination der einzelnen Ministerien und der unterschiedlichen Geheimdienste. Dabei wurde ihm die Schlüsselstellung des Kanzleramtsministers bewusst. Bis dato hatte er diesen Posten mit Fritz Kraus besetzen wollen, der sein Organisationstalent bei der zentralen Demonstration in Berlin bewiesen hatte. Doch Kraus war ein Struktur- und Zahlenmensch, kein erfahrener Politiker oder skrupelloser Ränkeschmied. Kriener dagegen hatte die Logik der Politik verinnerlicht und er war ein Meister der Sabotage. Das machte ihn gefährlich für Levite, doch im Augenblick brauchte er ihn.

Der Kanzler unterbrach Kriener mit der Feststellung: »Du hast mich mit deinen Ausführungen überzeugt, dass nur du für die Führung des Kanzleramtes in Frage kommst. Du bist für mich unersetzbar. Du beherrscht die Materie, du bist ein exzellenter, geräuschloser Organisator …« »Das ist Fritz Kraus zumindest im gleichen Maße.« Levite las aus Krieners Miene dessen Enttäuschung. Er hatte offenbar mit seiner Nominierung zum Bundesinnenminister gerechnet. Allein deshalb durfte er ihm nicht diese Schlüsselstellung anvertrauen. Damit wäre er Kriener in jeder Krise, die es so unweigerlich geben würde wie schlechtes Wetter, auf Gedeih und Verderb ausgeliefert. »Kraus' Organisationstalent ist unbestritten, doch er ist jung und unerfahren. Unsere Machtzentrale muss von einem politisch Denkenden gesteuert werden.« Levite legte eine Pause ein, eine Gewohnheit, die er sich an der Schwelle der Macht angeeignet hatte, um prononciert fortzufahren: »Vor allem aber brauche ich unmittelbar bei mir einen Freund, zu dem ich absolutes Vertrauen habe. Der für mich durchs Feuer geht, wenn es sein muss, wie du es in der Partei und nach der Bundestagswahl getan hast…«

Levite bemerkte, dass Kriener sich mit der Hand über den Mund fuhr. Er fragte ihn beiläufig: »Rechnest du damit, dass die alten Kader versuchen, uns abzuhören?« Kriener drückte die Augen zustimmend zu, was Levite veranlasste, lauthals fortzufahren: »Das würde ich niemandem raten. Wir wollen mit den bewährten Amtsträgern weiter arbeiten. Doch wer meinen sollte, er könne auf eigene Rechnung oder aus alter Verbundenheit mit der früheren Regierung uns ausspionieren, der wird aussortiert und angezeigt. Untreue ist nicht nur niederträchtig, sie ist strafbar. Wir werden das unnachsichtig verfolgen. Ich vertraue unseren Beamten unbedingt – bis zum Beweis des Gegenteils!«

Kriener imponierte Levites Gerissenheit. Der Kanzler rechnete offenbar damit, dass sich seine unmissverständliche Drohung in den Diensten wie ein Lauffeuer verbreiten würde. Nur ein Selbstmörder oder ein Desperado würde sich darüber hinwegsetzen – zumal der neue Kanzler den Beamten mit seinen Worten Bestandsschutz in Aussicht stellte.

»Mit wem willst du das BMI besetzen?«, wollte er wissen. »Da du bei mir unverzichtbar bist…«

Am liebsten hätte Levite Elke Bauer mit dem Innenressort betraut. Sie schwärmte für ihn, war energisch, doch zugleich umgänglich und sie besaß einen stabilen Charakter. Doch als Levite sie als seine Innenministerin ins Spiel brachte, lehnte Robert Kriener dies harsch ab. »Bauer ist absolut ungeeignet für das Amt. Sie besitzt Null Verwaltungspraxis!« »Immerhin ist sie Juristin…«, warf der Kanzler ein. »Sie weiß vielleicht, wie man einen Taschendieb verteidigt. Aber zur Steuerung des größten Ministeriums fehlt ihr alles. Damit demonstrieren wir totale Inkompetenz, noch schlimmer als die Systemparteien, und Vetternwirtschaft obendrein.« Krieners Unversöhnlichkeit zeigte Levite, wie sehr der Polizist auf das Innenamt fixiert war. Wenn er seinen Adlatus nicht vollständig gegen sich aufbringen wollte, dann musste er auf die attraktive Juristin verzichten. Zumindest als seine Innenministerin. Er würde sie stattdessen als Justizministerin in sein Kabinett holen – sie würde zuverlässig seine Politik in Gesetze fließen lassen. Auf die deutsche Ministerialbürokratie war immer Verlass. Von den Nürnberger Rassegesetzen bis zu den Bestimmungen, die sechzig Jahre später als Rechtsgrundlage der Anklage gegen ehemalige SS-Schergen dienten.

Robert Kriener hatte in seinem ungehaltenen Angriff gegen Bauer argumentiert, da könne man schon eher Kraus zum Innenminister machen, denn »der Junge hat zumindest eine Ahnung von Verwaltung und ist ein exzellenter Organisator.« Der Kanzler bestand daraufhin auf dessen Ernennung. Fritz Kraus würde sein treuer Innenminister sein und damit Bundespolizei und Verfassungsschutz im Sinne Levites einsetzen.

Robert Kriener fand sich mit Levites Entscheidung ab. Er war überzeugt, dass er imstande war, Fritz Kraus zu steuern. Entscheidender war ihm aber, den Bundeskanzler zu kontrollieren. Welche Ideen trieben Paul Levite an, nachdem er sein Machtziel erreicht hatte?

Die Frage überraschte Levite. Wie die meisten Politiker hatte er keine theoretischen Überlegungen über sein Vorgehen angestellt. Welche Vorstellungen leiteten ihn? »Wir stellen der erstarrten Regierung eine innovative und rationale Politik entgegen.« »Das ist nicht genug!«, konterte Kriener. »Du bist nicht aufgrund deiner Vernunftpolitik ins Kanzleramt gelangt, sondern weil du die Sehnsucht der Menschen bedient hast.« »Das stimmt, Robert. Doch es genügt nicht, Emotionen aufzupeitschen und sie zu befriedigen... ansonsten wäre Urban Hansen zum Kanzler gewählt worden. Doch ich habe ihn weggejagt, weil ich auf Vernunft gesetzt habe...«

Levite hielt inne. »Am Ende hast du ihn mit eiskalter Vernunft matt gesetzt.« Er schmunzelte. »Können wir uns einigen, dass wir aufgrund unserer Vernunft und unserer Emotionen gewonnen haben?«

Levite streckte seine Hand aus, die Kriener nach kurzem Zögern ergriff. Beide Männer standen sich gegenüber. »Was heißt das für die Zukunft?«, beharrte Kriener. »Dass wir bei unserem Erfolgsrezept bleiben werden. Einer von der Vernunft gesteuerten emotionalen Politik, die die Gefühle der Menschen nicht vergisst...« Kriener beobachtete Levites strahlenden Blick und seine ungewöhnlich straffe Körperhaltung. Der Dicke war seit seiner Wahl von seiner Unwiderstehlichkeit und der Richtigkeit seines Denkens und Handelns überzeugt. Kriener fühlte sich verpflichtet, die Vernunft, von der Levite redete, vor allem aber die Nüchternheit seines Wesens einzusetzen, um seinen Chef zu zähmen. Das mochte in der gegenwärtigen Phase schier unmöglich sein, doch der Menschenkenner

Kriener wusste, dass Levites Stimmung beim Eintreten der ersten ernsthaften Herausforderungen in Depression umschlagen würde – dann würde seine Stunde kommen, um den Lauf der Dinge zu strukturieren und die notwendigen Entscheidungen durchzusetzen. Robert Kriener begriff, dass Paul Levite instinktiv durchaus richtig entschieden hatte, ihn zum Chef des Kanzleramts zu machen. Er würde der zuverlässige Steuermann der deutschen Politik sein – auf den der Kapitän und die Passagiere angewiesen waren.

NACH DER UNTERREDUNG machte sich Robert Kriener mit der Kommunikationstechnik im Amt vertraut. Er installierte die neue Datenverarbeitung mit extrahohen Sicherheitsstandards, bestellte neue Hardware und mobile Festplatten. In der Zwischenzeit sollte der Kanzler mit Papier vorlieb nehmen. Levite kam dem Ansinnen gerne nach. Seit seinem Studium schrieb er am liebsten mit seinem alten Pelikan schwarztintig auf weißes Papier. Pfeile, Stufen, Dreiecke, Netze und Kreise halfen ihm, seine Gedanken zu skizzieren. Die Umrisse seines Machtapparats hielt er in einem Organigramm fest.

Robert Kriener sollte nicht nur der Stabschef der Regierung sein, Levite wollte ihn auch zum Generalsekretär der Partei befördern. Der pompöse Titel sollte ihm die Verweigerung des Innenressorts versüßen. Levite füllte die Kästchen für Inneres und Justiz. Nun musste er sich nur noch um die Ministerien für Finanzen und Verteidigung kümmern. Die Lenkung der Finanzen sollte Heinz Dongen dirigieren. Während seines Geschichtsstudiums hatte Levite eine Vorlesung des jungen Privatdozenten besucht, in der dieser die unterschiedlichen Kräfte der Ökonomie ohne professorale Attitüde verständlich erklärte. Zudem referierte er die monetaristischen Theorien von Karl Marx bis Milton Friedman nüchtern. Er verzichtete auf die Polemik von Wissenschaftlern, die kein Modell außer dem eigenen gelten ließen. Dabei machte Dongen deutlich, dass er Keynes' Ansatz, Rezessionen und Krisen durch eine kontrollierte Schuldenpolitik zu überwinden, für richtig hielt. Der Ökonom hatte das Interesse Levites für die Volkswirtschaftslehre geweckt. Dongen würde, wie jeder ehrgeizige Hochschullehrer, das Ministeramt als Gelegenheit begreifen, seine grauen Theorien in die Wirklichkeit umzusetzen, und ihm dafür dankbar sein. Zudem besaß der Professor keine politische Hausmacht, was seine Lenkbarkeit erhöhte.

Schwierig war die Bestallung des Verteidigungsministeriums. Levite kannte keinen Armee-Fachmann in der Partei. Die DDR besaß mehrere Experten, doch Levite dachte nicht daran, einem Kommunisten das Kommando über die Bajonette zu übergeben, obgleich die Erfahrung lehrte, dass sie als Putschisten nichts taugten. Levite teilte Heinrich Heines Einschätzung: »Im Land der Eichen und der Linden wird niemals sich ein Brutus finden.« Der Kanzler würde einen im Heer anerkannten General zu seinem Verteidigungsminister machen.

Die Besetzung der übrigen Ressorts betrachtete er als zweitrangig. Robert Kriener sollte ihm für jedes Ministerium mehrere Kandidaten-Vorschläge vorlegen. Er besprach sich kurz mit seinem Staatsminister und gab abschließend Anweisung, seine Einliegerwohnung im achten Stock umgehend bezugsfertig zu machen. So könnte er endlich das verhasste Hotelzimmer räumen. Als sich Levite in seine Privaträume zurückziehen wollte, wurde ihm ein »dringender Anruf« Maik Nützels durchgestellt. Der zukünftige Minister für die Förderung Mitteldeutschlands, dessen Amt dem Kanzler dermaßen unwichtig erschien, dass er vergessen hatte, es in sein privates Organigramm einzusetzen, meldete stolz, dass er um 20 Uhr einen Freudenumzug vom Kanzleramt zum Ernst-Jünger-Haus »aus dem Boden gestampft« habe. Er rechne mit bis zu hunderttausend Teilnehmern, tönte der Leipziger ins Telefon.

Levites Herzschlag stockte für einen Moment, dann jagte sein Puls hoch. »Du hirnloser Idiot!«, brüllte der Kanzler in den Hörer, »weißt du nicht, dass die SA am 30. Januar 1933 abends im Fackelschein vor Hitler durch das Brandenburger Tor marschierte?« »… aber wir marschieren ohne Uniform und Fackeln…« »Ihr marschiert gar nicht! Keinen Schritt!« »Warum nicht?« »Weil dann die Kommis und die Bunten zu Recht unsere Koalition platzen lassen. Ganz zu schweigen von der Reaktion der Presse und des Auslands. Für die wären wir die neuen Nazis und ich Hitler!« »Wir wollen doch nur unsere Freude zeigen…« »Dann geh ins Freudenhaus! Du bläst deinen Scheiß-Zug augenblicklich ab…!« »Dafür ist es zu spät. Alles ist organisiert. Die Menschen sind bereit.« »…sonst puste ich dich aus, du Vollidiot!« Levite war hinter seinem Tisch aufgesprungen. Der Druck gegen seine Schläfen war derart hoch, dass er fürchtete, einen Gehirnschlag zu erleiden. Er kappte die Verbindung.

Nützels Idiotie hatte Levite dermaßen erregt, dass er das Hereinkommen Krieners nicht bemerkte. Als der ihn ansprach, erschrak der Kanzler. »Bringt dich Nützel auf die Palme?« »Dieser Nazi!«, rief Levite. »Lass dich von diesem Narren nicht ärgern.« »Nützel und seine Bande wollen einen Siegesmarsch von hier zum Jünger-Haus à la 30. Januar 33 aufziehen!« Kriener blieb ruhig. »Ich habe auf der Fahrt hierher davon erfahren…« »Warum hast du mich nicht umgehend davon unterrichtet?« »Weil du und ich Wichtigeres zu tun haben, als uns mit diesem Quatsch zu beschäftigen…« »Dieser Quatsch kann uns die Regierung kosten«, brauste Levite auf. Doch Kriener ließ sich nicht vom Alarmismus seines Chefs anstecken. »Das ist unter Kontrolle. Das Kanzleramt und der Reichstag befinden sich in der politischen Bannmeile. Hier darf niemand demonstrieren, auch nicht Maik Nützel.« »Aber das Brandenburger Tor! Wenn Nützels Haufen da durchmarschiert, gibt das eine Katastrophe!« »Hier wird erst recht nicht demonstriert.« »Wie willst du das sicherstellen?« »Das ist bereits veranlasst. Ich habe mit dem Chef der Berliner Innenbehörde telefoniert und ihn angewiesen, keine Demonstrationen im Umkreis der Bannmeile zu erlauben.« »Wie willst du das gewährleisten?« »Indem ich mich auf geltendes Recht berufen habe. Es verlangt, wie wir wissen, die Anmeldung einer Demonstration mindestens 24 Stunden vor deren Beginn. Dies ist hier eindeutig nicht gegeben. Die neue Bundesregierung besteht auf strikter Einhaltung bestehender Gesetze.« Kriener lächelte, ehe er fortfuhr: »Das muss besonders strikt für Mitglieder der Regierungspartei gelten.«

Levite schwankte zwischen Bewunderung für die kühle Art und Weise, mit der Kriener die anstehenden Herausforderungen bewältigte, und Misstrauen, dass sein Zerberus es nicht für nötig gehalten hatte, ihn von Nützels dreistem Vorhaben und seinen Gegenmaßnahmen zu unterrichten. Stattdessen hatte er den vertrottelten Nazisympathisanten in sein, Levites, Messer laufen lassen – und zugleich Levite seine Unentbehrlichkeit demonstriert. Der Polizist war brandgefährlich, Levite musste sich in acht nehmen.

Nützel durfte er vorläufig nicht fallen lassen. Wahrscheinlich war er kein Nazi, sondern ein einfältiger Schmock, harmlos im Vergleich zum eiskalten Machtmenschen Kriener. Levite spürte, wie seine Erregtheit abklang und neuer Entschlossenheit Platz machte. Er setzte sich hinter seinen Kanzler-Schreibtisch, forderte Kriener mit einer Geste auf, in einem schwarzen Ledersessel vor seinem Pult Platz zu nehmen. Er dankte seinem Stabschef für dessen blitzschnelle und diskrete Krisenprävention. Doch nun gelte es, Nützel aus dem Sumpf zu ziehen, in den er sich selbst manövriert habe. Kriener hielt dies nicht für notwendig. Im Gegenteil, so werde allen demonstriert, dass jegliche Abweichung sofort und unterschiedslos geahndet werde. »Das war keine Abweichung, das war die Norm!«, dekretierte Levite. »Dummheit ist eher Norm denn Ausnahme.« Dies dürfe man nicht in den Führungsrängen der Partei dulden. »Robert, es ist unrealistisch, unsere Partei und das Land mit einer Hand voll kluger Köpfe wie du und ich führen zu wollen.« »Sollen wir mit Idioten regieren?« »Nein. Aber ich habe keine Alternative.« Paul Levite verstand, dass er alle Gruppen und Individuen »mitnehmen« musste. Besonders die Ostdeutschen. Kriener solle die Genehmigung für eine Freuden-Kundgebung samt Feuerwerk vor dem Ernst-Jünger-Haus besorgen und gemeinsam mit Nützel den Ablauf der Veranstaltung organisieren.

Unmittelbar, nachdem Kriener seinen Chef verlassen hatte, ließ sich der Kanzler mit Maik Nützel verbinden. Er teilte ihm mit, grundsätzlich habe er sich über dessen Initiative zu einer Freudenveranstaltung gefreut. Die dem Plan zugrundeliegende Absicht sei richtig, denn sie vertiefe das eiserne Band zwischen Führung und Gefolgsleuten. Allein die Marschroute sei problematisch gewesen. Man wolle den Feinden der Partei keinen Vorwand liefern. Daher habe er sich entschieden, die Kundgebung am Ernst-Jünger-Haus gutzuheißen. Nützels Initiative beweise seine Tatkraft und seine Eignung als Minister. Er bestehe jedoch darauf, dass Nützel in Zukunft seine Vorhaben mit ihm als Parteiführer und Kanzler abstimme. Der Leipziger versprach es. »Keine Eigenständigkeiten mehr, mein Kanzler. Auf Ehre und Gewissen.« Levite wusste, dass Nützel statt »Gewissen«, welches ihm ohnehin nichts bedeutete, lieber »Treue« gerufen hätte.

ERSTMALS SEIT BEGINN seiner politischen Karriere, ja, seit er sein Studium abgebrochen hatte, fühlte Levite sich nicht als Versager. Er erwartete nicht beständig, von Niederlagen bedroht zu sein. Dennoch musste er auf der Hut bleiben. Nur im zweiten Anlauf und mit hauchdünnem Vorsprung war er vom Parlament zum Kanzler gekürt worden – allerdings dank seines Geniestreichs, neben den Kommunisten und den versprengten Bunten am Ende auch bei den Konservativen Abgeordnete abzufischen.

In erster Linie galt es, seine Machtbasis durch eine kluge Politik zu bewahren. Sein Spielraum war durch die labile Mehrheit seiner Regierungskoalition begrenzt. Daher waren ihm zunächst lediglich behutsame taktische Schritte möglich. Um die volle strategische Tiefe seiner Politik auszuschöpfen, benötigte Levite eine stabile Mehrheit im Bundestag. Das war mit seinen gegenwärtigen Steigbügelhaltern nicht zu machen, wie die heutigen Abstimmungen erwiesen hatten. Allerdings hatte sich im zweiten, erfolgreichen Durchgang eine hoffnungsvolle Perspektive eröffnet, die er weiterhin ausnutzen musste, damit ihm die volle Macht in den Schoß fiele. Erst dann war er in der Lage, seine Politik vollständig durchzusetzen.

Hedwig Kleinert hatte ihr Amt als vorsichtige Ingenieurin der Macht angetreten. Doch mit zunehmender Dauer ihrer Kanzlerschaft hatte sie an ihre politische Unfehlbarkeit zu glauben begonnen. Ohne Rücksicht auf die Identität und das breite Spektrum ihrer Volkspartei hatte sie ihre wechselnde Politik durchgepeitscht. Kernkraftwende, Aufgabe der Staatssouveränität in der Flüchtlingsfrage – Kleinert hatte ihre Vorstellungen im Alleingang durchgesetzt und so den weltanschaulichen Kahlschlag ihrer Partei betrieben. So war kein konservativer, kein deutschnationaler Halm auf dem Feld der konservativen Partei übrig geblieben. Kleinert hatte durch ihre politische Ignoranz jenes Wählerpotential verloren, das einst durch Politiker wie Franz Josef Strauß, Alfred Dregger, Roland Koch, Friedrich Merz abgedeckt worden war. Übrig geblieben waren nur Ja-Sager Kleinerts, die ihre Gefolgsleute lediglich als Stimmvieh einsetzten. Diese Herde wartete nur darauf, einem neuen Leithammel zu folgen – oder von ihm geschlachtet zu werden. Levite musste schnell handeln, die Phase des Vakuums nutzen, so lange kein anderer sich der Konservativen bemächtigte. Diese Aufgabe musste er allerdings alleine bewältigen – ohne Kriener. Der würde seine eigenen Interessen verfolgen und den Kanzler umgehen, um ihn »nicht zu überlasten«.

PAUL LEVITE RIEF Andreas Schmidt-Ott per Mobiltelefon an, da er sicher war, dass Kriener bereits veranlasst hatte, seine Amtsleitung abzuhören, und zitierte den Fraktionsvorsitzenden für den kommenden Morgen um 7 Uhr 30 ins Kanzleramt. Levite wies Schmidt-Ott an, seinen konservativen Fraktionskollegen zu der Besprechung mitzubringen und Geheimhaltung zu wahren.

Nachdem er die Weichen für die strategische Neuausrichtung seiner Machtbasis gestellt hatte, zog sich der Bundeskanzler in sein Apartment im achten Stock zurück und gab Anweisung, ihn die nächsten zwei Stunden unter keinen Umständen zu stören. Er streckte sich auf seiner Couch aus. Dort brütete er darüber, wie er die Konservativen am wirksamsten seinem Willen unterwerfen könnte.

Um 19 Uhr 20 fuhr Paul Levite in seiner gepanzerten Kanzlerlimousine in Begleitung der Sicherheit vor dem Ernst-Jünger-Haus vor. Als er auf dem Platz Demonstranten erblickte, ließ er sein Fahrzeug stoppen. Christian Treu sprang aus dem Wagen und riss die rechte hintere Tür auf. In Begleitung Treus und des Personenschutzes ging Levite auf die Menschenansammlung zu. Er sprach eine brünette Frau Anfang dreißig an, die inmitten einer kleinen Gruppe stand. »Wie ist die Stimmung?«, wollte Levite wissen. »Könnte nicht besser sein!«, jubelte die Brillenträgerin. »Warum?«, lachte Levite. »Na, weil Sie endlich unser Kanzler sind.« »Levite unser Kanzler! Zicke – zacke, zicke – zacke, eins zwei drei!« riefen die Umstehenden im Chor. »Ich will mich bemühen, Euren Erwartungen gerecht zu werden. Zicke-Zacke!« Levite schüttelte die ihm entgegengestreckten Hände, ehe er mit lauter, deutlicher Stimme erklärte: »Ich bin sicher, wir schaffen das. Mit Eurer Hilfe. Nur mit Eurer Hilfe.« Die Umstehenden klatschten und schrien »Hoch!« und »Levite unser Kanzler«. Als ein TV-Team auftauchte, zögerte Levite kurz, um dann in Richtung Parteizentrale davonzueilen.

Im Foyer standen die Menschen dicht an dicht. Als Levite, gefolgt von seinen Sicherheitsmännern, den Raum betrat, brach donnernder Jubel aus. Rotweiße Plakate mit seinem Namen, seinem Bild und dem wahr gewordenen Kampagnen-Slogan »Levite unser Kanzler« wurden in die Höhe gerissen. Aus den Boxen tönte Strauß' Zarathustra-Ouvertüre. Die perfekte Organisation des von Nützel entfachten Jubels war das Werk Krieners. Er brauchte beide, den meschuggenen Aufwiegler und den eiskalten Organisator der Macht. Nach wenigen Tagen würden die Kanzler-Poster selbstverständlich sein und damit an Wirkung verlieren. Doch es wäre ein Fehler zu glauben, Politik ließe sich auf Dauer steuern wie eine Maschine.

Davon war Hedwig Kleinert überzeugt gewesen. Gut ein Jahrzehnt hatte ihr System scheinbar reibungslos funktioniert, bis sie letztendlich daran gescheitert war. Mit zunehmender Dauer waren immer mehr Passagiere von ihrem Zug abgesprungen. Kleinert hatte nicht begriffen, dass sie die Gefühle der Menschen ansprechen musste. Als sie dies 2015 versuchte und an die Hilfsbereitschaft der Bürger appellierte, hatte ihr die Mehrheit zugestimmt und hunderttausende Männer und Frauen hatten die Flüchtlinge hingebungsvoll betreut. Doch Kleinert hatte nicht verstanden, dass sich Hilfsbereitschaft auf Dauer nur aufrechterhalten lässt, wenn man die Unterstützer immer wieder davon überzeugt, dass ihr Beitrag unverzichtbar ist. Geschieht dies nicht und lässt man stattdessen die Menschen mit ihren Ängsten alleine, dann suchen sie sich Führungsfiguren, die ihnen radikale Abhilfe versprechen wie den Homunkulus Urban Hansen.

Levite hob die Arme und schaute sich gleichzeitig nach seinen Untergebenen um. Maik Nützel kam ihm entgegen. Seine sonst so robuste Ausgelassenheit wirkte heute deutlich gedämpft. Er litt offensichtlich noch unter der rabiaten Zurechtweisung seines Führers am frühen Nachmittag. Dem war es recht. Levite schritt auf den Parteigenossen zu, ergriff seine beiden Hände und drückte sie demonstrativ – dabei raunte er ihm zu: »Wir machen unsere nationale Revolution: Aber nur ich sage wie, wo, wann und wohin!« »Sicher!«, entgegnete Nützel.

Levite fand Kriener wie erwartet in der zweiten Reihe – in sicherer Beobachterstellung. Levite packte ihn freundschaftlich am Oberarm und verkündete: »Ich und die ganze Partei wissen, wie viel wir Ihnen zu verdanken haben, Robert Kriener. Wir sind Ihnen dankbar, dass Sie nunmehr bereit sind, Ihre überragenden Fähigkeiten auch in den Dienst der Regierung zu stellen. Das garantiert die Effizienz unserer Politik!« Auf Levites Wink hin wurden zwei Biergläser gereicht. Levite und Kriener prosteten sich zu. Levite hatte den Eindruck, dass Kriener ihn abschätzig ansah.

Bis zu seiner Rede blieben ihm noch knapp fünfzig Minuten. Paul Levite wollte die Zeit nicht ungenützt verstreichen lassen, deshalb zog er sich bald in sein Büro zurück und veranlasste, dass Elke Bauer ihn dort aufsuchte. Obgleich es bereits halb acht war, sah die Abgeordnete ebenso frisch aus wie am Morgen. Lächelnd verbreitete sie gute Laune. Levite setzte sich ihr gegenüber und blickte in ihre offenen, hellblauen Augen. Bauer spürte, dass er ihr etwas mitzuteilen hatte. Jeder andere wäre unsicher geworden, nicht so Elke Bauer, deren breite Lippen Paul Levite ungezwungen anlächelten. Endlich teilte er ihr wie nebenbei mit, er habe sich entschlossen, sie zur Justizministerin zu machen. Ihre Augen weiteten sich, ohne zu erschrecken. Bauer dankte für den Vertrauensbeweis, gab jedoch zu bedenken, dass sie keine bundespolitische Erfahrung besitze. »Das weiß ich. Ich habe mich dennoch aus gutem Grund für Sie entschieden – und möchte diesen Entschluss nicht erörtern. Ich erwarte vielmehr, dass Sie mein Vertrauen würdigen und mir umgehend zusagen.«

Interessiert beobachtete Levite, wie sein Gegenüber kurz und konzentriert nachdachte, ehe sie ihren Blick wieder auf ihn richtete. »Danke für Ihr Vertrauen und Ihre klaren Worte, die mir keine andere Wahl lassen...«, sie ließ ihren Mund lachend explodieren, »...als Ihnen zuzusagen. Danke!« Bauer streckte ihm ihre rechte Hand entgegen und Levite genoss es, die kräftige, weiche Hand zu drücken. Daraufhin teilte er seiner zukünftigen Ministerin mit, ihre politische Promotion hätte er ihr – wie den anderen Kabinettskollegen – am kommenden Tag verkünden können. Er habe sie jetzt zu sich gebeten, um ihre Einschätzung des politischen Geschehens zu erfahren. »Mich?« Bauers Erstaunen war echt. »Ja. Ihr Urteil über Schmidt-Ott war klug und reif...« Er betonte den folgenden Halbsatz »...und zielführend.« Erneut schloss Elke Bauer kurz die Augen, um zu überlegen. Danach lächelte sie wieder und sprach ein knappes »Ja.«

»Ich werde Ihren Verstand und Ihre klare Haltung in meiner Regierung gut brauchen können.« Der Kanzler lehnte sich zurück und fixierte seine Besucherin erneut, während er sprach. »Ich möchte Ihre Meinung über die Stabilität unserer Regierungskoalition und ihre Mehrheit im Bundestag erfahren.« Bauer dachte länger nach als zuvor, ehe sie antwortete: »Ich habe mich die letzten Wochen ausschließlich darauf konzentriert mitzuhelfen, dass Sie zum Kanzler gewählt werden...« Ihre Wangen röteten sich fast unmerklich. »Nach der heutigen Abstimmung, seit Ihrer

Wahl…« Levite winkte ungeduldig ab. »…habe ich begonnen, mir Gedanken über die Zukunft zu machen. Ich will offen sein…«

»Tun Sie's.«

»Ich weiß nicht, wie die Zusammenarbeit mit den Realsozialisten sich auf Dauer entwickeln wird…«

»Können Sie sich vorstellen, dass die Konservativen in unsere Koalition eintreten?« Bauer war von dieser Frage offensichtlich überraschter als von seiner Mitteilung, sie zur Ministerin zu ernennen. »Möglich ist alles…«

»Frau Bauer, um zu erfahren, dass alles möglich ist, habe ich Sie nicht zu mir gebeten – und auch nicht zur Ministerin gemacht! Ich möchte Ihre Meinung erfahren.« Die Worte des Kanzlers wischten das Lächeln aus Bauers Gesicht ebenso wie das Strahlen aus ihren Augen. Bauers Blick richtete sich ins Unbestimmte, als sie zu ihrer Antwort ansetzte. »Herr Bundeskanzler, Sie haben Recht. Mit Allgemeinplätzen kommen wir nicht weiter…«

»Auch nicht mit langatmigen Einführungen.« Bauer schluckte unwillkürlich. Die Wandlung Levites von einem unsicheren Mann, der seine Furcht bekämpfte, indem er den Fraktionsvorsitzenden beschimpfte, zum selbstbewussten Kanzler innerhalb eines einzigen Tages war bemerkenswert. Vertrieb das Amt seine Angst und flößte es ihm Entschiedenheit ein? »Die Konservativen sind im Moment führungs- und orientierungslos. Wenn Sie sich offen zeigen und bereit sind, dem Gros der Partei eine neue Heimat zu bieten, müsste es klappen. Dann hätten wir eine breite, stabile Parlamentsmehrheit und könnten Ihre Politik…«, »…unser Parteiprogramm…«, »…durchziehen«, ergänzte Bauer. »Das ist genial. Zweifellos ist jetzt der richtige Moment für dieses Manöver.« Bauers Augen strahlten wieder auf. Levite nickte knapp. »Das ist nicht genial, das ist strategische Logik.« »Ja.« »Trotz des Zeitdrucks müssen wir behutsam vorgehen. Wenn wir vor der Bestallung der Regierung versuchten, die Koalition umzuswitchen, würden wir lediglich ein Chaos anrichten. Der Bundespräsident würde sich veräppelt fühlen, die Kommunisten würden uns gnadenlos bekämpfen, während ein Teil der Konservativen nicht der Versuchung widerstehen könnte, mich, also unsere Regierung, zu stürzen und umgekehrt einen Teil unserer Bewegung zu sich herüber zu ziehen versuchen. Das wäre eine Frischzellenkur für Hedwig Kleinert, die wie Phoenix aus der Asche in das Kanzleramt fliegen würde.«

Levite beobachtete interessiert die aufziehende Ratlosigkeit in Elke Bauers Blick und Miene. »Sie fragen sich, was ich will, Frau Minister in spe.«

»Ja.«

»Das Gleiche wie Sie. Aber das Timing muss stimmen. Zunächst lassen wir unsere weiß-rote Regierung plus Hufnagl vom Bundestag bestätigen, verkünden unser Regierungsprogramm und versuchen, es umzusetzen. Dabei werden sich genügend Sollbruchstellen ergeben, die es uns erlauben, wann immer wir wollen die Zusammenarbeit zu beenden und die Koalition zu wechseln.« »Wären wir dann nicht die Juniorpartner der Konservativen?«, warf Bauer ein. Levite lächelte. »Zahlen sind nicht alles, Elke. Auch wenn die Nullen es glauben.« Sein Gesichtsausdruck straffte sich. »Ich bin Kanzler und ich bleibe es! Und die Minister meiner Bewegung ebenfalls. Wer mitregieren will, muss nach meiner Musik tanzen.«

Der Kanzler wusste, was er wollte. Sie fragte sich, was ihre Aufgabe in seinem Plan sei, abgesehen vom Ministerium. »Sie und Schmidt-Ott knüpfen diskret die Fäden zu Walter Keller und weiteren Konservativen und halten sie bei Laune, bis ich Sie wissen lasse, dass die Zeit zum Wechsel gekommen ist.«

»Ich will alles dafür tun«, versprach Elke Bauer. »Aber einen solchen gewaltigen Umschwung können Schmidt-Ott und ich nicht alleine schaffen. Dafür brauchen wir Ihr Gewicht.«

»Ich mag kein Aber«, belehrte sie der Kanzler und fuhr fort: »Ich weiß, was ich zu tun habe.« Elke Bauer schluckte die Bemerkung und gewann rasch ihre Balance wieder.

Eine Viertelstunde später sprach der Bundeskanzler aus einem Fenster im ersten Stock der Parteizentrale zu seinen Anhängern. »Parteigenossen, Freunde, Mitbürger! Wir machen keinen Unterschied. Die Zeit des Parteien-Geschachers ist zu Ende. Wir kümmern uns um alle Deutschen – einerlei, ob sie uns gewählt haben oder nicht. Wir sind die Diener des ganzen deutschen Volkes!« Levite lauschte dem von der gegenüberliegenden Häuserfront zurückgeworfenen Echo seiner Worte, ehe der Beifall aufbrandete. Er genoss den Jubel in der Überzeugung, ihn verdient zu haben. Und begründete dies: »Vor einem Jahr waren wir eine politische Sekte. In dieser Frist haben wir es in Hessen, in Ostdeutschland und den meisten übrigen Gauen geschafft, die führende Partei dieses Landes zu werden. Weil Ihr, weil die Deutschen uns vertraut haben – und es heute mehr denn je tun!« Der Redner legte eine Pause ein, um den Applaus einsetzen zu lassen. Levite kam sich vor wie Charlie Chaplins »Großer Diktator«. Die Realität übertraf die Satire. Im Gegensatz zum Komiker trat er ohne Uniform und Schnauzbart auf. Die Mikrophone bogen sich nicht vor seinem Silbengetrommel erschreckt zurück.

»Wir werden nicht ruhen, bis wir das Vertrauen der überwältigenden Mehrheit der Deutschen errungen haben. Und wir werden dieses heilige Gut ehren!« Anhaltender Jubel. *Sie würden klatschen, wenn ich ins Mikrophon husten würde. Die Deutschen lieben mich. Weil ich ihnen gebe, wonach sie dürsten!*

»Wir sind ehrlich! Wir sagen, was wir tun und wir tun, was wir sagen. Wir machen eine Politik für die Deutschen. Wir geben nicht vor, die ganze Welt glücklich zu machen – die Mohnbauern in Afghanistan, die Bürgerkrieger in Arabien, die Kameltreiber in Afrika. Wir sind keine Aufschneider, keine Lügner, keine Hochstapler.« Applaus. »Wir sind bescheiden. Ganz bescheiden. Wir begnügen uns, mit aller Kraft für das deutsche Volk zu sorgen.« Jubel. In seiner kurzen Ansprache dankte er den Parteigenossen-Wählern-Bürgern für ihre Treue und ihr Vertrauen und erneuerte seinen »Schwur, alles für Deutschland zu tun. Nicht mehr – aber auch nicht weniger!« Levite riss seine gespreizten Arme in die Höhe, wie er es in alten schwarz-weiß Filmaufnahmen von General de Gaulle gesehen hatte, und genoss den minutenlangen Schlussapplaus.

Nach einer knappen Verabschiedung von seinen Parteigenossen ließ sich Levite ins Kanzleramt chauffieren. Es tat gut, als Regierungschef durch seine Hauptstadt gefahren zu werden, vorbei am Brandenburger Tor, dem Symbol der deutschen Macht und Zerrissenheit. Wenn doch sein Vater Herschl den schwindelerregenden Erfolg seines Sohnes hätte erleben dürfen! Alle Besserwisser, Schlaumeier und destruktiven Elemente, die ihn als Nichtsnutz denunziert hatten, mussten nun seinen Triumph erleiden. Am Tag seiner Amtsübernahme hatte er verhindert, dass der durchgeknallte Maik Nützel die Farce eines Fackelmarsches am Brandenburger Tor inszenierte. Zur Belohnung würde er ihn morgen zum Minister machen und ihm die Verantwortung für seine ostdeutschen Landsleute übertragen.

AUS DEM FENSTER seines Apartments im Kanzleramt genoss Paul Levite den Blick auf Berlin. Danach begab er sich umgehend in sein Büro, um sich in die Unterlagen über Walter Keller und seine Fraktion und Partei zu vertiefen.

Paul Levite schlief ruhig. Die Anspannung war von ihm abgefallen. Er erwachte vor Anbruch der Helligkeit. Es war kurz nach 5 Uhr. *Ich bin Bundeskanzler!*, vergegenwärtigte er sich sogleich. Er rief die Bereitschaft an und bat um schwarzen Kaffee, frisch gepressten Orangensaft – was um diese Zeit nicht durchführbar war, wie ihm bedauernd mitgeteilt wurde. Immerhin: Ein Käsebrötchen und ein gekochtes Ei wurden ihm binnen wenigen Minuten offeriert. Zeitungen waren erst ab 6 Uhr verfügbar, die Presseschau wurde nicht vor 7 Uhr 30 fertig. Erst eine halbe Stunde später wurde die Bibliothek geöffnet. Er überflog die Webseiten der meisten Zeitungen. Danach schaltete der neue Regierungschef das Frühstücksfernsehen ein. Es berichtete in neunzig Sekunden über seine gestrige Rede aus dem Ernst-Jünger-Haus sowie über die Feier in der Parteizentrale der Realsozialisten. Man sah Nadja Hauser und ihre Führungsclique.

Danach kommentierte ein bekannter Politologe das gestrige Geschehen. Er nannte es einen »historischen Umbruch« und wünschte dem neuen Bundeskanzler eine glückliche Hand bei der Auswahl seiner Minister und einen langen Atem für die Durchführung der überfälligen Reformen, welche die Regierung Hedwig Kleinerts versäumt hatte. Deutschland habe sich 14 Jahre im Stillstand befunden – mit unabsehbaren Folgen für Wirtschaft und Gesellschaft. Das Land jetzt wieder in Fahrt zu bringen und Kurs zu halten sei eine titanische Aufgabe: »Ich wünsche dem neuen Bundeskanzler viel Mut und politische Klugheit bei diesem Unternehmen, das uns alle betrifft. Wir müssen ihn dabei mit aller Kraft unterstützen.«

»Hure!«, rief Levite unwillkürlich. Derselbe TV-Politologe hatte ihn noch vor Monatsfrist als »zionistisches Feigenblatt der Neonazipartei« denunziert. Kaum aber war Levite zum Kanzler gewählt, versuchte sich dieser Polit-Quacksalber bei ihm einzuschmeicheln. Der Kanzler notierte sich den Namen des Kommentators – zerriss den Zettel jedoch sogleich.

Um 6 Uhr 30 erschien Robert Kriener in seinem Büro, wo ihn kurze Zeit später der Bundeskanzler aufsuchte. Die Kampfgefährten brannten darauf, mit ihrer Arbeit zu beginnen. Der Stabschef hatte noch bis nach Mitternacht in der Parteizentrale an Optionen für die neue Kabinettsliste gefeilt. Denn »im Jünger-Haus haben wir immer noch keine sichere Datenverarbeitung.« Levite setzte sich an den Konferenztisch und studierte Krieners Aufzeichnungen. Der hatte die Wunschkandidaten des Kanzlers – Kraus, Bauer, Dongen, Hufnagl und sogar Nützel – berücksichtigt, ebenso Nadja Hauser und die voraussichtlichen Minister-Aspiranten ihrer Partei für Arbeit, Soziales und Frauenfragen, Gesundheit, Landwirtschaft und Ernährung sowie Wirtschaftliche Zusammenarbeit. Zudem hatte er eine Reihe Militärs und Verteidigungsexperten mit biographischen Angaben und Empfehlungen versehen. »Die Kommunisten haben sich einen ordentlichen Teil der Torte gesichert, weit mehr als ihnen zukommt.« Levite zuckte die Schultern. »Das war der Preis, den wir zahlen mussten, um Hauser und Genossen für uns zu gewinnen. Jetzt spielen wir ehrlich weiter. Doch wehe, sie versuchen, meine Politik zu dominieren... dann werden sie uns kennenlernen.«

»Wir bleiben auf sie angewiesen«, warf Kriener ein, ehe er nachdenklich fortfuhr: »Meinst du, Hauser und Co. wollen uns in die Parade fahren?« »Ich glaube nicht, dass sie es kurzfristig vorhaben. Die freuen sich erst einmal an ihren neuen Ämtern. Doch auf Dauer müssen sie uns angehen. Das erfordert ihre DNS, ihre kommunistische Ideologie oder, wie sie es heute nennen würden, ihr marxistisches Weltverständnis. Ihre Doktrin erlaubt zwar taktische Bündnisse. Am Ende aber muss der Sozialismus stehen. Da die Masse zu dumm ist, dieses strategische Ziel zu erkennen oder gar anzusteuern, braucht sie eine Avantgarde, die ihre Interessen optimal vertritt. Das ist die Kommunistische Partei – oder wie immer sie sich nennen mag. Da sie diese Mission zu erfüllen hat, dürfen alle Allianzen mit bürgerlichen oder faschistischen Parteien – darunter subsummieren sie uns – nur vorübergehend sein. Sie dienen nur dem Unterfangen, die Partei so schnell wie möglich an die Macht zu bringen.«

Paul Levite und sein Stabschef präparierten sich sorgfältig für die bevorstehende Unterredung mit den Fraktionsvorsitzenden. Kriener plädierte für ein vorsichtiges Abtasten, Levite dagegen wollte wie gewohnt gleich in die Offensive gehen.

Um 7 Uhr 30 wurden Andreas Schmidt-Ott und Werner Keller ins Kanzlerbüro gebeten. Levite hasste aus demütigender Erfahrung das Machtspiel des Wartenlassens. Der Bundeskanzler begrüßte seine Gäste freundlich, stellte ihnen seinen »unentbehrlichen« Leiter des Kanzleramtes vor und bat Keller um eine vertrauliche Schilderung des Zustands seiner Partei und seiner Position dazu.

Keller bestätigte, dass Hedwig Kleinert intern bereits ihr Rücktrittsschreiben als Parteivorsitzende dem Parteipräsidium der Konservativen zugesandt habe. Es werde in einer Stunde veröffentlicht werden. Levite dankte ihm für sein Vertrauen und dafür, dass er in dieser Situation dennoch seiner Einladung gefolgt sei. Obgleich mit der Demission der Kanzlerin – er verbesserte sich – der Parteichefin gerechnet worden sei, würde ihr Rücktritt dennoch für viele ein Schock sein... Nach fast zwanzig Jahren gehe eine Ära zu Ende. Der Neuanfang werde Zeit brauchen, man müsse nach geeigneten Kandidaten Ausschau halten, führte Keller aus.

Levite unterbrach ihn, indem er an Herbert Wehners Prophezeiung nach dem Sturz der rot-gelben Koalition unter Helmut Schmidt durch ein liberal-konservatives Bündnis im Jahr 1982 erinnerte. Der SPD-Fraktionschef habe seiner Partei damals 16 Jahre Opposition vorhergesagt, was nach 13 Jahren Regierungsverantwortung ihm niemand glauben wollte. Doch so sei es gekommen. »Was wollen Sie mir damit sagen, Herr Bundeskanzler?«, sagte Keller mit leisem Lächeln. Die Replik imponierte Levite. Er begann zu verstehen, weshalb der introvertierte Mann seine Position erlangt hatte. »Es könnte Ihrer Partei ebenso ergehen, Herr Keller. Das wissen Sie.« »Ich will es nicht ausschließen. Ich bin neugierig zu erfahren, was Sie mir mitteilen wollen...« Die freundliche Beharrlichkeit des Politikers zwang Levite, seine Karten auf den Tisch zu legen, wenn er nicht in Allgemeinplätzen verharren wollte. »Sie haben es in der Hand, Ihrer Partei den Weg durch die Wüste einer langjährigen Opposition zu ersparen.« Keller hob seinen Blick, schmunzelte.

»Ja?«

»Ja. Ich könnte mir vorstellen, dass unsere Parteien kooperieren...«, hob Levite an. »Ehrlicherweise fällt mir im Augenblick diese Vorstellung schwer«, bekannte der Konservative. Levite wurde zunehmend gereizt. »Doch nicht, weil Sie mich für einen Faschisten halten, wie Hedwig Kleinert mich zu denunzieren beliebte …«

»An dieser Polemik habe ich mich nie beteiligt.« Keller sah Levite offen an.

»Weshalb weisen Sie mein Angebot dennoch zurück?«

»Herr Bundeskanzler, Sie möchten sicher in einer Koalition die Führung der Bundesregierung behalten?«

»In der Tat.«

»Sehen Sie, Herr Bundeskanzler, und das kann unsere Fraktion nicht akzeptieren, da wir die Wahlen gewonnen haben – was Sie anders sehen. Doch unbestritten bleibt, dass wir die meisten Abgeordneten im Bundestag haben.«

»Herr Keller, Ihre unaufgeregte Art gefällt mir. Doch sie begehen einen Irrtum, wenn Sie das numerische Prinzip über die politische Wirklichkeit stellen. Sie haben gesehen, sie können nichts bewegen.« »Im Moment ist es wenig, da haben Sie Recht, Herr Bundeskanzler. Doch Sie wissen aus eigener Erfahrung noch besser als ich, dass Politik eine ungewöhnliche Dynamik entwickeln kann.« Levite lachte auf, Keller fiel ein, ebenso wie Schmidt-Ott, der bislang wie Kriener schweigend dem Dialog gefolgt war. Der Chef des Kanzleramts zeigte keine Reaktion.

Levite räusperte sich kurz, ehe er fortfuhr: »Sie vertrauen also auf das Prinzip Hoffnung, Herr Keller?«

»Ja, aber nicht nur …«

»Erlauben Sie mir als Juden, dessen Volk zweitausend Jahre mit Gottvertrauen und Hoffnung zugebracht hat, Ihnen einen aus Erfahrung erwachsenen Rat zu geben?«

»Ich bitte darum, Herr Bundeskanzler.«

»Die Zeit der Hoffnung kann sehr lang währen. Manchmal furchtbar lang – wie während der Schoah. Erst wenn man aktiv wird, erhält die Hoffnung Gelegenheit, sich zu erfüllen.«

»Das sehe ich genauso, Herr Bundeskanzler.«

Levite verstand, dass es im Moment keinen Sinn machte, gegen Kellers starre Haltung anzurennen. Das Beste war jetzt das Aufzeigen einer vielversprechenden Option. Das Wissen darum sollte, selbst bei einem so gefassten Politiker wie Keller, in der sich zwangsläufig verschärfenden Krise seiner Partei wie ein Rettungsring wirken, nach dem man unwillkürlich greift, wenn der Untergang droht.

Der Kanzler erhob sich. Die drei Herren folgten seinem Beispiel. Er drückte dem Konservativen die Hand und sprach mit langsamer, doch eindringlicher Stimme zu ihm: »Herr Keller, ich danke Ihnen für Ihren Besuch in dieser für Sie und Ihre Fraktion so schweren Stunde. Sie haben mir ein ehrliches Bild der Zwänge vermittelt, unter denen Sie stehen. Sie werden entsprechend handeln. Mir liegt daran, Ihnen einen Ausweg aufzuzeigen, indem ich Ihnen mein Wort gebe, dass Sie und Ihre Partei jederzeit in meiner Regierung willkommen sind. Nicht als Mehrheitsbeschaffer, sondern als gleichberechtigte Partner. Ich werde Bundeskanzler bleiben und Sie als Vizekanzler und Leiter jedes Ministeramtes, das Sie wünschen, begrüßen. Ich erwarte jetzt keine Antwort. Dank der von Ihnen betonten Dynamik der Politik wird die Zeit rasch kommen, in der wir gemeinsam, ohne Ansehen der Partei allein im Interesse Deutschlands arbeiten werden.« Die Herren verabschiedeten sich.

»Ein harter Brocken«, bekannte Kriener. Levite lächelte. »Selbst Felsen werden durch den Strom der Zeit geschleift – mal sehen, wie lange es bei Keller dauert.«

WÄHREND DIE MEDIEN den voraussehbaren Rücktritt Hedwig Kleinerts vom Parteivorsitz der Konservativen zum Anlass für längst vorgefasste ausführliche Rückblicke und für neue Spekulationen über die bevorstehenden Machtkämpfe bei den Konservativen nahmen, nutzten der Bundeskanzler und sein Stabschef die Zeit für die Komplettierung des Kabinetts. Levite beorderte zwei Generäle zu einem Gespräch in den kleinen Konferenzraum neben seinem Büro.

Die Militärs traten umgänglich auf. Levite konnte an ihnen nicht die Zackigkeit der Wehrmachtsgeneräle ausmachen, die er aus Hollywoodfilmen kannte. Ihr Habitus glich eher dem von Managern in Uniform. Sebastian Ritter, der schmächtige Vizeadmiral, gemahnte den Kanzler eher an einen Geisteswissenschaftler oder Bibliothekar. »Habe nun, ach! Philosophie, Juristerei und Medizin, Und leider auch Theologie durchaus studiert, mit heißem Bemühn«, kam es Levite unwillkürlich bei der Begegnung mit dem Marineoffizier über die Lippen, dessen lebendige, grüne Augen den neuen Bundeskanzler neugierig musterten. »Da steh ich nun, ich armer Tor, Und bin so klug als wie zuvor«, ergänzte Ritter lächelnd. Der Admiral gestand, zunächst Germanistik studiert zu haben. Doch statt Theologie und Juristerei habe er sich für die Marine entschieden. »Und ich mich für Sie. Sie sollen mein Verteidigungsminister sein – und die Verantwortung für die deutschen Streitkräfte tragen.« Levite wurde ernst. »Ich muss Ihnen nicht sagen, wie wichtig diese Aufgabe objektiv ist und wie sehr sie mir persönlich am Herzen liegt, Admiral Ritter.«

Um 9 Uhr 30 überreichte Robert Kriener dem Bundeskanzler die ihm von der neuen DDR-Geschäftsführerin Lena Betzel ausgehändigte Besetzungsliste für die von der Partei vorgesehenen Ministerien. Abgesehen von Birte Findeisen, die als Ministerin für Arbeit und Soziales gesetzt wurde, kannte Levite die Funktionäre nicht. Im Gegensatz zu ihm hatten die Realsozialisten nicht die Klugheit und das Vertrauen besessen, einzelne Ressorts mit anerkannten Experten zu besetzen. Kontrolle besaß nach wie vor oberste Priorität. Ihre Vorsitzende als seine Vizekanzlerin gut zu heißen, fiel Levite schwer. Doch er akzeptierte die Hypothek des politischen Geschäfts – viel lieber wäre er mit Keller und seinen Parteifreunden am Kabinettstisch gesessen.

Neben den Ressortvorschlägen ließ Hauser dem Bundeskanzler den Entwurf ihrer Antrittsrede als Außenministerin zugehen. Levite hatte sie nicht darum ersucht. Demnach wollte sie kritische Aussagen ihrer Erklärung vom Regierungschef absegnen lassen. Levite ließ eine Kopie für Kriener anfertigen.

Der Text enthielt die üblichen Bekenntnisse zum Frieden und zur Solidarität, ein Plädoyer zur Vertiefung der Freundschaft mit Russland zur Stabilisierung der Sicherheit Europas, während zugleich die Forderung nach einem Abbau der Befugnisse der EU erhoben und angekündigt wurde, die Zahlungen an die Union in Stufen um fünfzig Prozent zurückzufahren. Das würde bei entsprechenden Maßnahmen Frankreichs das Ende der Gemeinschaft bedeuten. Zugleich kündigte die Außenministerin den Austritt Deutschlands aus der militärischen Allianz der NATO an.

Levite hätte als Bundeskanzler, der die Richtlinienkompetenz besaß, darauf bestehen können, diese entscheidende Weichenstellung selbst zu verkünden, zumindest jedoch dies dem Verteidigungsminister zu überlassen. Doch er wollte Sebastian Ritter nicht überfordern. Levite hielt wie alle Bundeskanzler vor ihm das Bündnis mit den Vereinigten Staaten bei allen Interessensgegensätzen und Meinungsverschiedenheiten für einen unverzichtbaren strategischen Grundstein der deutschen Außen- und Sicherheitspolitik. Über kurz oder lang würde er sich mit den USA einigen – daher überließ er es Nadja Hauser, wie von ihr gewünscht, als Totengräberin der NATO zu gelten, während er zu gegebener Zeit als Retter der deutsch-amerikanischen Beziehungen nach Washington und New York reisen wollte.

Im abschließenden Teil ihres Entwurfs forderte Hauser die völkerrechtliche Anerkennung Palästinas, einen Stopp des israelischen Siedlungsbaus und die Räumung der jüdischen Siedlungen. Sollte die Regierung in Tel Aviv dem nicht zustimmen, würde die Bundesregierung die diplomatischen Beziehungen zu Israel abbrechen.

»Kommt nicht in Frage!«, bestand Levite. Kriener wiederum hielt den Austritt aus dem Militärbündnis für weltpolitisch gravierend. »So ist es«, sagte der Kanzler. Doch dies habe man in den Koalitionsverhandlungen vereinbart. »Aber damit begnügt sich die Hexe nicht. Sie sattelt obendrein auch noch die Israel-Bashing-Kiste drauf. Als kommunistische Kader ist sie geschult, sich abzusichern. Deshalb hat sie mir ihren programmatischen Besinnungsaufsatz vorgelegt. Aber das lasse ich nicht zu. Wenn ich hier nachgebe, mache ich mich zum Büttel.«

Levite beschloss, Hauser die zukünftige Rangordnung in der Regierung zu demonstrieren. Daher bat er Kriener als amtierenden Leiter des Kanzleramts, seine zukünftige Kollegin anzuhalten, die gesamte Israel-Passage zu streichen. Kriener bezweifelte, dass Hauser als Parteichefin des Koalitionspartners und zukünftige Vizekanzlerin sich von einem Büroleiter Anweisungen erteilen lassen würde. Die Verweigerung des Innenressorts kränkte Kriener offenbar immer noch. »Du bist kein Büroleiter, sondern Minister für Strategische Planung und Leiter des Kanzleramts und damit verantwortlich für die Koordination der Regierungspolitik. Damit bist du in Absprache mit mir gegenüber den einzelnen Ressortchefs weisungsberechtigt. Das werden wir noch vor der Sitzung des Kabinetts in aller Deutlichkeit klar machen.«

Wie von Kriener und auch von Levite angenommen, weigerte sich Außenministerin Hauser tatsächlich, von Kriener Direktiven zu empfangen. Levite beließ es dabei – vorläufig.

Um 10 Uhr 45 besichtigte Paul Levite in Begleitung Robert Krieners und des Kustos des Kanzleramts den Kabinettssaal. Der Amtsträger hätte zu gern auf dem Sessel des Kanzlers Platz genommen, doch er bezwang sein Bedürfnis. Levite wollte sich nicht vor Kriener entlarven. Diesen plagten andere Sorgen. Nadja Hauser tat alles, um ihn ihre Autorität als kommende Vizekanzlerin fühlen zu lassen. Er wollte sich ohne Levites Hilfe gegen sie durchsetzen.

Pünktlich um 11 Uhr 30 sammelte sich die zukünftige Kabinettsrunde in ihrem Tagungszimmer. Fernsehteams waren ausgeschlossen, da die Minister noch nicht ernannt und vereidigt worden waren. Lediglich Aufnahmen von der Anfahrt der Politiker und dem Gang zum Regierungsflügel waren erlaubt. Levite betrat den Saal durch einen Seiteneingang, um nicht gefilmt zu werden. Er nahm auf seinem Sessel in der Mitte Platz. Rechts von ihm saß Robert Kriener, zu seiner Linken – mit durchgedrücktem Kreuz, und frisch frisiert – Nadja Hauser. Als die Türen geschlossen waren, begrüßte der Bundeskanzler die designierten Minister. Er dankte ihnen dafür, dass sie in dieser entscheidenden Zeitphase bereit waren, Verantwortung für Deutschland zu übernehmen und wünschte ihnen Ernsthaftigkeit, Glück und Erfolg bei ihrem Tun. Dann kam Levite sogleich zur Sache. »Wir können nur Erfolg haben, wenn wir als Team loyal und konzentriert zusammen arbeiten. Gemäß dem Grundgesetz bestimme *ich* die Richtlinien der Politik. Ich trage die Verantwortung. Die Arbeit des Kabinetts wird durch den Minister des Kanzleramts Robert Kriener koordiniert. Wenn er sich an die einzelnen Minister wendet und ihnen Weisungen erteilt, geschieht das in meinem Namen und gemäß meiner Politik. Ich habe zu Staatsminister Kriener unbedingtes Vertrauen. Ich will und kann keine Alleingänge einzelner Minister dulden, sonst scheitern wir und stürzen Deutschland in die schlimmste Krise seiner Nachkriegsgeschichte – das darf nicht passieren. Wir müssen wie eine gut geölte Maschine funktionieren. Ich sitze am Steuer. Sind Sie alle willens, diese Arbeit für unser Land zu übernehmen?«

Maik Nützel rief spontan »Ja!«, ebenso Fritz Kraus. Elke Bauer, die übrigen Kollegen der Deutschnationalen und der von ihnen delegierte Ressortleiter bezeugten ihre Zustimmung nach Studentenart durch Knöchelklopfen auf den Tisch, auch Dongen und Sebastian Ritter, der nach seinem Abschied von der Marine in Zivilkleidung erschienen war. Als einziger Mann trug Ludwig Hufnagl keine Krawatte.

Der Bundeskanzler wandte sich nach links zu Nadja Hauser. Er sah sie aufmerksam an. Seine zukünftige Stellvertreterin hielt Levites Blick stand. Sie spürte, dass auch ihre Parteigenossinnen und -genossen sie beobachteten, ebenso wie die übrigen Anwesenden. Hauser drückte ihren Rücken betonter durch als zuvor. Sie setzte ein Lächeln auf und ließ ein knappes »Ja« verlauten, woraufhin ihre DDR-Kollegen ebenfalls ihre Zustimmung aussprachen. Im Vergleich zu den Kommunisten ist meine Partei eine Chaotentruppe, erkannte Levite. Er war überzeugt, dass Hauser es nicht im letzten Moment zum Bruch mit ihm kommen lassen würde – zu sehr war sie begierig auf die Regierungsämter.

Levite selbst ergab sich der gleichen Logik, er schluckte den kommunistischen Frosch, um ganz Deutschland vorsingen zu dürfen. Doch nicht um jeden Preis. Sein Judentum wollte er nicht als Morgengabe opfern. Durch ihr Vorpreschen auf diesem objektiv nebensächlichen Schauplatz gab Hauser ihm als Kanzler Gelegenheit, sie vor versammeltem Kabinett zu stutzen. Levite dankte den Anwesenden für ihre Loyalität und versprach »Ehrlichkeit, Zuverlässigkeit und unablässige Arbeit«. Abschließend drückte er jedem und jeder zukünftigen Minister/in die Hand.

NACH AUSHÄNDIGUNG DER Ernennungsurkunden durch Bundespräsident Danziger im Schloss Bellevue ließen sich die Minister in ihren Dienstlimousinen zum Bundestag chauffieren. Levite hatte Kriener gebeten, ihn im Wagen des Regierungschefs zu begleiten. Der Kanzler übergab dem Staatsminister den Text seiner Regierungserklärung in einem mit goldgeprägten Bundesadler versehenen Lederumschlag.

Ach, hätte Herschl nur für wenige Minuten Zeuge sein können, wenn sein Sohn zum Kanzler der Bundesrepublik Deutschland vereidigt wurde. Er wäre der stolzeste Mann auf Gottes Erdboden – die Ermordung seiner Familienangehörigen wäre nicht vergessen, doch durch eine unendliche Genugtuung gemildert. Ursula Levite hatte den Kontakt zu ihrem

Sohn abgebrochen, nachdem dieser sein Studium aufgegeben hatte und ihm der berufliche Erfolg versagt geblieben war. Später hatte er von Bekannten erfahren, dass seine Mutter sich für die »Neonazi-Aktivitäten« ihres Sohnes schämte. Ihr Mann würde sich im Grabe umdrehen, wenn er wüsste, dass sein Sohn sich zum Komplizen der Faschisten machte, hatte sie erklärt. Herschl dagegen liebte Paul bedingungslos. Er war glücklich, dass Gott ihm nach dem Ende seiner Eltern in Auschwitz einen Sohn geschenkt hatte. Gott! Sein Vater hätte gewiss von Paul erwartet, dass er sich bei seinem Eid auf den Schöpfer der Welt und seines Volkes Israel berief.

Paul Levite gehörte keiner Religionsgemeinschaft an. Doch er fühlte sich als Jude. Um des Andenkens an seinen Vater willens musste er bei Gott schwören. Dazu brauchte er eine Thora. Zwar wurde man im Bundestag, anders als in den USA, nicht auf die Bibel vereidigt. Dennoch hatte Paul Levite das Empfinden, dass er eine Bibel oder einen Sidur, ein hebräisches Gebetsbuch, während seines Schwurs bei sich tragen sollte. Die Bibel seines Vaters stand ausgerechnet im Ernst-Jünger-Haus. Im Kanzleramt war gewiss kein hebräisches Gebetbuch vorhanden, doch in der Bibliothek des Bundestags gab es sicherlich eine Ausgabe des Alten Testaments. Levite wollte vermeiden, dass bekannt wurde, der Bundeskanzler sei auf die Thora vereidigt worden. Dies wäre für die Antisemiten ein gefundenes Fressen. Sie würden eine neue Verschwörungslegende ersinnen, Levite habe auf das »Protokoll der Weisen von Zion« geschworen, Deutschland den Juden zu unterwerfen.

Levite wandte sich an seinen »Freund und Helfer« und bat ihn, schnell und diskret ein Exemplar des Alten Testaments oder ein jüdisches Gebetbuch beschaffen zu lassen. Kriener schmunzelte: »Wird erledigt.« Er freue sich, dass Levite sich noch an Werten orientiere, statt allein die Macht anzubeten.

UM 14 UHR WURDEN der Bundeskanzler und sein Kabinett im Bundestag vereidigt. Eine Stunde vor dem Schwur überreichte Robert Kriener dem Bundeskanzler eine hebräische Thora-Ausgabe, die Levite nicht lesen konnte, sowie einen hebräisch-deutschen Sidur. Der Bundeskanzler suchte und fand das »Sch'ma Israel«. Das »Höre, oh Israel«, das Basis-Gebet der Juden. Levite schlug das Kompendium zu und drückte es an die Lippen, wie es sein Vater nach dem Gebet stets getan hatte. Er steckte das Büchlein in seine Jackett-Tasche. Paul Levite dachte an das Bekenntnis der biblischen Hebräer: »Wer stark genug ist, der gürte sein Schwert.« Er fühlte sich stark genug – Deutschland zu regieren.

Paul Levite trat vor das Podest des Bundestagspräsidenten. Mark Stadler sprach ihm die Eidesformel nach Artikel 64 des Grundgesetzes vor. Der Bundeskanzler wiederholte sie mit fester Stimme: »Ich schwöre, dass ich meine Kraft dem Wohle des deutschen Volkes widmen, seinen Nutzen mehren, Schaden von ihm wenden, das Grundgesetz und die Gesetze des Bundes wahren und verteidigen, meine Pflichten gewissenhaft erfüllen und Gerechtigkeit gegen jedermann üben werde…« Levite legte seine Hand auf die Stelle, hinter der das »Höre Israel!« steckte, und betonte: »…so wahr mir Gott helfe.«

Das Anlegen der rechten Hand an die linke Brust wurde in zahlreichen Kommentaren als Geste der Solidarität mit den Vereinigten Staaten gewertet, wo die Berührung des Herzens beim Singen der Nationalhymne üblich war. Allein Paul Levite und Robert Kriener wussten, dass der Bundeskanzler auf diese Weise seinen Gott angerufen hatte.

Der Vereidigung des Bundeskanzlers folgte die seiner Minister. Nur Elke Bauer und Robert Kriener, dessen Position vom Staatsminister zum vollwertigen Mitglied des Bundeskabinetts vom Kanzler aufgewertet worden war, bezogen sich bei ihrem Schwur auf Gott.

Im Anschluss an eine Pause, die dazu diente, den Fernsehsendern und Journalisten Gelegenheit zu geben, die Sitzordnung des neuen Kabinetts auf der Regierungsbank zu filmen und zu beschreiben, begann die Aussprache. Paul Levite erhob sich von seinem Platz an der Seite Nadja Hausers und trat an das Rednerpult des Bundestags. Er dankte den Wählern und Abgeordneten, welche die Bildung der neuen Regierung ermöglicht hatten, und versprach, er und seine Minister würden sich in den Dienst der gesamten Nation stellen, auch jener Millionen Frauen und Männer, die andere Parteien gewählt hatten. Bis dahin hatte er diese Formel als eine rituelle Phrase der Politiker empfunden. Doch jetzt, da er selbst Regierungsverantwortung trug, war er von seinen Worten überzeugt. Hatte der Schwur ihn geläutert oder handelte es sich um eine Autosuggestion, um seine Machtgelüste zu rechtfertigen?

Paul Levite stellte seine Regierungserklärung unter die Devise des Deutschlandlieds »Einigkeit und Recht und Freiheit«. Es gehe nicht an, dass ein Bundestagsabgeordneter wie er ein 25mal so hohes Einkommen beziehe wie Transferleistungsempfänger, von denen viele Jahrzehnte lang gearbeitet und Steuern gezahlt hätten. Das Gleiche gelte für Erwerbslose, Behinderte und Bezieher kleiner Renten. Daher werde die Bundesregierung den Mindestsatz der Transferleistungen verdoppeln, Renten und Sozialleistungen würden entsprechend steigen. Wer dies ablehne, besitze weder Mitgefühl noch Verstand. Denn die ohnehin niedrigen Zahlungen an Minderverdiener würden vollständig wieder dem Kreislauf der Volkswirtschaft zufließen, ein beträchtlicher Teil davon als Steuer dem Staatssäckel zugutekommen. Aufgabe der Bundesregierung sei, die Interessen des deutschen Volks wahrzunehmen, internationale und europäische Verpflichtungen dagegen wären zweitrangig. »Zwischenstaatliche Solidarität ist wichtig, sie darf jedoch keine Einbahnstraße sein. Wir sind gute Europäer, doch weder der Dukatenesel noch der Zahlmeister der Gemeinschaft.« Deutschland müsse sein Verbleiben in der EU und der Euro-Währungsgemeinschaft anhand der eigenen Interessen unsentimental bewerten und dementsprechend entscheiden. Der Bundeskanzler betonte, Deutschland sei eine friedliche Macht. Berlin wolle gute Beziehungen zu allen Staaten pflegen, das gelte für die USA ebenso wie für Russland als unverzichtbaren Partner im europäischen Konzert. Im innenpolitischen Teil seiner Rede unterstrich Levite, das deutsche Recht orientiere sich an den freiheitlichen Maßstäben des Grundgesetzes. Alternative Rechtsquellen würden unter keinen Umständen geduldet. Levite hob die Stimme: »Ich will mich in dieser entscheidenden Angelegenheit nicht hinter abstrakten Formeln verstecken. Die Scharia mag in Iran Geltung besitzen. In Deutschland greift ausschließlich deutsches Recht!« Der Beifall der DNMP-Fraktion explodierte. Auch weite Teile der Konservativen spendeten dem Bundeskanzler Applaus. Auf der Regierungsbank deuteten Nadja Hauser und Birte Findeisen Zustimmung an. Levite fühlte, dass er hier nachlegen musste. Er mahnte ein aktives Eintreten für das positive Recht in Deutschland. »Die Gedanken sind frei, meine Damen und Herren, doch wer meint, sich mit einer formellen Hinnahme unserer Werte und unseres Rechts begnügen zu können, hat hierzulande nichts zu suchen. Wer als Ausländer gegen deutsches Recht verstößt, wird unnachsichtig ausgewiesen werden. Aber wer in unserem Land bleiben möchte, der muss die deutsche Sprache lernen und die Kultur unserer Gesellschaft bejahen…« Der Beifall wiederholte sich – auch von Seiten mancher Realsozialisten.

Der Kanzler ging auch auf das Thema Zuwanderung ein. Diese sei erwünscht. »Doch dabei müssen, wie bei jedem Einwanderungsland, die Interessen der eigenen Gesellschaft und Volkswirtschaft entscheidende Maßstäbe sein – nicht die Wünsche der potenziellen Immigranten.« Das Asylrecht gemäß Artikel 16a des Grundgesetzes wolle seine Regierung beibehalten. Dieses Recht sei jedoch individuell und könne nicht auf die Bevölkerung ganzer Länder ausgeweitet werden. Ansonsten stifte man Millionen zur Flucht an, was diese Staaten destabilisiere. Deutschland sei nicht in der Lage, weltweit alle Flüchtlinge, insgesamt siebzig Millionen, aufzunehmen. Nachdem Deutschland unter der Nazi-Herrschaf die Völker der Welt bedroht habe, dürfe es nicht ins andere Extrem fallen und den Weltsamariter spielen wollen – das überfordere die Menschen dieses Landes. Der Bundeskanzler schloss mit den Worten: »Das Programm dieser Regierung ist einfach: Einigkeit und Recht und Freiheit sind die beste Gewähr für Frieden in unserem Land und mit unseren Nachbarn. Daran werden wir mit unserer ganzen Kraft über die Grenzen der Parteien und der partikularen Interessen hinweg arbeiten. Jeder, der sich daran beteiligen will, ist dazu eingeladen. Am Erfolg unserer Arbeit wollen wir vom deutschen Volk gemessen werden.«

Wieder auf der Regierungsbank erfreute sich der Bundeskanzler des Beifalls seiner Fraktion sowie nicht weniger Konservativer und Realsozialisten. Nadja Hauser drückte Levite lange die Hand. Die übrigen Kabinettsmitglieder klatschten Beifall.

Als Oppositionsführer begrüßte Werner Keller das grundsätzliche Bekenntnis des Bundeskanzlers zu Einigkeit, Recht, Freiheit, Frieden. Doch dann unterzog er Levites »Absichtserklärung« einer detaillierten Kritik. Er rechnete vor, dass nur ein Bruchteil der Erhöhung der geringfügigen Einkommen und Transferleistungen als Steuern an den Staat zurückfließen würden. Auf diese Weise würde das Staatsdefizit immer größer und der Staatsschuldendienst stetig kostspieliger. Die Inflation würde steigen und damit zu einer Verteuerung der Lebenshaltungskosten für alle – besonders der Armen – führen.

Als weit gravierender bewertete Keller die Diffamierung des Islams und seiner religiösen Gesetze. »Auf diese Weise fördert man nicht die Einheit, sondern zerstört sie. Die Moslems werden an den Rand der Gesellschaft gedrängt. Und niemand darf sich wundern, wenn ihre Jugendlichen auf diese Weise empfänglich für eine religiöse und politische Radikalisierung werden.« »Terror-Pate!«, »Mullah!«, »Ab nach Mekka!«, scholl es Keller aus den Reihen der Deutschnationalen entgegen, was Maik Nützel zu einem breiten Grinsen veranlasste. Es erlosch prompt, als die Zwischenrufe Keller zu einer Abweichung von seiner vorbereiteten Rede provozierten.

Er wandte sich direkt an den Regierungschef und rief diesem ins Gesicht: »Herr Bundeskanzler! Dies ist die Ausgeburt des Hasses, für die Sie durch Ihre Politik Verantwortung tragen. Dass Sie als Jude sich dazu hergeben, den Nazis als Feigenblatt zu dienen, ist schändlich.«

Nützel schlug mit seiner Faust aufs Pult der Regierungsbank und brüllte: »Volksverhetzer!« Damit war der Bann gebrochen. Die meisten Deutschnationalen sprangen auf und beschimpften den Redner. Rufe wie »Raus aus dem Reichstag!« und »Schwein!« und »Saukopf!« folgten. Viele Kommunisten buhten und riefen »Antisemit!«, indessen die Freien Sozialisten applaudierten. In den Reihen der Konservativen dagegen herrschte eisige Stille, während sich die Kakophonie im Lager der Deutschnationalen ständig steigerte. Die Ordnungsrufe und das Läuten von Bundestagspräsident Mark Stadler fanden keine Beachtung. Schließlich erhob sich der Parlamentspräsident, bog das Mikrophon hoch und brüllte ins aufgepeitschte Abgeordneten-Meer: »Ich unterbreche die Sitzung für eine Stunde. Abgeordneter Keller, kommen Sie umgehend in mein Büro ins Bundestagspräsidium. Die anderen Fraktionsführer bitte ebenfalls.«

Eine Stunde später eröffnete Bundestagspräsident Stadler erneut die Sitzung mit der Information, der Abgeordnete Keller bedaure seine Bemerkung und entschuldige sich beim Bundeskanzler. Er werde in der kommenden Woche nicht an den Parlamentssitzungen teilnehmen. Rufe aus dem deutschnationalen Flügel, die einen sofortigen Rücktritt Kellers verlangten, ignorierte Stadler. Stattdessen richtete er seine Worte an Levite. »Herr Bundeskanzler, nehmen Sie die Entschuldigung des Abgeordneten

Keller an?« Levite erhob sich. »Ja.« Seine Stimme zitterte, als er fortfuhr: »Meine Damen und Herren, lassen Sie uns zu unserer Arbeit zurückkehren. Dafür wurden wir gewählt und genießen das Vertrauen unseres Volkes. Wir dürfen es nicht durch Beleidigungen und Streit verspielen.«

Am liebsten hätte Levite Keller krankenhausreif geprügelt. Er hatte ihm vertraut. Ihm sogar die Vizekanzlerschaft angeboten. Als Lohn denunzierte ihn der antisemitische Hetzer bei der ersten Gelegenheit im Namen der Menschlichkeit als Juden. Antisemitismus war Teil der deutschen Genetik. Nicht nur bei den alten Nazimördern, sondern auch bei ihren Kindern und Enkeln. Urban Hansen und Gesinnungsgenossen machten aus ihren antisemitischen Herzen keine Mördergrube. Ein vermeintlicher Liberaler wie Keller dagegen hatte sich Levites Vertrauen erschlichen, obgleich er keinen Deut besser war als die Nazibanditen.

Nur aus taktischen Gründen gab Levite sich versöhnungsbereit. War man als Jude in Deutschland, selbst im wichtigsten politischen Job, dazu verdammt, zu heucheln? Wie sollten die Juden, einschließlich des Bundeskanzlers, diese schizophrene Haltung auf Dauer aushalten? Paul Levite wusste keine Antwort. Vorderhand hatten ihm Kellers Anwurf und seine vermeintlich souveräne Reaktion auf das Podest der Unangreifbarkeit gehoben.

Als zweite Rednerin der Opposition ergriff Petra Kubier das Wort. Kellers antisemitischer Ausrutscher konnte der gläubigen Christin und Freien Sozialistin nicht unterlaufen, denn ihr galten alle Menschen gleich viel. Diese humane Haltung erlaubte ihr, »die Apartheitspolitik der zionistischen Regierung in Jerusalem« offen zu kritisieren, ohne in den Ruch des Antisemitismus zu geraten. Die vom Bundeskanzler in seiner Regierungserklärung verkündete Politik war nach ihren Worten weitgehend faschistisch. Sie hetze das Lumpenproletariat gnadenlos gegen die Zuwanderer aus islamischen Ländern auf. Dass der Kanzler Jude war, mache die Sache nicht besser. Kubier warnte eindringlich, dass eine Verwirklichung des Regierungsprogramms zu einer Abschaffung der deutschen Demokratie führen würde, für die sich niemand so vorbehaltlos und heldenhaft eingesetzt habe wie die Freien Sozialisten. Darauf könnten die Wähler weiterhin vertrauen. »Sie haben die Wahlen verloren«, höhnte es aus dem Plenum. Kubier nahm den Zwischenruf auf. »Das wird unsere demokratische Gesinnung nicht ins Wanken bringen. Die Menschen in unserem Lande wissen, dass sie sich auf uns verlassen können. Denn für uns Freie Sozialisten gilt damals wie heute die Devise: ›Freiheit und Leben kann man uns nehmen, die Ehre nicht‹. Dabei wird es bleiben!«

Die neue Außenministerin Nadja Hansen ging in ihren Ausführungen nicht auf die Polemiken ihrer Vorredner ein. Stattdessen portraitierte sie ihre Partei als Garantin der sozialen Gerechtigkeit und des Friedens in der neuen Bundesregierung. Wer diese menschlichen und gesellschaftlichen Werte gutheiße, müsse die Realsozialisten unterstützen. »Wir stehen in der Tradition Rosa Luxemburgs und Bertha von Suttners…« »… und von Walter Ulbricht und Josef Stalin«, schallte es ihr von den Freien Sozialisten entgegen.

Nachdem der stellvertretende Bundestagspräsident die Ordnung wieder hergestellt hatte, verkündete die Außenministerin den Austritt Deutschlands aus der militärischen Allianz der NATO als eine entscheidende Friedensmaßnahme der neuen Bundesregierung. Wenn es notwendig sei, würden weitere entsprechende Taten folgen. Hauser enthielt sich jedoch anti-israelischer Rhetorik, so wie der Bundeskanzler es von ihr gefordert hatte.

In seinem Resümee gab sich der Bundeskanzler als Versöhner und Landesvater. Er versprach, die kritischen Anregungen der Opposition zu überdenken und diese, soweit es der Bundesregierung möglich sei, in ihrer Politik zu berücksichtigen. Ausdrücklich bat er die Opposition, mit ihrer Kritik fortzufahren. Er würde dafür stets ein offenes Ohr haben. Denn er wolle dem ganzen Volk dienen, nicht nur seiner Partei.

Der Bundeskanzler dankte Petra Kubier für die Erwähnung von Otto Wels, den sie nicht namentlich genannt habe. Wels habe als SPD-Vorsitzender im von den Nazis und ihren bürgerlichen Steigbügelhaltern beherrschten Reichstag 1933 den Mut besessen, sich Hitler und seiner Verbrecherbande entgegenzustellen und das Ermächtigungsgesetz abzulehnen, dessen Zweck die Legalisierung der Diktatur gewesen sei. Die Unterwerfung der bürgerlichen Parteien gegenüber den Nationalsozialisten war vollständig gewesen. Deshalb hätten Hitler und die Nazis es nicht einmal für notwendig erachtet, die Weimarer Verfassung außer Kraft zu setzen und sich stattdessen eine eigene Nazi-Konstitution zu schaffen.

Die Servilität der übrigen Parteien ermöglichte es Hitler, als Kanzler entsprechend der Weimarer Verfassung seine Gewaltherrschaft formaljuristisch korrekt auszuüben. Alleine Otto Wels' SPD widersetzte sich diesem Anschlag auf die Demokratie. Entgegen seiner ursprünglichen Absicht wandte sich Levite direkt an Petra Kubier. »Frau Abgeordnete, Ihr Versuch, sich mit Otto Wels zu vergleichen, ist lächerlich. Otto Wels wusste, dass ihm und seinen Parteigenossen ein Martyrium bevorstand. Dennoch nahm er heldenhaft, doch ohnmächtig den Kampf gegen die Nazis auf. Er bezahlte dafür mit seiner Freiheit und seinem Leben. Sie, Frau Kubier, und Ihre Partei haben die Wahl verloren, weil die Bürger seit langem wissen, dass Ihre Parolen Leerformeln sind, denen keine Taten folgen. Daher sitzen Sie auf den Bänken der Opposition, statt in der Regierung. Aber niemand denkt daran, Ihnen oder irgendjemand anderen in unserem Land oder gar im Parlament die Freiheit zu rauben. Im Gegenteil, meine Regierung und ich sind der Wahrung der Freiheit verpflichtet.«

Levite lächelte, während er die Abgeordnete ansprach. »Mein Rat an Sie, Frau Kubier: Gebärden Sie sich nicht als Märtyrerin. Versuchen Sie nicht, in die Fußstapfen Otto Wels' zu treten! Die sind Ihnen viel zu groß. Sie sind nicht Otto Wels und Ihre Partei nicht die SPD. Nehmen Sie die Wirklichkeit an. Sie haben Ihre Partei in eine krachende Wahlniederlage geführt. Daher haben die Deutschen Ihnen eine Denkpause in der Opposition gegönnt, in der Sie Ihre Wunden lecken und hoffentlich neue Ideen für unser Land entwickeln können.«

Petra Kubiers wütender Protest ging im Gelächter und im Beifall der übrigen Fraktionen unter. Der Bundeskanzler war's zufrieden. Er badete im Applaus und verkündete abschließend, Heinrich Heine zitierend: »›Worte, Worte, keine Taten. Immer Geist und keinen Braten‹ – machen Sie sich auf vier Jahre Taten meiner Regierung gefasst.«

AM TAG NACH seiner Regierungserklärung hielt der Bundeskanzler morgens vor 8 Uhr in seinem Büro eine Lagebesprechung mit Robert Kriener ab. Sie legten dabei eine Rangordnung der Sofortmaßnahmen fest. Levite und sein Stabschef beschlossen als erstes die Verdopplung der Geldleistung für alle Transferleistungs-Empfänger, sowie eine Erhöhung des Arbeitsloseneinkommens um fünfzig Prozent bis zu einer Obergrenze von

1800 Euro. – »Bald wieder D-Mark«, frohlockte der Kanzler. Ebenfalls verdoppelt werden sollten die staatlichen Bafög-Förderungen für Studenten. Arbeits- und Sozialministerin Findeisen sollte binnen Wochenfrist die entsprechenden Gesetze ausarbeiten lassen, derweil Finanzminister Dongen die Kosten kalkulieren und die nötigen Mittel bereitstellen sollte. Darüber hinaus sollte der Ressortchef die monetären und rechtlichen Konsequenzen eines Austritts aus der Euro-Gemeinschaft eruieren.

Innenminister Kraus wurde angewiesen, gemäß den Vorgaben Krieners eine Polizeireform in Gang zu setzen und dabei einen Plan zur Verstärkung der Bundespolizei auszuarbeiten. Die zusätzlichen Kräfte würden gebraucht, um die Umsetzung der Ausländergesetze sicherzustellen. Elke Bauer als zuständige Ressortleiterin sollte Gesetze und Verordnungen auf den Weg bringen, die die Abschiebung vorbestrafter Ausländer gewährleisten sollten. Dabei ging es vor allem darum, eine Blockade durch Anrufung der Gerichte zu unterbinden. Im Falle von Finanzkriminalität sollte darüber hinaus das Eigentum einschließlich Bankkonten, Wertpapiere, Immobilien und Firmen beschlagnahmt werden können. Die Einreise von Moslems sollte nicht grundsätzlich verboten werden, doch die islamischen Staaten sollten der Visumspflicht unterliegen, Einreise- und Aufenthaltsbescheide nur in Ausnahmefällen gewährleistet werden. Der Kanzler wollte darüber mit der Chefin des Auswärtigen Amtes sprechen. Kriener sollte die Details mit den Staatssekretären festlegen und deren rasche Umsetzung kontrollieren.

Robert Krieners Zweifel, dass Hauser sich auf diese Maßnahmen einlassen und deren Ausführung erlauben würde, wischte der Kanzler beiseite. »Nur mit meiner Zustimmung, ja mit meiner Mithilfe kann sie ihr Meisterstück fertigstellen: den Austritt aus der NATO. Um das gelingen zu lassen, würde sie das Mark aus ihren Knochen saugen, noch lieber selbstverständlich aus meinen. Dafür wird sie alles schlucken, selbst die Abschiebung der muslimischen Gesetzesbrecher und die faktische Einreisesperre für weitere Immigranten aus den Herkunftsländern.« Levite grinste. »Das macht für Hauser Sinn. Die Moslems sind größtenteils religiös. Die wählen keine Kommunisten. Darum macht sie mit uns das Geschäft. Raus aus der NATO gegen raus mit dem Islam. Dann gehört er eben nicht mehr zu Deutschland.«

Robert Kriener beobachtete die zunehmende Selbstsicherheit Levites mit einer Mischung aus Verwunderung und Beklemmung. War Levites neue Stärke allein die Frucht seines hervorragenden Amtes? Würde sie sich verfestigen oder zu Euphorie und Selbstüberschätzung führen, was bei labilen Persönlichkeiten fast unweigerlich geschah? Die Antwort würde die Konfrontation mit den widerstreitenden Kräften der Politik geben. Um einen Anhaltspunkt zu erhalten, vor allem aber, weil die Herausforderung unweigerlich bevorstand, brachte Kriener die Haltung der Länder zur neuen Ausländerpolitik des Bundes zur Sprache. Er ging von einer einhelligen Ablehnung aus.

Anders als von seinem Amtschef erwartet, zeigte der Kanzler keine Anzeichen von Angst. Levite lächelte vielmehr und dozierte: »Theoretisch sind selbstverständlich alle gegen eine ›Diskriminierung von Ausländern und den Antiislamismus der populistischen DNMP‹, wie sie uns nennen. Das ist Theaterdonner. Billige Propaganda. In der politischen Realität müssen und wollen alle der Stimmung der Bevölkerung gerecht werden. Das gilt vor allem für Ostdeutschland. Fünf Länder brechen bereits aus der Multikulti-Phalanx aus, speziell Bayern. Die Konservativen sind nach dem Sturz der eisernen Hedwig...« Die Rocktöne und die unverwechselbare Stimme Drafi Deutschers in »Marmor Stein und Eisen bricht, aber unsere Liebe nicht«, dröhnten in Levites Kopf. Unwillkürlich wippte er mit seinem rechten Fuß und schnippte mit den Fingern. »... ja, Hedwig ist zerbrochen – an uns, vor allem aber an ihrer eigenen Starre.« Er wurde ernst. »Kein Konservativer mit einem normalen Überlebensinstinkt wird sich in der Phase des Umbruchs nach dem Ende der Kleinert-Ära mit einer Politik vorwagen, die verhindert, dass kriminelle und extremistische Ausländer abgeschoben werden. Gegen Moslems haben wir nichts. Das habe ich ausdrücklich gesagt...« Levite erinnerte sich an die Mahnung des Vaters: »Wenn einer sagt, er hat nichts gegen Juden, dann weißt du, dass er Antisemit ist.« Nachdenklicher fuhr er fort: »Die konservativen Flächenländer werden uns machen lassen. Und in der Hauptstadt gehört die Straße ohnehin uns. Bleiben also nur noch die Hansestädte. Nebbich! Ihre Ablehnung im Bundesrat werden wir verkraften.«

Während Kriener sich eingestand, dass Levites Kalkulation durchaus stimmig war, ergriff den Kanzler Unruhe. Er trommelte zunehmend nervös mit seinen Fingern auf die Schreibtischplatte, ehe er aufsprang und erregt durch den Raum schritt. »Du hast selbstverständlich Recht, Robert. Nach der gegenwärtigen Schockphase werden sie alles versuchen, uns im Bunde das Leben schwer zu machen. Wer dabei den größten Erfolg haben wird, verbessert seine Chancen im Rennen um Kleinerts Nachfolge.« Levite blieb abrupt stehen. »Uns bleibt nichts übrig, als die Länder so schnell wie möglich auszuschalten.«

Kriener sah den Kanzler überrascht an. »Das bedeutet Gleichschaltung wie…«

»Nenn es, wie du willst. Und lass mich mit 1933 in Ruhe!«, schrie Levite ihn an.

Kriener schüttelte den Kopf. »Soeben hast du mir einleuchtend erläutert, dass die Länder kein nennenswerter Störfaktor unserer Politik sind – und im nächsten Moment willst du sie so schnell und brutal wie möglich ausschalten. Warum?«

»Weil wir uns nach Kleinerts politischem Exitus momentan in einer anormalen Lage befinden. Aber diese Situation wird nicht ewig so bleiben. Nach einer Phase der Diadochenkämpfe wird sich ein starker Anführer durchsetzen. Seine wichtigste Aufgabe wird sein, die destruktiven Kräfte der Partei wieder nach außen zu richten, also gegen uns.« Dabei wäre die Vetomacht des Bundesrats ihre schärfste Waffe. Levite nahm seine Wanderung wieder auf. Vor Krieners Sessel blieb er stehen und fuhr fort. »Wir müssen die Tohuwabohu-Periode der Konservativen nützen, um die Macht der Länder zu brechen.«

»Wie willst du das machen?« Levite hatte keine konkrete Vorstellung, daher wies er seinen Stabschef an, für den kommenden Morgen eine Runde von »Experten der Tat, nicht des Geschwätzes« unter Einschluss von Justizministerin Bauer und Parlamentspräsident Stadler, dessen juristischen Rat er am meisten schätzte, im Kanzleramt zusammenzurufen. Sie sollten eine wirksame Taktik zur Brechung des Ländereinflusses entwickeln und entsprechende Vorschläge präsentieren.

DAS ERGEBNIS DER Beratung war für Levite ernüchternd. Die Fachleute stimmten überein, dass hierzu eine Zweidrittelmehrheit des Bundestags und eine entsprechende Zustimmung der Länderkammer notwendig seien. Nach vier Stunden beendete der Bundeskanzler das Treffen. Wie hielten Berufspolitiker über Jahre diese Sitzungsqualen aus? Wahrscheinlich waren sie als Beamte oder Angestellte des öffentlichen Dienstes die Sesselfurzerei gewöhnt oder sehnten sich nach derartigen Treffen, bei denen lediglich folgenlos geredet wurde. So vermied man die Verantwortung für Entscheidungen. Wenn er auf diese Weise agiert hätte, wäre er bestenfalls Frankfurter Stadtverordneter geworden. Sitzungen förderten die kollektive Paralyse.

Eine legale Ausschaltung des Bundesrats war gemäß Grundgesetz nicht möglich – lautete das Fazit der Fachleute. Um zu dieser Erkenntnis zu gelangen, hätte es des Geschwätzes der Akademiker nicht bedurft. Also musste Levite die Entscheidung politisch herbeiführen. Dafür brauchte er neben seiner Partei auch die Unterstützung der Konservativen.

Levite bat Robert Kriener in seiner Eigenschaft als Parteigeneralsekretär, diskret eine Kampagne zur Unterstützung der Regierung zu initiieren. Als der Kanzler sich nach dem Zustand der Konservativen Partei erkundigte, teilte ihm Kriener mit, Werner Keller werde, nachdem er den Fraktionsvorsitz niedergelegt habe, auch auf sein Bundestagsmandat verzichten. Levite kommentierte dies mit der Bemerkung, fast habe er Mitleid mit dem Narren. Als Kriener erstaunt fragte, ob der Kanzler Keller dessen kränkende Äußerung nicht nachtrage, meinte der: »Nein. Keller hat nur gesagt, was die anderen denken.«

UM 14 UHR SUCHTE Nadja Hauser, begleitet von einer etwa vierzigjährigen, gepflegten und sorgfältig zurechtgemachten Frau, die sie als neue Leiterin des Planungsstabs im Auswärtigen Amt vorstellte, den Bundeskanzler auf. Levite schmunzelte über Hausers Prestigesucht, die ihre Unsicherheit verbergen sollte. Die Ministerin sprach routiniert vom »AA« und versuchte sich gleichzeitig durch die Begleitung der Ministerialbeamtin abzusichern. Worauf der Kanzler die Diplomatin bat, im Vorzimmer zu warten, er wolle sich zunächst »vertraulich mit Frau Außenministerin unterhalten.«

Die Chefin des Auswärtigen Amtes hatte die Unterredung gesucht, um den Fahrplan einer raschen Umsetzung des Austritts aus der Nordatlantischen Militärallianz festzulegen. Levite hatte sich zuvor von den Leitern der außenpolitischen und der Rechtsabteilung des Kanzleramtes beraten lassen. Der Bundeskanzler wies das Ansinnen eines raschen Ger-xit als unmöglich zurück. Die Außenministerin wisse bestimmt, dass der NATO-Vertrag vom Bundestag ratifiziert worden sei und daher nur mit Zustimmung des Parlaments gekündigt werden könne. Dies werde zeittaktisch geschehen, erklärte der Kanzler und erläuterte, dass er es sich vorbehalte, diese Entscheidung zuvor persönlich dem amerikanischen Präsidenten sowie den Regierungschefs der wichtigsten Verbündeten mitzuteilen.

Das sei unnötig, da die Nato-Mitglieder bereits aus ihrer Regierungserklärung die Tatsache erfahren hätten, parierte Hauser. Levite nutzte ihre Äußerung, um die Prioritäten »ein für allemal« festzuhalten. »Die Richtlinien der Politik bestimme ich! Und mir allein ist es vorbehalten, die Regierungserklärung abzugeben. Sonst niemandem.«

Ihr komme es nicht auf die Semantik und Hierarchien, sondern auf Inhalte an. Sie habe als Außenministerin das Ausscheiden aus dem Militärpakt vor dem Bundestag verkündet und Levite habe dem als Bundeskanzler zugestimmt. Levite verneinte dies. Er habe es lediglich hingenommen. Der Streit eskalierte. Der Kanzler und seine Stellvertreterin gifteten sich an. Als Hauser damit drohte, die Regierung zu verlassen, wenn Levite nicht zum Austritt aus der NATO stehe, lachte dieser sie aus. Das sei ihr unbenommen – jederzeit. In diesem Fall werde er gelassen weiter regieren, denn um ihn zu stürzen, sei ein konstruktives Misstrauensvotum notwendig. »Dir ist sicher klar, dass dir gegenwärtig nicht einmal deine eigene Fraktion geschlossen folgen würde, geschweige denn ein einziger Abgeordneter der Konservativen, der Freien Sozialisten, Bunten oder gar unsere Deutschnationalen. Das wäre dein politischer Selbstmord. Als Koalitionspartner und kritischer Freund rate ich dir dringend davon ab.«

Hauser verbat sich den Ratschlag des Kanzlers. Dennoch verstand sie, dass er Recht hatte. Findeisen und die anderen Minister und Parlamentarischen Staatssekretäre ihrer Partei waren dermaßen stolz auf ihre neuen Ämter und die damit verbundenen Privilegien, vor allem die dicken Dienstwagen mit Fahrer, dass sie darüber zumindest zeitweilig die objektiven außenpolitischen Interessen der Partei und Deutschlands aus den Augen verloren hatten. Die anderen Parteien wiederum dachten ausschließlich daran, Rache an der strategisch denkenden und handelnden DDR-Vorsitzenden zu nehmen. Levite hatte sie betrogen. Nur mit ihrer Hilfe war es ihm gelungen, sich zum Kanzler wählen zu lassen. Jetzt, da er das begehrte Amt innehatte, weigerte er sich, seinem Teil der Verpflichtung nachzukommen. Er dachte nicht daran, Abmachungen zu erfüllen. Im Moment musste die Außenministerin zurückstecken, doch sie wusste, wie sie es Levite heimzahlen würde.

NADJA HAUSER BESTAND auf einem verbindlichen Zeitplan zum Austritt aus dem Militärpakt, was ihr der Kanzler prinzipiell zusagte. Die genauen Daten wollte er allerdings erst von der Leitung seines Amtes ausarbeiten lassen. Ein erneuter Betrugsversuch. Doch die Außenministerin verstand es als geschulte Kaderfunktionärin, aussichtslose Schlachten zu vermeiden und sich stattdessen auf das nächste Gefecht vorzubereiten, dessen Ort und Zeit sie festzulegen entschlossen war.

Paul Levite genoss Hausers ohnmächtigen Zorn. Sie würde versuchen, sich zu rächen. Doch eine im Auftrag einer großen Tageszeitung und eines TV-Senders durchgeführte Blitzumfrage in der Folge seiner Regierungserklärung gab der DNMP 41 Prozentpunkte. Damit gelang es den Deutschnationalen, ihren Vorsprung vor den Konservativen immer stärker auszubauen. Levite selbst genoss eine Zustimmungsrate von 64 Prozent, er war der beliebteste deutsche Politiker – knapp vor dem Bundespräsidenten.

POLITIK WAR EIN unsentimentales Geben und Nehmen. Er musste so schnell wie möglich mit den Konservativen ins Geschäft kommen. Bislang hatte Werner Keller Verhandlungen über den Zusammenschluss zwischen Deutschnationalen und seiner Partei blockiert. Doch Keller war passé. Jetzt herrschte in der Partei Anarchie, jeder kämpfte gegen jeden. Das war der Moment, den führungslosen Haufen im Sturm zu erobern. Dabei konnten ihm vor allem zwei alte Polit-Hasen helfen – Andreas Schmidt-Ott und Werner Keller. Sein Fraktionschef verstand sich mit jedermann und Keller war nunmehr ein Paria. Wer aus Übermut von der hohen Leiter gestürzt war, musste froh sein, wenn man ihm wieder auf die Beine half – und dafür den geforderten Preis zahlen.

Ein ausführliches Gespräch mit Schmidt-Ott trug nicht unmittelbar zu einem besseren Verhältnis zu den Konservativen bei. Der Fraktionsvorsitzende befürchtete, den Bundeskanzler zu enttäuschen. Daher beließ er es bei den bewährten Sowohl-als-Auch-Aussagen. Werner Keller dagegen nutzte seine Chance, wieder in die politische Arena zurückzukehren, in dem er sich anstrengte, Levite so umfassend und so präzise wie möglich über die Situation bei den Konservativen – und in ihrer bayerischen Schwesterpartei zu informieren. Es herrsche Unberechenbarkeit. Die ehemaligen Lakaien Kleinerts waren in Partei und Fraktion diskreditiert. Die neuen Kräfte hatten indessen noch keine Zeit und keine Gelegenheit gefunden, ihre Talente und ihre Durchsetzungsfähigkeit zu beweisen. Gebe es nicht ein oder zwei Favoriten auf die Führung der Konservativen? »Ich kenne niemanden!«, meinte Keller.

Levite sah ihm die Verzweiflung an. Der Bundeskanzler wollte wissen, wie Keller die eigenen Chancen beurteilte, falls er nicht über seine »antisemitische Bemerkung« gestolpert wäre. »Herr Bundeskanzler, halten Sie mich bitte nicht für größenwahnsinnig. Ich wäre in einer hervorragenden Startposition gewesen. Nicht weil ich ein mitreißender Redner bin oder ein großer Stratege. Nein, weil es bei uns keinen gibt, der besser ist als ich. Darüber hinaus hatte ich momentan das einzig prestigeträchtige und unbelastete Amt in der Fraktion. Um meine Position auszubauen wollte ich mich Ihnen gegenüber profilieren.« Er seufzte: »Unglücklicherweise bin ich dabei in das deutsch-jüdische Minenfeld geraten und habe aus eigenem Leichtsinn ... oder Übereifer eine Explosion ausgelöst, die meine politische und bürgerliche Existenz zerstört hat...«

Levite durfte kein Erbarmen haben. Nur so tun... Der Bundeskanzler tröstete seinen Gast, in der Politik wie im Leben änderten sich die Positionen rasch. Keller widersprach, wer sich in der deutschen Demokratie an Juden vergreife – auch wenn dies unabsichtlich geschehe –, sei gesellschaftlich und politisch für alle Zeit tot und das sei »gut so!« Levite fragte sich, ob Kellers Bußfertigkeit geheuchelt war oder ob er den eigenen Worten glaubte.

Seit ihrer ersten Zusammenkunft hatte sich Werner Kellers Auftreten immer wieder verändert. Er überlegte, wie er den geschrumpften Keller wieder soweit stabilisieren konnte, um ihn als trojanisches Pferd zur Eroberung der Konservativen zu nutzen. Der Bundeskanzler gemahnte seinen Gast an die menschliche Fehlbarkeit, der auch Politiker unterlägen. Keller habe sich in einer kritischen Situation von seinen Gefühlen überwältigen lassen. Das sei falsch gewesen. Doch deshalb dürfe er sich nicht sein Lebtag Vorwürfe machen. Es sei weder christlich noch jüdisch, sich der immerwährenden Verdammnis anheim zu geben. »Sie werden noch gebraucht, Keller. Sie können Deutschlands Demokratie einen wichtigen Dienst erweisen.«.

Paul Levite forderte vom gefallenen Fraktionschef, ihm den schnellsten Weg aufzuzeigen, wie er die konservative Partei mit seinen Deutschnationalen zur stärksten politischen Macht des Landes verschmelzen könne. Der Kanzler wischte alle politischen Einwände Kellers vom Tisch. Seine Persönlichkeit biete die Gewähr für eine Synthese von Konservatismus, Liberalität, Patriotismus und Weltoffenheit. Verfassungstreue Moslems, die sich gesetzeskonform verhielten, die bereit seien, die Sprache zu lernen und die kulturelle Vielfalt Deutschlands zu respektieren, seien hierzulande willkommen. Die gleiche Forderung gelte für jeden Deutschen. Keller begriff, dass der Kanzler ihm eine gesichtswahrende Brücke bauen wollte. Levite wiederholte seine ursprüngliche Offerte, ihn zum Mitglied seiner Regierung zu befördern. Allerdings nicht mehr zum Vizekanzler, dieses Amt sei unterdessen vergeben – »zumindest im Augenblick.«

Werner Keller dankte dem Kanzler für dessen Vertrauen, doch er konnte nicht umhin, die »enormen Hindernisse« zu erwähnen, die einer Vereinigung der Parteien entgegenstanden. Als größte Hürde bezeichnete er die gegenwärtige Führungslosigkeit der Konservativen: »Unsere Partei ist vollkommen handlungsunfähig geworden«, resümierte er. Daher rate er dem Kanzler abzuwarten, bis sich das allgemeine Durcheinander gelegt habe, um sodann mit einer berechenbaren Führung verbindliche Vereinbarungen treffen zu können. Levite war gegenteiliger Meinung. »Sobald sich eine neue Führung etabliert hat, findet sie Gefallen an der Macht. Und wenn es nur die begrenzte Macht der Opposition ist. Dann ist unsere Chance vertan. Solange aber alle Angst vor dem Chaos haben, kann ich als weißer Ritter in die Fraktion galoppieren und dem desolaten Haufen neue Zuversicht und eine klare Zukunftsperspektive geben.«

Wann und vor welchem Forum er auftreten wollte, erkundigte sich Keller. »Sofort! Jede Stunde zählt! Und überall!« Levite forderte Keller auf, ihm umgehend einen Auftritt vor den konservativen Abgeordneten zu ermöglichen. Dies sei so gut wie unmöglich, wusste der erfahrene Parlamentarier. »Kompliziert, schwierig, unmöglich gibt es nicht, wenn man weiß, was man will und sich zur Durchsetzung entschlossen hat«, fuhr ihm Levite dazwischen. »Ich erwarte von Ihnen, dass ich eingeladen werde, morgen Vormittag zur konservativen Fraktion zu sprechen.« Kellers Einwand, damit sei noch nichts gewonnen, ließ der Bundeskanzler nicht gelten. »Ich werde den Gedemütigten und Geschlagenen wieder Zuversicht einflößen und ihnen eine Perspektive geben. Wenn ich die Fraktion habe, habe ich bald die ganze Partei. Denn der Parteivorstand und das Präsidium gehören fast geschlossen der Bundestagsfraktion an. Davon sind selbst die Landesfürsten abhängig. Auf geht's, Keller! Setzen Sie sich in Marsch. Es ist Ihre einzige Chance, zur Rückkehr auf die politische Bühne und zwar als ein Hauptdarsteller. Nutzen Sie sie!«

Der von Werner Keller befürchtete Canossagang erwies sich in der Realität als das Erklettern einer Jakobsleiter. Die verunsicherte konservative Fraktionsgemeinschaft lechzte nach einer Pause im eskalierenden internen Streit und nach einem Politiker, der dank seiner persönlichen Führungskraft der Partei neue Zuversicht einzuflößen bereit war.

Paul Levite ergriff umgehend die Gelegenheit. Eingangs vermittelte er den Abgeordneten ein ungeschminktes Bild ihres Zustandes. Hedwig Kleinert habe durchaus ihre Verdienste gehabt – zumindest in den ersten Jahren ihrer Regierung. Allerdings habe sie nie ein konservatives Weltbild besessen. Sie habe die Partei lediglich als Herrschaftsinstrument benutzt. Kleinert habe alle potentiellen Rivalen ausgeschaltet und daher das Selbstbewusstsein der Partei zerstört, sie zum bloßen Kanzlerwahlverein degradiert. Konrad Adenauer und Helmut Kohl hätten die Partei ebenfalls nach ihrem Bedürfnis zugeschnitten, doch da sie in der Wolle gefärbte Konservative gewesen wären, sei durch ihre Politik die konservative Identität der Partei gestärkt worden. Hedwig Kleinert dagegen habe lediglich ihre opportunistische Politik betrieben und die Partei erbarmungslos ausgeschlachtet. »Das Ergebnis dieses Kahlschlags ist die gegenwärtige Ratlosigkeit der Konservativen.« Der rapide Verfall der Umfragewerte der Partei werde weiter gehen, denn die Konservativen hätten ihren Wählern keine Alternative zur Kanzlerpartei zu bieten. »Die politische Mitte hat bei uns eine neue Heimat gefunden, und ich werde durch meine Politik dafür sorgen, dass es so bleibt.«

Paul Levite sah sich im voll besetzten Fraktionssaal um. Der zunehmende Beifall, aber auch die Haltung der nicht Applaudierenden zeigte ihm, dass seine Analyse geteilt wurde. Der Redner kostete die Hilflosigkeit der konservativen Parlamentarier aus, ehe er ihnen seinen Rettungsring zuwarf. »Es muss nicht so bleiben, meine Damen und Herren. Sie selbst haben es in der Hand, sich aus dieser von Kleinert und ihren Helfern verschuldeten Lage zu befreien.« Der Redner legte eine Pause ein. »Lassen Sie uns unsere Kräfte bündeln, liebe Kollegen. Unsere Parteien teilen konservative Werte. Wir treten beide für Freiheit und Wohlstand ein, und wir empfinden uns allesamt als deutsche Patrioten.« Applaus. »Lassen Sie uns die alten Gräben zuschütten und schnell die Wunden heilen und gemeinsam Deutschlands Zukunft meistern… als gleichberechtigte Partner!« Der Beifall schwoll an. Der amtierende Fraktionsvorsitzende dankte dem Bundeskanzler und Vorsitzenden der Deutschnationalen für sein Angebot und versprach, man werde es ausführlich in den zuständigen Gremien der Partei erörtern. Levite gab sich mit dieser nichtssagenden Antwort nicht zufrieden. Er ergriff erneut das Wort und machte deutlich, dass sein Angebot keine Rückversicherungsoption für den Sankt-Nimmerleins-Tag gewesen sei, sondern eine ausgestreckte Hand. »Entweder Sie ergreifen sie jetzt, oder Sie lassen es bleiben. Dann ist die Chance für immer vertan.« Die Deutschnationalen würden weiterhin das Heft in der Hand behalten, während die Konservativen bis zur Bedeutungslosigkeit mit Debatten und Flügelkämpfen ihre Existenz zerstören würden. Die tosende Zustimmung der Fraktionsmehrheit ermutigte Levite zur Tollkühnheit. Er forderte die Parlamentarier auf, hier und jetzt per Akklamation der Vereinigung beider Lager zur »Konservativen Partei Deutschlands (KPD)« zuzustimmen. Von formaljuristischen Petitessen dürfe man sich dabei nicht aufhalten lassen. Es zähle allein die Macht des Faktischen.

DIE ABSTIMMUNG PER Handzeichen erbrachte eine Mehrheit von über siebzig Prozent. Levite versprach, noch am gleichen Abend die Deutschnationale Fraktion einzuberufen. »Ich garantiere Ihnen, dass wir eine ähnlich hohe Zustimmung erzielen werden.« Die launige Bemerkung des Bundeskanzlers wurde mit Gelächter aufgenommen. Denn jedem war bekannt, das Levites Willen in seiner Partei Gesetz war. Ein Zustand, der den Konservativen bevorstand. Nur eine Minderheit der Fraktion zeigte sich entschlossen, dieser freiwilligen »Gleichschaltung« entgegenzutreten.

Die Zustimmung der Deutschnationalen Fraktion zu Levites Vereinigungsvorschlag war keineswegs einstimmig, wie vom euphorisierten Parteichef angenommen worden war. Eine Reihe »alter Kämpfer«, Anhänger Urban Hansens und nationalistische Überzeugungstäter, gaben sich entschlossen, eine weitere Bolschewisierung der Bewegung zu unterbinden. Sie sahen sich durch den geplanten Parteinamen KPD bestätigt, was in ihren Augen nur »Kommunistische Partei Deutschlands« bedeuten konnte. Ein Redner meinte, Levite handle gemäß seiner Abstammung: »Mazze backen, Geschäfte machen und Kommunismus produzieren«.

Diese Aussage verschaffte Maik Nützel die Gelegenheit, dem Parteichef endlich seine Loyalität und der Fraktion die eigene Machtfülle als Minister zu beweisen. Nützel fiel dem Vorredner ins Wort, beschimpfte ihn als »undankbaren Lump! Brunnenvergifter! Antisemit! Schädling!« Er sei eine Schande für die Bewegung. Paul Levite habe die Bewegung von einem Regionalligaverein zum Deutschen Meister geführt. Wer das nicht anerkenne, der sei es nicht wert, sich Deutschnationaler zu nennen. Dazu brauche es kein Ausschlussverfahren. »Das erledige ich eigenhändig. Jetzt gleich nach der Veranstaltung.« Als sich der Hetzer eingeschüchtert beim Bundeskanzler entschuldigte, blickte Nützel seinen Führer lobheischend an. Paul Levite ekelte sich vor beiden.

Paul Levite zog sich fortan präsidial aus den Niederungen des parteiinternen Schlachtgetümmels zurück und überließ die Disziplinierung der Horde seinen willigen Helfern. Neben Maik Nützel waren dies in erster Linie Mark Stadler sowie als Regisseur und Parteigeneralsekretär Robert Kriener. Sie peitschten in der Fraktion, später in den Parteigremien und am Ende auf einem Sonderparteitag den Vereinigungsbeschluss durch. Sie argumentierten mit dem Hinweis, dies sei eine strategische Entscheidung sowie eine Herzensangelegenheit des Führers der Bewegung, ihr Zweck sei Deutschlands politische und gesellschaftliche Einheit. Der Bundeskanzler tauchte erst auf dem Bundesparteitag auf, wo er verkündete, das Ziel seiner Politik sei, Deutschlands Freiheit, Frieden und Wohlfahrt zu sichern. Dies könne er nur gewährleisten, wenn die Bewegung »wie ein Mann – und eine Frau« hinter ihm stünden. Der Appell an die Einheit blieb nicht unerhört. Die Delegierten stimmten am Ende dem Zusammenschluss beider Parteien zur KPD mit einer Mehrheit von 93 Prozent zu. Der Kanzler nannte dies ein »ehrliches und überzeugendes Ergebnis, das mich anspornen wird, weiter all meine Kraft für euch und Deutschland einzusetzen.«

EINEN TAG VOR dem Vereinigungsparteitag von Konservativen und Deutschnationalen in den Düsseldorfer Rheinhallen meldete sich Nadja Hauser beim Kanzler und bat umgehend um eine Aussprache. Der Klang der metallisch kühlen Stimme der Außenministerin ließ Levite zweifeln: Hatte die Kommunistenchefin ihre Parteigenossen im Kabinett geschlossen gegen Levite in Stellung gebracht? War es ihr gelungen, auch den einen oder anderen »seiner« Minister zu sich herüber zu ziehen? Aber er war ja auf deren Zustimmung im Kabinett gar nicht mehr angewiesen. Keiner seiner Parteileute wäre angesichts der bevorstehenden Vereinigung wahnsinnig genug, gegen den eigenen Parteiführer aufzustehen. Es verhielt sich wohl eher umgekehrt. Hauser befürchtete offenbar, entmachtet zu werden und versuchte ihn daher einzuschüchtern. Da kam sie ihm gerade recht. Der Bundeskanzler teilte seiner Stellvertreterin mit, sein Arbeitstag sei komplett verplant. Als Hauser dennoch auf einer Aussprache bestand, entschloss sich Levite, den Spieß umzudrehen. Er würde Hauser in wenigen Stunden in ihrem Amtssitz im Auswärtigen Amt aufsuchen.

Neunzig Minuten später passierte die Limousine des Kanzlers gefolgt vom Sicherheitsfahrzeug das Besuchertor des Auswärtigen Amtes in der Kurstraße am Werderschen Markt. Die Wagen hielten im Innenhof. Levite wurde vom Protokollchef des Ministeriums empfangen, die Leiterin des Amtes befinde sich gegenwärtig in einem Gespräch mit ihrem weißrussischen Kollegen und werde den Bundeskanzler baldmöglichst empfangen. Botschafter von Abel geleitete Levite und seinen persönlichen Referenten über die mit einem roten Teppich überzogene Treppe vorbei an den Paternostern in den zweiten Stock. Die Wände des Ministerflügels waren mit Walnussholz getäfelt. Der Gang zog sich halbrund weit in Richtung des Ministerbüros, wo sie von der Bürochefin der Ministerin empfangen wurden. Die elegante Frau mit kurzer Frisur und modischer randloser Brille ahmte in ihrem Sprachduktus die knappen Sätze Hausers und ihre Betonung der letzten Wortsilbe nach. Die Ministerin sei informiert. Sie bitte den Bundeskanzler, kurz Platz zu nehmen und zu warten. Sie werde versuchen, rasch die Aussprache mit dem belorussischen Außenminister zu beenden.

Die erzwungene Wartezeit steigerte Levites Unwillen. Er hatte erwartet, von der Ministerin beim Eintreffen begrüßt zu werden – auch wenn er zu früh kam. Dass sie ihn jetzt warten ließ, war empörend. Was bildete sich diese Kommunistin ein? Er war der Kanzler! Aus Höflichkeit suchte er sie in ihrem Ministerium auf, auch um ihr seine Bereitschaft zum Entgegenkommen zu signalisieren, was Hauser offenbar als Unterwerfungsgeste missverstand. Der Bundeskanzler war fest entschlossen, die Schickse zu bestrafen. Er wies die Bürochefin an, »Frau Hauser sofort mitzuteilen, dass ich sie augenblicklich zu sprechen wünsche. Wenn sie dieser Aufforderung nicht nachkommt, verlasse ich das Amt auf der Stelle.« Die Büroleiterin erschrak. Sie führte Levite in einen luxuriösen Konferenzraum, schenkte ihm mit unsicherer Hand eine Tasse Tee ein, bat ihn, sich »lediglich eine Minute zu gedulden.« Sie werde sogleich mit der Ministerin erscheinen. Dann eilte sie aus dem Raum.

Wenig später erschien die Ministerin, begleitet von ihrer persönlichen Referentin und ihrer Bürochefin, im Besprechungszimmer. Levite ließ ihre ausgestreckte Hand unbeachtet. Sie ergriff das Wort und erklärte, er habe sein Kommen erst in mehreren Stunden angekündigt. Sie habe die Zeit bis dahin zur Arbeit genützt. Levite könne nicht von ihr erwarten, den ganzen Tag in Habacht-Stellung zu verharren, bis er zu erscheinen geruhe. »Wir leben nicht im Faschismus. Du bist nicht Franco oder Pinochet oder…« Weiter kam sie nicht. Levite sprang auf und herrschte sie an: Er habe es satt, sich von ihr als Faschist beschimpfen und unentwegt provozieren zu lassen. Hauser verdanke ihr Amt nur ihm, mit keinem Minister habe er so viel Geduld gehabt wie mit ihr. Doch sein Langmut sei jetzt erschöpft.

Ungeachtet Levites Drohung bestand Hauser auf einer Bestätigung des Regierungsbündnisses. Dies erschien ihr notwendig, da in Pressekommentaren darüber spekuliert wurde, dass die Koalition mit den Kommunisten überflüssig geworden sei, da die deutschen Konservativen nunmehr eine eigene Regierungsmehrheit besäßen.

»Ich habe die Regierung nicht infrage gestellt!«, betonte Levite. »Aber ich bin kein Nick-August, der alle fünf Minuten die Koalition bestätigt.« Levite hielt inne. Er nahm wieder Platz und blickte Hauser schieflächelnd an, ehe er mit beherrschter Stimme fortfuhr: »Mit der Koalition bin ich durchaus zufrieden. Die Minister machen alle einen guten Job – bis auf dich. Deshalb muss ich dich aus dem Kabinett entlassen.« »Das wirst du nicht wagen! Dann platzt deine Koalition.« Die Drohung der Ministerin erheiterte Levite, denn sie bewies ihm seine Macht. »Sie wird halten. Denn deine Genossen haben im Gegensatz zu dir längst begriffen, dass sie nicht die Macht besitzen, mir Bedingungen zu stellen. Sie tun ihre Arbeit für Deutschland.« Levite grinste Hauser breit an. »Außer dir. Du antizionistische Stänkerliese.«

»Also daher weht der Wind! Weil ich deine israelischen Imperialisten und Palästinenserunterdrücker nicht bei ihrem Tun unterstützen, sondern zwingen will, ihre Untaten ein für allemal zu beenden und es wage, auch ihre amerikanischen Hintermänner zu kritisieren und nicht länger mit ihnen gemeinsame Sache zu machen, versuchst du mich abzuservieren.« Hauser steigerte ihre Lautstärke. »Das wird dir nicht gelingen! Niemals!«

»Spare dir dein Geschrei und deine Aufregung. Du bist entlassen, Nadja.« Levite sah versonnen auf seine Uhr, ehe er fortfuhr. »Seit 16 Uhr 52.«

Die Macht des Bundeskanzlers barg durchaus Annehmliches. Levite erhob sich. Er teilte Hauser beiläufig mit, dass er bereit sei, sie als Botschafterin nach Moskau zu entsenden. Ihren Protest tat er mit gewohnter Handbewegung ab. Der Bundeskanzler empfahl Hauser, »sine ire et studio« sein Angebot zu überdenken. Das Gehalt sei ebenso hoch wie ihr gegenwärtiges Salär, zudem liebe sie Russland und habe dort gewiss gute Freunde. Darüber hinaus werde sie dank ihrer russischen Sprachkenntnisse eine hervorragende deutsche Botschafterin abgeben. Hierzulande dagegen sei sie fortan eine Unperson. Vor allem in ihrer eigenen Partei. Beim Abschied streckte der Kanzler Nadja Hauser seine Rechte entgegen. Nach kurzem Zögern ergriff sie sie.

UNTER DER REGIE Robert Krieners mit diskreter Assistenz Werner Kellers funktionierte der Vereinigungsparteitag zuverlässig wie ein gut gewarteter Dieselmotor. Kriener überzeugte Levite, seine Rede vom Ende der Veranstaltung auf die Zeit unmittelbar vor der Abstimmung vorzuverlegen. Er war überzeugt, dass sich auf diese Weise das Ergebnis auf bis zu neunzig Prozent steigern ließe.

Paul Levite stellte seine Ansprache erneut unter das Motto »Einheit«. Dies gelte nicht nur für die beiden Parteien, diese seien vergänglich. »Die Parteien kommen und gehen. Das deutsche Volk bleibt.« Stalin mochte sich in der Hölle freuen, dass der deutsche Kanzler sich seiner variierten Worte bediente, die mittlerweile fast vergessen waren. Levite beschwor die Einheit des deutschen Volkes als Grundlage von Recht und Freiheit. Nur eine geeinte Nation könne mit sich selbst und ihren Nachbarn in Frieden leben. Jeder Versuch, die Einheit Deutschlands zu untergraben und sozialen Unfrieden zu stiften, sei kriminell. »Wir sind hier, um dieses zerstörerische Tun ein für alle Mal zu beenden. Wir vereinen unsere Parteien zu einer einheitlichen Bewegung für Deutschland, um Freiheit, Demokratie und Wohlstand dieses Landes zu gewährleisten. Das ist eine unverzichtbare Grundlage für das harmonische Miteinander in unserem Land. Und für den Frieden in Europa und in der Welt. Mit Eurem, mit Ihrem ›Ja!‹ zum Zusammenschluss und zur Schaffung der ›Konservativen Deutschen Partei‹ helfen Sie, Deutschland zu einem Land des Wohlstands und der Stabilität zu machen. Das ist Ihre menschliche und patriotische Pflicht.«

Der stehende Beifall der Delegierten wollte nicht aufhören. Nach einer Viertelstunde forderte Paul Levite die Delegierten auf, ihr Klatschen einzustellen. »Ihr braucht Eure Hände noch für die Abstimmung.«

Dem Lachen folgte ein 97prozentiges Votum für die neugeborene KPD. Bei der Bekanntgabe des Ergebnisses wurde auf der Bühne und anschließend an allen Seitenwänden die neue Parteifahne aufgezogen, eine zierliche Deutschlandflagge auf weißem Grund. Tausende weiße Luftballons mit schwarz-rot-goldenem Fleck stiegen auf. Das Deutschland-Lied ertönte. Die Delegierten erhoben sich, fassten einander an den Armen und sangen lauthals alle drei Strophen der Nationalhymne.

Am Ende nötigte der Beifall Paul Levite erneut auf die Bühne. Er fasste Robert Kriener an der Hand. Der Parteigeneral erwiderte den Händedruck, der mehr einer Umarmung glich, doch er war klug genug, sich der Umklammerung zu entziehen und den neuen Parteiführer alleine auf das Podium zu drängen, damit dieser den ungeteilten Jubel genießen konnte. Paul Levite warf erneut die Arme hoch – er war angekommen. In seiner Partei, die die überwältigende Mehrheit der Deutschen hinter sich wusste. Jetzt galt es, diese Machtfülle zu nutzen.

AM FOLGENDEN MORGEN ernannte der Bundeskanzler den von Nadja Hauser entlassenen ehemaligen Leiter des Planungsstabes des Auswärtigen Amtes Franz von Wallerstein zum neuen Außenminister. Der Berufsdiplomat hatte lange genug gelernt, Anweisungen auszuführen und würde ohne Aufhebens zurücktreten, sobald Levite aus der Mitte der ehemaligen Konservativen einen ihm genehmen Chef des Auswärtigen Amtes gewählt haben würde. Um anschließend mit einem prominenten Botschaftsposten abgefunden zu werden.

Um 10 Uhr 30 begann im Kanzleramt eine Strategie-Konferenz. Der Bundeskanzler beriet sich mit seinem Amtschef Robert Kriener, Mark Stadler in seiner Funktion als wichtigster Rechtsberater des Kanzlers, Finanzminister Donges sowie Ostminister Maik Nützel. Zweck des Treffens wiederum war die Ausschaltung des politischen Einflusses der Bundesländer. Elke Bauer hatte sich im Vorfeld mit Verfassungsrechtlern beraten. Eingangs erläuterte sie das Fazit ihrer Recherche: Ein derart komplexes Unterfangen wie die Abwicklung der Länder müsse gründlich vorbereitet werden, um vorhersehbaren Klagen beim Bundesverfassungsgericht keine Anhaltspunkte zu liefern.

Levite ließ das nicht gelten: »Das deutsche Volk will Ergebnisse sehen, kein Advokatengewisper hören. Ich habe dich zur Justizministerin gemacht, damit du Tatsachen schaffst. Unverzüglich. Wir haben eine Zweidrittelmehrheit im Bundestag, damit ziehst du die Entmachtung der Bundesländer binnen einer Woche durch!« Der Einwurf, dafür sei die Zustimmung der Bundesländer notwendig, fachte die Rage des Kanzlers weiter an. »Kleinkarierte juristische Bedenken dürfen das übergeordnete politische Ziel der Regierung unter keinen Umständen gefährden, die politischen Institutionen der Länder, vor allem Regierungen und Parlamente, umgehend zu liquidieren.«

Die Länder als solche sollten jedoch bestehen bleiben. »Die Bürger sind stolz auf ihre Länder. Diesen Stolz dürfen wir keinesfalls verletzen. Im Gegenteil, wir müssen ihn pflegen.« Kleinstaaten wie Bremen und das Saarland könnten in größere Bundesländer integriert werden. Doch deren Bestand müsse respektiert werden. Levite hielt inne. Eine alte Idee kam ihm in den Sinn: die Renaissance Preußens. Friedrich der Große, der »Alte Fritz«, war in Deutschland neben Bismarck die populärste historische Persönlichkeit. Die Deutschen liebten den König, der Hunderttausende in seinen Kriegen geopfert hatte – weil er diese gewonnen hatte, wie später Bismarck. Preußen besaß noch immer Gloria. Daher bestimmte der Kanzler die Vereinigung Berlins und Brandenburgs. »Die neuen Preußen sollen keine Kriege mehr führen, doch zumindest im Stande sein, endlich einen modernen internationalen Flughafen zu bauen. Das wird den Bürgern imponieren. Den Politikern wird niemand ein Träne nachweinen.«

Elke Bauer ließ sich vom zustimmenden Geraune der Männer nicht beirren. Es stimme, die Länder seien in der Bevölkerung unpopulär. »Nicht die Länder. Ihre Politiker!«, schnauzte der Kanzler. Die Ministerin ließ sich nicht beirren. »Dennoch lassen sich die demokratischen Institutionen der Bundesrepublik Deutschland wie Länderregierungen und Bundesverfassungsgericht nicht mit einem Federstrich aushebeln…« Noch ehe der Bundeskanzler sie niederbrüllen konnte, fuhr die Politikerin fort: »… und schon gar nicht der Bundespräsident. Heinz Danziger wird unter gar keinen Umständen einer politischen Liquidierung der Bundesländer und des Verfassungsgerichts zustimmen. Denn er weiß, dass als nächstes seine Position abgeschafft werden wird.«

Im Konferenzraum herrschte Stille. Die nüchterne Darlegung Elke Bauers überzeugte die Anwesenden – einschließlich des Bundeskanzlers. Als erster fand Mark Stadler die Sprache wieder. Er fragte Levite, weshalb der die politische Liquidierung der Länder mit derartiger Vehemenz vorantreibe. Um die radikale Erhöhung der Sozialleistungen und die drastische Senkung der Steuern unverzüglich durchsetzen zu können, erwiderte der Kanzler. Stadler pflichtete ihm bei, die Erhöhung der Renten, Beihilfen und Stipendien sowie die Kürzung der Abgaben helfe den Bürgern spürbar, man dürfe sie nicht auf die lange Bank schieben. »Das Geld muss den

Leuten sofort zugutekommen. Die Massenmedien werden mitziehen. Und die Landespolitiker müssen notgedrungen zustimmen.« Dabei gelte es, die Länder mit einem zunehmenden Anteil der sozialen Wohltaten zu belasten und ihnen gleichzeitig die Aufnahme neuer Schulden zu untersagen, was sich im Rahmen des Länderfinanzausgleichs und ohne Aufhebens durchsetzen lasse. Dies würde in der Folge zum finanziellen Zusammenbruch der Länder führen. Und dies sei dann der richtige Moment, um mit Zustimmung der Bevölkerung und der Presse die zuvor sorgfältig vorbereitete politische Entmachtung der Föderalstaaten zu vollziehen.

Stadler erntete für seinen Vorschlag allgemeine Zustimmung. Nur Levite zögerte, er wollte wissen, wie lange die Umsetzung des Planes brauchen würde. Etwa ein Jahr, erwiderte Stadler. »Das dauert mir zu lange!«, monierte der Kanzler. Doch die einhellige Meinung seiner engsten Mitarbeiter und Berater bewog ihn schließlich zu einem taktischen Rückzug. Ohne die Unterstützung seiner wichtigsten Kampfgefährten würde seine Revolution für die Interessen der Bürger und eine gerechte und einheitliche deutsche Gesellschaft eine Weile länger dauern, als er es gedacht hatte. Wenn er dagegen versuchte, seine Ziele im Alleingang durchzusetzen, würde er scheitern – und seine zahlreichen Feinde würden triumphieren.

Dennoch empfand Paul Levite das vorsichtige Lavieren als Verrat. Alle hatten ihre Stellungen alleine ihm zu verdanken. Ohne ihn wären sie kleine Polizisten, unbekannte Wissenschaftler, drittrangige Juristen oder sächsische Skinheads geblieben. Kaum aber hatte Levite sie auf die Regierungsbank oder zum Parlamentspräsidenten befördert, fielen sie ihm in den Rücken. Levite begann Stalins Vorgehen zu begreifen. Der Generalsekretär der KPdSU hatte seine innerparteilichen Rivalen Trotzki, Sinowjew, Kamenew ausgeschaltet, die ihm ständig in den Rücken fielen. An ihrer Stelle setzt Stalin junge, ihm ergebene Kader ein. Levite musste mit einer entsprechenden Taktik vorgehen. Doch ohne Blutvergießen! Mit Unterstützung tatkräftiger, unverbrauchter Politiker wollte er Deutschland umbauen. Einerlei, aus welcher Partei sie kamen. Er würde sich auch in den Reihen der jungen Konservativen umsehen. Auf unzuverlässige Gesellen wie Kriener und Stadler würde er verzichten müssen. Ursprünglich hatte der Bundeskanzler beabsichtigt, Stadler von seinem Präsidentenamt im Bundestag zu befreien. Der Posten hatte nach der Bildung der

KPD und dem Verbleib der DDR in der Koalition alle realpolitische Bedeutung verloren. Der Bundeskanzler wollte den Freund zu seinem Vize küren, doch dieser spielte bereits mit dem Gedanken an seinen Sturz. Levite hatte gelernt, Vorsicht walten zu lassen. So beließ er Mark Stadler in seiner symbolischen Position – bei nächster Gelegenheit würde er ihn als Rektor mit Dank wieder zurück an die Universität schicken.

Bei Robert Kriener galt es, vorsichtiger, klüger und brutaler vorzugehen. Denn der kannte keine Skrupel, wie er bei der politischen Vernichtung Urban Hausers bewiesen hatte. Vorläufig aber blieb ihm nur übig, gemeinsam mit seiner ungetreuen Wolfsschar zu heulen.

ZUNÄCHST HATTE LEVITE geglaubt, dass die Industrie und große Unternehmen Jobmaschinen wären, deren Erfolg für den Wohlstand der Bevölkerung entscheidend sei. Daher müsste der Staat alles tun, um ihren Gewinn und damit ihren Bestand zu sichern. Das Scheitern eines Großunternehmens würde katastrophale Folgen für die deutsche Volkswirtschaft nach sich ziehen. Diese Konzerne seien »too big to fail.« Doch sobald er sich näher mit der Ökonomie befasste, desto deutlicher wurde Levite, dass er der Propaganda der Großkonzerne aufgesessen war. Achtzig Prozent der Arbeitnehmer in der Privatwirtschaft hierzulande waren in Klein- und Mittelbetrieben angestellt. Beim Maler um die Ecke oder in den Familienfirmen in Bayern, Sachsen oder Baden-Württemberg, die Präzisionsinstrumente, Dübel oder Qualitätstextilien produzierten. Diese Betriebe und ihre Beschäftigten leisteten den Löwenanteil der Steuereinnahmen. Sie waren für die meisten Innovationen verantwortlich. Seit fast 75 Jahren waren sie die Träger des deutschen Wirtschaftswunders. Daher musste jede Steuerreform vorrangig diese Firmen und ihre Arbeitgeber entlasten. Die reduzierten Steuern würden ebenso wie die erhöhten Transferleistungen als ein gewaltiges Konjunkturprogramm wirken und die deutsche Volkswirtschaft weiter voran bringen.

Robert Kriener sollte sich umgehend darum kümmern, dass die zuständigen Ressortleiter und Staatssekretäre ohne Zeitverzug Levites Einkommens- und Steuerreformpläne umsetzten. Doch Kriener hatte Bedenken. Er habe selbst erfahren, welch enorme rechtliche und politische Hindernisse den Reformvorhaben entgegenstünden, erläuterte er. »Nein! Ich erlebe lediglich, dass du Tag für Tag neue Einwände hast!« Levite sprang auf und stapfte durch sein Büro. »Wir haben eine Zweidrittel-Mehrheit im Bundestag und dank der Vereinigung mit den Konservativen auch eine Mehrheit in der Länderkammer. Wenn wir diese Machtkonzentration jetzt nicht nutzen, unsere Wahlversprechen zu verwirklichen, stehen wir in ein paar Monaten zu Recht als Lügner da und, was noch schlimmer ist, als Versager. Dann stürzen wir in den Umfragen ab – die Folgen muss ich dir nicht erklären.«

Kriener versuchte, den aufgebrachten Regierungschef zu beruhigen. »Paul, dein Reformeifer in allen Ehren, aber wir haben vier Jahre Zeit, unser Programm solide umzusetzen…«

»Du irrst, Robert. Wir sind eine populäre Bewegung ohne tiefe Verwurzelung. Wenn wir unsere Zusagen nicht einhalten, verlieren wir unsere Glaubwürdigkeit und unsere Dynamik. Dann platzt alles wie eine Seifenblase.«

Kriener vertraute dem Instinkt seines Chefs. Die Bevölkerung würde in der Tat keinen allzu großen Aufschub der finanziellen Zusagen der Bundesregierung tolerieren. Der Stabschef musste handeln, denn Levite konnte zwar begeisternde Reden halten, war jedoch unfähig, den komplexen Regierungsapparat souverän zu steuern. Binnen Wochenfrist hatte Robert Kriener die zuständigen Minister und den Fraktionschef vergattert, die entsprechenden Gesetze auf den Weg zu bringen. Der Bundestag funktionierte als Zustimmungsautomat.

WENIGER ALS DREI Monate nach der Regierungserklärung des Bundeskanzlers wurde den betroffenen Bürgern mehr Geld auf ihre Konten überwiesen. Diese Gratifikationen wurden gekrönt durch die Abschaffung des Solidaritätszuschlags. Die Steuer, die 1991 eingeführt worden war, um die durch den DDR-Sozialismus ausgezehrten ostdeutschen Länder zu fördern, war im Laufe der folgenden Jahrzehnte als willkommene Geldquelle für die unterschiedlichsten Vorhaben der jeweiligen Bundesregierungen missbraucht worden. Gemeinsam war den Ausgabetiteln lediglich, dass sie nichts mehr mit dem ursprünglichen Zweck der Steuer, der solidarischen Unterstützung Ostdeutschlands, zu schaffen hatten. So geriet der »Soli« im Verlaufe der Zeit zu einem Synonym für den Missbrauch von Steuergeldern. Die Aufhebung der Solidaritätsabgabe wurde von der Bevölkerung und den Massenmedien als Auftakt einer ehrlichen Politik anerkannt. Das Verdienst wurde dem Bundeskanzler zugeschrieben, der als erster Politiker seit Ludwig Erhard seine Wahlversprechen einhalte.

Um die Zustimmung auf eine breitere Basis zu stellen, gab der Bundeskanzler in einer kurzen Erklärung im Bundestag bekannt, dass die Bundesregierung binnen Monatsfrist die Steuerlast für Klein- und Mittelbetriebe um bis zu dreißig Prozent reduzieren werde. Dies solle über eine Senkung der Gewerbesteuer geschehen. Gemeinsam mit der Erhöhung der Einkommen der Beschäftigten und Rentner werde sein Konjunkturprogramm die Spitzenstellung der deutschen Volkswirtschaft in Europas verfestigen. Lediglich der Industriellenverband forderte entsprechende Steuersenkungen für die Großbetriebe. Diese punktuelle Kritik kam Levite zupass. Auf diese Weise konnte der Bundeskanzler seine Rolle als Vertreter der Beschäftigten und der breiten Schicht des Mittelstandes unterstreichen.

Als Forum sollte ihm ein neues Format im öffentlich-rechtlichen Fernsehen dienen: »Die Bürger und ihr Kanzler«. Zur Hauptsendezeit stellte sich Paul Levite 16 Männern und Frauen aus den Bundesländern zur Diskussion.

Entgegen Krieners nachdrücklichem Ratschlag ließ sich der Kanzler auf eine Live-Sendung ein. Levite war von seiner Idee nicht abzubringen. Die begeisterte Zustimmung zu seiner Regierungspolitik hatte ihn in Euphorie versetzt. Er war nach den Niederlagen und Anfeindungen der Vergangenheit versessen nach immer neuer Zustimmung und Beifall. Paul Levite wollte unmittelbar erleben, wie die Menschen seine volkswirtschaftliche und gesellschaftliche Gerechtigkeitspolitik mit Begeisterung aufnahmen und das Millionenpublikum an den Fernsehgeräten, am Radio, an den Handys und Laptops daran teilhatten. »Live und ohne doppelten Boden«.

Paul Levite war in letzter Zeit für Ratschläge nur zugänglich, wenn er sich niedergeschlagen fühlte. Schoss seine Stimmung dagegen in die Höhe, hielt er sich für unwiderstehlich. Robert Kriener erwog, wie lange er noch Stabschef des Bundeskanzlers sein sollte – zumal ihm seit seiner Amtsübernahme mehrere finanziell lukrative Angebote für Vorstandsposten in der Wirtschaft zugegangen waren. Dort würde er mit vernunftgesteuerten Managern zusammenarbeiten, statt eine labile Persönlichkeit zu betreuen, die seinen Informationen und Empfehlungen kaum noch zugänglich und deren Handeln immer weniger rational beeinflussbar war. Aus Loyalität gegenüber Deutschland und Verbundenheit zu seiner politischen Heimat sowie seinem Freund gegenüber wollte Kriener aber zumindest in der Startphase der Regierung mit Rat und Tat zur Seite stehen.

Die Sendung lief gut an. Die Teilnehmer waren durchwegs angetan, dass ihre Steuerbelastungen abnahmen. Sie waren froh, dass ihre studierenden Kinder und ihre betagten Eltern mehr Geld zur Verfügung hatten. Die Suspendierung des Solidaritätszuschlags löste einhellig Zustimmung aus. Die Maßnahme wurde als ein bestandener Glaubwürdigkeitstest der neuen Bundesregierung und ihres Kanzlers angesehen. Ein Frankfurter Hautarzt, ein Rechtsanwalt aus Jena und eine selbstständige Friseurmeisterin aus Regensburg priesen zudem die bevorstehende Herabsetzung der Gewerbesteuer als längst überfällige Belohnung für die Selbstständigen, während ein Wirtschaftsjournalist aus Düsseldorf befürchtete, die Maßnahmen würden zu Steuermindereinnahmen in Milliardenhöhe und damit zu einem Anwachsen des Staatsdefizits und der Verschuldung führen, deren Folgen Inflation und ein Abschmelzen der Ersparnisse wären. Der Bundeskanzler hielt dagegen, nannte die Herabsetzung der Steuern und die Erhöhung der Transferleistungen einen Akt der Gerechtigkeit. »Unsere Eltern, die Jahrzehnte lang geschuftet haben, müssen anständige Renten erhalten, damit sie einen würdigen Lebensabend genießen können. Umgekehrt müssen wir leistungswillige Studenten und Auszubildende fördern, damit unsere Unternehmen und unsere Grundlagenwissenschaftler weiterhin eine internationale Spitzenstellung einnehmen. Und wir müssen die Steuerlast für kleinere Firmen erheblich mindern. Das ist gerecht, denn die internationalen Konzerne verschieben ihre Gewinne dermaßen, bis sie in Steuerparadiesen landen… Meine Regierung dagegen pflegt den Mittelstand, der unseren Wohlstand gewährleistet. Zudem sind die ein wenig geringeren Steuereinnahmen kein Verlustgeschäft für den Staat, wie uns einzelne kurzsichtige Ökonomen weismachen wollen, sondern ein Investitions- und Konjunkturprogramm in die Zukunft.«

Die geladenen Gäste und die Teilnehmer der Sendung applaudierten dem Bundeskanzler, der zusätzliche Sympathien erntete, als er sich eingehend mit einer Erzieherin aus Koblenz über Probleme der Vorschulkinder unterhielt und statt wie gewohnt zu dozieren, die Fähigkeit zum Zuhören bewies.

Die Sendung wurde durch eine aktuelle Meldung unterbrochen. Der Co-Moderator verlas eine knappe Erklärung: Um 21 Uhr 30 Ortszeit, also vor zirka zwanzig Minuten war ein zweimotoriges Flugzeug während eines Fußballspiels in ein vollbesetztes Stadion in Istanbul gestürzt.

Auf der Projektionsfläche im Studio erschienen Schreckensbilder eines verwüsteten Stadions. Die Sportarena lag im Halbdunkel, da die Flutlichtanlage nur noch teilweise Licht spendete. Auf den Tribünen und auf dem Spielfeld lagen zwischen rauchenden Trümmerteilen Tote und Verwundete, dazwischen hektisch arbeitende Rettungskräfte. Die Bilder vom Stadion wurden ausgeblendet. Der Präsidentenpalast in Ankara wurde gezeigt. Der Staatspräsident stand hinter einem Pult. Er sprach mit vibrierender Stimme, die simultan übersetzt wurde. Der Politiker erklärte, dem Geheimdienst seines Landes lägen sichere Beweise vor, dass es sich um einen »Terroranschlag kurdischer Verbrecher mit Unterstützung russischer Stellen« gehandelt habe. Die Türkei werde diesen Massenmord, der ein Anschlag auf ihre Souveränität sei, umgehend und mit aller Kraft gegen die Terroristen und ihre Verbündeten vergelten. »Wir zählen dabei auf unsere NATO-Verbündeten in Amerika und Europa!«, rief der Präsident abschließend in die Mikrophone und verließ umringt von Personenschützern den Raum.

Im Studio fokussierten sich die Kameras auf Levite. Der Moderator setzte sich ihm gegenüber in einen frei gemachten Sessel und fragte den Regierungschef unvermittelt: »Herr Bundeskanzler, wie wird Deutschland auf den Terror-Gau in Istanbul reagieren? Wann und in welcher Stärke wird sich die Bundeswehr an der Vergeltungsaktion gegen die Terroristen und ihre russischen Hintermänner beteiligen?«

Levite war von der Ignoranz des Fernsehjournalisten verblüfft. Es war offensichtlich, dass er nichts von den komplexen außen- und innenpolitischen Auswirkungen des Geschehenen begriff, dennoch wollte der Schnösel eine »klare« Antwort. Am klügsten wäre es gewesen, die Frage unbeantwortet zu lassen. Ein Hinweis auf den Ernst der Lage hätte einen Abbruch der Sendung und damit des Interviews gerechtfertigt. Doch der

Bundeskanzler wollte das Millionenheer der Zuschauer vor ihren Fernsehgeräten nicht enttäuschen. Hier und jetzt war die Gelegenheit, sie für sich und seine Friedenspolitik einzunehmen. So siegte Eitelkeit über instinktive Vorsicht.

Levite wandte seinen Blick von den lauernden Augen des Interviewers zur zentralen Kamera, deren rotes Licht ihre Aufnahmefunktion anzeigte. »Deutschland wird den Menschen in der Türkei mit allen uns zur Verfügung stehenden Mitteln beistehen. Unmittelbar nach dieser Sendung werde ich in Absprache mit der Bundeswehr und anderen zuständigen Stellen die Entsendung von Hilfsmaßnahmen veranlassen…«

»Sicher, Herr Bundeskanzler. Doch was wird die militärische Antwort Deutschlands sein? Der türkische Ministerpräsident hat einen Vergeltungsschlag gegen die Terroristen und ihre Hintermänner angekündigt und erklärt, er vertraue auf die Solidarität der NATO. In welcher Weise wird sich Deutschland beteiligen?«

Die Chuzpe des TV-Mannes jagte Levites Puls in die Höhe. Die Adern pochten gegen seine Schläfen. »Was verzapfen Sie für einen verantwortungslosen Unsinn?!«, fuhr er den Journalisten an. »Seit dem furchtbaren Anschlag ist weniger als eine halbe Stunde vergangen. Wir wissen nicht mit Sicherheit, ob es sich um einen Terroranschlag gehandelt hat oder um einen Unfall. Und wenn es ein Attentat war, wissen wir noch nicht, wer es ausgeführt hat. Und da wagen Sie es, ein militärisches Eingreifen Deutschlands zu fordern? Sind Sie wahnsinnig?! Das bedeutet Krieg! Sie sitzen lässig auf Ihrem Drehstuhl und fordern Krieg! Also den Tod von tausenden Menschen.«

»Das fordere nicht ich, Herr Bundeskanzler. Das erklärt der türkische Präsident. Er spricht definitiv von einem Terroranschlag und nennt explizit die Hintermänner…«

»Er mag tun, was er für richtig hält. Ich kann nicht nachvollziehen, wie ein verantwortungsbewusster Staatsmann bereits Minuten nach der Katastrophe alle Hintergründe kennt und die Täter zu nennen vermag.«

»Wollen Sie damit sagen, dass der türkische Präsident die Unwahrheit sagt? Oder unterstellen Sie ihm gar, dass er nach einem Plan vorgeht, den Terroristen den Krieg zu erklären?«

Der Kanzler verstand, dass es dem Journalisten allein darum ging, ihn zu unbedachten Äußerungen zu provozieren. Levite atmete tief durch. Er wandte sich vom Moderator ab, der Kamera zu. »Ich kenne weder die Informationen des türkischen Präsidenten, noch seine Absichten. Wir werden bald Näheres erfahren. So lange müssen wir warten. Auf keinen Fall aber wird Deutschland vorschnell handeln und sich in einen Krieg hineinziehen lassen. Unser oberstes Ziel ist und bleibt die Bewahrung des Friedens.«

Unterdessen wurden auf der Monitorwand die Katastrophenbilder aus dem Istanbuler Fußballstadion ausgeblendet und durch Bilder aus dem Weißen Haus ersetzt. Man sah das Redepult mit dem Siegel des Präsidenten. Eine Flügeltür wurde von Gardesoldaten geöffnet, Präsident Jack Barns ging entschlossenen Schritts auf das Rostrum zu. Ein Assistent legte ihm eine Redemappe vor.

In scharfen Worten verurteilte der oberste US-Politiker den mörderischen Terroranschlag, der die amerikanische Nation an die Attentate des 11. September 2001 erinnere. »Wir werden den Terroristen die gleiche tödliche Antwort geben wie damals! Die Türkei kann sich auf die ungeteilte Unterstützung der USA und ihrer NATO-Verbündeten verlassen!« Der Ton der Simultanübersetzung wurde gedimmt.

Der Moderator wandte sich erneut an Levite. »Soeben hat der amerikanische Präsident klar und unmissverständlich die Terroristen als Urheber des Massenmordes bezeichnet und der Türkei den ungeteilten Beistand der NATO bei einer militärischen Vergeltungsaktion zugesagt. Kann sich Deutschland diesem Ansinnen entziehen, Herr Bundeskanzler?« Der spöttische Ausdruck des Journalisten brachte Levite so sehr in Rage, dass er entgegen seiner Absicht auf dessen Frage einging.

»Deutschland ist ein souveräner Staat. Ich habe bei meiner Vereidigung geschworen, Schaden vom deutschen Volk zu wenden – Krieg ist der furchtbarste Schaden. Und seinen Nutzen zu mehren, das heißt den Frieden zu erhalten.«

»Ihren Amtseid und Ihre Friedensliebe in allen Ehren, Herr Levite. Aber kann sich Deutschland gegen alle seine Verbündeten stellen und auf diese Weise dazu beitragen, dass die Terroristen ungeschoren davon kommen und mit ihrem verbrecherischen Tun fortfahren können?«

Paul Levite musste sich beherrschen, dem Moderator nicht ins Gesicht zu schlagen. Doch seine Zunge ließ sich nicht im Zaum halten. »Sie Schwachkopf!«, brüllte Levite. »Ich will keine Terroristen decken, sondern den Frieden erhalten.« Er sprang auf und lief von den Kameras verfolgt zum Ausgang des Studios, wo Kriener stand. Die beiden Männer eilten davon.

ROBERT KRIENER WOLLTE mit Levite sogleich in die Regierungszentrale fahren, doch der war dermaßen aufgewühlt, dass er dringend eine kurze Erholungspause benötigte. Der Leiter des Hauptstadtstudios wies ihnen einen Ruheraum zu. Auch Robert Krieners Nerven waren überaus angespannt. Der Stabschef hatte von vornherein eine Ungeschicklichkeit Levites befürchtet und eindringlich gewarnt. Nun war es zu einem Kommunikationsgau gekommen. Kriener beobachtete, wie Levite sich auf der Liege langsam aus seiner Erstarrung löste, die Glieder streckte, die Augen öffnete und seinen Mitstreiter wahrnahm. Der massige Mann setzte sich auf und meinte dabei verschämt: »Das ist wohl suboptimal gelaufen.«

Die verniedlichende Bemerkung ließ Krieners Kontrollsicherung durchbrennen. »Suboptimal?!«, rief er gereizt. »Du hast nach der Katastrophe von Istanbul hier eine eigene Katastrophe angerichtet! Mit deinem hirnlosen Geschwätz hast du uns in einen Konflikt mit der Türkei und Amerika gestürzt. In Deutschland leben drei Millionen Türken, die haben mit dir noch eine Rechnung offen. Jetzt werden sie dir's heimzahlen. Und Amerika!« Krieners Gebrüll steigerte sich. »Wer sich gegen Amerika stellt, ist verloren. Du bist doch Historiker, du weißt, wie die Amis uns in den Weltkriegen platt gemacht haben. Du hast uns Amerika ohne Not wieder zum Feind gemacht.«

»Mach mal halblang, Robert. Ich habe kein Wort gegen Amerika gesagt…« »Du hast viel zu viel gesagt.« Levite stemmte sich von der Liege hoch, ehe er erwiderte. »Mein Bekenntnis zum Frieden richtet sich gegen niemanden, schon gar nicht gegen die USA.« Doch Levites Argumente vermochten Kriener nicht zu beruhigen. »Kapierst du nicht, dass den Amis der Frieden wurscht ist?!«, schrie er auf. »Die wollen alle dominieren. Wenn die anderen kuschen, prima. Wenn nicht, machen sie sie fertig. Der Kracher in Istanbul kommt denen gerade recht, um die Türken ins Feuer zu schicken. Gegen die Arabs, deren Öl sie nicht mehr brauchen und vor allem gegen die Russen. Ihre alten Rivalen.«

»Ich glaube nicht, dass die Amis ihre Leute gegen die Russen ins Feuer schicken. Die Iwans haben auch die Atomkeule…«

»Für den Krieg haben sie die Türken. Die Amis kämpfen bis zum letzten Türken!« »Genau das will ich verhindern!« Ein leichtes Vibrieren in Levites Stimme verriet, dass er es nicht fertig brachte, in seinen gewohnten Dozentenmodus zu verfallen.

»Aber nicht durch eselsdummes Gelaber in einer Deckssendung im Fernsehen!«

»Was machen wir jetzt? Wie können wir das ausbügeln?«, fragte Levite.

»Indem wir den TV-Idioten das Maul stopfen!«, entgegnete Kriener entschlossen.

Der Kanzler und sein Minister verließen das TV-Gebäude.

DIE BERICHTERSTATTUNG ÜBER den Terroranschlag in Istanbul hielt die ganze Nacht an. Die türkischen Behörden sprachen von mehr als viertausend Toten und Schwerverletzten. Um 7 Uhr 30 starteten zwei Bundeswehrmaschinen nach Istanbul. Der Abflug wurde in den Morgennachrichten gesendet. Eine mobile Rettungsstation, Ärzte, Sanitäter und Medikamente waren an Bord. In einem vom Presse- und Informationsamt der Bundesregierung gecharterten Flugzeug begleiteten Reporter die Rettungsexpedition. Der NATO-Rat hatte für 11 Uhr in Brüssel eine Dringlichkeitssitzung der Außen- und Verteidigungsminister einberufen. Von der türkisch-irakischen und türkisch-syrischen Grenze wurde über massive Truppenkonzentrationen der türkischen Armee berichtet. US-Präsident Barns bekräftigte seine Unterstützung Ankaras und rief die NATO-Partner und alle friedliebenden Staaten auf, der Türkei bedingungslos beizustehen. Der amerikanische Vizepräsident würde sich umgehend nach der Brüsseler Sitzung auf den Weg nach Istanbul und Ankara begeben, wo er den Hinterbliebenen und dem türkischen Staatspräsidenten die Anteilnahme der US-Regierung und der amerikanischen Bevölkerung ausdrücken werde. In der türkischen Hauptstadt wollte der Amerikaner über notwendige Abwehrmaßnahmen gegen die Terrororganisationen und deren Unterstützer beraten.

Dagegen lehnte der französische Präsident Ernest Laval eine Beteiligung seines Landes an militärischen Operationen ab. Frankreich sei eine friedliebende Nation. Er werde ebenso wie der deutsche Bundeskanzler alles tun, um den Ausbruch eines Krieges zu verhindern. Laval bekräftigte seine Einladung an Kanzler Levite zu Konsultationen zu seinem Antrittsbesuch in Paris. »Wir werden die Zusammenarbeit mit Deutschland vertiefen und gemeinsam für den Weltfrieden arbeiten«, erklärte er im Fernsehen.

Die deutschen Morgenkommentatoren beschäftigten sich mit den Auswirkungen des Terroranschlags in Istanbul. Das Eintreten des Bundeskanzlers für eine Politik des Friedens und der Deeskalation wurde durchwegs begrüßt. Einzelne Journalisten übten jedoch Kritik an der Form. »Die sind gekränkt, dass ich das nicht in einem Exklusivinterview mit ihren Zeitungen getan habe«, ironisierte der Kanzler in der Morgenlage. Seinem Amtschef war nicht nach Scherzen zumute. Er bat Levite zu einem Vieraugengespräch. »Unsere gestrige Unterhaltung ist offenbar abgehört worden. Mir wird in einem Zeitungsblog vorgeworfen, die USA als kriegslüstern beschimpft zu haben und die deutsche Presse mundtot machen zu wollen«, berichtete er. Der Bundeskanzler hielt die Befürchtung Krieners für übertrieben. Doch Kriener ließ sich nicht beirren. »Die Fernsehfritzen haben uns belauscht und den Inhalt an die Kollegen vom Print durchgestochen.«

Am folgenden Morgen wurden in einer norddeutschen Zeitung, die auf ihren investigativen Journalismus stolz war, Zitate Krieners abgedruckt. Der famose innenpolitische Kommentator des Blattes bezeichnete den Kanzleramtschef als »Möchtegernpolizeiminister und Zensor der freien Presse«, der nicht davor zurückschrecke, die Friedenspolitik des Bundeskanzlers zugunsten der aggressiven US-Politik zu hintertreiben. Der Bundeskanzler müsse diesen »faulen Apfel« aus seinem Kabinett aussortieren, ansonsten gefährde er die Demokratie.

Robert Kriener wusste, was er zu tun hatte. Er übergab dem Bundeskanzler sein Rücktrittsgesuch und dankte für die »auf- und anregende Zusammenarbeit und Freundschaft.« Paul Levite war schockiert. In gelegentlichen Aufwallungen hatte er Kriener für fähig gehalten, ihm die Gefolgschaft aufzukündigen. Davon blieb jedoch sein Grundvertrauen unberührt, sobald die Angstattacken vorüber waren. Zudem hatte Levite erfahren, dass er in der Partei, vor allem aber in der Bundesregierung, auf das strukturierte Vorgehen seines Chefstrategen angewiesen blieb. Der Bundeskanzler versuchte seinen Adlatus für ein Dementi zu gewinnen. Doch der lehnte ab. »Das macht keinen Sinn. Die haben keinen Skrupel, den gesamten Tonmitschnitt unseres Gesprächs zu veröffentlichen. Das rettet mich nicht, zieht stattdessen auch dich in den Abgrund. Ich habe den unverzeihlichen Fehler begangen, mich dabei erwischen zu lassen, die Wahrheit zu sagen. Das hätte mir nicht passieren dürfen.«

Robert Kriener wollte neben seinem Ministerposten auch von allen übrigen politischen Ämtern zurücktreten. Levite überzeugte ihn, zumindest das Bundestagsmandat beizubehalten. »Nach einigen Tagen wird sich die Empörung wieder gegen andere Personen richten. Du behältst ein regelmäßiges Einkommen und wirst rasch wieder an Einfluss gewinnen. Denn deine Fähigkeiten sind auf Dauer für mich und meine Regierung unverzichtbar. Also halte dich bereit.«

Im Morgengrauen des nächsten Tages überschritten vier türkische Panzer- und Infanteriedivisionen die Grenzen nach Syrien und dem Irak. Türkische Kampfflugzeuge griffen Stellungen der kurdischen Untergrundmilizen an. Zwei Stunden später, um sieben Uhr Ortszeit, stellte Russland ein Ultimatum an die Regierung in Ankara. Wenn die Türkei ihre Invasion nicht bis 13 Uhr Ortszeit beenden und ihre Truppen nicht unverzüglich aus den besetzten Territorien zurückziehen werde, wäre Moskau gezwungen, Ankara den Krieg zu erklären und seine Militärverbände zum Schutz der Souveränität Syriens und des Iraks einzusetzen. Die Türkei trage die alleinige Schuld an dem kriegerischen Konflikt.

Um 8 Uhr 15 meldete sich der französische Präsident telefonisch beim Bundeskanzler. Monsieur Laval erklärte kategorisch, nur ein gemeinsames klares Non Frankreichs und Deutschlands zu allen militärischen Aktionen könne jetzt noch einen Weltkrieg verhindern. Dieser werde in Europa und im Orient ausgetragen werden. Levite wusste, dass der Präsident prinzipiell Recht hatte. Doch er mochte den Urenkel des Nazi-Kollaborateurs Laval nicht, auch wenn er sich als Demokrat ausgab. Laval schwadronierte stets davon, sein Land aus der »Knechtschaft« der Europäischen Union führen zu wollen. Zudem besaß er enge Verbindungen zum russischen Präsidenten. Levite wollte nicht zum Anhängsel der französisch-russischen Achse werden und so die Entschlossenheit Amerikas zum Krieg vergrößern. Zudem wusste der Kanzler, dass Washington allen Beteuerungen zum Trotz die Bundesregierung abhören ließ. Wenn Berlin jetzt gemeinsame Sache mit Laval in Paris machte, würde er als Büttel Krieners und Feind Amerikas gelten. Daher gab sich der deutsche Bundeskanzler distanziert gegenüber dem französischen Präsidenten. Seine Regierung sei dem Frieden verpflichtet, betonte Levite. Dann gehe er davon aus, dass Deutschland gemeinsam mit Frankreich gegen alle kriegerischen Maßnahmen stimmen werde, stellte Laval fest. Levite ahnte, dass allein ein entschlossenes Nein von möglichst vielen Mitgliedern der NATO die Chance besaß, eine Katastrophe zu verhindern. Doch alles in ihm sträubte sich dagegen, durch den Faschistenspross vereinnahmt zu werden. Der Bundeskanzler wiederholte sein bekanntes Friedensplädoyer, betonte jedoch, Deutschland dürfe seine diplomatischen Optionen nicht durch Vorfestlegungen begrenzen. Auch der Hinweis Lavals, nur wenn Paris und Berlin gemeinsam aufträten, hätten sie die notwendige Schlagkraft, um gegenüber den USA und Russland ein Stillhalteabkommen durchzusetzen, half ihm nicht. Paul Levite mochte seine Aversion nicht überwinden. Der fixe junge Opportunist war ihm auch aufgrund seines Strebertums herzlich unsympathisch.

Der NATO-Rat trat um 11 Uhr in Brüssel zusammen. Einziger Tagesordnungspunkt war der Antrag Ankaras, gemäß Artikel 5 den Bündnisfall zu erklären. Der türkische Außenminister erklärte, sein Land sei von Terrororganisationen angegriffen worden, die im Auftrag von Hintermännern in Syrien, Irak und offenbar auch im Einverständnis mit Russland gehandelt hätten. Nun müsse die kollektive Sicherheit ihre Bewährungsprobe bestehen. Der US-Außenminister unterstützte seinen türkischen Kollegen vorbehaltlos. Ankara habe das Recht, sich selbst gegen Terrororganisationen zu verteidigen, die vom Ausland unterstützt würden. Es sei die Pflicht der Verbündeten, der USA und der übrigen Mitglieder des Bündnisses, ihre Solidarität gegenüber der Türkei zu erfüllen.

Der französische Außenminister Pierre Bonard drückte der türkischen Bevölkerung und Regierung sein Beileid aus. Doch noch stünden die Täter und ihre Hintermänner nicht fest. Solange diese nicht zweifelsfrei erwiesen seien, entbehre der Einmarsch der türkischen Armee in Syrien einer Berechtigung. Er sei ein Akt der Aggression, der augenblicklich beendet werden müsse. Die NATO-Mitglieder hätten die Pflicht, Ankara zur Rücknahme der militärischen Invasion der Nachbarstaaten zu bewegen, ja zu zwingen.

Die Notwendigkeit zum Beistand gegenüber Ankara sei momentan nicht gegeben. Es bestehe im Gegenteil die Verantwortung zur Deeskalation. Geschehe dies nicht, dann sei mit dem Eingreifen Russlands zu rechnen, das mit Syrien verbündet sei. Dies bedeute die reale Gefahr eines Dritten Weltkrieges. Fazit Bonards: Paris verlange, dass die NATO-Partner Ankara zum sofortigen Rückzug veranlassten. Frankreich selbst verurteile die türkische Invasion und werde sich unter keinen Umständen an militärischen Kampfhandlungen gegen souveräne arabische Staaten oder gar gegen Russland beteiligen. Die baltischen Staaten, Polen und mehrere osteuropäische Länder, die Angriffe Russlands gegen ihre Länder befürchteten, riefen die Türkei ebenfalls zu einer Beendigung der Kriegshandlungen auf.

Auch Bundesaußenminister von Wallerstein ersuchte Ankara, die Kämpfe einzustellen und seine Truppen auf die internationale Grenze zurückzuziehen. Der Berliner Diplomat bediente sich einer zurückhaltenden Sprache. Von Wallerstein stellte, anders als sein französischer Amtskollege, die türkischen Beschuldigungen nicht in Zweifel. Stattdessen verwies der Vertreter Berlins auf die allgemeine Kriegsgefahr. Davon werde kein NATO-Land verschont bleiben. Dies bedeutete im Nuklearzeitalter die Gefahr der weitgehenden Vernichtung von Bevölkerungszentren und damit Millionen Opfer unter Zivilisten. Angesichts dieser Gefahr appellierte von Wallerstein auf den Verzicht jeglicher militärischer Maßnahmen und Drohungen. Stattdessen plädierte der Deutsche für Verhandlungen. »Das ist der einzige Weg.«

Aufgrund des objektiv drohenden atomaren Krieges befürwortete schließlich die Mehrheit den deutschen Standpunkt, zunächst auf eine Verhandlungslösung zu setzen und Ankara zur Einstellung der Kriegshandlungen zu bewegen. Nachdem der US-Außenminister mit dem Weißen Haus gesprochen hatte, verschärfte der Amerikaner jedoch seine Haltung. Die USA unterstützen Ankaras militärisches und politisches Vorgehen uneingeschränkt. Er forderte die anderen NATO-Mitglieder auf, dies ebenfalls zu tun. Ansonsten verliere der Nordatlantik-Pakt seinen Sinn. Washington werde das Bündnis in diesem Fall verlassen, seine Wirtschaftsbeziehungen mit den verbliebenen NATO-Staaten einstellen und seine Sicherheitsgarantien zurückziehen.

Die unmissverständliche Drohung wirkte – die Angst, von Washington angesichts eines russischen Angriffs im Stich gelassen und ökonomisch boykottiert zu werden, war größer als die Furcht vor einem neuen Krieg. Beim abschließenden Votum schlossen sich bis auf Frankreich und Deutschland alle der amerikanischen Haltung an und stellten Ankara einen militärischen und politischen Blankoscheck aus. Paris stimmte mit Nein, während Deutschland sich der Stimme enthielt.

BERLIN SASS IN schlechter deutscher Tradition wieder einmal zwischen allen Stühlen. Der türkische Staatspräsident und sein Regierungschef riefen alle Türken und Muslime Deutschlands und Frankreichs zu »harten und bedingungslosen Demonstrationen« auf. Da in Frankreich verhältnismäßig wenig Türken lebten, nahmen an den protürkischen Protesten in Paris und Marseille nur wenige Hundert Menschen teil, sonst blieb es im Lande ruhig. In Deutschland dagegen stürmten unmittelbar nach dem Aufruf ihrer Staatsführung in den Städten des Ruhrgebiets, in Frankfurt, Köln und vor allem in Berlin zehntausende Türken auf die Straße. Dort lieferten sie sich bald darauf gewaltsame Auseinandersetzungen mit Kurden. Es gab zahlreiche Verletzte. In Berlin starben mehrere Türken und Kurden bei Messerstechereien. In Gelsenkirchen kam es zu einer Schießerei, die einen Toten und zwei Schwerverletzte forderte. Eine Reihe türkischer und kurdischer Vereinsheime gingen in Flammen auf.

Für den kommenden Tag wurden in allen größeren deutschen Städten Friedensdemonstrationen angemeldet. Die zentrale Veranstaltung war am Wochenende in Berlin geplant. Dazu aufgerufen hatten Friedensinitiativen, kirchliche Gemeinschaften, Gewerkschaftsjugend, kommunistische Gruppen, Autonome, Realsozialisten, Bunte und Dutzende anderer Vereinigungen. Man rechnete mit Hundertausenden Teilnehmern. Türkische Vereinigungen kündigten Gegendemonstrationen an. Bei den Polizeibehörden der Länder und im Bundesinnenministerium rechnete man mit Straßenkämpfen und dem Einsatz von Stich- und Schusswaffen sowie von Brandsätzen. Diese Einschätzung wurde vom Verfassungsschutz sowie dem Bundeskriminalamt geteilt. Schutzmaßnahmen gegen LKW-Attacken wurden vorbereitet.

Paul Levite entglitten erstmals die Zügel. Bis zum Anschlag von Istanbul hatte er stets die Initiative inne. Als hessischer Landesvorsitzender, als Chef der Deutschnationalen und als Kanzler gab immer er die Themen und das Tempo vor. Doch nun war er Gefangener der Ereignisse, die andere lenkten. Bereits die von ihm angeordnete Stimmenthaltung beim NATO-Rat war ein Ausdruck der Ratlosigkeit, der Versuch, eine Entscheidung zu vermeiden. Er hatte nicht die Willenskraft aufgebracht, seinen Außenminister zu beauftragen, in der NATO ohne Wenn und Aber gegen einen Militäreinsatz zu stimmen. Er wollte sich nicht in Lavals Fahrwasser ziehen lassen – obgleich der in diesem Punkt Recht hatte. Paul Levite hätte eine Rede an die Bevölkerung halten müssen, um seine Friedenspolitik zu erläutern. Stattdessen hatte er sich in einem emotionalen Fernsehinterview zu angreifbaren Äußerungen verleiten lassen, die ihm in der Konsequenz seinen wertvollsten Helfer gekostet hatten. Robert Kriener fehlte ihm schmerzhaft.

Am frühen Abend erhielt der Bundeskanzler erneut einen Anruf aus dem Elysee-Palast. Der französische Präsident teilte dem deutschen Regierungschef mit, er sehe keine andere Möglichkeit, den Ausbruch eines Weltkrieges zu verhindern, als gemeinsam mit dem deutschen Bundeskanzler nach Moskau zu reisen und an den russischen Präsidenten zu appellieren, zumindest einem einwöchigen Moratorium für die angekündigte Gegenoffensive zuzustimmen.

Den russischen Präsidenten jetzt um ein Innehalten zu bitten, war aussichtslos. Jedenfalls von französischer oder deutscher Seite, denn weder Paris noch Berlin besaßen ausreichend Einfluss, Ankara zum Abbruch seiner Invasion zu nötigen. Diese Macht hatte allein Amerika.

Am nächsten Morgen berichteten die Nachrichtenagenturen von der Moskaureise des französischen Präsidenten. Kurz darauf kündigte der Kreml an, die russische Armee werde ihre militärischen Maßnahmen gegen die türkische Aggressionsoffensive im Irak und in Syrien so lange zurückstellen, wie der Präsident Frankreichs zu seiner Friedensmission in Moskau weilen werde.

Mittags gingen Fernsehbilder vom Empfang Lavals im Kreml um die Welt. Der russische Präsident betonte, sein Land werde Wort halten und seine strategische Antwort zurückstellen. Doch sollte die Türkei ihre militärische Aggression nicht in der Frist des Besuchs des französischen Präsidenten beenden und ihren Truppen den Rückzug befehlen, dann werde Moskaus Reaktion zu einer Vernichtung der türkischen Armee und der türkischen Republik führen. »Jeder, der Russland angreift, wird dafür einen tödlichen Preis zahlen müssen, auch wenn er sich heute noch in Europa oder jenseits des Atlantiks sicher währt. Unsere fatalen Trägerwaffen können jeden Punkt der Erde erreichen und zerstören und unsere Armeen stehen bereit, um die europäischen Aggressoren niederzuschlagen«, schloss der Kremlchef.

Die unmissverständliche Warnung des russischen Präsidenten rief deutschlandweit Entsetzen hervor. Dies geriet zur Panik, als ein »hoher französischer Diplomat«, bei dem es sich, wie bekannt wurde, um Außenminister Bonard handelte, durchsickern ließ, dass Präsident Laval den deutschen Bundeskanzler eingeladen hatte, ihn auf seiner Friedensmission nach Moskau zu begleiten, Levite jedoch die Offerte nicht wahrgenommen habe. Wiederum gingen zahllose Menschen auf die Straßen, um für den Frieden und gegen den Krieg zu protestieren. Die Bundesregierung wurde aufgefordert, endlich eine aktive Friedenspolitik zu betreiben. Harsche Kritik erfuhr in erster Linie der Bundeskanzler, der sich geweigert hatte, der Friedensmission des französischen Präsidenten durch seine Teilnahme mehr Gewicht zu verleihen. Allenthalben brüllten Demonstranten: »Levite nach Moskau!« »Macht endlich Frieden!« »Peace statt Waffen!« Vielfach hielten Demonstranten improvisierte Schilder mit der Aufschrift »Frieden schaffen in Moskau« in die Höhe.

Unterdessen kam aus München die Meldung, die ehemalige Co-Vorsitzende der Bunten, Adele Weiß, habe am Rande einer Friedensdemonstration auf dem Königsplatz die Angehörigen der Bundeswehr dazu aufgerufen, »endlich ihrem Verfassungsauftrag gerecht zu werden und für den Frieden zu kämpfen – indem sie die tatenlose Bundesregierung stürzt und an ihrer Stelle eine wahre Volksregierung mit der Friedensbewegung bildet.« Levite meinte, der Aufruf zum Staatsstreich gegen seine

Regierung, die sich mit allen Mitteln um die Vermeidung eines Krieges bemühte, sei derart hanebüchen, dass ihn niemand ernst nehmen konnte. Doch bei der Morgenlage am folgenden Tag trug Ministerialdirektor Peter Stein, der nach Krieners Rücktritt kommissarisch die Leitung des Kanzleramts wahrnahm, eine Meldung vor, Bundesinnenminister Friedrich Kraus habe gegen Frau Weiß Anzeige wegen Anstiftung zur Gewalt und zur Untreue der deutschen Armee erstattet. Der Kanzler schlug mit der Faust auf den Tisch. »Und so einen Mist tragen Sie hier seelenruhig vor!« Stein erklärte eingeschüchtert, es sei seine Pflicht, alle nennenswerten Meldungen zusammenzufassen und sie dem Bundeskanzler zu referieren. »Nein! Sie müssen diesen Scheiß verhindern!« Das liege nicht in seiner Kompetenz, erläuterte der Chef der Behörde – darüber hinaus halte er als Jurist die Anzeige für berechtigt. Frau Weiß habe versucht, die Soldaten zum Sturz einer rechtmäßig gewählten Regierung aufzurufen…

Weiter kam der Ministerialdirektor nicht. Der Bundeskanzler entband ihn von seinen Aufgaben und ließ sich von dessen Stellvertreter stichwortartig die wichtigsten Meldungen vortragen. Dass Monsieur Laval die Aussicht auf die Erhaltung des Friedens nicht aufgab, wusste er ohnehin. Ebenso, dass diese Hoffnung eitel war. Entscheidender war die Bestätigung der ungebrochenen Solidarität mit der Türkei von Seiten des Weißen Hauses und des State Department. Für die Truppenbewegungen interessierte sich der Kanzler nicht – umso mehr für die Zunahme der Friedensdemonstrationen in der vergangenen Nacht und die dadurch unvermeidlichen gewaltsamen Zusammenstöße zwischen seinen Anhängern, Türken und Kurden. Levite hob die Sitzung auf.

Der Bundeskanzler ließ sich mit seinem Innenminister verbinden. Kraus hielt an seiner Anzeige fest. Nur so lasse sich eine innenpolitische Eskalation vermeiden. Darüberhinaus habe ihn der Aufruf zum Sturz des jüdischen Bundeskanzlers an die Hetze gegen den damaligen Reichsaußenminister Rathenau erinnert. Paul Levite brachte es nicht fertig, Fritz Kraus böse zu sein. Der Mann war Idealist, unbedingt loyal und ein hervorragender Administrator – doch kein Politiker. Statt Kraus aufgrund seiner Eselei zu schelten, forderte er ihn dringend auf, unverzüglich alles stehen und liegen zu lassen, einschließlich seines Ministeramtes, und in dieser »Schicksalsstunde an meiner Seite zu stehen und mir zu helfen,

Deutschland und Europa den Frieden zu erhalten. Unser Land und ich brauchen jetzt den besten Mann. Das sind Sie.«

FÜNFZEHN MINUTEN SPÄTER war Fritz Kraus bei Levite. Der Bundeskanzler betraute ihn sogleich mit der Leitung seiner Behörde. Kraus' erste Amtshandlung war gemäß der Maßgabe des Kanzlers die Rücknahme der Anzeige gegen Frau Weiß. Denn, so Levite, die Lage sei viel zu ernst, um einer Geltungssüchtigen Publizität zu verschaffen. Kraus gab entgegen seiner Überzeugung nach.

Zum neuen Bundesinnenminister ernannte der Kanzler Lukas Freytag. Der 42-jährige Jurist war zuvor Geschäftsführer der konservativen Fraktion gewesen. Levite hatte den Pfälzer während der Vereinigungsgespräche mit den Konservativen aufgrund dessen schneller Auffassungsgabe und seines Pragmatismus schätzen gelernt. Freytag strapazierte nicht die Geduld des Kanzlers. Stattdessen trieb er die Verhandlungen eigenständig voran. Der Politiker war seiner Partei und Fraktion loyal, doch er machte keinen Hehl aus seiner Sympathie für den Bundeskanzler und dessen effektive und auf Zustimmung der Bürger basierende Politik. Freytag unterstützte die Absicht Levites, beide rechten Parteien möglichst rasch zusammenzuführen und zur Gesetzesmaschine zu transformieren. Auf Veranlassung des Kanzlers wurde Freytag zum Bundesgeschäftsführer der KPD gewählt. Levite wollte den tatkräftigen Politiker in Kürze an die Spitze der Fraktion positionieren, wo er sich bewähren sollte. Durch den Wechsel von Fritz Kraus ins Kanzleramt ergab sich die Notwendigkeit, Freytag schneller als von Levite beabsichtigt ins Zentrum der Macht rochieren zu lassen. Eine bessere Alternative sah der Kanzler nicht. Maik Nützel war zwar loyal, doch als Chef des Innenressorts überfordert. Das gleiche galt mit Abstrichen auch für Elke Bauer, deren Freundlichkeit nicht für die Führung des Innenministeriums ausreichte.

NACHDEM ER MEHRMALS vergeblich versucht hatte, den russischen Präsidenten, zumindest aber Regierungschef Pjotr Malinowski zu sprechen, um ihn zu einer Verlängerung des Angriffsmoratoriums seiner Armee zu überreden, musste Ernest Laval unverrichteter Dinge die Rückreise nach Paris antreten. Ein Vertreter des Kreml machte unterdessen bekannt, dass sein Land Kriegshandlungen ablehne und verurteile, doch bei einer Fortsetzung der Aggressionsakte der Türkei und ihrer Verbündeten gegen Syrien und Irak keine Wahl hätte, als die Angriffe der Invasoren gewaltsam zurückzuschlagen und deren Truppen zu vernichten. Der russische Außenminister hatte zuvor in einer inoffiziellen diskreten Unterredung den französischen Präsidenten zum sofortigen Verlassen des Landes aufgefordert. Russland könne nicht länger dulden, dass die türkischen Aggressoren sich unter dem Schirm Frankreichs verbargen und ihre Eroberungen fortsetzten.

Bei der Landung in Paris erklärte Laval seine »maßlose Enttäuschung, dass es mir trotz meines leidenschaftlichen Einsatzes nicht gelungen ist, den Ausbruch eines internationalen Krieges zu verhindern«. Er gab die Schuld an seinem Scheitern den »Regierungen der großen europäischen Staaten, deren Bürger den Frieden wollen und den Krieg verdammen, deren Staatsführungen sich aber nicht dazu aufraffen können, die Aggression der Türkei zu verurteilen und Ankara zu einem Rückzug von seinen Eroberungen zu nötigen. Sie tragen eine Mitverantwortung für den Ausbruch eines europäischen, ja eines globalen Krieges.«

SECHZIG MINUTEN NACH der Stellungnahme des französischen Präsidenten in Paris starteten die russischen Streitkräfte einen verheerenden Angriff gegen die Türkei. Mehr als tausend Marschflugkörper regneten auf die türkischen Invasionstruppen. Darüber hinaus wurden auch das Verteidigungsministerium und der Generalstab in Ankara dem Erdboden gleichgemacht. Ebenso militärische und nachrichtendienstliche Kommunikationseinrichtungen in der gesamten Türkei. Zwei Stunden später, als die Aufräumarbeiten in Ankara und der Osttürkei bereits im Gange waren, griffen strategische Bomber Moskaus die zuvor beschossenen türkischen Stützpunkte an. Auch Einrichtungen der türkischen Marine in Istanbul und Izmir wurden von russischen Kampfflugzeugen zerstört. Russische Düsenjäger durchbrachen über Istanbul fortwährend die Schallmauer und verursachten Massenpaniken. Militärjets flogen Scheinangriffe gegen die Bosporusbrücken der Stadt. Bomben wurden ins Meer geworfen. Die türkische Bevölkerung befand sich im Schockzustand. In den kurdischen Städten der Osttürkei demonstrierten die Massen für eine sofortige

Einstellung der Invasion Ankaras. Der Präsident forderte in einer Fernsehrede die Bürger auf, Ruhe zu bewahren. Sein Land werde trotz der verbrecherischen Terrorangriffe weiterhin seine heilige nationale Pflicht erfüllen und die türkische Ehre und Erde verteidigen.

Die Worte des Präsidenten reichten nicht aus, die Angst der Bürger in Istanbul, Izmir und Ankara zu lindern. In einer Reihe von Kleinstädten in Anatolien dagegen übernahmen die chauvinistischen Grauen Wölfe die Macht auf den Straßen und Plätzen. In den Kurdenprovinzen kam es zu blutigen Zusammenstößen zwischen kurdischen Nationalisten, Polizei und Sicherheitskräften.

DIE BILDER VON den Gewalttaten machten Paul Levite Angst. Der Bundeskanzler wurde über die Zwischenfälle durch Dossiers des Bundesnachrichtendienstes und des Auswärtigen Amtes unterrichtet. Levite befürchtete, dass es auch in Deutschland zu einer Zunahme der Ausschreitungen zwischen Kurden, Türken und der Polizei kommen würde. Umgehend setzte sich der Kanzler mit dem Bundesinnenminister in Verbindung. Lukas Freytag beraumte eine Telefonkonferenz der Länderinnenminister an, auf der die notwendigen Sicherheitsmaßnahmen diskutiert und entsprechende Beschlüsse gefasst werden sollten. Levite wusste, dass dies kaum zu einem konkreten Ergebnissen führen würde. Ach, wäre doch Robert Kriener an seiner Seite! Der wusste um die Vergeblichkeit von Sitzungen und setzte stattdessen die Entscheidungen Levites umgehend in die Tat um, indem er den Regierungsapparat entsprechend steuerte. Lukas Freytag dagegen war entgegen der Erwartung Levites ein zahnloser Paragraphenreiter. Der Kanzler sah sich gezwungen, seinen Amtsleiter Kraus früher als beabsichtigt als seine Bulldogge gegen die träge Masse der Administration in den Ministerien einzusetzen.

Dies erwies sich als unmöglich, denn der neue Bundesinnenminister war entschlossen, sich nicht von seinem Vorgänger in seine Ressortzuständigkeit hineinregieren zu lassen. Auch eine Intervention des Bundeskanzlers erbrachte trotz einer prinzipiellen Zusage des Innenministers keine spürbare Verbesserung der Situation. Lukas Freytag gab sich überaus höflich, doch er klebte an seinen Gesetzen, Regeln und Dienstwegen. Levite ahnte, dass die Betrauung des ehemaligen Konservativen mit dem

Schlüsselamt der Regierung für die innere Sicherheit des Bundes ein Fehler gewesen war. Freytag erkannte Levite zwar als Parteichef und Bundeskanzler an, faktisch aber folgte er ihm jedoch nicht unbedingt. So musste Paul Levite tatenlos zusehen, wie sich das Unwetter zusammenbraute. Es entlud sich in der Nacht von Mittwoch auf Donnerstag.

Nachdem türkische Demonstranten an mehreren Orten zunächst friedlich für die Solidarität Deutschlands mit ihrem Heimatland demonstriert hatten, kam es nach dem bekannten Muster zu gewalttätigen Zusammenstößen mit kurdischen Gegendemonstranten. Kurz darauf wurden in einem Dutzend Städten Übergriffe auf islamische Zentren und Moscheen gemeldet. Die schlimmsten Zwischenfälle ereigneten sich in Berlin. Unbekannte Täter hatten Fenster und Türen der Al Nur Moschee aufgebrochen und mehrere Brandsätze in den Betsaal geschleudert. Die Flammen breiteten sich rasch aus. Die herbeigerufene Feuerwehr konnte lediglich ein Übergreifen der Flammen auf die Nebengebäude verhindern. In Neukölln wurde ein vorwiegend von Türken bewohntes Haus von Unbekannten überfallen. Die Hausbewohner wurden von einem Dutzend Männern, bei denen es sich höchstwahrscheinlich um Deutsche handelte, mit Äxten und Schlagstöcken attackiert und teilweise schwer verletzt. In dem von den Angreifern gelegten Feuer kamen drei kleine Kinder und ihre Großmutter um.

Paul Levite besuchte umgehend den Tatort. Er versprach den Familien Schutz. Ohne die Einzelheiten zu kennen, gab der sichtlich erschütterte Bundeskanzler eine Erklärung ab. Er nannte die Tat »ein niederträchtiges Verbrechen, für das es keine Rechtfertigung gibt. Aber ein furchtbares Vorbild: die Nazis und ihr tödlicher Judenhass!«. Der Kanzler versprach, alles in seiner Macht stehende zu tun und »jedes, aber auch jedes Mittel dafür einzusetzen, die Täter zu ergreifen.« Die Justiz müsse die volle Härte der Gesetze exekutieren, »sonst herrschen bei uns Weimarer Zustände. Das werde ich unter keinen Umständen zulassen.«

Wenige Stunden später wurden die Worte des Bundeskanzlers in den Frühnachrichten gesendet. Die harte Verurteilung der Tat wurde allgemein begrüßt. Doch Levites Aufforderung an die Justiz, »zu exekutieren« wurde als ein unerlaubter Eingriff gewertet. Einige Kommentatoren und Internetforen verwarfen die Worte des Bundeskanzlers als einen Angriff auf die Unabhängigkeit der Justiz. Auch der Vergleich mit dem systematischen Judenmord der Nazis sei unzulässig. »Das müsste Levite als Jude wissen!«, mahnte ein angesehener konservativer Kommentator.

EXAKT UM 12 UHR Moskauer Zeit richtete Pjotr Malinowski ein »letztes Ultimatum« an die türkische Regierung. Darin wurde Ankara aufgefordert, bis 24 Uhr sämtliche Kampfhandlungen der türkischen Armee jenseits der internationalen Grenze einzustellen und die Militärverbände ab 8 Uhr des folgenden Tages in Richtung Türkei abzuziehen. »Das Rückzugmanöver muss binnen 24 Stunden beendet sein.« Nach dieser Frist dürfe sich kein türkischer Soldat mehr auf fremdem Territorium aufhalten. Sollte Ankara dieser Anweisung nicht nachkommen, sehe sich Russland gezwungen, die verbliebenen Militäreinrichtungen in Istanbul, Ankara und Izmir durch Neutronenwaffen vernichten zu lassen. Die Zivilbevölkerung dieser Städte wurde aufgefordert, unverzüglich ihre Wohnorte zu verlassen und Schutz im Ausland zu suchen. Russische Stellen hackten sich in die türkischen Internetträger ein und verbreiteten die Nachricht in allen zugänglichen sozialen Netzwerken, auf PCs und Mobiltelefonen. Dies führte zu Massenpaniken und Chaos in den genannten Städten. In Istanbul brach der gesamte Verkehr zusammen. In der Stadt am Bosporus herrschte Anarchie. Es kam zu Tumulten und Ausschreitungen. In Ankara wurde die russische Botschaft gestürmt, die Diplomaten verprügelt und entführt.

Paul Levite musste handeln, um eine Eskalation zu vermeiden. Aufgrund der zunehmenden Mobilität hatten sich in Europa ethnische Minderheiten gebildet, die sich mittels Internet und digitaler Technik nachhaltig beeinflussen und zum Handeln treiben ließen. Ein derartiges Potential besaß die turkische Minderheit in Deutschland. Sie war die größte türkische Exilgemeinschaft. Gleichzeitig lebten in Deutschland mehrere hunderttausend Kurden. Hier waren auch völkische und rechtsradikale Gruppen zuhause, ebenso mehrere hunderttausend Friedensaktivisten, die ständig neuen Zulauf erhielten. Angst vor Krieg und Zerstörung trieben sie an. Es kam zu Zusammenstößen mit nationalistischen Türken. Die Lage drohte außer Kontrolle zu geraten. Wenn es ihm nicht gelang, einen europäischen, gar einen globalen Waffengang zu verhindern, bestand die Gefahr bürgerkriegsähnlicher Zustände in Deutschland.

Paul Levite ahnte, dass er bei seiner Friedensmission allein auf sich gestellt wäre, denn sein Regierungsapparat war seit dem Weggang Krieners und der Verwässerung seiner Bewegung in der KPD zu einem bürokratischen Blockadesystem degeneriert. Der Versuch des Bundeskanzlers, telefonischen Kontakt mit dem russischen Präsidenten aufzunehmen, um diesen zur Rücknahme des Moskauer Ultimatums zu bewegen, scheiterte. Der Kreml ließ verlauten, der russische Präsident verhandele nur mit protokollarisch gleich gestellten Politikern. Dem deutschen Bundespräsidenten stehe es frei, sich an ihn zu wenden. Levite dachte nicht daran, den Wichtigtuer Danziger einzubeziehen, dem es allzeit nur um die Befriedigung seiner Eitelkeit ging. Darin glich er dem russischen Präsidenten, ohne dessen Machtfülle zu besitzen.

Nachdem die deutsche Botschafterin in Moskau, Nadja Hauser, mehrmals im Kreml nachgehakt hatte, meldete sich der russische Ministerpräsident fernmündlich. Pjotr Malinowski lud Paul Levite zu Gesprächen nach Moskau ein. Der Bundeskanzler war dazu bereit. Seine Bedingung, eine einmonatige Aussetzung des russischen Ultimatums an Ankara, wurde jedoch von Malinowski als inakzeptabel zurückgewiesen. Denkbar sei lediglich eine Verschiebung für die Zeit seines Russlandbesuches.

Paul Levite lehnte ab. Er wollte nicht vorgeführt werden wie der französische Präsident. Eine erneute Intervention von Botschafterin Hauser im Kreml blieb vergeblich. Der russische Präsident hielt an seinem harten Kurs fest. Daraufhin wandte sich der Bundeskanzler an die Türkei. Er bot der Regierung an, nach Ankara und Istanbul zu reisen, um so einen russischen Angriff unmöglich zu machen, verlangte aber von der Türkei im Gegenzug einen bedingungslosen Waffenstillstand und Verhandlungen über die Ursachen des Konflikts. Der türkische Außenminister erklärte, der deutsche Bundeskanzler sei in seinem Land jederzeit willkommen. Doch Ankara müsse jede Vorbedingung kategorisch ablehnen. Levite verlor die Beherrschung: »Begreifen Sie nicht, dass Sie mit Ihrer konventionellen Armee aussichtslos gegen die russische Atommacht sind? Selbst wenn Amerika Ihnen beisteht, wird ihr Land zur atomaren Wüste gebombt«, brüllte er ins Telefon. Der Außenminister, der fließend deutsch sprach, entgegnete: »Die Ehre der Türkei steht höher als kleinliche opportunistische Erwägungen.«

PAUL LEVITE ZOG sich in seine Privaträume im achten Stock des Kanzleramts zurück. Ein kalter Ostwind hatte den Himmel über der Stadt wolkenlos gefegt. Er leuchtete azurblau. Die mit Patina überzogene Quadriga auf dem Brandenburger Tor war erstarrt. Seit fast 75 Jahren hatten sich deutsche Bodentruppen nicht mehr an militärischen Angriffshandlungen in Mittel- und Osteuropa beteiligt. Dabei musste es unter allen Umständen bleiben. Dieses Prinzip war unmissverständlich, benötigte keine komplexen Erklärungen. Paul Levite zückte seinen Pelikan-Schulfüller und einen kleinen Papierblock, dessen Seiten jeweils mit schwarzen Lettern »Paul Levite, Bundeskanzler« überschrieben waren.

Levite legte das Heftchen auf das Geländer und notierte in der Mitte der Seite »Frieden«, darunter schrieb er links und rechts: »Außenpolitik « – »Innere Sicherheit«. Levite ließ einen Abstand frei, um in Druckbuchstaben zu malen: »Voraussetzung: Einigkeit der Gesellschaft«.

Vor wenigen Wochen noch hätte er »Nationale Einigkeit« postuliert. Doch dieses Denken war im Mosaik einer vielfältig zusammengesetzten Gesellschaft einer globalisierten Erde überholt. Es war zum Instrument starrer, Hass erfüllter Greise degeneriert, deren Werk der sich entfaltende Krieg im Südosten war. Er atmete tief durch, während sein Blick über die Stadt wanderte.

ZWEI STUNDEN SPÄTER zeichneten die großen Sender und Nachrichtenkanäle aus dem Amtszimmer des Bundeskanzlers die kurze Rede Paul Levites auf. Der Bundeskanzler erklärte die »Erhaltung und die Wiederherstellung des Friedens« zum »obersten Ziel deutscher Politik«. Dies gelte für die auswärtigen Beziehungen. Der innere Frieden zwischen den unterschiedlichen gesellschaftlichen, politischen und religiösen Gruppen sei die Basis des menschlichen Zusammenlebens im Staate. Nur wenn dies gelinge, sei Deutschland in der Lage, seine internationale Pflicht zu erfüllen und gemeinsam mit allen anderen friedliebenden Ländern die begonnenen militärischen Auseinandersetzungen zu ersticken, die drohten, sich zu einem »Dritten Weltkrieg mit Millionen Toten in allen Regionen, auch bei uns« auszuweiten. Daher »lehnt Deutschland alle Kriegsmaßnahmen, auch im Rahmen der NATO, ohne Wenn und Aber ab.«

Der Bundeskanzler sprach seine Erwartung aus, dass die Bevölkerung den Ernst der Lage begreife und sich aller Gewalttaten, aber auch aller Aufrufe zur Gewalt enthalte. Wer sich darüber hinwegsetze, der werde die volle Härte des Gesetzes, aber auch der Ordnungskräfte zu spüren bekommen. Der Bundeskanzler schloss seine Rede mit der Formel »Gott schütze Deutschland. Ein Gott, den jeder auf seine Weise versteht, der jedoch in allen Glaubensbekenntnissen das Gleiche einfordert: Frieden und Nächstenliebe«.

Bei der Ausstrahlung spürten die Zuschauer an den Bildschirmen, dass es Paul Levite ernst war. Weder das Fernsehpublikum noch der Redner ahnten, dass dies die letzte Ansprache des Bundeskanzlers war. Am Abend und in der Nacht blieb es bis auf vereinzeltes Gegröle in kleineren Ortschaften in ganz Deutschland ruhig.

BEI DER ABENDLICHEN Dringlichkeitssitzung des NATO-Rates in Brüssel unterstrich das Abstimmungsverhalten Außenministers von Wallerstein und seines Ressortkollegen Ritter die neue Marschroute des Bundeskanzlers. Berlin lehnte das militärische Vorgehen der Türkei ab. Verteidigungsminister Ritter erklärte kategorisch, Deutschland werde sich an keiner militärischen Aktion beteiligen. Außenminister von Wallerstein forderte die anderen Mitgliedsstaaten auf, dem deutschen Beispiel zu folgen, und berief sich dabei auf den Friedensappell des Bundeskanzlers. In der entscheidenden Abstimmung waren die USA und die Türkei isoliert. Kanada und Großbritannien enthielten sich der Stimme. Alle übrigen Länder verweigerten ebenso wie Deutschland die Teilnahme an militärischen Aktionen und die Entsendung eigener Truppen. Dies wurde als Erfolg der deutschen Diplomatie hervorgehoben.

Die Regierung der Vereinigten Staaten reagierte umgehend auf die Rede des Kanzlers und das Abstimmungsverhalten Berlins in der NATO, die von den USA als eine Verletzung der deutschen Bündnisverpflichtung gewertet wurde. Um 9 Uhr morgens Ostküsten-Zeit erklärte ein Sprecher des US-Wirtschaftsministeriums, Washington habe mit sofortiger Wirkung die Meistbegünstigungsklausel für deutsche Produkte außer Kraft gesetzt. Amerikanische Renten- und Investitionsfonds wurden angewiesen, umgehend ihren Handel mit deutschen Wertpapieren einzustellen und diese zu verkaufen. Beteiligungen an Konzernen in der Bundesrepublik Deutschland sollten so bald wie möglich veräußert werden. Als diese Maßnahmen ab 15 Uhr MEZ in Deutschland bekannt wurden, führte dies an der Börse in Frankfurt zu noch nie gekannten Kursverlusten. Der Dax verlor innerhalb der folgenden Stunde mehr als fünfzig Prozent seines Wertes. Dabei wurde ein Vermögen von mehr als 600 Milliarden Euro vernichtet. Die Börsianer in aller Welt nannten den dramatischen Sturz den »Billionen-Schlag«.

Eine Stunde später, um 10 Uhr US-Ostküstenzeit, bekräftigte Verteidigungsminister Patrick O'Leary im Pentagon die Bündnisverpflichtungen seines Landes gegenüber der Türkei: Die Flugzeugträger der Sechsten Flotte nahmen Kurs auf das nordöstliche Mittelmeer nördlich der Insel Zypern. Das strategische Bomberkommando dislozierte 36 Tarnkappenbomber vom Typ F35 auf den türkischen Militärflughafen Incirlik. Die Bedienungsmannschaften der US-Interkontinentalraketen und der strategischen U-Boot Flotte wurden in höchste Alarmbereitschaft versetzt. Diese Maßnahmen sorgten an allen internationalen Börsenplätzen für überstürzte Verkäufe.

Daraufhin mehrte sich in Deutschland die Kritik am Bundeskanzler. Ihm wurde von Seiten der Wirtschaft vorgeworfen, durch seine unüberlegte Rede nicht dem Weltfrieden gedient zu haben, sondern lediglich die globalisierte Ökonomie in ihre tiefste Krise gestürzt – und damit die weltweite Stabilität gefährdet zu haben. Der Bundesverband der Banken und der Kredithäuser sowie die Arbeitgebervereinigungen riefen die Bundesregierung und speziell den Kanzler dazu auf, an der über Jahrzehnte bewährten Freundschaft mit den Vereinigten Staaten festzuhalten und sich für seine provozierenden Äußerungen in Washington zu entschuldigen. »Die würden Jesus nochmals ans Kreuz nageln, weil er verkündete, dass jeder umkommt, der zum Schwert greift«, meinte Levite. Der Bundeskanzler ließ den Regierungssprecher öffentlich bestätigen, dass das Wort Frieden fortan nicht aus dem Wortschatz gestrichen werde: »Der Bundeskanzler äußerte die Hoffnung, dass der Friedensnobelpreis nicht abgeschafft und durch die amerikanische Tapferkeitsmedaille Medal of Honor ersetzt werden wird.«

Die Friedensbewegung dagegen begeisterte sich für die »neue Friedenspolitik« des Kanzlers. Das »Friedensparlament«, der bundesweite Zusammenschluss von Antikriegsgruppen, beschloss mit überwältigender Mehrheit, Paul Levite als Hauptredner auf der zentralen Friedensdemonstration im Bonner Hofgarten sprechen zu lassen, wo 1981 bei der größten Friedenskundgebung auf deutschem Boden gegen die Stationierung von US-Raketen und Marschflugkörpern mehr als eine Million Menschen zusammen gekommen waren.

Während Kanzleramtsminister Kraus mit den Vertretern der Friedensbewegung über die Rahmenbedingungen der Rede verhandelte, erhielt er einen Anruf des Außenministers. Franz von Wallerstein teilte ihm mit, der US-Botschafter habe ihn mit einer Nachricht seines Außenministers für den Bundeskanzler aufgesucht: Der Präsident sei bereit, in Washington mit dem deutschen Regierungschef über eine Lösung der bilateralen Krise und des Geschehens im Nahen Osten zu verhandeln. Fritz Kraus bat um eine Unterbrechung der Gespräche mit dem »Friedensparlament« und berichtete dem Bundeskanzler telefonisch vom Sachstand.

Um zu erfahren, welche Inhalte der Präsident im Sinn hatte, gab der Bundeskanzler seinem Außenminister auf, den amerikanischen Botschafter zu einem Treffen im Kanzleramt mitzubringen. Die Aussprache verlief in freundlicher Atmosphäre. Der Kanzler beteuerte, ihm lägen die deutsch-amerikanischen Beziehungen am Herzen. Auf seine Frage nach dem Spielraum des Präsidenten bei möglichen Gesprächen in Washington, konnte der US-Diplomat keine Angaben machen. Wiederholt versteckte er sich hinter der Formel, der Präsident sei entschlossen, den Weltfrieden zu erhalten. »Das sind wir alle«, warf Levite ein. »Doch ich möchte konkret erfahren, auf welche Weise Mr. Barns dies erreichen will.« Der Botschafter entgegnete, die Einladung an den deutschen Bundeskanzler diene dem Zweck, einen erfolgversprechenden Weg zur Erhaltung des Friedens zu finden. Sie sei eine spezielle Auszeichnung und zeige, welche herausragende Bedeutung der Präsident Deutschland und speziell Bundeskanzler Levite beimesse.

Es gab nur eine Möglichkeit, die Reichweite der Gespräche in Washington auszuloten. Nach Beratungen mit Verteidigungsminister Ritter, der eine Verselbständigung der militärischen Auseinandersetzungen als größte Gefahr bezeichnete und vor einem Übergreifen der Kämpfe nach Osteuropa warnte, entschloss sich der Bundeskanzler zu einem Telefonat mit dem amerikanischen Präsidenten. Das Gespräch kam nach kurzer Frist zustande. Der Bundeskanzler dankte Präsident Barns für die Einladung in die Vereinigten Staaten und erklärte, er würde ihr prinzipiell gerne folgen. Der Amerikaner zeigte sich darüber sehr erfreut. Dies sei ein entscheidender Schritt in die richtige Richtung. Das Ziel, den Frieden zu erhalten, werde von den Vereinigten Staaten und Deutschland geteilt. Die Politiker tauschten kurz Höflichkeiten aus. Dann wollte Barns wissen, was Levites Einschränkung prinzipiell bedeutete. Der Kanzler erläuterte, er komme gerne, um gemeinsam zu beraten, wie der Ausbruch eines globalen Krieges verhindert werden könne. Er werde dem Präsidenten dabei nach Kräften unterstützen… »Was wollen Sie?«, fiel ihm der Politiker ins Wort. »Nicht mit leeren Händen zurückkehren, wie Monsieur Laval aus Moskau.« »Ich bin Präsident der amerikanischen Demokratie, nicht der Herrscher von Russland und Sie sind nicht Mister Laval, sondern ein jüdischer deutscher Premierminister. Habe ich mich deutlich genug ausgedrückt?« »Ja«, antwortete Levite. Seine kleinlaute Antwort ärgerte den Kanzler. Also setzte er nach. »Ich muss meine Politik, auch meine Reise in die USA in Deutschland vertreten. Daher erwarte ich, dass die Vereinigten Staaten die einseitigen Maßnahmen gegen Deutschland einstellen…« »Wollen Sie mir Bedingungen stellen?«

»Nein, Mr. President. Aber ich wollte meine Erwartungen ausdrücken.«

Eine Weile herrschte Stille am anderen Ende, ehe Levite wieder die Stimme des Amerikaners vernahm.

»That's just fair. Wir werden die Maßnahmen aussetzen.«

»Für wie lange?«, wollte der Kanzler wissen.

»Für so lange, wie wir dies für richtig erachten.«

»Sind die Vereinigten Staaten auch bereit, auf kriegerische Aktionen zu verzichten?«

»Wir verteidigen lediglich den Frieden, damit unsere Verbündeten nicht angegriffen werden.«

»Unglücklicherweise hat Russland die Türkei angegriffen – doch dies war eine Reaktion auf türkische Aggressionen gegen seine Nachbarn …«

»Die Tatsachen sind uns beiden bekannt, ›Herr‹ Bundeskanzler. Ich möchte, dass wir in Washington darüber verhandeln, wie wir jetzt die Eskalation eindämmen können. Deshalb habe ich Sie eingeladen – am Telefon können wir diesen Konflikt nicht lösen.«

Die Stimmlage Barns' verriet erneut seine Ungeduld.

»Sie haben Recht, Mr. President. Ich werde Ihrer Einladung folgen.«

»Wann?«

»Ich muss noch mit meinen Ministern und Mitarbeitern beraten …«

»Dafür ist jetzt keine Zeit mehr.«

»Morgen früh …«

Der Präsident wusste, was er wollte: Den Ausbruch eines Krieges verhindern – ebenso wie Levite. Das gemeinsame Ziel ließ eine USA-Reise des Bundeskanzlers vernünftig erscheinen.

Deutschland brauchte den Frieden dringend, um seine weltweiten Exporte zu sichern und um die Kriegsangst der Bevölkerung zu sedieren. Die Interessen der USA waren wesentlich breiter. Als einzige Globalmacht musste Washington weltweit Stärke demonstrieren, um seine Position als führende politische, wirtschaftliche und militärische Macht zu verteidigen und auszubauen. Auch wenn die USA seit längerem aus taktischen Gründen einer isolationistischen Politik das Wort redeten. Wenn Levite sich auf den Washingtoner Tango mit Barns einließ, dann würde dies kein Tanz zwischen Gleichen sein, sondern ein Duett zwischen einem Ami-Elefanten und einem deutschen Arbeitsgaul. Wenn das Pferd nicht aufpasste, dann würde ihm der Elefant das Bein brechen. Paul Levite hatte bereits seine Zusage gegeben – im Gegenzug hatte Barns ihm die Aussetzung der antideutschen Sanktionen zugesagt. Er stand also ebenfalls unter Erfolgszwang. Das war eine verhältnismäßig günstige Ausgangssituation für Verhandlungen.

MIT WEM SOLLTE sich der Kanzler über die Washingtoner Gespräche beraten? Der Außenminister war ein phantasieloser Berufsdiplomat. Kanzleramtsminister Kraus war ein tüchtiger Verwalter, doch außenpolitisch unerfahren. Einmal mehr vermisste er Robert Kriener!

Wozu sollte er mit dem Abflug bis morgen warten? Levite wusste, dass die Kanzlermaschine eine Schlafkabine plus Dusche besaß. Wie ein kleiner Junge auf seine erste Eisenbahnfahrt, so freute sich Paul Levite auf seinen ersten Flug mit dem Regierungsflugzeug. Der Bundeskanzler wies Kraus an, die Flugbereitschaft der Bundeswehr für einen USA-Flug zu präparieren. Die Reise sollte vorläufig geheim gehalten werden. Danach ließ sich Levite mit Robert Kriener verbinden. Dieser weilte bei seiner Mutter in Darmstadt. »Wir fliegen nach Amerika, Robert«, begann Levite das Gespräch. »Ich bin zurückgetreten«, erwiderte Kriener. »Das ist mir wurscht. Ich brauche dich. Das Land braucht dich. Da darfst du dich nicht entziehen.« Der Kanzler wusste, dass Kriener sich diesem Appell nicht verweigern würde.

ROBERT KRIENER WURDE umgehend zum Rhein-Main-Flughafen eskortiert, wo ihn eine Maschine der Flugbereitschaft erwartete, die ihn nach Berlin brachte. Die Zeit bis zum Antritt der USA-Reise wollte Paul Levite nutzen, um sein Verhandlungskonzept zu formulieren.

Der Bundeskanzler war überzeugt, dass er, neben dem amerikanischen Präsidenten, momentan die Verantwortung für die Verhinderung des Dritten Weltkrieges trug. Dies wühlte ihn derart auf, dass er unfähig war, schriftlich eine Strategie für die Gespräche in Washington zu entwerfen. Das mochte Robert Kriener während ihres Transatlantikfluges tun. Der Kanzler nutzte die Stunden, um sein Haus für die Zeit der Washingtoner Verhandlungen zu bestellen. Levite gab Kraus auf, den Regierungsapparat nicht nur am Laufen zu halten, sondern ihn auch ständig zu überwachen. »Ich muss darüber unterrichtet sein, was in meiner Abwesenheit vor sich geht. Du weißt ... Kontrolle ist besser.« Der Amtschef versprach, seine gesamte Kraft darauf zu konzentrieren.

Als nachstes empfing der Kanzler den Parlamentspräsidenten. Als Mark Stadler von den bevorstehenden Verhandlungen in Washington erfuhr, drängte er darauf, daran teilzunehmen. Derartige Gespräche seien ohne einen ausgewiesenen Juristen unmöglich. Präsident Barns sei selbst Jurist und in seinem Stab und im US-Kabinett befänden sich anerkannte Völkerrechtler. Aus eben jenem Grund wollte Levite Stadler nicht dabei haben. Der Juraprofessor würde dafür sorgen, dass die Verhandlungen in

Washington verkompliziert und verzögert werden würden. Das musste unter allen Umständen vermieden werden. Um der Eitelkeit des Juristen zu schmeicheln, nannte der Kanzler dessen Anwesenheit in der Hauptstadt unverzichtbar. Stadlers Einwand, seit dem Zusammenschluss zur KPD habe der Kanzler seine Parlamentsmehrheit zementiert, ließ Levite nicht gelten. Die Politik sei das dynamischste Geschäft überhaupt, hier gebe es keine Gewissheiten, jeder Moment könne zu einer »Umwertung aller Werte« führen – »auch zu einem unverhofften Verlust der scheinbar felsenfesten Mehrheit im Parlament.«

Bundesverteidigungsminister Ritter eskortierte den Kanzler in seinem Dienstwagen zum militärischen Teil des Flughafens Tegel. Als Levite Ritter den Zweck seiner Reise offenbarte, drückte er ihm seinen Respekt aus. Als Fachmann sehe er die »höchst reale Gefahr einer Eskalation, die zu einem weltweiten Krieg führen kann. Die Zerstörungskraft der Nuklearwaffen, auch der taktischen Sprengköpfe ist verheerend.« Der Ex-Admiral drückte seine Zuversicht aus, dass es dem Kanzler gelänge, gemeinsam mit dem Präsidenten einen Krieg abzuwenden. Die beiden Männer gaben sich die Hände. Paul Levite stapfte die Stufen der Gangway zur Kanzlermaschine empor und verschwand im Airbus, wo er von Flugkapitän Major Gutmann begrüßt wurde.

Levite schob sich den schmalen Gang zwischen Bordwand und der mit elfenbeinfarbenem Kunststoff verkleideten Kanzlerkabine entlang. Im Konferenzraum saß verloren Robert Kriener. Als er Levite sah, sprang er auf und lief ihm mit ausgestreckter rechter Hand entgegen. »Moriturus te salutat«, sprach Kriener. Statt die Hand des Freundes zu drücken, umarmte Levite ihn.

Levite ließ sich in den überdimensionierten Ledersessel, der einst für Helmut Kohl gestaltet worden war, an der Stirnseite des dunkelbraunen Edelholztisches fallen. Als Kriener auf einem Stoffsofa an der Fensterseite des Tisches Platz genommen hatte, bemerkte Levite lächelnd: »Roberto, du wirst nicht geschlachtet…« »Bereits geschehen«, entgegnete Kriener. »Ja, durch deine große Klappe.« Die Freunde lachten. »Aber jetzt geht's nicht aufs Schafott…« »Sondern zum elektrischen Stuhl«, warf Kriener ein. »Quatsch! Wir kämpfen gegen die Windmühlen der Dummheit wie Don Quichote und Sancho Pansa.«

Während die beiden bemüht herumalberten, trat ein Luftwaffen-Hauptmann zu ihnen und fragte: »Herr Bundeskanzler, wann wünschen Sie zu starten?«

»Jetzt!«

Der Offizier salutierte, machte kehrt in Richtung Cockpit. Vierzig Sekunden später setzte sich der Airbus in Bewegung.

AM ENDE EINER mit deutscher Gründlichkeit geführten Erörterung über den Rahmen möglicher finanzieller Forderungen Washingtons an Berlin, versprach Kriener, in den folgenden Stunden ein entsprechendes Memorandum anzufertigen, das verschlüsselt an das Finanzministerium gesandt werden sollte, um es dort prüfen zu lassen. Levite und Kriener begriffen nicht, dass es Washington jetzt nicht um Geld ging – das konnte die US-Notenbank in beliebiger Menge drucken –, sondern um die unmittelbare Wahrung der Herrschaft: politische und militärische Macht.

Nach einem leichten Dinner zog sich Paul Levite in seine Kabine zurück. Am liebsten hätte er in elf Kilometern Höhe noch geduscht, doch er war zu erschöpft. So wies er den Steward an, ihn neunzig Minuten vor der Landung zu wecken. Levite kuschelte sich in das bequeme Doppelbett.

DER KANZLER EMPFAND seine Morgendusche als außergewöhnlich belebend. Das Wissen, in Kürze mit dem Präsidenten der Vereinigten Staaten über die Erhaltung des Weltfriedens zu verhandeln, versetzte Paul Levite in Hochstimmung. Er frottierte sich ab, zog sich an und eilte in die Kabine, wo Robert Kriener bereits die Meldungen studierte. Sie würden kurz vor zwei Uhr früh Ostküstenzeit landen, in Deutschland würde es bereits acht Uhr morgens sein. Jetzt war es in Berlin kurz vor sieben.

Die Presseübersicht enthielt keine außergewöhnlichen Nachrichten. Die Kommentatoren äußerten weiterhin ihre Besorgnis über die anhaltenden Gefechte in Syrien und Irak sowie das fortwährende Ultimatum Moskaus an die Türkei, dessen Nichtbeachtung den Einsatz atomarer Waffen Russlands nach sich ziehen würde. Alle deutschen Beobachter waren der Meinung, dass dies den Ausbruch des Dritten Weltkriegs nach sich ziehen würde, an dessen Ende es keine Sieger, sondern lediglich Milliarden Opfer zu beklagen geben würde. »Es droht das Ende der Menschheit. Die Gefahr eines Armageddon nimmt stündlich zu, wenn nicht sofort Vernunft in die Regierungszentralen einkehrt. Dies gilt insbesondere für das Weiße Haus, wo man offenbar der Meinung ist, durch die Anstachelung der Türkei und eine fortwährende Provokation Russlands der lachende Dritte sein zu können. Dieses Hasardspiel muss scheitern. Der dann ausbrechende Weltbrand wird auch die USA erfassen und einäschern. Die ersten Opfer in Mitteleuropa aber werden wir Deutsche sein«, orakelte der bekannte süddeutsche Kommentator.

Die Reise des Kanzlers in die USA war nicht durchgesickert. Levite interessierte die angelsächsische Presse. Dort gaben sich die konservativen Medien risikobereit. Lediglich die »New York Times« mahnte den Präsidenten, »Verantwortungsbewusstsein walten zu lassen und auf die Konfliktparteien und deren europäische Verbündete im Sinne einer Deeskalation einzuwirken, um die Ausbreitung des Krieges zu verhindern und am Ende eine Friedensvereinbarung zu ermöglichen.«

Die deutsche Regierungsmaschine landete um 1 Uhr 55 Ostküstenzeit auf dem Internationalen Flughafen Dulles. Das Flugzeug wurde auf den abgeschirmten militärischen Sektor dirigiert. Der Außenminister begrüßte den Bundeskanzler und seinen Berater im eisigen Wind der Stadt am Potomac. Der Chef des State Department überbrachte die Grüße des Präsidenten. Er bereite sich noch auf das morgige Gespräch in Camp David vor. Der Präsident bitte den Herrn Bundeskanzler und seinen Begleiter bereits jetzt in das Gästehaus der Regierung. Der Minister und ein kahlgeschorener Armyfeldwebel in Parade-Uniform und Lackschuhen begleiteten Levite und Kriener zu einem Airforce-Hubschrauber.

Die deutschen Gäste wurden höflich in den Helikopter eingewiesen, der sich kurz darauf in die Luft erhob. Trotz der Kopfhörer war der peitschende Lärm während des dreißigminütigen Fluges nach Camp David, dem 62 Meilen nordwestlich der Hauptstadt gelegenen Feriensitzes des Präsidenten, allgegenwärtig. Der Hubschrauber landete unmittelbar vor dem zentralen Gästehaus. Levite und Kriener wurden vom Majordomus sogleich in ihre nebeneinander liegenden Zimmer geleitet.

Robert Kriener setzte sich ohne Rücksicht auf die Uhrzeit mit dem Residenten des Bundesnachrichtendienstes in Verbindung und wies ihn an, unter »absoluter Geheimhaltung« in Begleitung des Rechtsbeistands der

Botschaft um 6 Uhr 30 in Camp David zu erscheinen. Nachdem Kriener Levite erneut auf die »Hellhörigkeit des Ortes« hingewiesen und ein verständnisvolles Lächeln geerntet hatte, legte er sich schlafen.

Paul Levite dagegen fand keine Ruhe. Er wälzte sich in dem zu hohen, zu weichen Bett hin und her. Das Summen der Klimaanlage störte ihn, schließlich schaltete er die Nachttischlampe an, glitt aus dem Bett, schritt zum Regler der Klimaanlage, doch er schaffte es nicht, diese auszuschalten. So öffnete er die weiten Flügel des Fensters. Die Luft im Catocin Park im State Maryland war noch frischer als am Dulles-Airport. Levite zog sich an. In der Lobby reichte ihm der House-Steward eine mit dem Präsidentensiegel versehene dicke Freizeitjacke und erbot sich, ihn zu begleiten. Levite lehnte ab.

PÜNKTLICH UM 8 UHR saßen sich der amerikanische Präsident und der deutsche Kanzler in dem geräumigen Konferenzzimmer an einem schlichten, polierten Tisch gegenüber. Jack Barns war kleinwüchsiger als er im Fernsehen erschien. Denn der 62jährige hatte eine drahtige Figur. Kein Gramm Fett klebte an seinem Leib. Das sprach für Disziplin und Klarheit. Ebenso seine kurzgeschorenen Haare und sein strenger Scheitel. Die Züge des Politikers waren regelmäßig. Er besaß ein Alltagsgesicht. Doch seine kobaltblauen Augen waren außergewöhnlich. Sie beobachteten die Umwelt mit dem ungetrübten Blick eines jungen und der Abgeklärtheit eines alten Mannes zugleich. Von den Augen abgesehen bot nichts an Barns' glattem Gesicht Levite einen Haltepunkt. Allein die raue Stimme brach aus dem Muster der gläsernen Glätte aus. *Wo kann ich bei ihm einhaken?*, fragte sich Levite, während er vergeblich versuchte, Barns' Augen zu einer Regung zu bewegen.

Der Präsident wurde lediglich von seinem Sicherheitsberater George McIntry begleitet. Ein Beamter seines Teams führte Protokoll ebenso wie der Leiter der Rechtsabteilung der deutschen Botschaft in Washington. Zur Rechten des Bundeskanzlers saß Robert Kriener.

»Wie ich Ihnen zugesagt habe, werden wir in einer Stunde bekannt geben, dass die einschränkenden Maßnahmen gegen die deutsche Wirtschaft ausgesetzt sind und demnächst ganz aufgehoben werden.« Während Barns sprach, blieben seine Augen unbewegt. Auch als er fortfuhr: »Ich gehe davon aus, dass dies den Börsen in Frankfurt und in ganz Europa gefallen wird.« »Das ist richtig und tut uns gut«, erwiderte der Kanzler.

»Fein«, fuhr Barns fort. Auch über das Ziel der Kriegsvermeidung bestehe eine grundsätzliche Einigkeit, referierte der Präsident. »Unbedingt!«, bestätigte Levite. Dann bleibe lediglich die Aufgabe, dies in einer gemeinsamen Erklärung zu bestätigen. George McIntry habe bereits einen entsprechenden Entwurf skizziert.

Dieser reichte mit seinen kräftigen Händen ein dreiseitiges englischsprachiges Memorandum sowie die deutsche Übersetzung.

Der Bundeskanzler und sein Berater sowie der Jurist der Botschaft lasen konzentriert den Entwurf. Nach allgemeinen Aussagen über die friedlichen Grundsätze und Absichten der Vereinigten Staaten und Deutschlands sowie der Verurteilung von Krieg und Aggression wurde die NATO als Pakt bezeichnet, der eben jenen Zielen diene und siebzig Jahre den europäischen Frieden und die Freiheit garantiert habe. Dies gelte insbesondere für Deutschland, dessen Demokratie stets vom Nordatlantik-Pakt verteidigt worden sei. Daher bekräftigten die Vereinigten Staaten und Deutschland ihre uneingeschränkte politische und militärische NATO-Mitgliedschaft. Es fand sich keine Erwähnung des betonten Isolationismus seines gestürzten Vorgängers.

Nach dem terroristischen Überfall mit mehreren tausend Opfern mache die Türkei von ihrem Recht auf Selbstverteidigung Gebrauch und gehe militärisch gegen die Terrorgruppen des Istanbuler Anschlags und ihre Hintermänner vor. Es sei die Pflicht aller NATO-Staaten, der Türkei bei der politischen und militärischen Auseinandersetzung gemäß Artikel 5 des NATO-Vertrags beizustehen und den Frieden wiederherstellen. Desweiteren wurden die amerikanisch-deutschen Beziehungen als Grundpfeiler der Außenpolitik beider Staaten betont und deren Pflege und Ausbau betont.

Paul Levite und Robert Kriener sahen sich verstehend an. Die Amerikaner warben offensichtlich um Deutschland. Was würden sie dafür fordern?

Der Präsident dirigierte seinen Blick auf Levite. »Nun, Herr Bundeskanzler? »Mr. President, ich bin voll guten Willens in Ihr Land gekommen und möchte alles tun, um Frieden und Freundschaft zwischen unseren beiden Staaten…«

»Das tun wir auch, wie Sie sehen.«

»Doch wenn ich dieses Papier unterzeichne, dann muss ich in den Vereinigten Staaten politisches Asyl beantragen. In Deutschland darf ich mich damit nicht sehen lassen.«

»Warum?«

»Weil die Deutschen den Krieg hassen. Das haben sie aus der Hitlerzeit gelernt.«

»Krieg hassen genügt nicht. Sie müssen alles tun, um den Krieg zu verhindern.«

Barns sah Levite unverwandt an. Der Bundeskanzler wollte die Abgabe von Statements in einen Dialog transformieren. Dazu konnte er den Präsidenten nicht wörtlich auffordern. Er musste ihn in eine gemeinsame Arbeit ziehen.

Der Bundeskanzler schlug vor, von der prinzipiellen Einigkeit beider Staaten in den Kernfragen des Friedens und der bilateralen Freundschaft und Solidarität auszugehen und die strittigen Fragen auszuklammern. Was er darunter verstehe, wollte der Präsident wissen. Er besitze keine Beweise, dass kurdische Untergrundorganisationen den Anschlag verübt hätten und dass sie dabei von Irak und Syrien unterstützt worden wären. Solange dies nicht definitiv geklärt wäre, sei der militärische Angriff der Türkei kein Verteidigungsfall, der den Beistand der NATO-Staaten rechtfertige, sondern ein Angriffskrieg Ankaras.

Die Beweise gäbe es, erklärte der Präsident und wandte sich an McIntry. Dieser legte Satellitenfotos und nachrichtendienstliche Analysen vor, die weder den Bundeskanzler noch Kriener überzeugen konnten. Levite erinnerte sich an eine entsprechende Bemerkung des damaligen deutschen Außenministers Joschka Fischer vor dem Sicherheitsrat der Vereinten Nationen im Jahre 2003, nachdem der amerikanische Außenminister Colin Powell manipulierte Beweise für angebliche irakische Massenvernichtungswaffen vorgelegt hatte.

Der Bundeskanzler verzichtete darauf, sich auf einen Streit über die Authentizität der US-Beweise einzulassen. Stattdessen wandte er sich direkt an Barns. Er wisse, dass die überwiegende Mehrheit der Staaten Europas und weltweit davon überzeugt seien, dass die Türkei den Terroranschlag zum Anlass genommen habe, die Untergrundorganisationen militärisch zu vernichten. Der angedrohte Militärschlag Russlands werde die Türkei lähmen, zumindest aber das Regime des herrschenden Präsidenten zerbrechen. Was der Kanzler daraus folgere, wollte der Amerikaner wissen. Dass die USA die Pflicht hätten, Ankara augenblicklich zur Feuereinstellung und zum Rückzug seines Militärs zu bewegen.

»Ich will offen mit Ihnen sein. Ich halte den Präsidenten für einen Chauvinisten, der die Religiosität und den Nationalismus seiner Landsleute für seine eigenen Ambitionen nutzt und die Türkei in einen Krieg geführt hat, den sie nicht gewinnen kann.«

Die Direktheit des Präsidenten machte dem Kanzler Mut. Dann sei ein Rückzug angemessen, entgegnete Levite. Er persönlich habe nichts dagegen, dass der Scharlatan gestürzt werde, doch dies sei auf absehbare Zeit für Washington nicht tolerierbar, resümierte der Präsident. Denn der Herrscher habe alle ernsthaften Konkurrenten und alle potentiellen Nachfolger in seiner Partei und im Land ausgeschaltet. »Wenn der Präsident heute stürzt, bricht das Land auseinander, dann kämpft jeder gegen jeden – auch innerhalb der Armee. Dann kann sich Russland alle Filetstücke der Türkei einverleiben, die es braucht, um an ein warmes Meer zu gelangen. Für uns Amerikaner wäre das eine Katastrophe. Strategisch durch den russischen Durchbruch zum Mittelmeer. Vor allem aber für unser Image. Moskau gewänne an Prestige. Wir aber würden den Nimbus unserer Zuverlässigkeit und Unbesiegbarkeit einbüßen. Das Fallenlassen von Verbündeten wie den Schah von Persien oder Ägyptens Mubarak, wie es meine demokratischen Vorgänger Jimmy Carter und Barack Obama getan haben, können wir uns nicht erlauben, sonst verlieren wir außer unserem britischen Pudel alle übrigen Verbündeten.«

Welchen Ausweg er vorschlage, wollte der Kanzler wissen. »Wir lassen dem Türken sein Prestige – aber sonst nichts. Nachdem wir ihm unsere und die Solidarität der NATO versichert haben, muss er das Feuer einstellen und den Rückzug antreten.«

»Und die Russen?«

»Werden mitmachen. Aber sie werden sich dafür teuer bezahlen lassen.«

»So wie wir die USA?«, erkundigte sich Levite. Der Präsident sagte kein Wort, doch Levite wollte es scheinen, als ob Barns' Blick ihm Einverständnis signalisierte.

Paul Levite erklärte, dass er mit allen Mitteln eine Übereinkunft mit den Vereinigten Staaten erzielen wolle, diese jedoch wertlos sei, wenn er sie in Deutschland nicht politisch durchsetzen könne. Der Präsident reagierte darauf nicht. Im kommenden Jahr wollte er wieder ins Amt gewählt werden. Da war es unerlässlich, den Amerikanern seine einzigartige Stärke und sein Durchsetzungsvermögen zu beweisen.

Da der Präsident nicht bereit war, ein Jota von den im Memorandum McIntrys formulierten US-Bedingungen abzuweichen, bat der Bundeskanzler um eine einstündige Unterbrechung der Gespräche. Barns reagierte unwillig. Sein Zeithaushalt sei begrenzt, erklärte er, dennoch respektierte er den Wunsch seines Gastes. Doch er erwarte eine rasche Entscheidung des Bundeskanzlers. Levite verzichtete, darauf hinzuweisen, dass er ebenfalls seine Pflichten zu erledigen und dennoch die Reise über den Atlantik unternommen habe, um den Ausbruch eines Krieges zu verhindern.

PAUL LEVITE UND Robert Kriener liefen raschen Schrittes entlang der steinigen Parkwege, um frische Luft zu schnappen, aber auch um sich fern von Mikrophon und Telefonen zu halten. Kriener wusste allerdings, dass man mit Hilfe moderner Richtmikrophone jedes ihrer Worte in hervorragender Tonqualität ausforschen könne. Das sei ihm einerlei, erklärte Levite, er hege keine Geheimnisse. Dennoch notierte Kriener seine Frage auf einen Zettel: »Er hat auf allen Forderungen beharrt!« Levite nickte. »Dann bleibt uns nichts übrig, als abzureisen«, erklärte der Berater. Levite blieb abrupt stehen. »Dann wären wir umsonst hierhergekommen?«

»Nicht ganz. Der Dax wird nach den Vorberichten der letzten Börsenstunde um knapp vierzig Prozent zulegen...«

»Das wären etwa 300 Milliarden Euro Wertsteigerung!« rief Levite.

»Eins muss man euch Juden lassen, rechnen könnt ihr«, bemerkte Kriener und fuhr fort: »Der Trip hat sich also schon jetzt für dich gelohnt.«

»Auch wenn ich jetzt abfahre...« Kriener unterbrach den Freund und bewegte ihn mit einer Geste zum Weitergehen, »...bleiben die Kurse vorläufig oben. Denn die Amis können nicht eine Strafmaßnahme, die sie heute aufgehoben haben, am folgenden Tag wieder verhängen.« Das klang einleuchtend. Als der Bundeskanzler wissen wollte, welche Taktik

Kriener vorschlage, kritzelte der erneut auf seinen Zettel: »Bekunde Willen pro Einigung. Kapituliere nicht! Kein Kompromiss ist Abbruch. Du musst Einigung in Deutschland durchsetzen!« Als Levite nickte, zerriss Kriener den Zettel, um ihn später zu verbrennen.

OB DER KANZLER nunmehr bereit sei, dem Friedenspapier der Vereinigten Staaten zuzustimmen, wollte der Präsident sogleich wissen. »Einem Friedenspapier, ja. Einer bedingungslosen Kapitulation, nein. Denn wir haben keinen Krieg geführt und verloren.«

Der Präsident empfand dieses Statement des Kanzlers als unangebracht. Er blickte Levite streng an. Der Bundeskanzler wollte sich nicht provozieren lassen. Er erneuerte seinen »unbedingten und bedingungslosen Wunsch nach Frieden.«

»Dann müssen Sie auch etwas dafür tun!«, mahnte der Präsident heiser. »Alles hat seinen Preis. Auch die Erhaltung des Friedens.« Den wolle er gerne zahlen, entgegnete der Bundeskanzler. Doch er müsse fähig sein, die Summe zu begleichen. Der Preis des amerikanischen Memorandums sei mehr, als Deutschland politisch leisten könne. Es gebe keinen deutschen Politiker, der bereit sei, den USA so weit entgegen zu kommen wie er. Er liebe Amerika, seit er denken könne. »Aber ich muss mein Volk von dieser Einigung überzeugen können.«

Dieses Statement habe er heute wiederholt gehört. »Es stimmt!«, betonte der Kanzler. »Aber diese Aussage genügt mir nicht. Herr Bundeskanzler, sie ist nicht ausreichend, um den Konflikt beizulegen. Wir haben keine Zeit zum Feilschen. Geben Sie mir Ihre maximale Offerte. Dann können wir prüfen, ob wir uns einigen können oder nicht. Ist das nicht der Fall, muss ich die Verhandlungen abbrechen.«

Levites Herz trommelte gegen seine Rippen. Das bedeutete Krieg. Er musste die Katastrophe verhindern. Um jeden Preis. Das ging nur, wenn es ihm irgendwie gelang, das Vertrauen des Präsidenten zu gewinnen. »Ich will Frieden, Mr. President. Ich bin Jude. Wir wissen wie niemand sonst, was Krieg in Europa bedeutet. Das ist das Ende für Alle.«

»Sie haben es in der Hand, das zu verhindern, Paul!« Der Präsident hatte ihn erstmals beim Vornamen genannt. Doch sein Blick blieb ungerührt. »Unterzeichnen Sie unser Papier. Deutschland bekennt sich ohne

Einschränkung zur NATO, politisch und militärisch. Das ist unsere Conditio sine qua non.«

»Bedeutet das die Verpflichtung zur Entsendung von Soldaten zum Kampfeinsatz in die Türkei?«

»Es bedeutet das, was ich gesagt habe. Ein klares Bekenntnis zur NATO. Nicht weniger, aber auch nicht mehr.«

»Wenn wir diese Verpflichtung bestätigen, bleibt unseren Soldaten dann der Krieg erspart?«

»Ihr Deutsche scheint den Krieg zu fürchten wie der Teufel die Kirchenbank...«

»Das soll so bleiben!«, bekräftigte der Kanzler.

»O.k. Ihr erneuert euren NATO-Schwur. Politisch und militärisch. Wir geben uns damit zufrieden und fragen nicht nach German boots on the ground.«

Levite forschte in Barns' Blick nach einer Regung. Er fand keine. Barns war kein Betrüger. Hatte er auch nicht nötig. Es genügte ihm, seine Macht auszuspielen. *Soll er sie haben! Und wir unseren Frieden.*

Levite streckte seine fleischige Hand über den Tisch aus. Der Amerikaner ergriff sie und drückte sie fest. Erstmals sah Barns Levite lächelnd an. »Sie haben das Beste für Ihr Land getan, Paul.« Beide Männer sanken in ihre Sessel.

Vor Levites Platz lag eine Notiz Krieners: »Müssen dringend sprechen!« Der Bundeskanzler bat um eine kurze Unterbrechung. Er trat mit seinem Berater vor das Haus.

»Dieses Abkommen überlebst du nicht, Paul.«

»Wir haben eine breite Mehrheit im Parlament«, entgegnete der Kanzler. »Unsere Partei plus die Kommunisten, die Bunten...«

»Nein, du hast niemanden. Die Kommunisten warten auf Moskau. Die Freien Sozialisten sind dir gram, weil du sie von der Macht vertrieben hast. Ebenso die Bunten. Und alle, einschließlich der Konservativen, hassen dich wie die Pest, weil du dich den Amerikanern unterwirfst – und nicht wenige, weil...«

»Die Konservativen hab ich im Sack...«

»Nur solange sie dich brauchen. Sobald du Schwäche zeigst, werden sie dich schlachten.«

Paul Levite sah sein Gegenüber ruhig an. »Ich werde keine Schwäche zeigen, Robert.«

»Das hast du schon oft geglaubt, doch dann…«

»Heute Nacht habe ich meine Ruhe gefunden.« Kriener sah ihn fragend an. »Bisher habe ich vom Frieden geschwafelt wie alle. Politiker, Künstler, Journalisten, Analysten. Jetzt habe ich die Chance, wirklich Frieden zu machen. Und ich werde sie nutzen.«

Levite wollte dem Freund den Grund seiner neuen Gefasstheit erläutern. »Ich bin nicht länger bereit, den Affen zu machen und je nach Bedarf den Faschisten oder den Versöhner zu geben. Ich will endlich eine ehrliche Politik für Deutschland machen.«

»Während du dich selbst verwirklichen willst, erpressen uns die Amis.« Krieners nüchterne Reaktion führte Levite zurück zur Realität. »Ich fühle, dass Barns es ehrlich meint…«

»Das ist seine Masche.«

»Nein. Ich bin überzeugt, dass es ihm damit ernst ist.«

Nachdem der Präsident und der deutsche Bundeskanzler noch ein Mal gemeinsam die »politischen und militärischen Übereinstimmungen« bestätigt hatten, zogen sich Barns und Levite zurück. Die Ausarbeitung der Details wurde George McIntry und Robert Kriener überlassen. Der Deutsche wurde sprachlich und rechtlich vom Leiter der Rechtsabteilung in der Washingtoner Botschaft unterstützt. Als erstes verpflichtete Kriener den Diplomaten Joseph Nachtmann zur »absoluten Verschwiegenheit auch gegenüber dem Botschafter.« Der Jurist musste eine entsprechende Erklärung unterzeichnen. Dennoch machte sich Kriener keine Illusionen. Wenn der Botschafter oder gar der Staatssekretär den jungen Diplomaten dazu nötigten, würde er singen wie eine Nachtigall. Das probate Mittel, dies zu verhindern, war, Nachtmann während des gesamten Aufenthaltes in Washington an sich zu binden und ihn am Ende als unabkömmlichen Rechtsbeistand nach Berlin mitzunehmen, ohne ihm einen Moment die Gelegenheit zu geben, sein internes Wissen weiterzugeben.

George McIntry wurde bei den Besprechungen von drei Experten beraten. Einer Advokatin seines Sicherheitsrates sowie einem Vertreter des State Departments und einem Juristen des Pentagon im Range eines Brigadegenerals. In immer neuen Varianten versuchten die US-Juristen Formulierungen in das Abschlussmemorandum einzuführen, die eine Aussage enthielten, Deutschland billige die »Verteidigungsmaßnahmen der türkischen Regierung«. Andere vorgesehene Halb- und vollständige Sätze der Amerikaner bezogen sich auf die Verpflichtung Berlins, Truppen oder Kampf-, beziehungsweise Aufklärungsflugzeuge in die Krisenregionen zu entsenden, um die Türkei bei der »Verteidigung des Friedens« zu unterstützen. Es gelang Kriener und Nachtmann zu verhindern, dass die entsprechenden Aussagen in den Text aufgenommen wurden. Dabei gingen die Deutschen derartig konsequent vor, dass die Amerikaner sie halb anerkennend als »the German reapers« titulierten. Am Ende ließen die deutschen »Sensenmänner« nur die zuvor vom Präsidenten und dem Bundeskanzler gebilligten Grundsätze gelten – McIntry besaß offenbar die Weisung, diesen deutschen Rigorismus zu tolerieren.

Präsident Barns war anscheinend mit der abgesprochenen Verhandlungsvereinbarung zufrieden. Dies bedeutete in Krieners Verständnis, dass er sich auch mit der Bekräftigung einer deutschen NATO-Mitgliedschaft begnügt hätte – doch Paul Levite hatte nicht verborgen, dass er auf einen Erfolg der Gespräche versessen war.

Am Ende war nichts von der Möglichkeit eines Scheiterns zu spüren. Auf Aufforderung Jack Barns' hatte Levite wie der Präsident ebenfalls den Hausoverall mit dem Präsidentensiegel angelegt. Zwei Fotografen im Solde des Weißen Hauses hielten das lockere Geplaudere der beiden Politiker fest. Levite ahnte, dass die Veröffentlichung der Bilder ihm in Deutschland schaden würde – doch er wollte sich im Augenblick nicht seine Laune verderben lassen.

Kurz vor 17 Uhr legte Robert Kriener dem Bundeskanzler den Entwurf der Washingtoner Erklärung vor. Paul Levite zwang sich zur Konzentration. Er las das knapp einseitige Memorandum drei Mal durch. Das Schriftstück enthielt ausschließlich die vereinbarten Grundsätze. Der Kanzler dankte Kriener und paraphierte das Papier. Gemeinsam mit dem Freund und George McIntry flogen sie anschließend in die Hauptstadt.

LEVITE UND KRIENER erkannten von weitem den Obelisken des Washington Monument. Der Hubschrauber zog eine Schleife über die Mall, ehe er sanft im Garten des Weißen Hauses aufsetzte.

Um 18 Uhr Ortszeit unterzeichneten der Präsident der Vereinigten Staaten von Amerika und der deutsche Bundeskanzler im Oval Office des Weißen Hauses im Beisein von Presse und Fernsehteams die »Washingtoner Erklärung für Solidarität und Frieden«. Die deutschen Korrespondenten waren, ohne vorher vom Inhalt unterrichtet worden zu sein, in die Residenz des Präsidenten geladen worden. In Deutschland war es bereits Mitternacht. Der Bundeskanzler gab im wichtigsten deutschen Fernsehkanal nur ein kurzes Statement ab. Er habe sich zu der Reise nach Washington entschlossen, weil dies die einzige Möglichkeit war, den Ausbruch eines weltweiten Krieges verhindern zu helfen.

Nach der Zeremonie ließ es sich Präsident Jack Barns nicht nehmen, seinen Gast im Rosengarten des Weißen Hauses in Gegenwart der Fotografen zu verabschieden. Die Männer schüttelten sich kräftig die Hände und sahen sich dabei freundlich – und erleichtert in die Augen.

Während die deutsche Autokarawane, eingerahmt von Sicherheitsfahrzeugen mit Blaulicht, durch die abendliche amerikanische Hauptstadt in Richtung Dulles Airport geschleust wurde, und kurz darauf, als er von seinem Sitzplatz im Konferenzraum der Kanzlermaschine dem Copiloten den Befehl zum Start nach Deutschland gab, empfand Paul Levite erstmals in seinem Leben Stolz. Der Judenjunge aus Offenbach hatte durch seinen Einsatz den Weltfrieden gerettet.

Robert Kriener riss den Kanzler aus seiner Stimmungsblase: »Du hast eine absolut katastrophale Leistung geliefert«, stellte der Berater fest.

»Das hast du auch nach meinem TV-Interview nach dem Istanbul-Anschlag gesagt…«

»Stimmt«, bekannte Kriener. »Und weil ich Mist geredet habe, musste ich gehen.« Er sah Levite mit einer Mischung aus Zorn und Mitleid an. »Aber du hast einen Doppelfehler produziert. Du hast einen miserablen Deal abgeschlossen und anschließend Mist geredet.«

»Geht's etwas präziser?«

»Ja. Washington hätte sich mit der Bekräftigung unserer NATO-Mitgliedschaft begnügt, sonst hätten sie dich nicht eingeladen. Aber du Schlaumeier hast sie auch noch mit dem Festhalten am Militärbündnis beschenkt…«

»Das war ein Fehler«, bekannte Levite.

»Weil du so stolz warst, mit dem Präsidenten der Vereinigten Staaten verhandeln zu dürfen!«, zürnte Kriener. »Er ist ehrlich!« »Solange er kriegt, was er will, ist jeder ehrlich. Sogar ein amerikanischer Präsident!«

Krieners Einschätzung mochte objektiv stimmen – Levite war dennoch von Jack Barns' Aufrichtigkeit überzeugt. Welchen Fehler er ihm zusätzlich anlaste, wollte der Kanzler wissen.

»Dass du schwadroniert hast, du hättest den Krieg verhindert. Man wird dich für größenwahnsinnig halten.«

»Das ist meine objektive Leistung«, beharrte Levite.

»Du hast dich den Amis unterworfen!«

»Na und? Hauptsache, kein Krieg!«

Die Begriffsstutzigkeit Levites brachte Kriener in Rage: »Begreif doch endlich, dass es den Deutschen nicht um Krieg und Frieden geht!«

»Sondern?«

»Dass ihre Kinder nicht in die Schlacht ziehen müssen und dass ihre Städte und Häuser nicht zerstört werden!«

Der Kanzler gestand sich ein, dass er in seiner Erklärung den persönlichen Nutzen der Bürger hätte betonen müssen. Aber dafür war es zu spät. Zumindest bis zu ihrer Rückkehr.

DIE UNTERZEICHNUNG DER Washingtoner Erklärung wurde in Deutschland zwar gemeldet, doch da es fast ein Uhr nachts war, erfolgten zunächst keine Reaktionen. Doch als ab sechs Uhr morgens die Nachricht darüber im Rundfunk und vor allem in den laufenden Fernsehprogrammen publik wurde und die Menschen sie online lasen, erhob sich ein Sturm der vermeintlich rechtschaffenen Empörung, der zu einem politischen Erdbeben stilisiert wurde. Die Schlagworte vom »Verrat « und dem »Ausverkauf an Amerika« machten die Runde.

Das Bundeskabinett tagte, trotz des Einspruchs von Kanzleramtsminister Kraus, bereits um acht Uhr morgens. Innenminister Lukas Freytag übernahm, ohne dazu ermächtigt oder gewählt worden zu sein, die Leitung der Ministerrunde. Freytag wollte unverzüglich das Washingtoner Memorandum außer Kraft setzen. Doch nachdem Justizministerin Bauer ihn auf die Gültigkeit internationaler Abkommen hingewiesen hatte und Verteidigungsminister Ritter die gravierenden strategischen Konsequenzen einer Negierung der Übereinkunft für Deutschland darlegte, ließ der amtierende Kanzler seine Forderung fallen. Freytag konzentrierte sich vielmehr darauf, seine Machtposition zu konsolidieren. Er ließ eine Beurlaubung des Bundeskanzlers durch das Kabinett beschließen. Bis auf Ritter, der zunächst eine Aussprache mit Levite forderte, Ostminister Nützel und Elke Bauer, die sich der Stimme enthielten, votierten alle Ressortchefs für die Entscheidung, Paul Levite seines Amtes zu entheben.

In den elektronischen Medien herrschte unverminderte Empörung über die Konsequenzen des »Verrats von Washington«. Die Beurlaubung des Bundeskanzlers wurde begrüßt. Doch, so der Tenor, der Schaden, den der ehemalige Kanzler durch sein eigenmächtiges Vorgehen in Washington verursacht habe, werde sich so schnell nicht aus der Welt schaffen lassen.

Unterdessen berieten das Präsidium und der Vorstand der Konservativen Partei Deutschlands KPD. Abgesehen von Mark Stadler, der dafür eintrat, den Bericht des vom Parlament gewählten Bundeskanzlers abzuwarten und ihm Gelegenheit zu geben, sein Vorgehen zu rechtfertigen, herrschte Übereinstimmung, dass Paul Levite umgehend als Partei- und formal als Regierungschef abgelöst werden müsse. Damit war allerdings die Einigkeit erschöpft. Während der Deutschnationale Flügel Elke Bauer als Nachfolgerin an der Spitze der KPD und Bundesregierung forderte, bestanden die ehemaligen Konservativen mit einem Mal wieder geschlossen auf die Wahl von Lukas Freytag zum Parteichef und zum Bundeskanzler. Der Politiker habe sowohl als Bundesinnenminister wie auch als amtierender Kanzler bewiesen, dass er es verstehe, die deutschen Interessen energisch wahrzunehmen und sich nicht zum Erfüllungsgehilfen fremder Mächte machen zu lassen. Ein Kompromiss zwischen beiden Lagern erschien ausgeschlossen. Die Forderung der Ex-Konservativen nach einer Kampfabstimmung wurde erst fallen gelassen, als die früheren Deutschnationalen erklärten, dass sie bei der Verwirklichung dieses Ansinnens die Partei verlassen und im Bundestag gegen Freytag stimmen würden. Da kein Lager nachgab, wurde beschlossen, die Diskussion in der Bundestagsfraktion fortzusetzen. Das gab den Parteimanagern und -Veteranen Zeit für die Suche nach einem für alle Seiten tragbaren Kompromisskandidaten.

Paul Levite und Robert Kriener wurden während des Rückflugs von

Fritz Kraus aus Berlin über den Verlauf des Geschehens fortwährend informiert. Dabei machte der Kanzleramtsminister zunächst deutlich, dass er angesichts der sich überschlagenden Ereignisse und der sich ständig steigernden Hysterie nicht wisse, wie lange er seine Regierungsfunktion noch ausüben könne. Mark Stadler beurteilte die Lage ähnlich. Er sah seine gegenwärtige Aufgabe darin, möglichst Zeit bis zum Erscheinen des gewählten Bundeskanzlers zu gewinnen. »Wenn du erst hier bist, dann kriegen wir die Lage wieder in den Griff. Im Augenblick spielt Deutschland meschugge. Nur du kannst die Karre wieder aus dem Dreck ziehen«, urteilte der Bundestagspräsident per Funktelefon.

Robert Kriener machte Levite für die Erosion seines Machtapparats verantwortlich. Es habe keinen Sinn, über vergossene Milch zu jammern, mahnte Levite. »Die Frage ist, was tun wir jetzt?«

»Lass unsere Ankunft durch deinen Freund Ritter sichern. Und dann musst du deine wirksamste Waffe einsetzen. Deine große Klappe. Damit kannst du Wunder bewirken, wie nach der Wahl im Ernst-Jünger-Haus, als die Nazis dich lynchen wollten und du die Bande umgedreht hast. Vielleicht gelingt dir das gleiche Kunststück nochmal…«

Paul Levite schwieg. Da ihn Kriener fragend ansah, erwiderte er: »Die Frage ist, ob ich es will.«

ALS DIE KANZLERMASCHINE kurz vor 11 Uhr auf der Höhe von Bremerhaven in den deutschen Luftraum einflog, tauchte links und rechts der Tragflächen je ein Eurofighter der Bundeswehr auf. Levites Herz schlug beim Anblick der deutschen Militärmaschinen höher. Wer hätte vor 75 Jahren gedacht, dass die deutsche Armee einen jüdischen Kanzler dieses Landes beschützen würde? Vielleicht wendete sich alles zum Besseren – wie im Märchen?

Die Jagdflugzeuge eskortierten den Airbus auf dem Weg zum Flughafen Berlin-Tegel. Sobald die Maschine am militärischen Terminal zum Stehen gekommen war, wurde eine Gangway an das Regierungsflugzeug geschoben. Sebastian Ritter, gefolgt von Fritz Kraus, stürmte die Stufen hoch. Sie betraten die Maschine unmittelbar, nachdem die Flugzeugtür geöffnet wurde. Der ehemalige Admiral salutierte vor Levite, ehe er ihm die Hand reichte und seufzte: »Gott sei Dank, dass Sie wieder hier sind,

Herr Bundeskanzler!« Der Kanzleramtsminister drückte seinem Chef beide Hände. Die vier Herren nahmen am Konferenztisch Platz. Levite füllte den Chefsessel. Zu seiner Linken befand sich ein niedriger Beistelltisch, ebenfalls aus Edelholz, auf dem der Kanzler seine Unterlagen ausgebreitet hatte. Kriener, Ritter und Kraus hatten links und rechts von Levite auf den Stoffsofas an den Seiten des Tisches Platz genommen. Der lichte Vorraum war für eine Passagiermaschine großzügig ausgelegt. Ritter orderte Kaffee und Cognac und überließ Kraus das Wort.

Der Minister berichtete, die KPD-Fraktion habe sich vor gut einer halben Stunde mit deutlicher Mehrheit aus beiden ehemaligen Parteiflügeln darauf geeinigt, Andreas Schmidt-Ott mit Hilfe eines konstruktiven Misstrauensvotums zum neuen Bundeskanzler wählen zu lassen. Der verständigte Bundespräsident Heinz Danziger habe signalisiert, dass er die Wahl »des bewährten Politikers Schmidt-Ott zum Kanzler« bestätigen würde. Die Abstimmung im Bundestag solle um 14 Uhr beginnen. Präsident Stadler werde versuchen, das Votum so lange wie möglich zu verzögern. »Als guter Jurist wird er sich was einfallen lassen«, merkte Levite an.

Die Männer blickten auf ihre Armbanduhren. »Uns bleiben also knapp drei Stunden. Was werden Sie unternehmen? Was sollen wir tun, Herr Bundeskanzler?«, erkundigte sich Fritz Kraus.

Paul Levite blickte in die gespannten Gesichter seiner Gefährten. Er atmete tief durch.

»Nichts.«

Er sah die Mienen der Männer in Ratlosigkeit zerfließen.

»Ich könnte jetzt eine Radio- und TV-Rede an das deutsche Volk halten und den Menschen erklären, ich hätte durch meine Reise nach Amerika verhindert, dass ihre Angehörigen in den Krieg ziehen müssten. Ich allein hätte verhindert, dass der Krieg hierhergekommen und ihre Häuser zerstört und ihr Leben gefährdet hätte.« Er sah Kriener an. »Mein Berater hat mir diese unschlagbare Parole nahe gelegt… Danach würde ich die Leute dazu aufrufen, sich vor dem Reichstag zu versammeln und für mich als Bundeskanzler zu demonstrieren. Zehntausende, bald Hunderttausende, würden mir folgen, und so verhindern, dass die Abgeordneten mich abservieren – und den Waschlappen Schmidt-Ott zum Kanzler wählen. Er würde wieder die Nerven verlieren und einmal mehr zurücktreten. Und dann? Ginge die gleiche Politposse weiter. Alle, die diesem Land dienen und den Frieden erhalten wollen, würden lächerlich gemacht werden.«

Levite trank einen großen Schluck Cognac. Er setzte seinen Schwenker ab, sah in die Runde und musste auflachen, weil ihm die letzten Worte des sächsischen Königs bei seiner Abdankung 1918 angesichts der Revolution in den Sinn kamen. »Macht euren Dreck alleene.« Paul Levite bezwang sein Bedürfnis, dies auszusprechen, stattdessen dankte er seinen Helfern für ihre Loyalität und ihr Pflichtbewusstsein.

Robert Kriener beendete das ratlose Schweigen. »Was wirst du tun, Paul?« »Darüber habe ich mir noch keine Gedanken gemacht... Vielleicht pflücke ich Orangen in Israel ... oder Zitronen in Portugal ... oder ich tue, was ich gelernt habe: Zeitungen verkaufen.« Er hielt inne. »Oder ich schreibe meine Erinnerungen...«

Erneut herrschte Schweigen, das nunmehr Sebastian Ritter durchbrach. Er sah Levite forschend an. »Sind Sie am Antisemitismus gescheitert, Herr Bundeskanzler?«

»Nein. Ich wäre auch in Israel oder in Kamerun gescheitert.«

»Woran?«

»An mir selbst. Sobald ich Bundeskanzler war, habe ich meinen Eid ernst genommen. Ich habe an das geglaubt, was ich gesagt und den Menschen versprochen habe. Das darf man nirgends tun. Nicht einmal in der Theologie und unter gar keinen Umständen in der Politik. Das hat bereits Moses verstanden, als er das Goldene Kalb zerstören ließ und die Israeliten zur Einhaltung seiner Gebote zwang.« Levites Bariton schmolz, während er fortfuhr. »Ich bin weder Prophet noch lebenslanger Politiker. Mir geht der Glaube an meine Unfehlbarkeit vollständig ab. Ein deutscher Bürger bin ich und ein Jud obendrein. Da muss man meschugge werden.«

RAFAEL SELIGMANN, geboren 1947, Handwerkerlehre, Studium Zeitgeschichte und Politische Wissenschaften. Promotion über Israels Sicherheitspolitik. Akademischer Rat Ludwig Maximilians Universität, München, Journalist, Autor der ersten deutsch-jüdischen Gegenwartsromane (u.a. »Der Musterjude«, »Der Milchmann«). Sachbuchautor (»Hitler. Die Deutschen und ihr Führer«). Freier Journalist: u.a. Welt, Spiegel, Stern, taz, Bild; Kolumnist, Chefredakteur. Seit 2012 Herausgeber der »Jewish Voice from Germany«.

LESEN SIE WEITER

Hans Schefczyk
DAS DING DREHN
192 Seiten, gebunden mit Schutzumschlag
ISBN 978-3-88747-342-6. Auch als ebook

Ulrich Effenhauser
BRAND
144 Seiten, gebunden mit Schutzumschlag
ISBN 978-3-88747-338-9. Auch als ebook

Ulrich Effenhauser
ALIAS TOLLER
176 Seiten, gebunden mit Schutzumschlag
ISBN 978-3-88747-324-2. Auch als ebook

Hella Haasse
DAS INDONESISCHE GEHEIMNIS
176 Seiten, gebunden mit Schutzumschlag
ISBN 978-3-88747-323-5. Auch als ebook

Miha Mazzini
DEUTSCHE LOTTERIE
160 Seiten, gebunden mit Schutzumschlag
ISBN 978-3-88747-334-1. Auch als ebook

Mukoma wa Ngugi
BLACK STAR NAIROBI
256 Seiten, gebunden mit Schutzumschlag
ISBN 978-3-88747-314-3. Auch als ebook